Blutengel 1

Nathanael

Kim Landers

1. Auflage September 2011
Titelbild: Agnieszka Szuba
www.the-butterfly-within.com

Lektorat: Birte Lilienthal & Franziska Köhler
Satz: nimatypografik

ISBN: 978-3-939239-15-4

Hat Dir das Buch gefallen? Schreib Deine Meinung an gelesen@ubooks.de

Möchtest Du über Neuheiten bei Ubooks informiert bleiben?
Einfach eine Email mit Deiner Postadresse an:
katalog@ubooks.de

Ubooks-Verlag | U-line UG (haftungsbeschränkt)
Oblatterwallstr. 44e | 86153 Augsburg

www.ubooks.de
www.ubooksshop.de

Mein ganz besonderer Dank gilt meiner Lektorin Birte, die mich beim Schreiben beflügelt hat,

und meiner Familie, ohne die ich vielleicht nie New York besucht hätte.

Prolog

Nur noch einen Schritt vorwärts und alles wäre vorbei. Schon wagte sich ihre Fußspitze über den Rand des Daches.

Jetzt spring endlich, forderte die Stimme in ihrem Kopf. Aber ihre Angst hielt sie zurück. Ihr Herz hämmerte bis zum Hals.

Eisiger Wind fuhr durch ihre Kleidung. Zitternd verschränkte sie die Arme vor der Brust und betrachtete die Gänsehaut auf ihren nackten Unterarmen, als sähe sie sie zum ersten Mal.

Es war ein unbeschreibliches Gefühl, noch ein letztes Mal seinen Körper zu spüren, sich lebendig zu fühlen, bevor alles im Nichts versank.

Wie leicht war es, ein Leben auszulöschen. So einfach wie das Ausblasen einer Kerzenflamme.

Sie warf den Kopf in den Nacken und lachte, bis ihr die Tränen über die Wangen liefen.

Mit dem Tod verlor alles seine Bedeutung: die Zeit, der Ort, die Menschen, die einem nahe standen, und man selbst. Stille, Dunkelheit und Vergessen. Dinge, nach denen sie sich sehnte, weil das Leben unerträglich geworden war.

Sie schloss die Augen und breitete die Arme aus. Ihre Bluse blähte sich im Wind. Sie fror entsetzlich, aber das war ihr egal. Alles, was für sie in diesem Moment zählte, war das Gefühl von Freiheit, das sie überkam. So mussten Vögel empfinden, wenn sie durch die Lüfte schwebten.

Als sie die Augen wieder öffnete, blickte sie auf Manhattan herab, dessen Lichtermeer sich bis zum Horizont erstreckte. Die City wirkte von hier oben lächerlich klein, wie eine Miniaturspielwelt. Irgendwo heulten Polizeisirenen durch die Straßen.

Dort unten hatte sie gelebt, doch jetzt gab es für sie an diesem Ort keinen Platz mehr.

Kannst du wirklich so aus dem Leben scheiden und alles hinter dir lassen? Mit aller Kraft versuchte sie, die Zweifel niederzukämpfen, als sie an ihre Mutter dachte, die auf sie angewiesen war.

Sie nutzt dich nur aus.

Die Stimme war wieder zurück, eindringlicher als zuvor.

Welchen Sinn hat dein Leben? Dich für andere aufzuopfern? Befreie dich endlich von den Fesseln der Pflicht. Wenn du stirbst, kann sie dich nicht mehr gängeln.

Seit vielen Jahren kümmerte sie sich um ihre Mutter, ertrug ihre Launen und verzichtete ihretwegen auf alles.

Die Stimme hatte recht. Das Leben an ihrer Seite war unerträglich geworden. Es gab keinen anderen Ausweg für sie, als aus diesem Teufelskreis auszubrechen.

Wenn sie jetzt sprang, war sie frei.

Langsam beugte sie den Oberkörper weiter vor.

Ja, so ist es gut. Nur noch einen Schritt, dann bist du frei.

Frei! Frei!, hallte es in ihr nach.

Sie schauderte beim Anblick der Tiefe. In ihrem Innern krampfte sich alles zusammen.

Zwanzig Stockwerke trennten sie vom Boden. Wie würde es sein, wenn ihr Körper dort unten aufschlug? Sie fürchtete sich vor dem schmerzvollen Aufprall und davor, dass sie vielleicht überleben könnte. Herrgott, war sie feige.

Du wirst keinen Schmerz verspüren. Warum zögerst du also noch? Spring!

Die Stimme in ihrem Kopf ließ sich nicht vertreiben, im Gegenteil, sie wurde immer lauter. So laut, dass alles um sie herum sich zu drehen begann, bis ihre Knie weich wurden. Aber die Stimme kannte keine Gnade.

Spring endlich!, forderte sie.

Sie hielt sich die Ohren zu, geriet ins Schwanken und verlor das Gleichgewicht.

Mit einem Aufschrei kippte sie vornüber und stürzte in die Tiefe. In Panik ruderte sie wild mit den Armen und schrie, ohne aufzuhören.

Mit weit aufgerissenen Augen sah sie die Lichter auf sich zurasen.

In wenigen Augenblicken wäre alles vorbei. Bilder ihres Lebens zogen in rasantem Tempo vor ihren Augen vorbei, schneller als die Fenster des Hochhauses, von dem sie gesprungen war.

Plötzlich hörte sie über sich Flügelschläge, die sich rasch näherten.

Geflügelte Wesen tauchten aus dem Nichts neben ihr auf, packten sie und begannen an ihr zu zerren, als veranstalteten sie ein Tauziehen.

Verzweifelt wehrte sie sich gegen die Krallenhände, die mühelos ihren Körper durchdrangen, als bestünde er aus Papier, und ihr rasendes Herz umspannten.

Sekunden später schlug ihr Körper auf den vom Regen nassen Asphalt und ihr Geist versank in Dunkelheit.

1.

Tessa McNaught hastete die Fifth Avenue entlang zur U-Bahn-Station.

Die kühle Frühlingsluft half, aber sie hatte noch immer schreckliche Kopfschmerzen.

Sie war mal wieder spät dran, ausgerechnet heute, wo sie zur Wall Street musste. Ihr Chef würde ihr den Kopf abreißen, wenn sie nicht pünktlich erschien, um am Börsenhandel teilzunehmen. Wenn sie nur nicht so hundemüde gewesen wäre und so lange fürs Aufstehen gebraucht hätte.

Gestern hatte sie bis spät in die Nacht vor dem Laptop gesessen und die Aktienkurse studiert. Vor Tagen war die Börse förmlich explodiert, die Kurse nach oben geschnellt.

Auslöser war die Wahl der Wirtschaftszeitungen gewesen, die ihren Freund Steven zum erfolgreichsten Unternehmer des Jahres gekürt hatten. Seine Firma Greenberg Pharma avancierte zum Spitzenunternehmen der USA.

Im vergangenen halben Jahr hatte Stevens Pharmakonzern bahnbrechende Erfolge mit einem neuen Schmerzmittel erzielt. Seitdem stand täglich etwas über ihn in der Presse. Das war vor allem ihren guten Kontakten zu Journalisten zu verdanken, die sie durch ihren Job kennenlernte. Steven und sie waren ein perfektes Team. Sie verkaufte seine Aktien an der Börse, und er empfahl sie als Finanzberaterin seinen Kunden. Jetzt zahlte sich ihr jahrelanges, gemeinsames Engagement aus und die ganze Arbeit trug Früchte. Sie war unglaublich stolz auf ihn. Und auch auf sich selbst.

Nach Börsenschluss wollte sie ihm zur Wahl gratulieren, allein, ganz intim, bevor das Gala-Dinner im Trump Tower begann.

Morgen würden sie ihren Erfolg nach der Pressekonferenz feiern, die sie organisiert hatte. Sie freute sich darauf, mit ihm einen Abend allein zu verbringen, denn seitdem Steven ein so erfolgreicher Geschäftsmann war, fanden sie nur selten Zeit füreinander. Das war der kleine Wermutstropfen in ihrer Beziehung. So erging es auch anderen Paaren ihrer Branche. Freizeit war rar. Dafür arbeiteten sie an einem gemeinsamen Ziel: Einmal ganz oben auf der Erfolgsleiter zu stehen und allen zu beweisen, was in ihnen steckte.

Doch vor ihr lag noch ein langer Tag. Wenn sie ihn durchhalten wollte, brauchte sie einen starken Kaffee.

Sie steuerte Ted's Coffeeshop an, der sich direkt neben der Treppe zur U-Bahn befand und klopfte gegen die Scheibe des Ausgabefensters. Wie jeden Morgen öffnete ihr lächelnd die dunkelhäutige Eve mit den Rastalocken.

«Hi, Eve. Wie immer – stark, schwarz, mit wenig Zucker.» Tessa schob Eve einen Fünf-Dollar-Schein über den Tresen.

«Heute mit Kragen?» Eve ließ den Geldschein in der Kasse verschwinden und sah sie fragend an.

«Mit. Ich muss gleich zur Bahn. Außerdem kann ich mich dann besser dran aufwärmen. Für Anfang April ist es ganz schön kalt heute Morgen.»

Als Eve sich umdrehte, um den Kaffee einzuschenken, überflog Tessa die Schlagzeilen auf der Titelseite der *Manhattan Post*, die in einem Ständer neben dem Fenster festgeklemmt war.

Neuer Selbstmord!, prangte dort in fetten Lettern.

Die Aufnahme von der Leiche unter der Plane jagte ihr einen Schauer den Rücken hinunter. Ihr wurde übel. Bilder strömten auf sie ein, die sie mit aller Macht zu verdrängen suchte.

Sie schloss die Augen, als die Buchstaben vor ihren Augen verschwammen. Das war doch krank! Amateure hatten die Selbstmörder beim Sprung gefilmt. Ein gefundenes Fressen für die Nachrichtensender. Man musste nur einen Fernseher einschalten und bekam einen Selbstmord kredenzt. Tessa stöhnte innerlich auf. Gestern war eine Frau aus der Nachbarschaft vom Dach gesprungen. Die Nachricht von ihrem Tod hatte sie ernsthaft verstört.

«Eine Tragödie! Da hat sich wieder eine umgebracht. Ist vom Flatiron gesprungen. Jetzt sind es schon mehr als fünfzehn Tote diesen Monat.» Eve überreichte ihr mit ernster Miene den Pappbecher mit dem dampfenden Kaffee.

Tessa nickte. Eves Worte stimmten sie sehr nachdenklich.

Wie verzweifelt musste jemand sein, wenn er sich von einem Hochhaus stürzte? Welche Gründe trieben ihn dazu?

Sie erinnerte sich wieder an einen Alptraum, den sie vor einiger Zeit gehabt hatte, als die Selbstmordwelle begann.

Sie stand vor einem Hochhaus und blickte zu einer Frau hinauf, die oben auf der Dachkante stand. Von Entsetzen gepackt war sie aufs Dach gerannt, um sie zurückzuhalten. Aber in dem Moment, in dem sie ihre Hand nach der Frau ausstreckte, sprang sie in die Tiefe. Tessa hatte geschrien und war aufgewacht.

Kein Wunder, dass sie die tragischen Ereignisse bis in den Schlaf verfolgten, wenn an jeder Ecke ein Selbstmord geschah, über den in allen Medien berichtet wurde.

«Ja, schrecklich.» Seufzend griff Tessa den Pappbecher und das Wechselgeld, nickte Eve zu und lief die Treppe zur U-Bahn hinab.

Noch immer drehten sich ihre Gedanken um die Selbstmorde. Das Flatiron Building lag nur zwei Blocks von Stevens Penthouse entfernt. Nicht auszudenken, wenn sie gestern bei ihm übernachtet hätte und womöglich Zeugin des Geschehens geworden wäre.

Zum Glück war ihr das erspart geblieben.

Ganz in Gedanken verloren stieß sie auf der Treppe zum Gleis mit einem Mann zusammen. Als dabei der Deckel absprang, schwappte der heiße Kaffee aus dem Becher über ihre Finger und riss sie aus ihren Grübeleien. Hatte sie es sich nur eingebildet oder hatte der Mann eben rote Augen? Bestimmt Kontaktlinsen. Heutzutage gab es nichts, was es nicht gab.

«Shit!», entfuhr es ihr. Ihre Finger brannten, als sie sie mit einem Taschenbuch abtupfte. Die Lust auf den restlichen Kaffee war ihr gründlich vergangen. Er war sowieso furchtbar bitter gewesen.

Sie warf den Becher in einen Mülleimer und hastete die letzten Stufen in die U-Bahn-Station hinunter. Aber als sie unten ankam, sah sie nur noch die Rücklichter der Bahn und fluchte. Die nächste Bahn kam in fünf Minuten. Die konnte sie nicht mehr aufholen, selbst wenn sie nachher wie eine Verrückte die Treppe von der U-Bahn-Station hinaufrannte. Sie würde wieder zu spät kommen und keine Zeit für ein paar Worte mit den Händlern haben.

Heute war einfach nicht ihr Tag.

Voller Ungeduld wanderte Tessa auf dem Gleis auf und ab, bis sie stoppte, weil sie sich beobachtet fühlte.

Tatsächlich starrte sie vom gegenüberliegenden Gleis ein Mann an, ganz in Schwarz gekleidet. Er überragte die meisten Wartenden um Haupteslänge. Lässig gegen den Fahrscheinautomaten gelehnt, fixierte er sie. Nur sie, als wenn niemand außer ihr auf dem Bahnsteig existierte. Natürlich gab es Männer, die sie attraktiv fanden und sich nach ihr umdrehten, aber die starrten sie in der Regel nicht so aufdringlich an.

Sein Blick besaß etwas Zwingendes, Gefährliches und gleichzeitig Sinnliches. Tessa kaute auf ihrer Unterlippe und trat von einem Bein auf das andere. Obwohl sie versuchte, nicht zu ihm hinüberzusehen, tat sie es wie aus einem inneren Zwang schließlich doch.

«Mit deinen grünen Hexenaugen und dem roten Haar verdrehst du jedem Mann den Kopf», hatte Steven einmal zu ihr gesagt. Attraktiv war sie schon, wenn sie ihren viel zu breiten Mund außer Acht ließ, aber ein männermordender Vamp, wie Steven sie beschrieb, auf keinen Fall. Sie hätte sich im Gegenteil sogar eher als zurückhaltend beschrieben.

Nachher entpuppte sich der Kerl da drüben als Stalker. Darauf konnte sie weiß Gott verzichten.

Das Beste wäre wohl, ihn zu ignorieren.

Sie drehte sich um und studierte scheinbar interessiert die Ankunftstafel. Dennoch ertappte sie sich immer wieder dabei, ihn heimlich aus den Augenwinkeln zu beobachten.

Zugegeben, gut sah er schon aus. Er war durchtrainiert, mit breiten Schultern und muskulösen Armen und Beinen, die sich unter der Kleidung abzeichneten. Seine bronzefarbene Haut bildete einen reizvollen Kontrast zu dem honigfarbenen Haar, das in ungezähmten Locken bis zum Kinn reichte. Die dunklen Augen stachen aus dem gut geschnittenen Gesicht mit den klassischen Zügen wie Kohle hervor. Sie hätte ihn als überaus attraktiv bezeichnet, wenn es da nicht diesen arroganten Zug um seinen Mund gegeben hätte. Ein Mann, der Frauenherzen höher schlagen ließ, aber sie bestimmt ebenso schnell brach.

Er sah tatsächlich noch immer zu ihr herüber. Hoffentlich verschwand der Kerl mit der nächsten Bahn.

Als hätte er ihre Gedanken gelesen, hob er spöttisch eine Braue. Ein Lächeln spielte um seine Lippen, das wider Erwarten überaus charmant war. Dabei verströmte er eine Sinnlichkeit, die sie noch nie zuvor bei einem Mann erlebt hatte, nicht einmal bei ihrem Verlobten Steven.

Tessa erinnerte sich noch gut an ihr erstes Zusammentreffen mit Steven. Es war bei der Eröffnung einer Medienfirma gewesen, für die sie im Auftrag ihrer Bank Jungaktien verkaufte. Damals war er im Management dieser Firma tätig. Sie verbrachten viel

Zeit in Meetings miteinander und trafen sich darüber hinaus nach einem harten Arbeitstag auf einen Drink. Dabei kamen sie sich näher und stellten viele Gemeinsamkeiten fest, die gleichen Interessen, die gleichen Arbeitszeiten und dieselben Bekannten. Stevens Pläne von einer eigenen Firma und sein Ehrgeiz beeindruckten sie. Sie passten perfekt zusammen.

Für Leidenschaft und spontanen Sex war in ihrer Beziehung kein Platz. Alles war bis ins Detail geplant und organisiert, selbst die Stunden trauter Zweisamkeit. Ihr Terminplan ließ kaum Abweichungen zu, aber es störte sie nicht. Ihr Job hatte oberste Priorität; gerade jetzt, kurz vor dem Ziel, konnten sie es sich nicht leisten, sich durch Privates ablenken zu lassen und nachlässig zu werden.

Das konnte sie sich hingegen bei ihrem verwegenen Gegenüber irgendwie nicht vorstellen. Er nahm sich, was er wollte und wann er es wollte. Wie mochte es sein, von ihm geküsst zu werden?

Der Fremde grinste anzüglich, als hätte er ihre Gedanken schon wieder erraten.

Tessa fühlte sich wie ertappt und erschrak über ihre Fantasie. Sie ärgerte sich, weil er sie derart durcheinanderbrachte.

Um seinem Blick zu entgehen, zog sie ihre Kapuze über den Kopf.

Die Lautsprecheransage kündigte die Einfahrt der nächsten U-Bahn an. Sekunden später rauschte sie ein und hielt mit einem durchdringenden Quietschen. Türen öffneten sich, Leute stiegen aus und ein und drängten sich an ihr vorbei. Dann schlossen sich die Türen, und die Bahn fuhr mit einem leisen Summen wieder an.

Erst als die roten Rücklichter im Tunnel verschwanden, wagte Tessa zum gegenüberliegenden Gleis zu sehen. Der Fremde war fort und sie atmete auf. Doch seine Aura schien weiterhin wie eine unsichtbare Wolke über ihr zu schweben.

Tessa war froh, als auf dem Bildschirm endlich ihre eigene Bahn angekündigt wurde.

Direkt vor ihr wirbelte eine schwarze Feder durch die Luft, die sie mit einer Hand fing. Federn in U-Bahn-Stationen waren nichts Ungewöhnliches, denn die Tunnel boten Tauben ideale Brutplätze. Aber diese war pechschwarz und unterschied sich von denen, die man sonst sah, denn sie besaß keinen festen Federkiel.

Nachdenklich drehte Tessa sie zwischen den Fingern. Sie war weich, mit langen strahlenförmigen Federästen wie eine Daune. Ein seltenes Souvenir.

Sie stopfte die Feder hastig in ihre Handtasche, bevor sie in ihre Bahn stieg. Bis zum Ausstieg an der Wall Street waren es etliche Stationen. Die Fahrzeit überbrückte Tessa stets mit Lesen. Sie zog einen Krimi aus der Handtasche und blätterte. Aber heute versagte ihre Konzentration.

Sie hatte mittlerweile etliche Sätze mehrmals gelesen, ohne den Inhalt zu verstehen. Die Zeilen verschwammen vor ihren Augen, und sie klappte das Buch wieder zu.

Dieser Fremde ging ihr einfach nicht aus dem Sinn. Ach, was nützte es, noch irgendeinen Gedanken an ihn zu verschwenden. Sie würde ihn bestimmt nie mehr wiedersehen. New York war keine Kleinstadt, in der man sich an jeder Ecke über den Weg lief.

An der nächsten Haltestelle stieg ein ganzer Schwung Fahrgäste aus und der Platz ihr gegenüber wurde frei.

Kräftige Beine in einer schwarzen Hose schritten durch den Gang. Tessa sah auf und erstarrte, als sie den Fremden erkannte, der auf den freien Platz zusteuerte. Das Buch entglitt ihren Händen und polterte auf den Boden, direkt vor seine Füße. Sie ärgerte sich über ihre Ungeschicklichkeit.

Er bückte sich und reichte es ihr. Aus der Nähe wirkte er noch beeindruckender.

«Danke», sagte sie mit heiserer Stimme. Er lächelte freundlich. Für ihren Geschmack nach der Begegnung am Gleis zu freundlich. Wie ein Wolf im Schafspelz.

«Gern geschehen.» Die tiefe, samtige Stimme brachte sie wie eine Stimmgabel zum Vibrieren. Genau so hatte sie sich diese vorgestellt. Sie passte zu ihm.

Als er sich setzte und sein Knie dabei gegen das ihre stieß, schnellte ihr Puls in die Höhe. Bestimmt nur, weil sie es grundsätzlich nicht mochte, von einem Fremden berührt zu werden, selbst wenn er noch so attraktiv war. Zugegeben, er war sexy, und in seinem Blick lag etwas Wildes, was manche Frau schwach werden ließe. Aber nicht sie. Männer seines Schlages brachten nur Unruhe in ein geordnetes Leben.

Dennoch ertappte sie sich dabei, wie sie sein Profil betrachtete. Er besaß seidig schimmernde, schwarze Wimpern, um die ihn jede Frau beneidet hätte.

Der Kragen seines Hemdes war offen und entblößte an seiner rechten Halsseite eine Tätowierung, nicht größer als ein Dollarstück, ein doppeltes V, das zwei waagerechte Linien durchbrach.

Von Weitem hätte man es durchaus für ein Victory-Zeichen halten können. Nicht gerade einfallsreich.

Ihr Blick blieb ihm nicht verborgen. Als er sich ihr zuwandte, glaubte sie in seinem Blick Begehren, aber auch eine aufblitzende Warnung zu erkennen. Diesmal blieben seine Augen fest auf sie gerichtet. Sein Blick tastete sie ab wie ein Scanner, bis er auf ihren Brüsten verweilte, die sich unter ihrer weißen Bluse abzeichneten.

Heiße und kalte Wellen rollten über ihren Körper. In diesem Moment bereute sie, ihren Mantel aufgeknöpft und den Blick auf ihren Spitzen-BH freigegeben zu haben. Deutlich zeichneten sich ihre Brustwarzen unter dem seidigen Stoff ab. Sie fühlte sich nackt und zog den Mantel vor der Brust zusammen. Unruhig rutschte sie auf dem Sitz hin und her.

Tessa wurde durch seine Nähe von einer ungewohnten Leichtigkeit erfasst, als säße sie in einem Kettenkarussell. Die Luft um sie herum schien elektrisch aufgeladen zu sein. Es prickelte auf ihrer Haut, als könnte sein Blick sie tatsächlich berühren. Sie war überrascht angesichts der heftigen Gefühle, die er in ihr auslöste, und konnte sich nicht von seinem Gesicht losreißen.

Selbst bei ihrem ersten Date mit Steven hatte sie keine Schmetterlinge im Bauch gespürt. Liebe, Sehnsucht, diese romantischen Gefühlsduseleien komplizierten nur eine Beziehung. Ihr Job war anstrengend genug und beanspruchte sie voll und ganz. Da hatte sie nicht noch Lust auf einen Mann, der von ihr verlangte, nur für ihn da zu sein.

Steven verstand, wie wichtig ihr die Karriere war. Dennoch wusste er, dass er sich stets auf sie verlassen konnte, wenn er sie brauchte. Er vertraute ihr, genauso wie sie ihm. Sie hatte viel von ihm gelernt, Wissen, mit dem sie sich in ihrem Job profilieren konnte. Beständigkeit, Verlässlichkeit und Vertrauen, das waren die Grundfesten jeder Beziehung und nicht leidenschaftliche Liebe oder Sex. Nicht umsonst scheiterten viele Beziehungen, wenn die Emotionen abkühlten.

Eine Frau mit einem weinenden Mädchen an der Hand und prall gefüllten Einkaufstüten zwängte sich durch den Gang. Dunkle Ringe unter ihren Augen zeugten von Erschöpfung. Vielleicht ließ das Kind sie nicht schlafen, mutmaßte Tessa. Sie empfand Mitleid mit der Frau und stand auf, um ihr ihren Platz anzubieten.

Die gleiche Idee hatte auch ihr Gegenüber, denn auch er erhob sich, trat beiseite und bedeutete der Frau, sich auf seinen Platz zu setzen. Sie nickte dankbar und nahm sein Angebot an. Das Kind stand unschlüssig im Gang und schniefte. Tessa hob es auf ihren freien Platz.

«Danke», sagte die Mutter und schenkte auch Tessa ein warmes Lächeln. Die Bahn war überfüllt, die Fahrgäste drängten sich in den Gängen.

Tessa quetschte sich durch die Reihe, um sich in der Nähe der Tür an einer Schlaufe festzuhalten. Erst jetzt bemerkte sie, dass der Fremde direkt neben ihr stand und auf sie herabschaute. Sein warmer Atem streifte ihren Hals. Eine Gänsehaut kroch ihren Rücken hoch. Sie wandte sich ab und sah zum Fenster hinaus.

Verdammt, sie benahm sich wie ein alberner Teenager. Langsam wurde sie wütend auf sich selbst. Wo blieb die Selbstsicherheit, die sie Männern gegenüber gewöhnlich an den Tag legte? *Bleib cool,* meldete sich ihre innere Stimme, *du lässt doch sonst deine Gefühle draußen vor der Tür. Da wird dich doch nicht dieser Kerl irritieren.*

Als sie in der Fensterscheibe sah, wie der Fremde sie angrinste, kniff sie wütend die Lippen zusammen. Der sollte sich bloß nicht einbilden, sie fände ihn attraktiv.

Die Bahn bog in einen anderen Tunnel ein und bremste unerwartet so scharf, dass Tessa mit Schwung gegen ihn flog. Als sie ihr Gleichgewicht wiederfand, presste sie ihre Hand gegen seine breite Brust, um sich von ihm wegzudrücken.

Doch ehe sie sich versah, lag sein Arm um ihre Taille, und er zog sie noch näher an sich heran. Eine gefährliche Nähe, denn die Wärme seines Körpers drang durch ihre Kleidung und hinterließ ein Prickeln auf ihrer Haut.

Tessa spürte seinen harten Körper an ihrem und war wütend auf sich selbst, weil diese Berührung ihre Sinne in Aufruhr versetzte. Sie sah zu ihm auf und sah das Verlangen in seinen Augen.

Verärgert startete sie einen neuen Versuch, sich von ihm zu lösen, aber die Bahn fuhr im selben Moment schwungvoll an und presste sie ein weiteres Mal gegen ihn. Er lachte, als sie leise fluchte.

«Keine Angst, es ist mir nicht unangenehm, im Gegenteil», raunte er ihr zu. «Lehnen Sie sich ruhig gegen mich. Sie duften übrigens wunderbar.» Er beugte sich herab und schnupperte an ihrem Hals. Ein wohliger Schauer durchrieselte sie.

«Das könnte Ihnen so passen.» Tessa schnaubte wütend. Was nahm der Kerl sich überhaupt heraus? Die anderen Fahrgäste wurden bereits auf sie aufmerksam, was ihr unangenehm war. Dieser Kerl hielt sich wohl für ein Geschenk an die Frauenwelt und zeigte sich von ihrer abweisenden Art unbeeindruckt. Das stachelte Tessas Wut nur noch mehr an.

Plötzlich fuhr seine Hand unter ihrem geöffneten Mantel wie beiläufig ihre Körperseite hinauf und berührte dabei eine Brustwarze. Ein Blitz schoss durch Tessas Körper, der mit einem verräterischen Ziehen in ihrem Schoß endete. Sie zuckte zusammen. Das Gefühl verstärkte sich noch durch die harte Wölbung in seiner Hose, die sich gegen ihren Bauch drückte. Zu ihrem Entsetzen erregte sie das. Sie musste diese seltsame Situation beenden.

«Was bilden Sie sich ein?», fauchte sie. «Lassen Sie mich los.»

Aber er grinste nur.

In diesem Augenblick lief die Bahn in Tessas Station ein. Als sie stoppte und die Türen sich automatisch öffneten, riss sie sich von ihm los und drängte sich zur Tür.

«Bye!», rief er hinter ihr her. Tessa drehte sich nicht um und stürmte aus der Bahn. Erleichtert atmete sie aus, als sie die Treppe nach oben rannte.

Tessa dachte noch immer an den Fremden in der U-Bahn, als sie durch den Eingang der Börse rauschte. Erst hatte er sie angestarrt und dann auch noch an einer intimen Stelle berührt. Flegel!

Dennoch konnte sie nicht verleugnen, welch lustvolles Gefühl sich in ihrem Körper ausgebreitet und nach mehr verlangt hatte. Unter seinem Blick waren Schauer über ihren Rücken gelaufen.

Lautes Stimmengewirr schlug ihr entgegen, als sie die Tür zum Handelsplatz aufschlug. Jetzt durfte sie keinen Gedanken mehr an den Fremden verschwenden, sondern musste sich konzentrieren, um den Angeboten und Nachfragen der Händler und Broker folgen zu können.

Es gelang ihr tatsächlich, den Fremden eine Zeit lang zu vergessen. Bis zum Nachmittag schwirrte es in ihrem Kopf, ausgelöst durch die ständig wechselnden Aktienkurse, die sie notierte und an andere Händler weitergab. Nebenbei verfolgte sie, so gut es ging, das Laufband mit den aktuellen Meldungen. Sie lächelte und ballte triumphierend die Faust, als sie las, dass sich Stevens Firmenaktien überaus gut verkauften. Tessa war stolz auf ihn und seinen Erfolg.

Erst am frühen Abend verließ sie das Gebäude, zufrieden über die erfolgreich abgewickelten Geschäfte, aber hundemüde. Sie ertappte sich dabei, wie sie unter den Passanten nach dem attraktiven Fremden suchte. Doch sie konnte ihn nirgends entdecken.

Ihre Stimme war vom vielen Reden ganz heiser und ihre Füße geschwollen. Am liebsten wäre sie jetzt nach Hause gefahren, um eine heiße Dusche zu genießen. Anschließend könnte sie bei einem Glas Wein und ihrer Lieblingsmusik auf der Couch den Abend genießen. Ein perfekter Ausklang für einen stressigen Arbeitstag.

Doch leider stand heute Abend das Dinner in Stevens Firma an. Delikates Essen und Small Talk.

Plötzlich klingelte ihr Handy in der Manteltasche. Neugierig zog sie es heraus und schaute aufs Display. Es war Hazel, ihre beste Freundin.

«Hi, meine Liebe, wo steckst du gerade?» Hazel klang aufgekratzt, als befände sie sich auf dem Weg zu einer Party oder als hätte sie einen tollen Typ kennengelernt.

Tessa war froh, dass ihre Freundin in letzter Zeit unbeschwert und glücklich wirkte, denn die langwierige Scheidung von Simon im vergangenen Jahr hatte sie mitgenommen. «Komme gerade von der Wall Street und will jetzt zu Steven. Wieso?»

«Ach, schade. Weil ich dich fragen wollte, ob du Lust hast, heute Abend mit mir zu einer Séance zu gehen.»

Tessa glaubte im ersten Moment sich verhört zu haben, denn ihre beste Freundin hatte eigentlich nichts übrig für irgendwelche okkulten Themen. Da konnte doch nur ein Mann dahinterstecken.

«Willst du mich veräppeln? Rück schon raus, wie heißt er?»

«Wer?», kam die Gegenfrage von Hazel.

«Na, der Typ, mit dem du zur Séance gehen willst.»

«Ich gehe dieses Mal allein. Oder mit dir.»

«Nee, ich gewiss nicht. Heute findet doch Stevens Dinnerparty statt. Außerdem halte ich von diesem Hokuspokus nichts. Ich kann nicht verstehen, dass du da hingehen willst.»

«Schade. Bin halt neugierig. Eine Kollegin war ganz begeistert. Ihre Oma hat bei der Sitzung angeblich mit ihr geredet. Ich wollte es nicht glauben. Da hat sie mich eingeladen, um es zu beweisen. Leider kann sie heute auch nicht.»

Tessa konnte es sich nicht erklären, aber sie verspürte plötzlich ein ungutes Gefühl dabei, dass Hazel diese Séance besuchen wollte.

«Ich weiß nicht, ob du das machen solltest ...», wandte sie ein.

«Ach, wird bestimmt lustig. Und es lenkt mich ein wenig ab. Vielleicht brauche ich dann mal keine Schmerztablette zu nehmen.» Hazel seufzte in den Hörer.

Hazels Migräne hatte mit der Trennung von Simon begonnen. Zwar liebte sie ihn noch immer, aber das Zusammenleben mit diesem eifersüchtigen Despoten war die Hölle gewesen. Der drehte vor Eifersucht jedes Mal völlig durch, wenn sie einen anderen Mann auch nur anlächelte.

Natürlich begrüßte es Tessa, wenn ihre Freundin als Single nicht nur zu Hause herumhockte, sondern unter Leute ging. Aber ob eine Séance sich dafür eignete, bezweifelte sie.

«Oder du kannst dann gar nicht mehr schlafen, weil du dich gruselst, und bekommst neue Migräneattacken. Ich halte das für keine gute Idee.»

«Ach, Quatsch. Ich werde dir dann berichten. Vielleicht unternehmen wir in den nächsten Tagen was anderes zusammen. Viel Spaß heute Abend. Ich ruf dich an.»

«Okay, aber versprich mir, dass du gehst, bevor es dir graust.»

Hazel kicherte.

«Ja, ja, keine Sorge. Du kennst mich doch. Ich fürchte mich nicht. Und wenn, vielleicht finde ich ja den passenden Beschützer? Oder ich kann Simon die Geister auf den Hals hetzen. Nein, im Ernst, bin nur neugierig, was da so alles abgeht. Also, bis dann, meine Liebe.»

«Okay, ich warte auf deinen Anruf.»

Während des Telefonats hatte Tessa kurz überlegt, ob sie Hazel von der Begegnung mit dem attraktiven Fremden erzählen sollte, dann aber den Gedanken wieder verworfen, weil sie befürchtete, sie könnte sie damit aufziehen.

Tessa steckte das Handy wieder ein und winkte nach einem Taxi.

2.

Nathanael verfolgte den Dämon schon eine Weile, bis er am Ende der Straße um die Ecke bog. Dieses Mal würde er sich nicht von ihm abschütteln lassen. Was hatte der bloß in dem leeren Wohnblock vorhin gesucht? Wenn er den zu fassen bekam, würde er ihm die gewünschten Informationen aus seinem Schlund pressen und ihn umgehend in die Hölle zurückbefördern. Die besondere Fähigkeit dieses Dämons, seine Gestalt zu wandeln und mit seiner Umgebung zu verschmelzen, machte die Sache leider nicht einfacher.

Nathanael beobachtete, wie er vor ihm auf das nächste Haus sprang. Mühelos setzte er nach und jagte ihn über die Dächer New Yorks. Es wehte ein eisiger Wind, der das Geheul von Polizeisirenen herauftrug. Der Dämon lief an der Dachkante weiter und hechtete mit einem gewaltigen Satz aufs nächste Haus. Wenn der dachte, ihm damit zu entgehen, hatte er sich gewaltig geschnitten.

Zornig ballte Nathanael die Hände zu Fäusten, bevor auch er sich aufs nächste Dach katapultierte. Er stoppte, als der Dämon aus seinem Blickfeld verschwand. Verdammt! Wo war er geblieben? Nathanael drehte sich im Kreis und suchte jeden Winkel, jede Kontur des Daches ab. Dieser Dämon konnte wie ein Chamäleon jedes Muster und jede Farbe seiner Umgebung annehmen.

War da nicht eben eine Bewegung zwischen den Kaminen gewesen? Langsam näherte er sich den metallenen Abzügen. Aber da waren nur Tauben, die gurrend auf dem Dach spazierten und ihn misstrauisch beäugten. Eilige Schritte erklangen hinter ihm. Sofort wirbelte er herum und rannte zur anderen Seite des Hochhauses. Aber er konnte den Dämon nicht sehen und blickte in die Tiefe.

Unter ihm befand sich ein von Unrat übersäter Innenhof, aus dem es nach Urin, Abfällen und Rattenkot stank. Nathanael verzog angewidert das Gesicht. Langsam zog er das Messer mit der Sichelklinge aus der Scheide unter seiner Jacke hervor. Diese Waffe aus der Engelsschmiede war die wirkungsvollste gegen Dämonen. Ein präziser Wurf genügte, um einer dieser Kreaturen den Kopf vom Rumpf zu trennen.

Er ließ sich lautlos in den Innenhof gleiten und verbarg sich in einer Mauernische. Das Messer fest umklammert wartete er auf ein verräterisches Zeichen des Dämons, um zuzuschlagen. Nichts regte sich, und er glaubte schon, sich geirrt zu haben.

Plötzlich hörte er über sich kräftige Flügelschläge. Instinktiv drückte er sich fester gegen die Mauer. Eine geflügelte Gestalt befand sich im Sinkflug. Nathanael wagte nicht zu atmen. Die schwarzen Schwingen berührten fast sein Gesicht. Nicht nur sein Herz schlug Takte schneller, auch seine Muskeln spannten sich an. Ein Gefallener? Hier? Er konnte es nicht fassen. Seit über tausend Jahren hatte keiner mehr die Erde betreten. Das Gleichgewicht der Mächte musste sich verschoben haben. Warum wusste er dann nichts davon?

Nathanael spürte ein Beben unter seinen Füßen, das ihn beunruhigte. Er neigte leicht den Kopf nach vorn und erkannte, dass der Boden aufriss und einen feuerroten Schlund offenbarte. Schwefeldämpfe stiegen aus der Spalte und erweckten mit dem fauligen Geruch Übelkeit. Hier befand sich ein Höllentor! Aus der Nähe hatte er noch keines gesehen.

Der Dämon sprang aus dem Mauerschatten und stürzte sich mit wildem Gekreische in den roten Abgrund. Flammen loderten empor, begleitet von gelben Schwefelwolken. Der Gefallene eilte seinem Dämon hinterher, ohne dass Nathanael ihn erkennen konnte. Kaum waren die beiden im Untergrund verschwunden, verschloss sich die Oberfläche. Zurück blieb eine Wulst im Boden, die auch von einem Erdbeben oder Bauarbeiten stammen könnte. Nathanael stieß einen derben Fluch aus. Wieder war ihm der Dämon entwischt.

Wütend trat er gegen eine Mülltonne, die mit lautem Scheppern umkippte. Der stinkende Unrat verteilte sich auf dem Pflaster des Innenhofs. Ratten huschten aufgeschreckt an der Mauer entlang. Er hasste diese stinkenden Viecher. Wegen ihnen war ihm der Dämon in der Kanalisation letzte Woche schon einmal entkommen, als sie sich in seinem Bein verbissen hatten.

Heute trug die Rothaarige mit ihrer sinnlichen Ausstrahlung die Schuld daran, dass der Dämon ihm erneut entwischt war. Unter allen Wartenden in der U-Bahn war sie ihm sofort aufgefallen. Sie besaß eine Ausstrahlung, der er sich nicht entziehen konnte. Er hatte den Dämon laufen lassen, weil er ihr sogar in die U-Bahn gefolgt war, um sie aus der Nähe zu betrachten. Und es hatte sich gelohnt. Ein Lächeln huschte über seine Lippen, als er an ihre rosigen Brustwarzen dachte, die sich unter dem dünnen Blusenstoff abgezeichnet hatten.

Nathanael war sich seiner Wirkung auf Frauen bewusst und hatte ein gewisses Gespür dafür entwickelt, ob sein Interesse erwidert wurde. Die Rothaarige war interessiert, sonst hätte sie sich eher aus seiner Umarmung befreit. Das Funkeln in ihren Augen und die harten Brustwarzen nach seiner Berührung waren ihm nicht entgangen. Aber auch er hatte gespürt, wie das Blut in seine Lenden geschossen war und sein Glied sich aufgerichtet hatte. Die Versuchung, sie zu küssen, war groß gewesen. Er hätte es getan, wenn die Bahn nicht angehalten und sie ihm davongerannt wäre.

Das heftige, aufflammende Begehren, das er in ihrer Gegenwart verspürt hatte, irritierte ihn. Das hatte er nach Gina nicht mehr in dieser Intensität empfunden. Nach dem Tod seiner Freundin hatte er nicht gerade wie ein Mönch gelebt, aber er hatte geschworen, sich nie mehr zu verlieben. Das Leben an seiner Seite war für eine Frau gefährlich, wie er schmerzlich hatte erfahren müssen.

Gina war durch seine Schuld gestorben. Das würde er sich nie verzeihen.

Er schloss die Augen und versuchte, sich ihr Gesicht in Erinnerung zu rufen, aber es verschwamm. Stattdessen formte sich ein anderes, schmales, umrahmt von roten Haaren.

Verdammt! Diese Frau ging ihm einfach nicht aus dem Kopf! Wie würde sich ihre Haut unter seinen Fingern anfühlen? Ihre Brüste? Um das herauszufinden, würde er sich ins Zeug legen müssen, denn er spürte, dass sie nicht die Art Frau war, die sich leicht erobern ließ. Aber er vertraute voll und ganz seiner Erfahrung. Bislang war es ihm immer gelungen, jede Frau zu bekommen, die er begehrte. Nathanael lächelte bei der Vorstellung, sie bald in seinen Armen zu halten.

«Deine Liebschaften werden dich eines Tages noch den Kopf kosten», klangen die Worte seines Vaters in ihm nach.

Das mochte sein, aber Sex ließ ihn für eine Weile den Schmerz wegen Ginas Tod vergessen. Und bis jetzt hatte noch kein Auftrag unter seinen kleinen Eskapaden gelitten. Bis jetzt. Alles in ihm schrie danach, Tessa bald wiederzusehen.

Wenig später schlenderte er auf dem Weg zu seiner Wohnung die düstere Hafenstraße entlang. Wie alle Mischwesen wohnte er im Engelsghetto, das aus einem Wohnblock und der *Hell's Bar*, dem geheimen Treffpunkt der Blutengel und Propheten in New York, bestand.

Ein eisiger Wind pfiff durch die verwaiste Straße, die durch die hohen Lagerhallen zu beiden Seiten wie eine Schlucht wirkte.

Schwarze Wolkenschleier fegten über den Himmel und verhüllten das Sternenlicht. Er stellte den Kragen seiner Jacke auf und vergrub die Hände tief in den Taschen. Die Straßenbeleuchtung war ausgefallen, es war stockfinster. Aber er verfügte über die Fähigkeit, auch in der Dunkelheit zu sehen. Selbst den Staub eines Dämons konnte er erkennen. Er schnitt eine Grimasse, als er an das Fiasko von vorhin dachte.

Er blieb stehen, als er einen Luftzug vor sich wahrnahm, und zog das Flammenschwert aus der Scheide zwischen seinen Schulterblättern. Jeder Muskel seines Körpers war gespannt, bereit für einen eventuellen Kampf. Sein Blick suchte nach einer Kontur in der Dunkelheit. Eine Bewegung neben ihm ließ ihn herumfahren.

Verblüfft starrte er seinen Vater an, der mit seiner fluoreszierenden Aura das Dunkel erhellte. Ganz in Gedanken versunken hatte er sein Kommen nicht gespürt.

Es kam nur selten vor, dass sein Vater ihn aufsuchte, meistens aus einem unangenehmen Grund. Nathanael ahnte, weshalb er hier war. Er schob seine Waffe zurück in die Scheide.

Sein Vater, Erzengel Michael, trug einen schwarzen, eng anliegenden Anzug, der seinen muskulösen Körper zur Geltung brachte. Seine Flügel verbarg er genau wie Nathanael auch zwischen den Schulterblättern, unter zwei roten Streifen in der Haut, die man auf den ersten Blick für Narben halten konnte. Es bedurfte großer Konzentration, die Flügel zum Einsatz zu bringen.

Nathanael verzichtete meist darauf, sie zu nutzen. Es raubte viel Energie und dauerte zu lange, bis Haut und Fleisch an der Stelle, wo die Schwingen ausbrachen, wieder verheilt waren. Er brauchte Tage, um sich davon zu erholen.

Blondes Haar fiel auf Michaels breite Schultern. Sein kantiges Gesicht schien wie aus Granit gemeißelt. Der bohrende Blick war der eines Kriegers, unter dem sich Nathanael als Kind unwohl gefühlt hatte. Heute empfand er nur noch Verachtung für den Erzengel.

Michael hatte Gina sterben lassen, obwohl Erzengel Heilkräfte besaßen, die es ihnen ermöglichten, einen Menschen aus dem Totenreich ins Leben zurückzurufen. In seiner Verzweiflung hatte er damals seinen Vater angefleht, Gina zu retten, als sie sterbend in seinen Armen lag. Aber Michael hatte nur den Kopf geschüttelt und zugesehen, wie das Leben mit jedem Atemzug aus ihrem Körper wich, bevor er wortlos gegangen war. Das konnte er nicht verzeihen. Niemals!

Genauso wenig wie er ihn mit «Vater» anreden könnte. Wie hatte er auch nur einen Moment daran glauben können, Michael würde sich einem Menschen gegenüber gnädig zeigen, wenn er nicht mal für seinen Sohn einen Funken Liebe empfand?

Solange Nathanael noch ein Kind war, hatte Michael sich nicht für ihn interessiert. Erst als er dreizehn Jahre alt geworden war, erinnerte der Erzengel sich daran, einen Sohn zu besitzen.

Gegen den Willen seiner Mutter nahm Michael ihn mit nach Rom, um sich seiner Erziehung zu widmen und ihn dort fern von allen, die er kannte und liebte, auf seine künftigen Aufgaben vorzubereiten. Nur selten konnte Nathanael seine Mutter besuchen.

Erst nach ihrem Tod kehrte er nach New York zurück und lernte Gina kennen. Der Beginn ihrer Beziehung stand unter keinem guten Stern, denn Gina wurde von den Nephilim, den Kindern Gefallener, verfolgt. Ausgerechnet den Sohn des gefallenen Engels Leviathan hatte sie in Notwehr erschossen, als er sie vergewaltigen wollte. Leviathan, der Günstling Luzifers, sandte seine Dämonen aus, um Gina zu töten. Nathanael konnte sie vor den Angriffen beschützen – bis zu jenem verhängnisvollen Tag.

Michael bewegte sich mit der Kraft und Geschmeidigkeit eines Raubtiers auf ihn zu. Der goldene Schwertknauf seines Flammenschwertes, das er stets bei sich führte, ragte hinter seiner linken Schulter hervor. Seine tiefe Stimme holte Nathanael in die Gegenwart zurück.

«Ich hatte dir doch einen Auftrag erteilt.» Der sanfte Tonfall hätte jeden getäuscht außer Nathanael. Er kannte seinen Vater gut genug, um zu wissen, dass er ihn hart bestrafen würde, wenn er den Auftrag nicht erfüllte.

Die Frist war bereits vor einem Monat abgelaufen. Die anfangs simpel erscheinende Aufgabe, über die er gelacht hatte, war zu einer echten Herausforderung mutiert. Das Lachen war ihm schon lange vergangen.

Nathanael hasste es zu versagen.

«Ich brauche mehr Zeit.»

Michaels Miene versteinerte angesichts seiner Forderung. «Noch immer renitent. Ich kann dir keinen Aufschub gewähren. Luzifer hat einen neuen Seelenpakt mit einem Irdischen geschlossen. Deshalb ist ein Gefallener hier. Er hat neue Dämonen erschaffen und mehr Verbündete unter den Irdischen, als du dir vorstellen kannst.»

«Das habe ich befürchtet.» Knapp und sachlich umriss Nathanael das Geschehen von vorhin.

Michael schnaubte, seine Miene verfinsterte sich.

«Das bestätigt nur, wie dringend du deine Aufgabe erfüllen musst. Die Macht Luzifers wächst, wenn wir den Gefallenen nicht stoppen. Immer mehr Seelen werden ihm zum Opfer fallen. Unter meinem Gefolge ist Unruhe ausgebrochen. Es ist zu befürchten, dass noch einer überläuft. Ich muss die Pforten bewachen. Du bist von meinem Blut. Vernichte den Gefallenen und seine Dämonen. Erweise dich als Blutengel würdig. Enttäusche mich nicht, mein Sohn.»

Michael unterstrich seine Worte mit einer entschiedenen Geste, die keinen Zweifel darüber ließ, dass er keinen Widerspruch duldete. Er beugte sich vor und sah Nathanael mit strengem Blick an. Nathanael wusste, sein Vater forderte jetzt von ihm das Versprechen.

«Ich werde dich nicht enttäuschen, Michael.»

Nach seinen Worten entspannte sich die Miene des Erzengels.

«Möge der Herr mit dir sein und dir Kraft spenden.» Er hob den Arm. Aus seiner Handfläche trat ein gleißender Lichtstrahl, der Nathanael wie eine dünne Membran umhüllte.

Der Blutengel spürte, wie die Energie seines Vaters überall in seinen Körper drang und sich in warmen Wellen ausbreitete. Das Blut begann in seinen Adern zu pulsieren. Mit jedem Herzschlag fühlte er sich stärker. Die energetische Kraft drang aus seinen Händen und Füßen und ließ ihn eine Handbreit über dem Erdboden schweben. Ein Gefühl von Stärke und Macht durchströmte ihn, die Droge der Unbesiegbarkeit. Durch die zugeführte Energie würde sein Körper schneller regenerieren und weniger ermüden. Seine Muskeln strotzten vor Kraft und er fühlte sich stärker denn je.

Als Michael seine Hand schloss, erlosch der Lichtstrahl. Langsam ließ Nathanael sich wieder zu Boden gleiten.

Der Erzengel trat zurück. Seine Miene verzerrte sich. Er senkte den Kopf, als seine Flügel Haut und Anzug durchdrangen und sich wie bei einem frisch geschlüpften Schmetterling entfalteten.

Nathanael betrachtete die weißen Schwingen, auf denen ein silbriger Glanz lag. Er legte seine rechte Hand aufs Herz und neigte respektvoll den Kopf, so wie er es gelernt hatte und es von ihm erwartet wurde. Doch immer, wenn er seinem Vater begegnete, wurde er an Ginas Tod erinnert. Jedes Mal wallte der Zorn erneut in ihm auf.

Der Erzengel schlug mit den Flügeln, stieg in die Luft und verschwand schließlich im Dunkel der Nacht.

Nathanael sah ihm lange nach.

Die Stelle, wo sein Vater eben noch gestanden hatte, glitzerte vom silbrigen Staub seiner Schwingen.

Er verfluchte sein Schicksal, das ihn dazu zwang, sich den himmlischen Mächten und Gesetzen zu unterwerfen. Es war das Leben eines Sklaven, das er führte, geboren, um Dämonen und Gefallene in die Hölle zurückzuschicken. Und wenn er sich widersetzte oder versagte, würde er entweder das Leben eines Geächteten führen oder ein Diener Luzifers werden. Es war ein gefährlicher Job, bei dem er Kopf und Kragen riskierte und der ihm keine Anerkennung zuteilwerden ließ. Wer hätte mit einem Blutengel tauschen wollen? Dennoch hatte er nie gegen sein Schicksal aufbegehrt, noch an seiner Bestimmung gezweifelt, bis zu Ginas Tod.

Vergebung, Nächstenliebe und Gnade – alles nur leeres Geschwätz.

3.

Steven genoss es sichtlich, der Mittelpunkt des Abends zu sein, und schlenderte lächelnd zwischen den zahlreichen Gästen umher, schüttelte unzählige Hände und wechselte mit jedem ein paar belanglose Worte. Dieser Small Talk ging Tessa mit der Zeit auf die Nerven. Es war wie verhext, immer wenn sie glaubte, sie hätte ihn einen Moment für sich allein, um ihm zu sagen, wie stolz sie auf ihn war, stand ein neuer Gratulant vor ihnen und beanspruchte Stevens Aufmerksamkeit. Am liebsten hätte sie sich zurückgezogen, aber als Lebensgefährtin des erfolgreichen Steven Greenberg war ihr Platz an seiner Seite.

Ihr brummte der Schädel vom Stimmengewirr. Noch vor wenigen Tagen hatte sie diesem Abend entgegengefiebert, um Steven und all den anderen zu beweisen, dass sie nicht nur eine talentierte Bankerin war, sondern auch eine perfekte Gastgeberin. Und jetzt das!

Ausgerechnet heute musste sie erfahren, wie anstrengend es sein konnte, mit einem Dauerlächeln jedem der Gäste genügend Aufmerksamkeit zu schenken, auch wenn sie die Gespräche langweilten. Meistens drehte sich alles nur um Klatsch und Tratsch, wer sich gerade scheiden ließ, seinen Partner betrog, oder um irgendwelche Wohltätigkeitsveranstaltungen von Promis. Daran musste sie sich wohl an Stevens Seite gewöhnen. In solchen Momenten zweifelte sie daran, ob sie dieses Leben auf Dauer glücklich machen konnte.

Die Luft im Saal wurde immer heißer und stickiger, das Stimmengewirr schwoll an und verursachte ihr Kopfschmerzen. Tessa war todmüde, ihre Füße schmerzten vom langen Stehen. Ständig musste sie sich mit den Fingern die Schweißperlen von der Stirn tupfen.

«Senator Davis, ich danke Ihnen für Ihre Glückwünsche.» Steven schüttelte die Hand eines kleinen, untersetzten Mannes im weißen Smoking, den Tessa nur aus der Presse kannte. Der Senator befragte Steven nach der Versuchsreihe des neu entwickelten Migränemedikaments. «Alles bestens, Senator. Keinerlei Nebenwirkungen.»

Steven berichtete ausführlich von seinen Gesprächen mit den Behörden. Tessa hörte nicht mehr zu und unterdrückte ein Gähnen. Steven warf ihr einen warnenden Blick zu.

«Wenn du mich entschuldigst, Steven, ich werde mal nachsehen, ob das Buffet aufgefüllt werden muss», sagte sie und war heilfroh, diesem langweiligen Gespräch zu entkommen.

«Ja, ja, mach das, Darling», pflichtete er ihr hastig bei, bevor er sich wieder in das Gespräch mit dem Senator vertiefte. Tessa verspürte nur noch den Wunsch, dem Stimmengewirr und der schlechten Raumluft zu entgehen. Sie zwängte sich in Richtung Ausgang durch eine Flut neu hereinströmender Gratulanten und wurde regelrecht eingekeilt, sodass sie weder einen Schritt vor noch zurück konnte. Und das bei ihrer Platzangst!

Schweiß brach ihr aus allen Poren, ihre Hände begannen zu zittern und ihr Herz raste. *Raus hier, bloß raus hier*, hämmerte es in ihrem Kopf. Tessa wusste nicht mehr, wie oft sie ‹Excuse me› gesagt und ihre Ellbogen eingesetzt hatte, bis sie dem Pulk entkommen war. Als sie den Ausgang sah, atmete sie erleichtert auf.

Draußen im Flur war es bedeutend kühler und die Stimmen hinter ihr klangen nur noch wie das Summen eines Bienenschwarms. Eine Weile suchte sie vergeblich vor der Tür nach einer Sitzgelegenheit. Als ihre Waden krampften, lief sie auf die Fahrstühle zu. Sie brauchte jetzt einen Kaffee und einen Stuhl.

Wenig später trat sie aus dem Lift und stand im Atrium des Gebäudes, das exklusive Geschäfte und Cafés beherbergte. Auch hier war es nicht menschenleer, doch im Gegensatz zu Stevens Party waren die Stimmen gedämpfter und die Luft durch die künstlichen Wasserfälle, die von den Wänden plätscherten, angenehm kühl. In der nächsten halben Stunde würde Steven sie mit Sicherheit nicht vermissen. Nur für eine Weile abschalten und die Beine ausruhen, bevor sie wieder nach oben fuhr.

Tessa lief auf das orientalische Café zu, das sie von zahlreichen Besuchen kannte, wenn sie hier im Tower auf Steven gewartet hatte. Seufzend sank sie auf einen der Stühle und bestellte sich einen Cappuccino.

Während sie trank, beobachtete sie die Liebespaare, die eng umschlungen an ihr vorüberschlenderten. Sie wirkten alle so glücklich, dass es ihr einen Stich versetzte. In letzter Zeit waren die Stunden trauter Zweisamkeit mit Steven immer seltener geworden. Sie konnte sich kaum noch daran erinnern, wann sie gemeinsam in einem Café in Ruhe eine Tasse Kaffee getrunken hatten. Doch sie hatte gewusst, worauf sie sich einließ, als sie Steven bei seinen Plänen unterstützte, und konnte sich nicht beklagen. Der Verzicht auf ein Privatleben war der Preis, den sie für das Verwirklichen ihrer Ziele zahlen musste. So war das Business.

Ein hochgewachsener Mann vor dem gegenüberliegenden Laden weckte ihre Aufmerksamkeit. Tessa erstarrte. Es war der gut aussehende Fremde aus der U-Bahn, der lässig einen Finger durch den Aufhänger seiner Lederjacke gesteckt hatte, die über seiner Schulter hing. Unwillkürlich ließ sie den Blick über seine muskulöse Figur gleiten.

Bei der Erinnerung an die kräftigen Arme, die sie gehalten hatten, schnellte ihr Puls nach oben. Wie nah sie seinem Körper gewesen war, so nah, dass sie seine Erektion gespürt hatte. Allein das bewirkte abwechselnd heiße und kalte Schauer, die ihr über den Rücken liefen.

Dazu fiel ihr Hazels flapsiger Spruch in einer solchen Situation ein: «Ein Sahneschnittchen wie den würde ich nicht von der Bettkante stoßen.» Wenn sie ihm allein auf einer Party begegnet wäre, hätte sie vielleicht eine Nacht mit ihm verbracht. Himmel! Wie konnte sie auch nur einen Gedanken daran verschwenden, mit einem Wildfremden Sex zu haben?

Sie sah, wie er den Kopf neigte und zu jemandem sprach, den er mit seinem Körper verdeckte. Tessa lehnte sich ein Stück zur Seite, um zu erkennen, wem seine Aufmerksamkeit galt. Alles, was sie erhaschte, war ein Blick auf schmale Finger mit pink lackierten Nägeln, die sich auf seinen Arm legten, und ein brünetter Zopf.

War ja klar, ein Mann mit diesem Aussehen und der sinnlichen Ausstrahlung zog Frauen wie ein Magnet an. Die Brünette trat hinter ihm hervor und lächelte ihn kokett an, während sie mit einer aufreizenden Geste wie zufällig ihren Zopf über die Schulter gleiten ließ. Sie war Tessa auf Anhieb unsympathisch.

Du bist nur eifersüchtig, Tessa McNaught, meldete sich eine Stimme in ihr, die sie zu ignorieren versuchte. Es war sowieso Zeit, wieder nach oben zu fahren. Dort oben war ihr Platz, an Stevens Seite. Was ging sie der Kerl an?

Hastig trank sie den letzten Schluck Kaffee, bevor sie nach dem Kellner rief. Sie zückte ihr Portemonnaie und schob ihm über den Tisch eine Fünfdollarnote zu. Als sie danach wieder zum Laden gegenüber sah, waren der Fremde und seine Begleiterin verschwunden. *Da hatte er für heute Abend also ein williges Opfer gefunden*, dachte sie bissig. Aber diese Erkenntnis besaß einen bitteren Beigeschmack.

Was bist du enttäuscht? Hast du geglaubt, er würde dich an ihrer Stelle mitnehmen?

Wütend auf sich selbst steuerte Tessa auf die Aufzüge zu. Dabei warf sie einen flüchtigen Blick über die Schulter zurück und übersah prompt den Mann, der mit einer vollen Einkaufstüte um die Ecke gehastet kam. Als sie zusammenprallten, zerriss die Einkaufstüte, aus der eine Flasche Alkohol fiel und vor ihren Füßen mit einem Knall zersplitterte.

Erschrocken trat Tessa einen Schritt beiseite und glitt in der Wodkapfütze aus. Die Katastrophe des Abends! Unerwartet umfassten kräftige Hände ihre Ellbogen und fingen den Sturz ab.

«Haben Sie keine Augen im Kopf?» Der Mann mit der Einkaufstüte warf ihr einen vernichtenden Blick zu.

«Das Gleiche könnte man von Ihnen auch behaupten.» Das Timbre der männlichen Stimme klang trotz des barschen Tonfalls unglaublich sexy. Schon wieder der Fremde aus der U-Bahn. Tessa wagte nicht, sich umzudrehen, sondern heftete den Blick auf ihr Gegenüber, das wutschnaubend nach einem Reinigungsdienst rief.

Als ein Mann in Security-Uniform nahte, wurde ihr bewusst, dass sie noch immer hier stand und der Fremde sie festhielt. Ihre Haut brannte unter seiner Berührung.

«Danke, dass Sie mich aufgefangen haben. Sie können mich jetzt wieder loslassen.»

Mein Gott, ihre Stimme klang fremd und heiser, als steckte ein Kloß in ihrem Schlund. Als sein warmer Atem ihren Hals streifte, stellten sich ihr die Härchen im Nacken auf. Der Fremde dachte nicht daran, sie loszulassen, sondern drehte sie um.

Unter seinem begehrlichen Blick fühlten sich ihre Beine wie Gummi an und in ihrem Magen schien ein ganzer Schmetterlingsschwarm zu flattern. Aber sie gönnte ihm nicht die Gewissheit, welche Wirkung er auf sie besaß, und setzte eine freundlich distanzierte Miene auf. Sie würde sich genauso cool geben wie in der Metro. Cool?

Widerwillig gestand sie sich ein, dass sie neulich keineswegs kühl gewesen war und auch heute nicht die Lage beherrschte.

Vielmehr brodelte in ihr ein Vulkan, der kurz vor dem Ausbruch stand. Obwohl er sie nur ansah und am Ellbogen berührte, glaubte sie, seine Hände überall heiß und verlangend auf ihrem Körper zu spüren. Drehte sie jetzt durch?

«Und wenn ich das nicht will?»

Eigentlich hätte sie mit dieser provokanten Gegenfrage rechnen können, aber seine Dreistigkeit ließ sie dennoch wütend werden. Sie ärgerte sich, weil er sie verunsicherte.

«Ich bin Ihnen sehr dankbar, aber nun lassen Sie mich bitte los. Ich muss zu einem wichtigen Termin.» Tessa senkte den Blick und wand sich aus seinem Griff. Doch er packte erneut ihren Arm und trat dicht hinter sie.

«Wichtiger als ich?», raunte er ihr ins Ohr.

Sein warmer Atem kitzelte auf ihrer bloßen Haut und die Sinnlichkeit in seiner Stimme drang bis zu ihrem Innersten vor, süß und düster wie Satans Stimme. Himmel, jetzt verlor sie sich in irgendwelchen Metaphern, dabei war dieser Kerl einfach nur selbstherrlich und unverschämt. Ihrem Körper schien das allerdings völlig egal zu sein. Tessa stöhnte innerlich auf.

«Sie bilden sich wohl ein, mit diesen Sprüchen bei jeder Frau landen zu können», erwiderte sie, wehrte seine Hand ab und streckte den Arm nach dem Fahrstuhlknopf aus.

Er stützte seinen Arm neben ihrem Kopf an der marmorierten Wand ab. Tessa wandte sich empört zu ihm um.

Er grinste anzüglich. «Vielleicht.»

Sein Gesicht kam ihrem gefährlich nah. Seltsam, seine Züge wirkten vertraut, als würde sie ihn schon lange kennen. Was kamen ihr nur für Gedanken in den Sinn?

Tessa war es nicht möglich, den Blick abzuwenden. Sie starrte auf seine vollen, geschwungenen Lippen, die sich zu diesem unwiderstehlichen Lächeln kräuselten, das sich seit der Metro in ihr Hirn gebrannt hatte. Fast hätte sie mit dem Finger sein Kinngrübchen berührt.

Sie leckte nervös mit der Zunge über ihre spröden Lippen, was er als Einladung zu einem Kuss zu interpretieren schien, denn er beugte sich vor und spitzte die Lippen. Reglos stand Tessa da und wurde erst aus ihrer Erstarrung gerissen, als sich hinter ihr mit einem Klingelton die Aufzugtüren öffneten.

Sie stolperte rückwärts in den Aufzug und drückte hastig auf den Knopf, um die Türen zu schließen. Wider Erwarten machte er keine Anstalten, ihr zu folgen. Ohne dass sie es gewollt hätte, enttäuschte es sie, dass er so schnell aufgab. Mit einem Summen begannen die Türen sich zu schließen. Ein unergründlicher, aber warmer Ausdruck lag in seinen Augen, der sie mehr berührte, als ihr lieb war.

«Du kannst vor mir, aber nicht vor deinen Gefühlen davonlaufen», flüsterte er.

Sie stieß einen Seufzer der Erleichterung aus, als die Türen sich schlossen und der Aufzug sich in Bewegung setzte. Nathanaels Worte klangen in ihr nach.

Du kannst nicht vor deinen Gefühlen davonlaufen.

Mit seinen Worten hatte er ins Schwarze getroffen. Ja, sie lief vor ihm und ihren Gefühlen davon. Ihr Leben war geordnet, und das war gut so. Vor allem wollte sie nicht, dass sich jemand in ihre Beziehung mit Steven drängte.

Tessa lehnte sich an die Wand und verfolgte die Stockwerksanzeige in der Hoffnung, sich durch Ablenkung zu beruhigen. Aber ihr Puls raste noch immer.

Außer ihr befand sich noch ein Pärchen mittleren Alters im Aufzug, das sie neugierig musterte. Befanden sie sich etwa auf dem Weg zu Stevens Feier? Nicht auszudenken, wenn die beiden Steven kannten und ihm erzählen würden, was eben geschehen war.

Sie heftete den Blick fest auf ihre Schuhspitzen. Hoffentlich sah man ihr nicht an, wie aufgewühlt sie war. Was wäre geschehen, wenn er ihr in den Lift gefolgt wäre? Es war besser, nicht darüber nachzudenken. Er besaß eine Anziehungskraft, der sie offensichtlich nur schwer widerstehen konnte.

Der Aufzug hielt und das Pärchen stieg aus. Tessa atmete erleichtert auf, weil die beiden nicht zu Stevens Gästen gehörten. Der Aufzug hielt im nächsten Stockwerk, und ehe sie protestieren konnte, trat der Fremde ein. Überrascht machte sie einen Schritt zurück und die Türen schlossen sich wieder.

Der Aufzug setzte sich in Bewegung. Das Herz hämmerte ihr bis zum Hals. Noch zehn Stockwerke bis zum Saal, zählte sie im Geist.

Der Fremde streckte den Arm aus und betätigte einen Schalter. Mit einem Ruck blieb der Aufzug stecken.

«Hey, was soll das?» Tessa beugte sich vor, um den Schalter wieder umzulegen und die Fahrt fortzusetzen. Doch der Ausdruck in seinem Gesicht ließ sie innehalten. Sein Blick besaß etwas Hypnotisches, das sie lähmte.

Sie starrte in seine dunklen Augen mit den goldenen Einsprengseln. Langsam neigte sein Kopf sich zu ihr herab, bis seine Lippen sich auf ihre legten. Sein Kuss schmeckte nach Schokolade und war verführerisch sanft. Tessa umklammerte den Haltegriff hinter ihr, weil ihr die Beine nachgaben.

Seine Zunge öffnete ihre Lippen, tauchte in ihren Mund und schickte eine Flamme des Verlangens durch ihren Körper. Sie schloss die Augen und stöhnte leise in seinen Mund, als er seine Hände auf ihr Gesäß legte, um sie näher an sich heranzuziehen. Deutlich spürte sie seine Erektion an ihrem Bauch, die eine Welle ungeahnter Lust in ihr auslöste.

Wie von selbst schlangen sich ihre Arme um seinen Nacken,

während ihre Zunge gierig nach der seinen suchte. Sie vergaß alles um sich herum und gab sich ganz dem köstlichen Geschmack seines Kusses hin.

Plötzlich ruckte der Aufzug und Tessa schlug die Augen auf. Der Fremde löste sich von ihr. Verwirrt sah sie ihn an. Sie spürte, wie ihre Wangen vor Erregung glühten.

Er tippte ihr mit dem Zeigefinger auf die Nasenspitze und lächelte. «Du schmeckst noch besser, als ich es mir vorgestellt habe», flüsterte er.

Genauso schnell, wie er in den Aufzug gestiegen war, schlüpfte er hinaus, als sich die Tür im nächsten Stockwerk öffnete.

Die eben empfundene Lust wich einem plötzlichen Schamgefühl. Wie sollte sie jetzt Steven begegnen, ihm in die Augen sehen? Sie hätte ihn fast mit dem Fremden im Aufzug betrogen. Was war nur los mit ihr?

Was regst du dich auf, war doch nur ein Kuss, hätte Hazel gesagt. Stimmt, es war nur ein Kuss. Aber es wäre mehr gewesen, wenn er sich nicht zurückgezogen hätte.

Großer Gott, niemand durfte ihr ansehen, was geschehen war. Als die Türen des Aufzugs sich in der gewünschten Etage öffneten, stürzte sie hinaus in Richtung Toiletten, um ihr erhitztes Gesicht zu kühlen.

Nachdem sie sich eiskaltes Wasser ins Gesicht gespritzt hatte, fühlte sie sich besser. Aber als sie in den Spiegel über den Waschbecken sah, besaßen ihre Augen einen seltsamen Glanz, wie sie es noch nie zuvor gesehen hatte.

Sie gab sich noch ein paar Minuten, aber ewig konnte sie sich hier nicht verstecken. Wahrscheinlich würde sich Steven ohnehin schon wundern, wohin sie verschwunden war. Sie atmete noch einmal tief ein und aus, zog ihre Kleidung glatt und verließ die Toilette mit entschlossenem Schritt.

Bevor sie den Saal betrat, meldete sich ihr schlechtes Gewissen zurück. Da drinnen befand sich der Mann, den sie heiraten wollte. Wie konnte es sein, dass sie diesen dreisten Fremden begehrte?

Wenn du jetzt den Saal betrittst, hast du ihn vergessen. Es war nur ein Kuss, mehr nicht, versuchte sie sich einzureden. Entschlossen drückte sie die Klinke hinunter.

Die Luft im Saal war noch stickiger, das Stimmengewirr lauter geworden. In der Zwischenzeit waren weitere Gäste eingetroffen, die vom Buffet mit einem gefüllten Teller zurückkehrten und vergeblich nach einem freien Tisch suchten.

Steven stand zusammen mit einer Handvoll Männern in dunklen Nadelstreifenanzügen in der Nähe der Tür und unterhielt sich angeregt. Er hatte sie noch nicht bemerkt. Tessa nutzte den Augenblick, um ihn zu betrachten. *Du willst ihn nur mit dem anderen vergleichen*, meldete sich eine spöttische Stimme in ihrem Hinterkopf, die sie geflissentlich ignorierte.

Steven trug einen nachtblauen Armani-Anzug, der seine schlanke Figur betonte. Sein kurz geschnittenes, blondes Haar besaß an den Schläfen bereits feine Silberfäden, was seine Attraktivität jedoch keinesfalls minderte.

Dennoch musste sie sich eingestehen, dass er sie nicht auf dieselbe Weise faszinierte, wie der Fremde es tat. Es fehlte dieses Charisma, das sie in den Bann zog. Bei Steven war der Wunsch nie übermächtig gewesen, ihn überall zu spüren.

Sie verwarf den Gedanken sofort. Es mochte ja sein, dass die Verwegenheit und Sinnlichkeit des Fremden ihr für einen Moment den Kopf verdreht hatte. Ein kurzes Aufflammen der Leidenschaft, nicht mehr. Das, was sie wollte – Beständigkeit, Sicherheit, gemeinsame Werte –, würde sie sicher nicht bei ihm finden. Ihre Zukunft war hier. Bei Steven.

Sie trat zu ihm hinüber und hakte sich beim ihm ein. Er drehte sich zu ihr und lächelte sie kurz an, bevor er sich wieder seinem Gesprächspartner zuwandte.

Tessa spürte, wie sich ein unangenehmes Pochen in ihren Schläfen ausbreitete. Es war ein langer Tag gewesen und am liebsten wäre sie nach Hause gefahren. Aber sie wollte Steven nicht allein hier lassen. Dass sie möglicherweise dem Fremden erneut begegnen würde, wenn sie jetzt zum Taxistand lief, spielte bei ihrer Entscheidung keine Rolle. Nicht die geringste.

Die Dinnerparty zog sich fast bis Mitternacht hin. Als endlich die letzten Gäste den Saal verlassen hatten, war sie todmüde und überreizt. Dankbar nahm sie Stevens Angebot an, sie in seinem Wagen nach Hause fahren zu lassen. Als sie in die weichen Polster des Ferraris sank, waren ihre Kopfschmerzen fast unerträglich geworden.

Dennoch konnte sie sich nicht des unangenehmen Gefühls erwehren, vor etwas davongelaufen zu sein.

4.

Tessa warf sich im Bett hin und her. Obwohl sie völlig erschöpft war, konnte sie einfach nicht einschlafen. Immer wieder kehrten ihre Gedanken zu dem Fremden und dem Kuss im Aufzug zurück.

Sie musste ihn als flüchtige Begegnung abhaken und sich schnellstens aus dem Kopf schlagen. Leider war das gar nicht so leicht, denn er hatte ihre Sinne aufgewühlt. Rein sexuelle Anziehungskraft, mehr nicht. Sie war nicht dazu bereit, sich auf ein Abenteuer einzulassen und ihre Beziehung zu Steven aufs Spiel zu setzen.

Wenn sie sich doch nur in diesem Moment Hazel hätte anvertrauen können.

Hazel! Die hatte sie doch glatt vergessen. Die Séance war schon lange vorbei, aber kein Anruf, keine SMS war eingegangen. Das kannte sie gar nicht von ihrer Freundin.

Tessa schaltete die Nachttischlampe ein und griff nach dem Telefon. Es war zwar schon fast eins, aber Hazel ging eigentlich nie früher zu Bett. Schnell wählte sie ihre Handynummer. Doch anstelle ihrer Freundin antwortete ihr nur die Mailboxansage.

«Ich bin's, Tessa. Wenn du noch wach bist, melde dich bitte. Ich platze vor Neugier.»

Sie knipste das Licht wieder aus und wartete auf Hazels Rückruf. Als dieser auch nach zehn Minuten noch nicht gekommen war, fing sie an, sich ernsthaft zu wundern. Es war völlig untypisch für Hazel, sich nicht sofort zurückzumelden.

Und wenn ihr etwas auf der Séance zugestoßen war?

Solch ein Blödsinn. Tessa schüttelte über sich selbst den Kopf. Die Teilnehmer saßen nur um einen Tisch und sprachen mit Geistern, die nicht existierten. Was sollte da schon passiert sein?

Es gab sicher einen guten Grund, warum sie sich nicht zurückgemeldet hatte. Dennoch verspürte Tessa eine unerklärliche Furcht um ihre Freundin.

Sicherlich trug ihre verwirrende Begegnung mit diesem seltsamen Fremden dazu bei. Sie war eindeutig überreizt.

Obwohl Übersinnliches in Tessas Leben bislang keinerlei Bedeutung besessen hatte, schien ihr ihre Angst um Hazel wie eine dunkle Vorahnung. Seltsam, damals vor dem Überfall war es ihr ähnlich ergangen, aber sie hatte es nicht wahrhaben wollen. *Weil du nicht daran geglaubt hast*, meldete sich ihre innere Stimme.

Vorahnungen, Hellsehen, mit Toten reden, das gab es nicht. Auf keinen Fall in der Realität. Das wusste Hazel, rational denkende Programmiererin, die sie war, und sie selbst auch.

Deshalb hatte die Freundin sicher die Séance auch mit ihrem ständigen Gekicher gestört. Tessa lächelte bei der Vorstellung, aber das ungute Gefühl blieb. Sie hatte einfach Angst und wusste nicht, weshalb.

Irgendwann musste sie dann doch eingeschlafen sein. Aber wirre Träume, in denen der Fremde und Hazel die Hauptrollen spielten, ließen sie auch dann nicht zur Ruhe kommen.

Auf der Suche nach ihrer Freundin, die spurlos in einer Kaschemme verschwand, rannte sie eine Straße entlang. Sie irrte durch ein Labyrinth von einsamen Straßen im Hafenviertel, bis sie auf Hazel traf. Die Freundin stand mitten auf der Straße und lachte, bevor sie sich umdrehte und wieder davonlief. Tessa folgte ihr.

Das Ganze wiederholte sich mehrmals. Immer wenn Tessa glaubte, Hazel eingeholt zu haben, drehte die sich lachend um und lief davon. Der Fremde wartete an jeder Straßenecke und quittierte ihre erfolglosen Bemühungen mit einem Grinsen. Nebel kroch durch die Straßen und verschluckte alles.

Das undurchdringliche Weiß ließ Tessa in Panik geraten. Sie rannte geradeaus. Doch dort, wo eben noch Häuser gestanden hatten, gab es nichts außer Nebel. Sie drehte sich um und versuchte es in einer anderen Richtung. Aber gleichgültig, welchen Weg sie einschlug, er führte sie nur noch tiefer in das dichte Weiß hinein.

Verzweifelt schlug sie die Hände vors Gesicht und weinte.

Plötzlich tauchte dicht vor ihr der attraktive Fremde auf. Er zog sie in seine Arme und presste sie fest an seinen muskulösen Körper. In seinen Armen fühlte sie sich geborgen und fand Trost. Unter seinem verlangenden Blick schienen überall auf ihrer Haut kleine Flammen zu tanzen.

Sie legte die Arme um seinen Nacken und reckte sich ihm entgegen. Dabei drückten sich ihre Brüste an seinen Körper. Sofort reagierten ihre empfindlichen Brustwarzen und härteten sich. Er senkte seinen Kopf und küsste sie ungestüm.

Hitze schoss in ihren Schritt und bewirkte ein lustvolles Ziehen, das sich in ihrem Unterleib ausbreitete. Seine Zunge fand den Weg zwischen ihren Lippen hindurch, um das Innere ihres Mundes zu erkunden. Tessa verbrannte unter der Geschicklichkeit seiner Zunge und drängte sich ihm noch mehr entgegen.

Immer wieder trafen sich ihre Zungenspitzen in einem wilden Rhythmus. Ihre Begierde wuchs ins Unermessliche. Sie wollte ihn nackt spüren und schob ihre Hände unter sein Shirt.

Langsam fuhren ihre Finger über seinen wohlgeformten Oberkörper und spürten seinen Herzschlag. Seine Haut fühlte sich glatt und fest an. Er stöhnte und leckte über ihr Ohrläppchen.

Tessa suchte seinen Blick, um die Leidenschaft darin zu sehen. Sie erstarrte, als seine Pupillen feuerrot glühten. Schlagartig verflog ihr Verlangen und wandelte sich in blankes Entsetzen. Sie stemmte mit aller Kraft die Arme gegen seinen Brustkorb und schrie.

Tessa erwachte von ihrem Schrei. Sie schwitzte und ihr Atem

ging stoßweise. Zwischen ihren Schenkeln spürte sie die Feuchtigkeit, die von ihrem Traum herrührte.

Sie schleppte sich ins Bad und kühlte ihr Gesicht mit Wasser. Eigentlich hätte sie sich unter die kalte Dusche stellen sollen, um das Feuer ungestillten Verlangens zu löschen, das noch immer in ihr loderte. Sie hatte sich nichts sehnlicher gewünscht, als Sex mit ihm zu haben. Wilden, heißen Sex.

War sie von Sinnen? Dieser Mann war in ihr Leben eingebrochen und verursachte ein emotionales Chaos. Das konnte sie nicht gebrauchen.

Zitternd kehrte sie ins Bett zurück. Von Steven hatte sie nie so geträumt. Das deprimierte sie. Vielleicht lag es daran, dass sie das letzte Mal vor Wochen miteinander geschlafen hatten.

Es musste also nur ein sexy Mann auftauchen, um sie in Versuchung zu führen. Sie schämte sich für ihre Fantasien, in denen sie Steven verraten hatte. Alberner Traum.

Sie warf sich im Bett noch lange unruhig hin und her, bis sie endlich in einen traumlosen Schlaf fiel.

Am nächsten Morgen wachte sie zerschlagen auf. Jeder Zentimeter ihres Körpers schmerzte. Weil Samstag war, blieb sie den ganzen Tag im Bett. Sie wartete auf einen Anruf oder Besuch Hazels, aber die Freundin machte sich rar.

Bis zum Abend hatte sie noch immer nicht mit ihr gesprochen. Immer wieder meldete sich nur ihr Anrufbeantworter oder ihre Mailbox.

Die Unruhe des Vorabends kehrte zurück, stärker als zuvor. Irgendetwas stimmte nicht, das spürte sie. Das war nicht Hazels Art. Sie musste immer gleich alles loswerden, was sie bewegte, egal, ob gut oder schlecht.

Ein flaues Gefühl breitete sich in ihrem Magen aus. Sie musste wissen, was los war.

An diesem Wochenende arbeitete Steven in seiner Firma. Sie war allein und nichts stand einem Besuch bei Hazel im Weg. Das war besser, als zu Hause rumzuhängen und über Warums und Abers zu grübeln.

Es dämmerte bereits, als sie sich auf den Weg zu Hazel nach Brooklyn machte. Sie verzichtete auf eine Fahrt mit der U-Bahn und nahm stattdessen den Wagen.

Wegen des zähen Verkehrs auf der Brooklyn Bridge kam sie nur langsam voran. Genervt trommelte sie mit den Fingern auf das Lenkrad.

Sie war froh, als sie ihren Wagen eine halbe Stunde später vor dem Block parkte, in dem Hazels Wohnung lag. Die Gegend mit den vielen leer stehenden Häusern des vergangenen Jahrhunderts war ihr suspekt. Sie hatte nie verstanden, was ihre Freundin an den Ort ihrer Kindheit verschlagen hatte, wo sie sich doch eine exklusive Wohnung in der Nähe des Central Parks leisten konnte.

Sie begegnete nur wenigen Fußgängern, die meisten waren mit dem Wagen unterwegs. Vor einem Zeitungsshop kläffte sie ein Hund an.

Um zu Hazels Wohnung zu gelangen, musste sie einen Innenhof überqueren, der nur spärlich ausgeleuchtet war. Bei Einbruch der Dämmerung wurde ihr immer seltsam zumute, als wäre es wie damals, als sie für Steven die Zigaretten im Supermarkt holen wollte. Und dann ... Nur nicht daran denken.

Tessa rümpfte die Nase, denn bei den Mülltonnen roch es nach verdorbenem Fisch. Sie hastete über den asphaltierten Hof. Das Klackern ihrer Absätze hallte von den Hausmauern wieder.

Aus dem Schatten des Hauses funkelten sie gelbe Augen an. Tessa blieb erschrocken stehen. Zu ihrer Erleichterung war es nur eine Katze, die fauchend hervorsprang und an der Hausmauer entlanghuschte.

Tessa stieß einen Seufzer der Erleichterung aus und lief zur Haustür.

Unzählige Klingelschilder leuchteten auf der zerkratzten Metallplatte neben der Haustür. In der obersten Reihe prangte Hazels Name. Tessa drückte den Knopf. Ihre Freundin wohnte fast unterm Dach des zwanzigstöckigen Hochhauses. Zum Glück gab es einen Fahrstuhl.

Als die Tür sich nicht öffnete, trat Tessa zurück und blickte zu Hazels Wohnung hinauf. Die Fenster waren dunkel. Vielleicht schlief sie schon? Zwei Abende hintereinander ging Hazel niemals aus. Tessa drückte noch einmal den Klingelknopf, aber der Summer blieb stumm.

Enttäuscht wandte sie sich um. Den Weg hätte sie sich sparen können. Wo mochte Hazel nur stecken? Und wieso ging sie nicht ans Handy und beantwortete keine SMS? Das passte nicht zu ihr.

Plötzlich zuckte sie zusammen und wirbelte herum. War da nicht eben ein Schatten gewesen, drüben zwischen den Mülltonnen? Tessa kniff die Augen zusammen und starrte hinüber. Aber sie konnte nichts erkennen. Sicher spielten ihr ihre Nerven einen Streich.

Doch dann schälte sich ein Mann aus dem Schatten der Garagen und schlich an den Toren entlang. Nicht auch noch ein Einbrecher! Tessa presste sich mit dem Rücken gegen die Hauswand und beobachtete ihn. Mit einem mächtigen Satz sprang er auf das Holzdach der beiden offenen Garagen, die die Lücke zum Nachbarhaus füllten, als wäre es eine leichte Übung. Dabei war er nicht einmal übermäßig muskulös, sondern eher schmächtig.

Tessa glaubte ihren Augen nicht zu trauen. Er lief quer über das Dach, das nahtlos ans Haus anschloss, und kletterte wie ein Insekt an der Mauer empor.

Unmöglich! Das gab es nicht.

Er bewegte sich mit einer Schnelligkeit und Geschmeidigkeit, die Spiderman Konkurrenz machte. Fast hätte sie aufgeschrien.

Sie schloss die Augen und zwang sich, langsam ein- und auszuatmen.

Als sie die Augen wieder öffnete, war er verschwunden. Langsam löste sie sich von der Hausmauer und lief auf Zehenspitzen weiter. Dann blieb sie stehen und ließ den Blick schweifen, um sich zu vergewissern, ob er noch in der Nähe war.

Sie erstarrte, als sie an der Kante des Daches die Silhouette einer Frau mit ausgebreiteten Armen erkannte.

«Oh, mein Gott.» Tessa schlug die Hand vor den Mund. Sekundenlang erhellte die Leuchtreklame an der Wand des dahinterliegenden Hochhauses das Dach. Die schmale Figur, das helle Haar ... das war Hazel – und sie wollte springen. Niemals! Nicht ihre Freundin.

«Hazel!», schrie Tessa. Ihre Stimme überschlug sich vor Angst. «Hazel! Nein!»

Aber ihre Freundin hörte sie nicht.

Sie musste sie davon abhalten.

Tessa rannte zur Haustür zurück und fuhr mit den Fingern über alle Klingelknöpfe. Irgendjemand musste ihr öffnen. Das Herz raste ihr in der Brust.

Ein Hund bellte im Haus, jemand schimpfte. Fenster öffneten sich. Jemand grölte «Hau ab!», ein anderer «Bist du durchgeknallt, Alte?».

«Verdammt, macht doch endlich auf!», rief sie unter Tränen.

Da ertönte endlich der Summer. Tessa drückte die Tür auf, als sie hinter sich einen scharfen Luftzug spürte und eine Bewegung wahrnahm. Als etwas dumpf auf den Boden schlug, wirbelte sie herum und schrie auf.

Nur wenige Schritte von ihr entfernt lag Hazel wie eine verrenkte Gliederpuppe inmitten einer Blutlache. Ihre Augen starrten leblos nach oben.

Tot, tot, hämmerte es in ihrem Kopf. Alles begann sich um sie zu drehen. Unaufhörlich rollten die Tränen über ihr Gesicht, während sie immer wieder den Namen ihrer Freundin stammelte.

Aufgeregte Stimmen näherten sich. Jemand schubste sie beiseite. Tessa stolperte auf die Leiche zu, als ihr plötzlich schwarz vor Augen wurde und sie zu Boden stürzte.

5.

Der gleichmäßige Piepton nervte und dröhnte in ihrem Kopf.

Ihre Lider waren schwer wie Blei. Nur mühsam schlug Tessa die Augen auf. Grelles Licht blendete sie und zwang sie zu blinzeln. Es dauerte einen Moment, bis sie sich an die Helligkeit gewöhnt hatte.

Der Piepton stammte von einem kastenförmigen Gerät direkt neben ihr, mit dem sie über ein Kabel am Arm verbunden war. Ein grüner Punkt hüpfte auf einer Skala. Es dauerte einen Moment, bis sie begriff, dass das Gerät ihren Puls aufzeichnete.

Sie lag in einem Ambulanzwagen auf der Trage. Steven saß mit besorgter Miene neben ihr und hielt ihre Hand.

«Gott sei Dank, du bist wach.» Er presste seine Lippen auf ihren Handrücken. «Darling, wie geht es dir?»

Sie entzog ihm ihre Hand und legte sie an seine Wange. Es fühlte sich so gut an, glatt und vertraut. Seine Nähe besaß etwas Beruhigendes und Tröstendes zugleich.

«Ich ... weiß nicht genau.» Sie rang sich ein Lächeln ab. «Ich habe schreckliche Kopfschmerzen.» Ihre Stimme klang wie ein Krächzen.

«Du warst ohnmächtig und stehst noch unter Schock.»

«Was ist geschehen?» Krampfhaft versuchte sie sich zu erinnern, aber es gelang ihr nicht, den dichten Nebel in ihrem Kopf zu vertreiben.

Steven zögerte mit der Antwort, als fiele sie ihm schwer.

«Was ist?» Forschend blickte sie ihn an.

Er fuhr sich mit der Hand durch sein dichtes, blondes Haar und seufzte, aber er schwieg noch immer.

Draußen hörte sie aufgeregte Stimmen. Jemand rannte am Krankenwagen vorbei. Sie sah aus dem Fenster und erstarrte.

Hazels Wohnblock.

Die Erinnerungen kehrten schlagartig zurück. Hazel war vom Dach des Hauses gesprungen, und sie hatte es nicht verhindern können.

Die Trauer um ihre Freundin schnürte ihr die Kehle zu. Tränen schossen ihr in die Augen. Sie setzte sich auf und versuchte, um den riesigen Kloß in ihrer Kehle herum zu atmen.

Steven zog sie in die Arme und drückte ihren Kopf an seine Brust. Sanft wiegte er sie hin und her, während seine Hand über ihr Haar strich und er beruhigend auf sie einredete. Tessa wurde von Schluchzern geschüttelt.

Wäre sie eher zu Hazel gefahren, hätte sie sie vielleicht retten können.

«Warum bin ich nur zu spät gekommen?», flüsterte sie.

«Quäle dich nicht.» Steven küsste sie aufs Haar. «Sie scheint ihren Selbstmord schon lange geplant zu haben. Die Polizei hat oben in ihrer Wohnung eine Art Abschiedsbrief gefunden. Wenn sie es heute nicht geschafft hätte, hätte sie es wieder versucht. Du konntest es nicht verhindern.»

Sie wand sich aus seinen Armen und sah ihn an.

«Nein! Wie kannst du so was behaupten? Hazel hat sich nicht umgebracht.»

Sie kannte ihre beste Freundin gut genug, um zu wissen, dass sie das nie getan hätte. Hazel war eine lebensbejahende, starke Frau mit Zukunftsplänen. Jemand wie sie brachte sich doch nicht um. Wenn sie ein Problem gehabt hätte, wäre sie zu ihr gekommen, so wie immer.

«In ihrem Abschiedsbrief stand, dass sie die Scheidung von Simon nicht verkraftet hat und ihn noch immer liebt», wandte Steven ein.

Stevens Worte empörten sie. «Ein Abschiedsbrief? Das ist doch

Blödsinn! Das hat Hazel nie geschrieben. Hör auf damit!», rief sie und begann von Neuem zu weinen.

«Bitte, Tessa, reg dich nicht auf. Lass uns in Ruhe darüber reden, wenn du den Schock überwunden hast. Der Arzt wird dich im Krankenhaus untersuchen.»

Sie fühlte sich erschöpft und besaß keine Kraft mehr, ihm etwas entgegenzusetzen. Aber von einem war sie überzeugt: Hazel hatte sich nicht das Leben genommen.

«Ich will nicht ins Krankenhaus, Steven.» Flehend sah sie ihn an.

Anstelle einer Antwort hob er fragend die Brauen.

«Bitte, ich fühle mich nur benommen und will nach Hause. Kannst du den Arzt holen?»

«Ich werde mit ihm sprechen. Mal sehen, ob er zustimmt.» Das war die Antwort, auf die sie gehofft hatte.

«Danke.» Sie küsste ihn auf den Mund.

«Ich bin gleich wieder zurück.» Steven stand auf und verließ den Krankenwagen.

Tessa sank auf die Trage zurück und zog die Manschette des Messgerätes vom Arm. Ihr Kopf war leer und ihre Augen brannten.

Sie konnte nicht mehr denken, nicht mehr fühlen.

Nach einer Weile kehrte Steven zurück.

«Der Arzt wollte darauf bestehen, dich ins Medical Center zu bringen. Ich habe die ganze Zeit auf ihn eingeredet, bis er nachgegeben hat, unter der Bedingung, dass du dich morgen von einem Arzt untersuchen lässt.»

«Danke.» Sie drückte seine Hand.

«Komm, ich bringe dich zu meinem Wagen.»

Tessa war froh, dass Steven sie in sein Penthouse bringen wollte. Sie konnte jetzt nicht allein sein und brauchte ihn.

Hazel war tot. Tessas Tränen waren versiegt, nur der dumpfe Druck in ihrer Brust blieb. Sie war froh, dass der Krankenwagen nicht im Innenhof, sondern an der Straße parkte. Hazels Leiche noch einmal sehen zu müssen, hätte ihre Kräfte überstiegen.

Steven legte schützend seinen Arm um ihre Schultern und führte sie langsam zu seinem Wagen. Er öffnete die Tür des Ferraris und Tessa sank auf das weiche Lederpolster. Bevor Steven einsteigen konnte, rief jemand seinen Namen. Er beugte sich zu ihr herab.

«Darling, der Arzt ruft mich. Keine Ahnung, was er noch will. Kann ich dich allein lassen? Es dauert bestimmt nur einen Moment.»

«Ja, natürlich.»

Die Wagentür fiel ins Schloss. Tessa sah im Rückspiegel, wie Steven auf den Arzt zuging und mit ihm hinter dem Krankenwagen verschwand.

Sie kuschelte sich in den Sitz und sah durchs Fenster zum sternenklaren Himmel auf. Schritte näherten sich. Eine Frau führte ihren Hund Gassi und verschwand hinter der nächsten Hausecke.

Die Geschäfte waren bereits geschlossen, für eine Weltmetropole sehr ungewöhnlich. Sie führte es auf die hohe Kriminalität zurück, und doch lag hier noch etwas anderes in der Luft, eine Finsternis, die sie schaudern ließ.

Fröstelnd zog sie den Mantel enger. Sie gähnte und schon klappten ihr die Lider wieder zu.

Das sanfte Geräusch schlagender Flügel ließ sie auffahren. Sie spähte aus dem Fenster. Als nichts zu sehen war, zuckte sie mit den Achseln und lehnte sich langsam wieder zurück.

Unter halb geöffneten Lidern fiel ihr Blick auf einen Mann, der auf der anderen Straßenseite unter dem beleuchteten Reklameschild einer Wäscherei stand. Sie war sich sicher, dass er vor einigen

Sekunden noch nicht dort gestanden hatte. Seine schmächtige Gestalt erinnerte sie an jemanden.

Natürlich! Der Spinnenmann, der auf das Garagendach gesprungen und die Hauswand hochgeklettert war. Was wollte er hier noch?

Im selben Augenblick verschwand er, als hätte er sich in Luft aufgelöst. Tessa spähte zum Fenster hinaus und suchte nach ihm. Sie erschrak, als sie unerwartet in rot glühende Augen blickte.

Sie gehörten einem Mann, der nur wenige Schritte vom Wagen entfernt stand. Niemand besaß solche Augen. Nur der Mann, mit dem sie auf den Stufen der U-Bahn zusammengeprallt war. Das waren auch keine Kontaktlinsen. Linsen leuchteten nicht. Das konnte kein Zufall mehr sein.

Ihr Verstand suchte nach einer plausiblen Erklärung, aber ihr fiel keine ein.

Die Hände lässig in die Hüften gestützt schlenderte er auf sie zu. Jede seiner geschmeidigen Bewegungen strahlte Gefahr aus, wie bei einer Raubkatze, die sich an sein Opfer heranpirschte. Tessa presste sich tiefer ins Polster.

Verdammt, wo blieb denn nur Steven? Sie sah in den Rückspiegel, aber immer noch keine Spur von ihm.

Tessa überlegte, ob sie aussteigen oder einfach ruhig sitzen bleiben und ihn ignorieren sollte. Als es in seinen Augen aufblitzte, dachte sie nur noch an Flucht. Draußen würde Steven oder einer der Rettungskräfte sie schreien hören und ihr zu Hilfe eilen. Sie wollte aussteigen und zog am Türgriff. Im selben Augenblick versanken die Verriegelungsknöpfe mit einem Klacken in den Türen. Tessa zog mit aller Kraft am Türgriff, aber es rührte sich nichts.

Hastig lehnte sie sich über den Fahrersitz, um auf der anderen Seite ihr Glück zu versuchen. Doch auch diese Tür ließ sich nicht öffnen.

Weil der Autoschlüssel nicht im Zündschloss steckte, konnte sie auch nicht die Fenster herunterfahren, durch die sie hätte nach draußen klettern können. Sie hasste es, eingesperrt zu sein, weil sie dann keine Luft mehr bekam. Diese vollelektronischen Wagen hatte sie noch nie leiden können.

Der Mann mit den roten Augen näherte sich dem Ferrari. Seine finstere Miene machte ihr Angst, und als er fauchte, stemmte Tessa sich gegen die Tür, um sie aufzudrücken. Sie fluchte, weil Steven die Alarmanlage ausgestellt hatte, die ihn durch ihr lautes Hupen alarmiert hätte.

Es war wie verhext, die verdammten Türen ließen sich nicht öffnen. Das ging nicht mit rechten Dingen zu. Besaß der Kerl etwa übernatürliche Fähigkeiten, die es ihm ermöglichten, die Türen zu verriegeln? An solch einen Hokuspokus glaubte sie nicht. Eigentlich. Männer liefen aber eigentlich auch keine Häuserfassade hoch.

Sie geriet in Panik, trommelte mit den Fäusten gegen die Scheiben und riss an den Türen. Dabei schrie sie aus Leibeskräften nach Steven. Aber alle Versuche blieben erfolglos.

Tessa schluckte, denn der Fremde stand jetzt direkt vor ihrem Fenster. Beim Anblick seines fratzenhaften Lächelns packte sie Entsetzen. Gier lag in seinen Augen. Hatte er Hazel umgebracht und sie sollte ihr folgen?

Tessa zitterte vor Furcht. In ihrem Kopf überschlugen sich die Gedanken. Sie saß in der Falle und musste irgendwie raus. Wenn ihr doch nur etwas einfiele.

Langsam umkreiste der unheimliche Mann den Ferrari wie seine Beute. Unerwartet sprang er vor und klatschte mit den Händen an die Scheibe. Tessa warf sich erschrocken auf den Fahrersitz und hielt die Hände schützend über den Kopf. So wie damals, als die Schüsse krachten.

Stille.

Tessa wagte nicht sich aufzurichten. Zitternd hing sie über der Gangschaltung, die sich schmerzhaft in ihren Bauch drückte. Warum öffnete er nicht die Türen und zerrte sie heraus?

Weil er dir Angst einjagen will. Es ist für ihn wie ein Spiel.

Als nichts geschah, hob sie nach einer Weile langsam den Kopf. Der Fremde war tatsächlich nicht zu sehen, nur die Abdrücke seiner Finger prangten an der Fensterscheibe.

Erleichtert setzte sie sich auf. Ihr Brustkorb hob und senkte sich im schnellen Rhythmus. So war es auch gewesen, als sie sich damals im Supermarkt vor den Räubern hinter dem Tresen versteckt hatte. Dem Tod so nah zu sein, aber nicht zu wissen, wann er sie ereilte, war das Schlimmste gewesen.

Vorsichtig streckte sie die Hand aus und zog am Türgriff. Zu ihrem Erstaunen ließ sie sich öffnen. Sie wollte gerade aussteigen, als er auf die Motorhaube sprang. Wie gelähmt starrte sie ihn an. Er lächelte siegesgewiss und spitzte die Lippen zu einem Kuss.

Gleich würde er sich auf sie stürzen. Jemand, der Häuserwände emporkletterte, besaß mit Sicherheit körperliche Kräfte, gegen die sie nichts auszurichten vermochte. Eine Flucht erschien ihr aussichtslos. Hier draußen würde er sie schneller zu fassen bekommen als im Wagen. Jedenfalls hoffte sie das.

Sie sprang wieder hinein und verriegelte die Tür. Er lachte auf und entblößte eine Reihe spitzer Zähne, die sie an einen Hai erinnerten.

Da kam ihr ein Gedanke. Sie musste Steven und die anderen im Innenhof auf sich aufmerksam machen. Weshalb war ihr das nicht schon früher eingefallen? Sie drückte mit der Hand auf die Hupe.

Mit einem Kreischen sprang das unheimliche Wesen von der Motorhaube und verschwand in der Dunkelheit. Erleichtert sank sie nach hinten und rang nach Atem. Der heutige Tag war ein einziger Alptraum gewesen.

Eilige Schritte näherten sich. Es war Steven, der die Tür aufriss.

«Ist etwas passiert? Geht es dir schlecht? Tessa, du bist ja leichenblass.»

Bei Stevens Anblick beruhigten sich Puls und Nerven.

«Wo bist du denn so lange gewesen?», platzte sie heraus, noch immer erregt.

«Wieso lange? Es waren doch nur fünf Minuten.»

Ein Blick auf die Uhr im Cockpit des Wagens bestätigte seine Worte. Ihr war es wie eine Ewigkeit vorgekommen. Sie stöhnte.

«Der Arzt hat mir noch ein paar Anweisungen deinetwegen gegeben.» Er legte ihr seine Hand auf die Schulter. «Sollen wir nicht doch lieber ins Krankenhaus fahren?»

Tessa schüttelte den Kopf. Es brannte ihr auf den Lippen, ihm zu erzählen, was sie eben erlebt hatte. Aber er würde ihr nicht glauben, sie für geistig verwirrt halten und alles wie damals auf den Schock schieben.

Sie musste zugeben, dass es sich fantastisch anhörte und sie selbst Probleme hatte, das Erlebte zu verdauen. Gerade ihr, die nie an Übersinnliches geglaubt hatte, musste so etwas geschehen. Oder waren es nur wieder Halluzinationen, ausgelöst durch ein Trauma? Egal, sie wollte das nie wieder erleben.

«Bring mich jetzt bitte nach Hause.» Tessa befürchtete, der Mann mit den rot glühenden Augen könnte zurückkehren, und drängte Steven zur Eile.

«Ja, ja, natürlich. Du bist erschöpft und brauchst Ruhe.»

Er startete den Motor und fuhr los. Eine Weile saßen sie schweigend im Wagen.

Immer wieder erlebte Tessa Hazels Tod aufs Neue. Der Schock

saß tief. Sie war fest davon überzeugt, dass der Kerl mit den übernatürlichen Fähigkeiten etwas damit zu tun hatte.

«Hazel hat sich nicht das Leben genommen», sprach sie ihre Gedanken ungewollt aus.

Tessa betrachtete Stevens Hände, die das Lenkrad umklammerten, als müsse er sich daran festhalten. Er war wütend, weil sie noch immer auf ihre Behauptung pochte.

«Ich verstehe dich nicht. Du selbst hast doch Hazel springen sehen.»

«Ja, aber sie wäre niemals freiwillig gesprungen.»

Steven schüttelte den Kopf. «Das ist doch absurd! Oder hast du etwa noch jemanden gesehen, oben auf dem Dach?» Ein Muskel zuckte unter seinem Auge, ein Zeichen für seine Anspannung.

Einen Moment lang war sie wieder versucht, ihm von dem Mann mit den rot glühenden Augen zu erzählen, aber sie tat es nicht.

«Nein, habe ich nicht. Wieso glaubst du, ich könnte jemanden auf dem Dach gesehen haben?» Das war auch nicht gelogen. Schließlich hatte sie nur beobachtet, wie er aufs Garagendach gesprungen war.

Steven atmete aus. «Ich habe schon befürchtet, dass ...»

«Dass ich wieder Dinge sehe, die es nicht gibt? Das liegt doch Jahre zurück. Nach der Therapie ist es nicht mehr zurückgekommen. Mach dir keine Sorgen.»

Vor zwei Jahren war sie Zeugin eines Überfalls auf einen Supermarkt geworden, bei dem zwei Menschen ums Leben gekommen waren. Noch Wochen danach hatte sie immer und immer wieder den Überfall erlebt, die Schüsse und Schreie gehört.

Dann quälten sie Panikattacken und Halluzinationen, die sie nicht mehr in den Griff bekam, weshalb sie ein Vierteljahr in einer psychiatrischen Klinik verbringen musste. Dieses Kapitel ihres Lebens hätte sie am liebsten vergessen. Doch durch Hazels Tod und die Begegnung mit den beiden fremden Männern kehrten die Erinnerungen zurück.

«Es fällt schwer, einen Selbstmord zu verstehen, noch dazu, wenn der Mensch einem sehr nahesteht. Dann sucht man nach allen möglichen Erklärungen. Vielleicht auch, weil man sich selbst schuldig fühlt.»

«Ja», antwortete sie leise, denn längst schon waren ihr die Augen wieder zugefallen. Sie war so unendlich erschöpft und sehnte sich nach Schlaf.

Aber egal, was Steven sagte – sie würde niemals glauben, dass Hazel sich selbst umgebracht hatte.

6.

Steven trug Tessa vom Fahrstuhl in seine Wohnung. Erschöpft lehnte sie den Kopf an seine Schulter. Seine Wärme hüllte sie ein wie ein schützender Kokon.

Sie liebte ihn. Natürlich liebte sie ihn.

Das Intermezzo mit dem gut aussehenden Fremden führte sie auf eine hormonelle Irritation zurück, weil sie sich von Steven vernachlässigt fühlte. *Du belügst dich selbst, denn es hatte sich bei ihm irgendwie besser angefühlt*, meldete sich wieder die böse Stimme in ihr, die sie schnell unterdrückte.

Ein roter Strahl blitzte neben der Tür auf. Es war der Netzhautscanner, der den Eingang absicherte, wie ihn fast alle Wohnungen in diesem noblen Haus besaßen.

Nach einem kurzen Piepton schwang die Tür leise summend auf. Stevens Schritte wurden vom Teppichboden verschluckt. In der Wohnung herrschte eine angenehme Ruhe. Die schalldichten Fenster schlossen New Yorks Leben aus.

Der Blick durch die raumhohen Fenster auf die nächtliche Skyline mit ihren unzähligen Lichtern und Leuchtreklamen war atemberaubend. Wenn sie nicht so müde gewesen wäre, hätte sie es genossen. Doch ihre Lider waren schwer und fielen immer wieder zu.

Steven trug sie ins Schlafzimmer und setzte sie vorsichtig aufs Bett.

«Ich bin nebenan, wenn du mich brauchst», sagte er und streichelte ihre Wange. Sie nickte.

Als er gegangen war, kleidete sie sich aus und schlüpfte in das seidene Negligé, das kunstvoll drapiert neben ihr lag und auf dem sich stets eine Praline befand. Das war das Werk von Mary, Stevens Haushälterin.

Lächelnd legte Tessa die in goldene Folie gewickelte Schokolade auf den Nachttisch. Normalerweise konnte sie Süßigkeiten nicht widerstehen, aber heute wollte sie nur noch schlafen. Sie schlüpfte unter die Bettdecke und ließ den Blick durch den vertrauten Raum gleiten.

Hochglanzpolierte cremefarbene Schränke, innen beleuchtet, rahmten sie zu beiden Seiten ein. Nicht ein einziges Staubkörnchen war zu entdecken. In Stevens Wohnung fand sich kein Stück Nippes. Im Regal rechts vom Bett standen die Bücher nach Größe und Farben sortiert in den Fächern. Steven legte großen Wert auf Symmetrie und Ordnung.

Stevens Wohnung stand einem Fünf-Sterne-Hotel in Nichts nach. Jeden Morgen lag auf der Anrichte im Wohnzimmer die neueste Presse, in der Küche stand ein Korb mit Obst. Das Bad glich mit dem Kristalllüster und dem Marmorboden einem Tanzsaal, in dem sich der runde Whirlpool verlor. Wenn sie aus Stevens Wohnung aus dem Fenster sah, lag ihr New York zu Füßen. Der Ausblick war atemberaubend.

Auch Tessa liebte Offenheit und klare Linien, nur von den Fotos ihrer Eltern und ein paar Erinnerungsstücken aus ihrer Kindheit konnte sie sich einfach nicht trennen. Dennoch konnte sie sich manchmal nicht des Gedankens erwehren, dass die Wohnung bei aller Eleganz doch etwas nüchtern war. Ja, sie war luxuriös und geordnet wie die Suite eines Fünf-Sterne-Hotels – aber eben auch genauso wenig persönlich.

Doch momentan war es ihr gleichgültig, ob sie in einem Luxusbett oder einer Kiste schlief. Tief kuschelte sie sich in die kühle Satinbettwäsche und schloss die Augen.

Sie hörte Steven, der zum Bett kam und sich neben sie setzte. Nach einer Weile ergriff er ihre Hand und küsste sie. Tessa schlug die Augen auf und lächelte ihn an. Ihr Lächeln erstarb, als sie seine düstere Miene bemerkte.

«Was ist los?», fragte sie.

«Ach, nichts. Es war ein anstrengender Tag. Schlaf jetzt.» Steven tätschelte lächelnd ihre Hand. Sein Lächeln konnte sie nicht darüber hinwegtäuschen, dass etwas nicht stimmte.

Anstelle des üblichen Gutenachtkusses küsste er sie auf die Stirn. Irgendetwas schien zwischen ihnen zu stehen. Steven wirkte plötzlich fremd. Sicherlich tat er es nur aus Rücksicht auf ihre körperliche Verfassung. Dennoch war sie vage enttäuscht. *Der Fremde hätte sie bestimmt auf den Mund geküsst*, schoss es ihr durch den Kopf. Sie rief sich sofort zur Ordnung. Wie konnte sie Steven mit dem verwegenen, frechen Kerl vergleichen?

Steven stand auf und ging in den Salon. Mit einem Fingerschnippen löschte er das Licht.

Sie hörte, wie er zur Bar trat und Gläserklirren. Der holzige Geruch von Single Malt Whisky wehte herüber. Er kippte das Glas mit einem Zug hinunter und goss sich zum zweiten Mal ein.

Wenig später rauschte das Wasser in der Dusche. Bei dem gleichmäßigen Geräusch nickte sie ein und wachte auf, als er in seinem seidenen Schlafanzug zu ihr unter die Decke kroch. Er legte immer großen Wert darauf, dass Mary seine Pyjamas bügelte. Selbst im Bett wirkte er wie ein Dressman.

Sie drehte sich auf die Seite und schlief gleich darauf ein.

Jemand schrie.

Tessa setzte sich ruckartig auf. Ihr Atem ging stoßweise. Eine Hand legte sich auf ihren Arm. Es dauerte einen Moment, bis sie begriff, dass sie es selbst gewesen war, die geschrien hatte.

«Hey, beruhige dich. Komm her.» Steven zog sie in die Arme. «Du hast nur schlecht geträumt», flüsterte er.

Seine Worte beruhigten sie.

Im Traum war Hazel wieder vom Dach gestürzt, gestoßen von dem Mann mit den rot glühenden Augen. Sein Lachen dröhnte ihr in den Ohren.

Dann sprang er vom Dach, um sie zu packen. In Panik lief sie davon, durch dunkle Hinterhöfe und Tunnel, aus denen Hände nach ihr griffen, bis sie gegen den Kerl aus der U-Bahn prallte. Lächelnd sah er auf sie herab. Doch dann verwandelte sich sein Gesicht in eine Teufelsfratze.

Tessa zitterte noch immer und ihr Herz raste, als wolle es ihre Brust sprengen.

«Ich kann es immer noch nicht fassen, dass Hazel tot ist», flüsterte sie.

Schweigend drückte Steven sie an seine Brust und strich ihr über den Rücken. Eine Weile lauschte sie seinem gleichmäßigen Herzschlag, bis sie endlich wieder einschlief.

Der Duft von frisch gebrühtem Kaffee weckte Tessa. Verschlafen rieb sie sich die Augen und blickte dann auf den digitalen Wecker neben dem Bett. Es war Sonntagmorgen, erst acht Uhr und Stevens Betthälfte leer.

«Steven?» Tessa setzte sich auf und spähte durch die geöffnete Tür in den Flur, in dem zwei Hartschalenkoffer standen.

Er trat aus dem angrenzenden Ankleidezimmer im dunklen Nadelstreifenanzug und band sich die Krawatte.

«Was machst du da? Habe ich was verpasst? Heute ist doch Sonntag, oder?» Tessa sah ihn fragend an.

Steven lächelte, aber es lag eine Spur Unsicherheit darin.

«Ja, heute ist Sonntag. Ich fliege nach Brüssel. Ab morgen beginnen die Konferenzen.»

Das hatte sie doch glatt vergessen. Seit Wochen drehte sich

alles nur um dieses Thema. Aber er konnte sie jetzt unmöglich allein lassen. Sie brauchte ihn mehr denn je.

«Kannst du nicht morgen fliegen? Harold könnte doch die Präsentation in den nächsten Tagen übernehmen.»

«Nein.» Sein Blick wurde hart. «Die Chance, mich auch auf dem europäischen Markt zu etablieren, lasse ich mir nicht entgehen. Harold habe ich übrigens entlassen.» Er sagte es so emotionslos, dass sie schlucken musste.

Harold Masterson galt als loyalster Mitarbeiter der Firma. Er war seit über zwanzig Jahren bei Greenberg Pharma beschäftigt gewesen, jahrelang die rechte Hand von Stevens Vater gewesen. Und jetzt hatte Steven ihn rausgeworfen? Noch vor wenigen Wochen hatte er sich über Harolds Engagement lobend ausgesprochen.

«Du hast Harold gekündigt?»

«Mach doch jetzt kein Drama daraus. Er hat ständig gegen die Zulassung des neuen Medikaments interveniert. Er hat einen bei der Behörde bestochen, damit es nicht zugelassen wird. So etwas dulde ich nicht.» Seine Kiefermuskeln spannten sich an. Unter seinem Blick fröstelte sie.

«Harold? Das kann ich nicht glauben.» Sollte sie sich so in dem sympathischen Mittfünfziger getäuscht haben? Irgendwie wollte ihr das nicht in den Kopf.

«Du bezweifelst ja auch Hazels Freitod.»

Seine Worte trafen sie. «Das ist doch was ganz anderes. Harold war immer offen und vertrauenswürdig ...»

«War. Das ist das entscheidende Wort. Du kannst dir die Welt nicht immer nur schön reden, Tessa.»

«Das tu ich doch gar nicht.»

Irgendetwas stimmte nicht. Steven wirkte auf einmal so kalt und abweisend, als er von Harold sprach, wie sie ihn noch nie erlebt hatte.

Tessa wollte mit einer Erklärung fortfahren, als er ihr zuvorkam.

«Komm, Darling, lass uns jetzt nicht kurz vor meinem Abflug über Hazel und Harold streiten. Ich bin spät dran.» Er sah auf seine Rolex.

Sie hätte zu gern mehr über Harolds Entlassung erfahren, aber da stand Steven schon neben dem Bett. Er hasste es, seine Entscheidungen zu rechtfertigen.

Dabei wollte sie ihm gar nicht reinreden, sondern nur daran teilhaben. Als Firmenleiter war er ein Mann der schnellen Entschlüsse. Dennoch besprach er mit ihr all seine Entscheidungen vorher. In Harolds Fall musste es so eilig gewesen sein, dass er keine Zeit gehabt hatte, mit ihr darüber zu reden. Tessa wollte die Arme um ihn legen, doch er schob sie zurück und küsste sie flüchtig auf den Mund.

«Wir sehen uns dann in drei Wochen. Ich ruf dich an.»

«Wenn du aus Brüssel zurück bist, erzählst du mir dann mehr über Harold?»

«Ja, ja», gab er nach und seufzte. Schon eilte er zur Tür. Bevor er die Klinke fasste, drehte er sich noch einmal zu ihr um.

«Übrigens, ich habe vorhin Ernest angerufen und ihn gebeten, sich um dich zu kümmern.»

«Danke, aber ich brauche keinen Babysitter.»

«Er soll dich von deinen Grübeleien ablenken. Ich bin nicht gut im Trost spenden. Das ist doch die Aufgabe eines Priesters.»

Sie liebte ihren Bruder, dennoch hätte sie lieber Steven an ihrer Seite gewusst. Er kam noch einmal zurück und küsste sie. Sie schlang die Arme um seinen Hals und küsste ihn leidenschaftlich. Wieder löste Steven sich aus der Umarmung.

«Ich würde ja auch gern hier bleiben, Darling, aber ...», sagte er zwischen zwei Küssen.

«Ja, ja, ich weiß. Beeil dich, sonst verpasst du noch den Flieger.

«Wenn ich zurück bin, holen wir alles nach. Pass auf dich auf, okay?»

Jetzt war in seine Augen wieder dieser gewohnt liebevolle Blick zurückgekehrt. Das versöhnte sie etwas. Dennoch fühlte sie eine unglaubliche Leere in sich.

Drei lange Wochen ohne Steven standen ihr bevor, in denen noch dazu Hazels Beerdigung stattfand. Wie sollte sie das alles allein durchstehen? Ihr Handy klingelte auf dem Nachttisch.

«Hi, Ernest», begrüßte sie ihren Stiefbruder.

«Hi, Liebes. Steven hat mich gestern Nacht noch angerufen.»

«Ich weiß.»

«Das mit Hazel tut mir entsetzlich leid. Wie geht es dir jetzt? Möchtest du vielleicht nach dem Sonntagsgottesdienst zum Lunch kommen?»

Ernest wohnte in einem bescheidenen, aber gemütlichen Häuschen neben seiner Baptistenkirche in Harlem. Er lebte für und mit seiner Gemeinde. Normalerweise machte es Tessa nichts aus, am Gemeindetisch mit den anderen zu essen, aber heute konnte sie deren Fröhlichkeit nicht ertragen. Sie musste in Ruhe über Hazel und die Geschehnisse des letzten Abends nachdenken.

«Lieb von dir, aber heute nicht. Sei nicht böse, ich brauche einfach Zeit für mich.»

«Ja, ja, natürlich. Wenn du es dir anders überlegen solltest, bist du herzlich willkommen. Ich sehe gegen Abend bei dir vorbei.»

«Fein, dann bis nachher.»

Sie war froh, dass es ihn gab. Wenn sie auf einen Menschen nach dem Tod ihrer Eltern hatte zählen können, dann auf Ernest, gleichgültig wann und wo. Steven hatte recht: Ernest besaß das nötige Feingefühl und wusste, wie er sie trösten konnte.

Sie lief zum Fenster hinüber und öffnete per Knopfdruck die Vorhänge. Ganz Manhattan lag ihr zu Füßen. Heute war der Himmel strahlendblau mit winzigen Wattebauschwolken. Nur ein schmaler rosa Streifen am Horizont erinnerte daran, dass die Sonne erst vor Kurzem aufgegangen war. Die gläsernen Hochhausfassaden glitzerten im Sonnenschein wie Edelsteine. Selbst früh am Sonntagmorgen herrschte bereits reger Betrieb in den Straßen. Aus dem zwanzigsten Stock sahen die Autos und Menschen wie Spielzeug aus.

Ein sonniger Frühlingstag, der Hazels Tod wie einen Alptraum erscheinen ließ.

Vielleicht würde ein Spaziergang im Central Park ihren aufgebrachten Nerven guttun. Zu dieser frühen Stunde traf man dort nur vereinzelte Jogger und Leute, die ihre Hunde ausführten.

Eine halbe Stunde später machte Tessa es sich auf einer der Parkbänke gemütlich und beobachtete die Kinder, die auf dem Rasen tobten. Ihr wurde das Herz wieder schwer, als sie daran dachte, wie Hazel und sie einst hier herumgetollt hatten. Sie hörte noch immer ihre Stimme und ihr Lachen, als stünde sie neben ihr.

Doch nun war alles vorbei. Nie mehr mit der Freundin reden können, all die albernen Kaffeetreffen mit Klatsch und Tratsch verbringen und stundenlang durch Museen streifen. Das gehörte der Vergangenheit an.

Es fiel ihr schwer, die Endgültigkeit des Todes zu akzeptieren. Immer wieder ertappte sie sich dabei, wie ihr Blick nach Hazel suchte, als könne sie um die nächste Ecke biegen und ihr freudestrahlend zuwinken, so wie sie es immer getan hatte.

Die Hoffnung, Sonnenschein und klare Luft könnten ihre Gedanken vertreiben, zerschlug sich. Tessa stand auf und kehrte zum Wagen zurück.

Auf dem Weg durch den Park beschlich sie das Gefühl, verfolgt zu werden. Sie drehte sich mehrmals um, konnte aber nichts Außergewöhnliches entdecken. Schuld an ihrer übertriebenen Reaktion war sicher ihr gestriges Erlebnis, der Kerl mit den rot glühenden Augen, der sie so in Panik versetzt hatte, dass sie schon zitterte, wenn sie eine Bewegung wahrnahm.

Der Weg schlängelte sich unter den frühlingslichten Baumkronen durch, an deren Zweigen zartgrüne Knospen sprossen, die nur darauf warteten, endlich in der Frühlingssonne aufzubrechen.

Tessa schrak zusammen und fuhr herum, als sie plötzlich etwas an der Schulter berührte. Außer einem jugendlichen Liebespaar, das auf einer der Bänke saß und knutschte, war niemand zu sehen. Dennoch klopfte ihr Herz eine Spur heftiger und ihre feinen Nackenhärchen stellten sich auf.

Sie zuckte mit den Achseln und schob ihre Reaktion erneut auf ihr gestriges Trauma. So ähnlich war es ihr auch damals nach dem Überfall ergangen. Sie hatte sich Dinge eingebildet, die gar nicht existierten.

Ihr Wagen parkte auf der gegenüberliegenden Seite der Fifth Avenue. Es war gegen zehn, New York erwachte. Zahlreiche Touristen mit Stadtplänen in der Hand liefen die Straße entlang. Aber auch viele New Yorker nutzten den Tag für einen Ausflug. Die Besucher fürs Naturkundemuseum verstopften den Gehweg.

Tessa quetschte sich durch einen Pulk Touristen am Straßenrand und nutzte die Verkehrslücke, um die Straße zu überqueren.

In dem Augenblick, als sie einen Schritt vortrat, versetzte ihr jemand einen Stoß in den Rücken. Halt suchend ruderte sie mit den Armen in der Luft, bevor sie der Länge nach auf die Straße schlug. Ihre Hände und Knie brannten wie Feuer und in ihrem Kopf dröhnte ihr Herzschlag, dumpf und schwer.

Benommen blieb sie liegen und starrte auf die aufblinkenden Scheinwerfer des sich nähernden Greyhound-Busses, die sich plötzlich in rot glühende Augen verwandelten. Wie durch einen Nebel nahm sie Schreie und lautes Hupen wahr.

Die immer stärker werdende Angst lähmte sie und erstickte jeden Laut in ihrer Kehle. Bilder der Vergangenheit stürmten auf sie ein. Damals hatte sie auch als Erstes die Scheinwerfer gesehen, bevor der Transporter in die Fensterscheibe und direkt auf sie zugerast war. Sie war vor Angst gelähmt gewesen, bis sie jemand am Arm fortgerissen und sich mit ihr auf den Boden geworfen hatte. Dann knallten die Schüsse. Aber das lag lange zurück.

Jetzt lag sie mitten auf der Fifth Avenue. Und wenn der Bus nicht rechtzeitig bremsen konnte, wäre es um sie geschehen.

Die roten Augen hatten sie fast erreicht. Noch immer lag sie teilnahmslos da, als befände sie sich in einem Film. Dabei sah sie dem Tod in die Augen. Gleich wäre alles vorbei. Verdammt, warum rührte sie sich nicht?

Plötzlich packten sie kräftige Hände an den Schultern und rissen sie hoch. Ein muskulöser Arm schlang sich um ihre Taille und drückte sie an einen harten, männlichen Körper. Der Mann rannte mit ihr weiter, während hinter ihnen die Reifen des Busses quietschten. Ein Knall berstenden Metalls ließ sie zusammenzucken. Sie zog den Kopf ein und wartete darauf, getroffen zu werden.

Doch der Mann bugsierte sie sicher zwischen den Autos hindurch zur anderen Straßenseite. Bei jeder Bewegung spürte sie seine Muskeln am Rücken. Er roch angenehm nach Sandelholz und frischer Luft und nach etwas undefinierbar, aber durchaus anziehend Herbem.

Tessa wehrte sich nicht, sondern blickte an sich hinunter. Gepflegte Männerhände drückten sich in ihre Taille und ihren Bauch und ließen erst los, als er sie auf dem Gehweg absetzte. Sie wollte sich gerade bei ihm bedanken, als er sie mit seinem Körper derb gegen die Museumsmauer presste und ihr den Mund mit seiner Hand verschloss. Es war der Fremde aus der U-Bahn. Verfolgte er sie etwa?

Die kalte Steinmauer drückte sich unangenehm in ihren Rücken. Was sollte das denn? Sie wollte ihn empört fortstoßen.

«Keinen Mucks», raunte er, «er sucht nach dir.»

Tessa sah fragend zu ihrem Retter auf, dessen Augen sich unruhig hin und her bewegten. Sie spürte seine angespannten Muskeln an ihrem Körper, was ihre Gedanken wieder in eine gefährliche Richtung dirigierte.

Nach einer Weile entspannte er sich und nahm seine Hand von ihrem Mund.

«Er ist weg.»

«Wer?»

«Der, der dich vor den Bus geschubst hat.» Sie hatte es sich also nicht eingebildet und war froh, dass es einen Zeugen dafür gab.

«Ich kenne ihn gar nicht. Warum hat er das getan?»

Er zuckte mit den Achseln. «Es gibt genügend Kriminelle und Verrückte.»

«Haben Sie seine Augen gesehen? Die waren leuchtend rot.»

Der Fremde senkte den Blick. «Nein, mir ist nichts aufgefallen.»

Tessa hatte das Gefühl, dass er ihr nicht die Wahrheit sagte. Aber vielleicht bildete sie es sich auch nur ein. Langsam interpretierte sie in alles etwas hinein und war wegen Hazel misstrauisch geworden. Ihre Nerven lagen blank.

Sie begann zu zittern, als ihr bewusst wurde, dass der Bus sie fast überrollt hätte, wenn er nicht gewesen wäre.

«Ich weiß nicht, wie ich Ihnen für das, was Sie eben getan haben, danken soll ...», sagte sie leise und sah zu ihm auf.

Wie schon neulich im Aufzug wurden ihr unter seinem begehrenden Blick die Knie weich. Dieser Mann besaß wirklich außergewöhnlich ausdrucksstarke Augen, in denen jetzt ein warmer Glanz lag.

«Ich wüsste schon, wie», antwortete er lächelnd und neigte seinen Kopf herab.

Tessas Puls begann zu rasen, als sich seine halb geöffneten Lippen auf die ihren legten. Mit einer Hand stützte er sich neben ihrem Kopf an der Mauer ab, während die andere sich um ihre Taille schlang.

Jeglicher Widerstand in ihr schmolz. Es fühlte sich so verdammt gut an, noch besser als beim letzten Mal. Sie schloss die Augen und gab sich seinem Kuss hin, der zärtlich und fordernd zugleich war.

Seine Zunge glitt über ihre Lippen, bis Tessa ihr bereitwillig Einlass gewährte. Als sich ihre Zungenspitzen trafen, glaubte sie zu verglühen. Er schmeckte ein wenig nach Apfel, süß und fruchtig. Seine Zunge erkundete ihren Mund, leckte über ihr Zahnfleisch und tanzte mit ihrer.

Tessa schlang die Arme um seinen Nacken und erwiderte den Kuss voller Leidenschaft. Niemand außer ihm hatte sie je so geküsst. Sie konnte gar nicht aufhören. Es war so unglaublich gut, lockend und ungestüm, als wüsste er genau, wonach sie verlangte.

Seine Hände schoben sich unter ihre Kleidung und legten sich auf ihren kalten Rücken. Heiß schoss das Blut durch ihre Adern und sammelte sich in ihrem Unterleib. Mit einem Stöhnen presste er sie fester an sich und schob ein Bein zwischen ihre Schenkel.

Tessa stockte der Atem. Sie bewegte leicht ihre Hüften und rieb über seine Erektion. Das Verlangen nach ihm war so übermächtig, dass sie alles um sich herum vergaß. Sie versank vollkommen in dem Sinnesrausch, den seine Liebkosungen in ihr erweckten.

Lautes Hupen ließ sie auseinanderfahren. Tessa fühlte sich benommen und ihr Herz raste vor Schreck noch wilder.

Ihre Wangen glühten vor Erregung und auch aus Scham, als sie sich bewusst wurde, dass sie beobachtet worden waren. Eine Gruppe Jugendlicher zeigte zu ihnen hinüber, kicherte und tuschelte.

Sie sah zu ihm auf und begegnete seinem von Leidenschaft verschleierten Blick. Seine Lippen waren von ihren Küssen gerötet.

Er wollte sie wieder in die Arme ziehen, aber sie wehrte ab.

«Nein, das geht nicht. Ich habe einen Fehler gemacht», flüsterte sie und stemmte die Hände gegen seine Brust. Für einen kurzen Moment glaubte sie, einen schmerzlichen Ausdruck darin zu erkennen.

Was hatte sie getan? Sie knutschte mit einem Wildfremden in der Öffentlichkeit und vergaß ihren Freund, mit dem sie seit Jahren eine harmonische Beziehung führte! Wie sollte sie Steven je wieder in die Augen sehen können?

Und das Schlimmste an der Sache war, dass sie eigentlich nicht damit aufhören wollte. Ihre Brüste spannten und ihr Unterleib brannte vor Verlangen.

«Du bereust, mich geküsst zu haben?» Der Ausdruck auf seinem Gesicht war nicht zu lesen.

«Ich lebe seit Langem mit jemandem zusammen», antwortete sie leise. «Neulich, im Trump Tower, ich war mit ihm dort ... Es tut mir leid ...», stammelte sie.

«Du brauchst mir nichts zu erklären. Es war nur ein Kuss. Ein Dankeschön.»

Seine Worte trafen sie. Für sie war es aufregend und unglaublich schön gewesen. Wie hatte sie nur glauben können, dass er das Gleiche dabei empfunden hatte? Es war nur ein Kuss. Seine Worte hallten in ihr nach. Sie fühlte sich plötzlich schrecklich.

«Ich glaube, es ist besser, wenn ich jetzt gehe.»

Sie wandte sich um, damit er ihre feuchten Augen nicht sah. Ihr Herz war schwer wie ein Stein. Nie war ihr ein Abschied so schwer gefallen wie in diesem Moment. Vielleicht würden sie sich nie wiedersehen und seine Küsse waren die einzige Erinnerung an ihn. Dabei kannte sie noch nicht einmal seinen Namen.

«Nathanael. Ich heiße Nathanael», sagte er, als hätte er ihre Gedanken erraten. *Reiß dich zusammen*, ermahnte sie sich.

Tessa schloss die Augen und kämpfte gegen die unerwartete Traurigkeit, die in ihr aufstieg, bevor sie sich noch einmal umdrehte. «Und ich heiße Tessa.»

Am liebsten wäre sie zu ihm gelaufen und hätte sich in seine Arme geworfen. Aber sie gehörte zu Steven. Es war nicht fair, ihn zu hintergehen. Das hatte er nicht verdient. Und es war bereits zum zweiten Mal geschehen. Weshalb fühlte sie sich von Nathanael so stark angezogen? Sie war doch glücklich in ihrer Beziehung. Ihr Leben verlief genauso, wie sie es sich gewünscht hatte.

Wirklich? Zum ersten Mal meldete sich in ihr die leise Stimme des Zweifels, die sie zu unterdrücken versuchte. Bald zählte sie zu den einflussreichsten Frauen der Branche, eine Position, um die sie viele Frauen in New York beneideten.

Die Stimme dröhnte in ihrem Kopf: *Aber wann hat Steven dir zuletzt das Gefühl vermittelt, deinen Körper zu begehren?*

Als sie genau darüber nachdachte, wurde ihr klar, dass jede Zärtlichkeit zwischen ihnen stereotyp verlief. Die Luft war raus, jedenfalls was das Sexuelle betraf. Monotonie hatte sich in ihre Beziehung geschlichen, ohne dass sie es so richtig gemerkt hatte.

Was Nathanael betraf, so konnte es nur der Reiz an einer flüchtigen sexuellen Affäre sein, weil sie das Gefühl vermisste, sich begehrt zu fühlen. Sie durfte ihn auf keinen Fall wiedersehen. Wer weiß, wie weit sie sonst ginge, wenn sie alle Hemmungen in überschäumender Lust verlor. Hastig drehte sie sich um und eilte zu ihrem Wagen.

«Pass auf dich auf! Das nächste Mal ist vielleicht niemand da, der dich rettet», rief er hinter ihr her.

Mit Tränen in den Augen drängte Tessa sich an der Warteschlange vorbei zu ihrem Wagen. Sie hatte gehofft, er würde ihr folgen, aber er tat es nicht. Die Enttäuschung darüber brannte in ihrem Herzen wie Feuer. Es konnte doch nicht sein, dass ihr das so viel ausmachte? Das ließ nur den Schluss zu, dass zwischen ihr und Steven etwas nicht stimmte, etwas, das ihr nie bewusst geworden war. Leidenschaft und Begierde besaßen für sie offenbar mehr Bedeutung, als sie bislang angenommen hatte.

Alles in ihrem Kopf begann sich zu drehen. Sie hätte nicht hierher kommen sollen. Erschöpft sank sie aufs Wagenpolster und lehnte den Kopf zurück.

Der Bus stand noch immer an derselben Stelle, weil ein Wagen von hinten in ihn hineingefahren war. In der Zwischenzeit hatten sich zahlreiche Schaulustige um ihn gruppiert. Polizeisirenen ertönten. Der Busfahrer stand mit dem Fahrer des anderen Wagens zusammen. Er wirkte sehr aufgebracht und gestikulierte wild, während sein Gegenüber mit hängendem Kopf vor ihm stand und fassungslos den Kopf schüttelte.

Tessas Blick glitt weiter zu dem Punkt, an dem sie vorhin gestanden hatte, bevor sie gestoßen worden war.

Seine roten Augen stachen aus der Menge heraus. Er sah starr zu ihr herüber. Sein Blick schien sie durchbohren zu wollen. Ein Schauer lief ihr den Rücken hinab. Er war es gewesen, der sie vor den Bus geschubst hatte, der Kerl von gestern Abend. Da war sie sich sicher. Sie musste hier weg, bevor er einen weiteren Versuch startete, sie umzubringen.

Mit zittrigen Fingern drehte sie den Schlüssel im Zündschloss um und lenkte den Wagen aus der Parklücke.

Tessa war noch immer verstört, als sie wieder in ihre Wohnung zurückkehrte. Wenigstens fühlte sie sich hier sicher.

Während sie Kaffeepulver und Wasser in die Kaffeemaschine schüttete, dachte sie an Nathanael.

Seltsamerweise hatte sie sich noch nie so beschützt gefühlt wie in seinen Armen. Wie leicht er sie über die Straße getragen hatte, als wäre sie nicht schwerer als eine Katze. Tessa war zwar schlank, aber sie besaß keine Modelmaße. Sein muskulöser Körper dicht an dem ihren, seine leidenschaftlichen Küsse ... Sie durfte nicht mehr daran denken.

Gerade mal einen Tag war Steven fort und schon spielten ihre Hormone verrückt, nur weil sie Nathanael erneut begegnet war. Aber weshalb hatte sie der Abschied von ihm geschmerzt?

Sie war verängstigt, verunsichert und einsam und dadurch leicht zu beeindrucken gewesen, zog sie das Fazit aus ihrer Begegnung.

Sie wanderte mit der Tasse ins Wohnzimmer hinüber und schaltete den Fernseher ein, um sich abzulenken. Herrgott, sie musste diese unselige Episode Nathanael vergessen. Schluss, aus und vorbei, bevor es begonnen hatte. Aber sie wusste, dass sie noch eine Zeit lang an ihn denken würde.

Als sie die Bilder eines weiteren Selbstmordes über den Bildschirm flimmern sah, knipste sie den Fernseher wieder aus. Das nicht auch noch! Arbeit würde sie auf andere Gedanken bringen. Sie setzte sich an den Laptop und schaltete ihn ein.

Während sie im Internet die Börsenkurse in Europa studierte, musste sie immer wieder an Hazel denken. Was mochte bei der Séance geschehen sein? Wer hatte außer ihr noch daran teilgenommen? Oder war sie etwa doch nicht hingegangen?

Wollte sie mehr über diesen schicksalhaften Abend erfahren, musste sie zur Wohnung ihrer Freundin fahren, zu der sie einen Schlüssel besaß.

«Für Notfälle», hatte Hazel damals gesagt und ihr den Schlüssel in die Hand gedrückt.

Seit Jahren ruhte er in Tessas Tresor. Ihn zu benutzen war, wie in die Intimsphäre der Freundin einzudringen. Doch Hazel war tot, und wenn sie Beweise für einen Mord sammeln wollte, würde sie nicht darum herumkommen.

Es klingelte an der Haustür. Wieder zuckte sie zusammen. Sie benahm sich wie ein schreckhafter Hase. Nathanael konnte es nicht sein, denn er kannte ihre Adresse nicht. Oder war er ihr heimlich gefolgt?

Tessa spähte durch den Spion und atmete auf, als sie ihren Stiefbruder vor der Tür stehen sah. Lächelnd öffnete sie die Wohnungstür.

«Ernest, ich bin so froh, dich zu sehen», sagte sie und fiel ihm um den Hals. Seine vertraute Nähe tat unglaublich gut.

Lachend befreite er sich aus der Umarmung. Seine elfenbeinfarbenen Zähne glänzten wie Perlen im kaffeebraunen Gesicht.

«Hey, so stürmisch hast du mich noch nie begrüßt. Ist was passiert?»

«Komm rein, dann erzähle ich dir alles.»

Tessa warf einen Blick über seine Schulter. Noch immer fühlte sie sich beobachtet. Sie suchte jeden Winkel des Hausflures ab. Ob der Kerl mit den rot glühenden Augen ihr gefolgt war? Bei dieser Vorstellung kribbelte es unangenehm in ihrem Bauch. Aber alles war wie immer.

Sie schob ihren Stiefbruder in die Wohnung und schloss hastig hinter ihm die Tür.

Ernest trug wie immer das gleiche Outfit, das aus einer schwarzen Hose und einem ebenso schwarzen Pullover bestand. Nur der weiße Kragen seines Hemdes hellte das Bild auf. Auf den ersten Blick hätte man ihn fast mit Martin Luther King verwechseln können, nur dass Ernest keinen Bart trug.

Er folgte ihr ins Wohnzimmer und machte es sich auf der Couch gemütlich. Jede seiner Bewegungen war bedächtig und unaufdringlich. Seine Aura strahlte Ruhe aus und vermittelte Geborgenheit. Er konnte stundenlang zuhören, ohne desinteressiert zu wirken. Genau das, was Tessa jetzt brauchte.

Die Beine lässig übereinandergeschlagen sah er sie erwartungsvoll aus seinen schwarzen Augen an. Mit Steven konnte sie nicht so zusammensitzen und zwanglos reden. Er stand stetig unter Strom, Termine hier, Termine dort, immer von einem zum anderen hetzend. Ihr erging es genauso. Sie lebten für ihren Job. Abends fiel sie todmüde ins Bett. Da blieb keine Zeit für ein Gespräch über ihre Beziehung oder Sex. Und sie hatte es bisher auch nie vermisst.

Wenn sie mit Ernest zusammen war, verpuffte jeder Stress durch seine stoische Ruhe. So war es schon immer gewesen. Als er und sein Dad damals bei ihr und ihrer Mom eingezogen waren, nahm sein sanftmütiges Wesen sie ein. Später war sie sogar ein wenig verliebt in ihn gewesen. Eine Teenagerschwärmerei, die sich schnell wieder legte, als sie begriff, dass Ernest nur für seinen Glauben lebte und eine Frau erst an zweiter Stelle rangierte.

Tessa holte eine Flasche Mineralwasser und zwei Gläser aus der Küche. Ernest trank nie etwas anderes.

Als sie eingoss, zitterten ihre Hände. Er nahm ihr die Flasche ab. «Ich mach das schon.»

Sie setzte sich ihm gegenüber und knetete ihre Finger.

«Wie geht es dir nach Hazels Tod?», fragte er leise und betrachtete sie mit sorgenvoller Miene.

Es hatte keinen Zweck ihn anzulügen. Er kannte sie gut genug, um sie zu durchschauen. «Schlecht. Ich kann und will es noch immer nicht glauben.»

«Alles braucht seine Zeit. Du hast doch nicht etwa Schuldgefühle, weil sie sich das Leben genommen hat?» Ernest trank einen Schluck und sah sie forschend über den Rand des Glases hinweg an.

«Hazel hat sich nicht umgebracht.» Ihre Stimme klang barscher als beabsichtigt. «Hat Steven das behauptet?»

Ernest nickte.

«Er hat mir gesagt, dass du dich wehrst, ihren Freitod zu akzeptieren.»

«Weil es keiner war! Ich habe unglaubliche Dinge beobachtet ...» Tessa zögerte nur einen Moment, bis es aus ihr wie ein Sturzbach heraussprudelte. Auch den Vorfall vom Vormittag erwähnte sie. Den Kuss verschwieg sie ihm allerdings.

Ernest hörte ihr zu, ohne sie zu unterbrechen.

«Puh.» Er steckte den Finger in seinen Kragen und weitete ihn, als würde er ihm die Luft abschnüren. Dann lehnte er sich zurück. «Das hört sich alles wirklich unglaublich an.»

«Hältst du mich jetzt für verrückt? Steven glaubt, ich halluziniere wieder. Wie damals nach dem Überfall. Aber glaube mir, das ist nicht so. Es ist ganz anders.» Sie forschte in seinem Gesicht, wollte wissen, was er dachte. Ernest kaute auf der Unterlippe.

«Ja, ich glaube dir, auch wenn es fantastisch klingt. Es gibt Dinge zwischen Himmel und Erde, die wir Menschen nicht erklären können. Als Priester glaube ich an Wunder. Gottes Wirken hier unten auf der Erde ist mächtiger, als wir denken. Versprich mir, dass du auf dich achtgibst. Wenn der Kerl dich auf die Straße gestoßen hat, wird er es vielleicht noch einmal versuchen.»

Er lehnte sich vor und legte seine Hand auf ihre. Seine Berührung und seine Worte beendeten ihr Zittern. «Danke, dass du mir glaubst. Ich glaube auch, dass er es wieder versuchen wird.»

Ihre Angst war in diesem Augenblick wieder präsent und ballte sich in ihrem Magen zu einem harten Klumpen zusammen. Diesem Kerl oder besser gesagt diesem Wesen musste das Handwerk gelegt werden. Doch dafür brauchte sie Beweise.

«Hast du deine Vermutungen der Polizei mitgeteilt?»

Tessa schüttelte den Kopf. Die hätten ihr doch nie geglaubt.

«Solltest du aber. Wir können morgen zusammen auf das zuständige Revier gehen.»

«Das ist nicht nötig, ich schaff das schon allein. Aber danke für dein Angebot.»

Sie drückte seine Hand, bevor er losließ. Aber sie wusste, dass sie die Polizei nicht aufsuchen würde. Sie wollte sich nicht lächerlich machen, wie damals nach ihrem Unfall, als sie wegen ihrer Halluzinationen fast täglich aufs Revier gelaufen war.

«Es hat mir schon geholfen, dass du hier warst und mir zugehört hast. Es ist nur so ... Wenn Steven nicht da ist, achte ich viel zu sehr auf jedes Geräusch.» Sie lachte unsicher auf.

«Das ist doch normal. Ruf mich an, wenn du dich ängstigst, egal zu welcher Uhrzeit.» Er lächelte ihr aufmunternd zu und hob demonstrativ sein Handy in die Höhe.

«Sag das nicht zu laut, sonst schmeiße ich dich jede Nacht aus dem Bett.»

«Versprich es mir», sagte er ernst.

«Ja, ich verspreche es.»

Ernests Gesichtszüge waren angespannt, die Kiefer fest aufeinandergepresst. Tessa spürte, dass auch ihn etwas bewegte.

«Du hast doch auch etwas auf dem Herzen, oder?», fragte sie.

Ein bitteres Lächeln umspielte seine Lippen. «Nicht so wichtig», wimmelte er ab.

«Das glaube ich dir nicht. Rück schon raus. Du hast mir die ganze Zeit über zugehört, jetzt bin ich dran.» Liebevoll tätschelte sie seine Hand, aber er druckste noch immer herum.

«Die Kirche müsste renoviert werden», gab er schließlich zu, «von den Wänden bröckelt langsam der Putz und im Gebälk sitzt der Holzwurm. Mein Vorgänger hat nicht viel machen lassen, jetzt zahle ich die Rechnung.»

Mit einem tiefen Seufzer stützte er den Kopf in die Hände. «Ich kann keine Nacht mehr richtig schlafen. Irgendwann kracht uns noch das Dach auf den Kopf. Die Handwerker meinten, wenn ich nicht bald etwas unternähme, müsste ich die Kirche schließen.»

Wie egoistisch sie gewesen war, ihre Probleme bei ihm abzuladen, wo er doch selbst genug Sorgen hatte. «Aber das wäre doch nur für die Zeit der Renovierung.»

Ernests Brauen schossen nach oben, bevor er mit dem Kopf schüttelte. «Ich befürchte nein. Wir haben nicht genug Geld, um die Renovierung zu bezahlen. Wo soll ich dann einen Gottesdienst abhalten? Die Kirchengruppen führen? In meinem kleinen Pfarrhaus?»

Die Summe, die er ihr nannte, ließ ihren Atem stocken. Und das für ein Kirchendach. Wie gern hätte sie ihrem Stiefbruder finanziell unter die Arme gegriffen, aber sie besaß kein großes Vermögen. Sie hätte ihre Aktien verkaufen müssen und das bei den schlechten Kursen. Ein Verlustgeschäft. Und selbst wenn die Kurse sich verdoppelt hätten, würde die Summe nicht mal die Hälfte der Kosten abdecken.

Aber Ernest hatte recht, das Pfarrhaus war viel zu klein. «Vielleicht könnt ihr einen Saal mieten?»

«Tessa, wir haben kein Geld! Auch nicht für die Miete. Ich bete jeden Tag zum Herrn, er möge mir einen Weg aus der Misere zeigen.»

«Hey, wer von uns hat eigentlich den besseren Draht nach oben? Hast du nicht neulich von einem Wunder gesprochen? Warum sollte das nicht auch dir widerfahren? Du hast gesagt, man muss nur fest genug daran glauben.»

Sie wollte ihn aufmuntern, ihm Hoffnung geben, und es schien zu wirken, denn seine Miene hellte sich auf.

Einen Moment überlegte sie, Steven um Geld für Ernest zu bitten, aber sie bezweifelte, dass er es für eine kirchliche Einrichtung zur Verfügung stellen würde. Er war kein gläubiger Mensch und sah auf die Geistlichen herab, die seiner Meinung nach aus Machthunger Menschen manipulierten. *«Angst ist das Mittel zum Zweck. Wer möchte schon seine Seele in der Hölle brennen sehen? Also gehorchen die Menschen den Gesetzen der Kirche»,* waren seine Worte gewesen. Als Kind war Steven von seinen Eltern dazu gezwungen worden, ein kirchliches Internat zu besuchen. Er hatte es gehasst: die strengen Regeln und Bestrafungen, das ständige Beten und die Priester, die ihre wahren Gefühle hinter einer freundlichen Miene versteckten.

Ernest lächelte sie an. «Vielleicht hast du recht und es geschieht wirklich ein Wunder.»

Sie redeten noch eine Weile über ihren Job, bis Ernest sich verabschiedete.

«Ich muss noch ins Hospiz.» Er warf einen flüchtigen Blick auf die Uhr und hob die Brauen.

«Mrs Bradshaw?»

Er nickte traurig. Mrs Bradshaw war eine alleinstehende Dame von Mitte achtzig, die sich vor ihrer Krebserkrankung in Ernests Gemeinde sehr engagiert hatte. Jetzt lag sie im Hospiz und wartete auf den Tod. Ernest besuchte sie täglich.

Er küsste Tessa flüchtig auf die Wange, bevor er ihre Wohnung verließ.

Als er gegangen war, blieb sie nachdenklich zurück. Nachdem sie ihm von ihren Begegnungen erzählt hatte, war er seltsam still geworden. Selbst als sie von ihrem Job und dem ganzen Stress gesprochen hatte, hatte er geschwiegen.

Er wirkte geistig abwesend, als wenn ihn etwas beschäftigte. Natürlich konnte es an seinen eigenen Sorgen wegen seiner Gemeinde oder auch an dem bevorstehenden Besuch im Hospiz liegen, aber es schien Tessa dennoch seltsam. An sich war er mit seiner Aufmerksamkeit immer ganz bei der Person, mit der er sprach. So hatte sie ihn noch nie erlebt.

7.

Beweise! Beweise! Das Wort hämmerte die ganze Zeit über in ihrem Kopf, noch lange nach dem Gespräch mit Ernest.

Sie konnte doch nicht nur mit Vermutungen bei der Polizei aufkreuzen, sondern brauchte einen stichhaltigen Beweis. Wie sollte sie denen erklären, etwas Übersinnliches beobachtet zu haben? Keiner würde ihr glauben, genau wie damals.

Sicher existierte irgendwo noch ein Aktenvermerk über die irre Tessa McNaught, die sich verfolgt fühlte. Doch dieses Mal war es etwas anderes. Es waren keine Visionen, sondern harsche Realität. Hazel war gesprungen und auch die anderen.

Das Beste wäre gewesen, sie hätte zum Beweis von dem Rotäugigen ein Foto auf frischer Tat geschossen. Tessa schnaubte leise durch die Nase. Genau, in Panik noch schnell das Handy zücken und ein Foto machen.

Selbst wenn sie das Übersinnliche nicht erwähnte, würde die Polizei ihr vorwerfen, nach dem Vorfall am Vormittag niemanden angezeigt zu haben, gleichgültig, ob sie ihn kannte oder nicht. So ein Mist.

Wenn sie einen Beweis finden könnte, dann nur in Hazels Wohnung. Da die Polizei den Selbstmord der Freundin offiziell bestätigt hatte, war deren Wohnung sicher nicht mehr versiegelt.

Es war weit nach zehn, als Tessa im Innenhof vor Hazels Mietshaus stand. Immer wieder blickte sie sich um, jeder Schatten wirkte bedrohlich. Hof und Straße waren leer gefegt. Wie von Furien gehetzt überquerte sie das Pflaster, bis sie atemlos vor der Haustür stoppte.

Sie war froh, sich für die Turnschuhe mit den weichen Sohlen entschieden zu haben, mit denen sie besser rennen konnte als mit den Pumps, die sie sonst trug.

Die Leuchtreklame erhellte für Sekunden das Pflaster, auf dem noch die aufgetragenen Umrisse von Hazels Leiche erkennbar waren. Dort hatte sie gelegen mit verrenkten Gliedern und weit aufgerissenen Augen. Der Anblick hatte sich in Tessas Hirn gebrannt wie die Schüsse des Überfalls. Bei jeder Gefahr drängten sie sich in ihr Bewusstsein.

Tessa fröstelte und begann zu zittern. Ihr wurde übel, sodass sie schwankte und sich an der Hausmauer abstützen musste. Für einen Moment schloss sie die Augen, als die Bilder vor ihren Augen zu rotieren begannen.

Reiß dich zusammen. Alles ist vorbei, Hazel liegt dort nicht mehr, sondern unter der Erde. Denke jetzt nicht an das Geschehene, sondern daran, wie du Hazels Mörder finden kannst.

Mit aller Kraft kämpfte sie gegen die Schwäche und seufzte erleichtert, als sie sich wieder fing.

Eine Böe streifte sie, obwohl die Äste des Baumes an der Straße sich nicht bewegten. Ängstlich flog ihr Blick über den Hof und zum Garagendach hinüber, doch nichts war zu sehen. Was hatte sie gedacht? Dass der Rotäugige sich auf sie stürzte mit den Worten: «Du bist die Nächste»?

Nein, diese Art von Mörder wollte die Angst in ihr schüren und sich daran ergötzen, bevor er ihr den Todesstoß versetzte. Sie schloss die Haustür auf und verschwand im dunklen Hausflur.

Wenige Minuten später stieg Tessa aus dem Fahrstuhl und stand vor Hazels Wohnungstür, an der noch immer der verwelkte Blumenkranz hing, den sie ihr im Februar zum Geburtstag geschenkt hatte.

Ein Gefühl der Beklommenheit stieg in ihr auf, als sie den Schlüssel ins Schloss steckte. Die Tür sprang auf, aber sie zögerte einzutreten. Als wenn sie etwas Verbotenes täte.

Sie atmete langsam ein und trat in den schmalen Flur. *Hazel hätte nichts dagegen gehabt, wenn du ihre Wohnung betrittst,* beruhigte sie ihr schlechtes Gewissen. Ihre Hand tastete nach dem Lichtschalter.

Drinnen empfing sie stickige Luft – ein Gemisch aus fauligen Pflanzen und saurem Joghurt. Mindestens ein Dutzend Jacken hingen in bunter Mischung an der Garderobe.

Tessa lächelte wehmütig angesichts der gewohnten Unordnung ihrer Freundin. Alles wirkte so, als müsse Hazel jeden Moment gut gelaunt durch die Tür treten und sie mit einem lockeren Spruch begrüßen. Stattdessen herrschte eine bedrückende Stille. Den ganzen Tag lang lief hier sonst das Radio, damit Hazel nicht den Wetterbericht verpasste. Jetzt war auch das bedeutungslos geworden.

Außer einer Großtante von über achtzig Jahren besaß Hazel keine Verwandten. Sie sprach nicht gern über die Vergangenheit ihrer Familie und Tessa hatte sie nie mit Fragen bedrängt. Sie wusste nur, dass Hazels Eltern bei einem Lawinenunglück in Kanada ums Leben gekommen waren.

Oft hatten sie über den Tod gesprochen, aber nie daran geglaubt, dass es eine von ihnen früh träfe. Hazel winkte bei diesem Thema stets ab, als wäre sie unsterblich.

Wer mochte sich wohl um ihren Nachlass kümmern? Gab es vielleicht ein Testament, und war das der Grund, warum Hazel umgebracht worden war? Aber Hazel hatte nie ein Testament erwähnt.

Ein kratzendes Geräusch drang aus dem Wohnzimmer herüber. Tessa verharrte und lauschte mit klopfendem Herzen, bevor sie es wagte, um die Ecke zu schielen. In der aufblinkenden Leuchtreklame erkannte sie einen Vogel, der draußen auf dem Fenstersims stakste. Er flatterte krächzend davon, als sie das Wohnzimmer betrat. Erleichtert atmete sie auf und schaltete das Licht ein.

Auf dem Couchtisch stand eine Vase mit Tulpen. Die Blätter waren verwelkt und lagen über den Tisch verteilt. Das Wasser stank faulig. Tessa entsorgte das Wasser und warf die Blumen in den Mülleimer in der angrenzenden Küche. Als sie den Deckel hochklappte, stieg ihr ein unangenehmer Geruch in die Nase. Sie zog den Beutel heraus und steckte ihn im Flur in den zentralen Müllschacht.

Dann kehrte sie wieder ins Wohnzimmer zurück und überlegte, wo sie mit ihrer Suche beginnen sollte.

Unzählige Bücher stapelten sich an einer Seite des ausladenden Ledersofas. Kissen und Decken knautschten in allen Ecken und auf dem kleinen Beistelltisch stand ein halb geleertes Glas Cola, dessen Neige bereits Schimmel angesetzt hatte.

Auf dem Schreibtisch daneben befand sich Hazels Laptop. «Mein Hirn und mein Herz», hatte sie immer scherzhaft gesagt.

Hazel führte Tagebuch und Terminkalender elektronisch. Tessa konnte sich nicht daran erinnern, sie je mit einem Notizblock bei einer Sitzung mit den Händlern in der Bank gesehen zu haben. Stattdessen tippte sie auf einem Mini-Laptop.

Wenn Tessa etwas über ihren Tod erfahren wollte, mussten sich Hinweise in ihren Dateien finden lassen. Rasch brachte sie das Colaglas in die Küche und setzte sich danach an den Laptop.

Sie drückte den roten Einschaltknopf. Ein Kästchen mit einem Ausrufezeichen erschien auf dem Bildschirm, und eine sinnliche Männerstimme forderte das Passwort.

Verdammt! Hazel hatte nie mit ihr darüber geredet. Über dem Kästchen schwebten Raffael di Santis dicke Engel vom Gemälde der Sixtinischen Madonna, bis sie anschließend einen Kreis über den Bildschirm zogen.

Tessa fand das Motiv recht kitschig. Es passte nicht zur nüchternen Hazel. Eine Séance hatte auch nicht zu ihr gepasst. Hatte Hazel die Séance aus Neugier besucht oder steckte doch ein Mann dahinter?

Die Stimme forderte erneut das Passwort. Tessa stöhnte laut. Es gab Tausende Möglichkeiten.

Grübelnd kaute sie auf der Unterlippe und tippte nacheinander mehrere Wörter ein, die ihr spontan einfielen, darunter auch der Titel von Hazels Lieblingsroman. Aber alle entpuppten sich als falsch.

Dann versuchte sie es mit dem Wort Séance. Wieder eine Niete. Engel.

«Oh, oh, Passwort abgewiesen. Du hast nur noch einen Versuch, bevor das System gesperrt wird», tönte die Männerstimme und ein drohender Zeigefinger tauchte auf.

Na, klasse.

«Ich brauche schon ein paar Versuche mehr als einen.» Verärgert schlug sie mit der flachen Hand auf den Tisch. Verdammtes System. Warum musste die Freundin auch alles in diesen verflixten Computer tippen?

Sie stützte den Kopf in die Hände. Wenn sie jetzt nicht weiterkam, würde es ihr nie gelingen, mehr herauszufinden.

Sie starrte auf den Bildschirm, als hoffte sie, das Passwort würde dort auftauchen. Der Bildschirmschoner mit den Engeln drehte weiter seine Kreise und lullte sie ein. Es besaß fast schon eine hypnotische Wirkung.

Umso mehr erschrak sie, als das Engelbild sich plötzlich in der Mitte positionierte, nach vorn kippte und die Engel von der Wolke purzelten. Flammen züngelten von der unteren Kante des

Bildschirms empor und verschlangen die Engel. Dann war der Spuk vorbei und der Bildschirmschoner zog von Neuem seine Kreise.

Sie kannte Hazel gut genug, um zu wissen, dass sie jeder Kleinigkeit eine Bedeutung beimaß und oft ihre Programme mit einem Gag versah. Warum also auch nicht hier? Vielleicht lag hier der Schlüssel zum Passwort und zum Abend der Séance?

«Engel, die von einer Wolke kippen ...», sinnierte Tessa und kaute nervös an den Fingern.

«Warum bin ich nicht gleich darauf gekommen?» Grinsend hämmerte sie auf der Tastatur die Worte ‹Fallen Angels› und wartete voller Spannung, ob sich ihre Vermutung bestätigte.

Pling! Der Eintritt ins Computersystem wurde gewährt.

«Bingo!», rief sie erleichtert aus und trommelte mit den Fäusten vor Freude auf dem Schreibtisch.

Während die Icons sich auf dem Bildschirm manifestierten, streifte ihr Blick eine Tablettenschachtel im Regal hinter dem Schreibtisch. Wieder etwas, das nicht zu Hazel passte, denn ihre Freundin schwor auf Homöopathie. Sie konnte sich nicht daran erinnern, dass Hazel jemals eine Tablette geschluckt hatte, die kein homöopathisches Mittel gewesen wäre.

Tessas Aufmerksamkeit richtete sich wieder auf den Bildschirm, als das Kalender-Icon vor ihr aufblinkte.

«Na, also.»

Sie klickte sich akribisch durch Hazels Kalender, aber alles, was sie fand, waren Eintragungen biblischer Männernamen. Hatte ihre Freundin heimlich einer Sekte angehört?

Hazel und sie waren seit vielen Jahren miteinander befreundet. Tessa glaubte, ihre Freundin zu kennen, aber seit ihrem Tod schien sie eine Fremde vor sich zu haben. Sie blätterte virtuell durch den Kalender und gelangte schließlich zum Datum der Séance.

Hastig griff sie nach Zettel und Stift, um sich die Adresse zu notieren, wo die Sitzung stattgefunden hatte. Auch die Namen der beiden anderen Teilnehmer und des Mediums kritzelte sie dazu. Eine Frau und zwei Männer, deren Namen sie noch nie zuvor gehört hatte. Hazels Kollegen? Nachbarn?

Ein überdimensionales, verschnörkeltes S erstreckte sich über alle Zeilen verschiedener Kalendereinträge. Kein weiterer Hinweis. Stand das S vielleicht für Séance?

Tessa klickte auf Hazels Organizer und gelangte zu einer To-do-Liste. Sie beinhaltete nur berufliche Einträge zu irgendwelchen Programmen, die sie erstellt hatte, nichts Privates. Auch kein S. Also doch S für Séance? Aber weshalb dann an einem Dutzend Tage?

Bevor sie nicht mit den Séanceteilnehmern gesprochen hatte, käme sie nicht weiter. Tessa war enttäuscht, sie hatte sich viel mehr von den Eintragungen ihrer Freundin versprochen.

«Hazel, was sollen diese blöden Ratespiele? Da komme ich doch nie dahinter!», schimpfte sie laut. Den Kopf in die Hände gestützt starrte sie deprimiert auf den Bildschirm, bis die Engel auf der Wolke wieder kreisten.

Noch eine ganze Weile klickte sie sich durch sämtliche Dateien von Hazel, ohne auf einen Hinweis zu stoßen. Genervt schaltete sie den Computer aus.

Tessa sah auf ihre Uhr. Es war schon Mitternacht, und sie war todmüde.

Mit dem Zettel in der Hand verließ sie nachdenklich Hazels Wohnung.

8.

Als Tessa hinaus auf den Innenhof trat, wehte ein frischer Wind. Einen Moment blieb sie in der Tür stehen. Das dumpfe Geräusch von Hazels aufschlagendem Körper würde sie nie vergessen können. Der Schock saß ihr noch immer tief in den Gliedern.

Vorsichtig setzte sie einen Fuß vor, um ihn gleich wieder zurückzuziehen, als bestünde der Boden aus glühenden Kohlen. Du kannst die Geschehnisse nicht rückgängig machen. Sie zwang sich ruhig ein- und auszuatmen, wie sie es im Tai-Chi-Kurs gelernt hatte. Erst nach einer Weile, als ihr Herzschlag sich allmählich beruhigte, eilte sie zu ihrem Wagen.

Die Straße war menschenleer, die meisten Häuser verwaist, denn viele waren im vergangenen Jahr arbeitslos geworden und konnten die Mieten nicht mehr bezahlen. Sie zogen in die äußeren Stadtbezirke, wo das Wohnen günstiger war oder landeten in den Slums. Zurück blieben verwahrloste Gebäude, in denen Kriminelle Unterschlupf fanden. Das war die dunkle Seite New Yorks.

Tessa wollte gerade mit der Fernbedienung den Wagen aufschließen, als ein Geräusch aufeinanderschlagenden Metalls durch die Straße hallte. Sie drehte sich um und sah zwei Männer mit Schwertern, die sich in der Straßenmitte lauernd umkreisten. Auf den ersten Blick hätte sie an einen Straßenkampf unter rivalisierenden Banden geglaubt, doch die Waffen wirkten in der modernen Zeit reichlich antiquiert. Warum benutzten sie keine Pistolen?

Die geballte Gewalt, die aus jeder Bewegung der Männer sprach, war Furcht einflößend. Keiner von beiden gab nach, sondern schwang immer wieder das Schwert gegen den Gegner. Es sah nach einem Kampf auf Leben und Tod aus.

Damals bei dem Überfall, als die maskierten Kerle mit gezückten

Pistolen in den Supermarkt gestürmt waren, hatte sie die gleiche Gewaltbereitschaft empfunden wie in diesem Moment.

Tessa lief auf Zehenspitzen um ihren Wagen und drängte sich zitternd mit dem Rücken an eine Hausmauer, während sie die beiden Kämpfer beobachtete. Zum Glück hatten sie ihre Anwesenheit nicht bemerkt. Nur nicht bewegen. Keinen Laut. Sie wagte kaum zu atmen. Nur so besaß sie eine Chance, weiter unentdeckt zu bleiben.

Einer der Männer sprang mit einem gewaltigen Satz nach vorn, um das Schwert in seinen Gegner zu bohren, der jedoch geschickt auswich. Rot glühende Augen blitzten in der Dunkelheit auf, was Tessa fast in Panik geraten ließ. Schweiß brach ihr aus allen Poren. Um nicht zu schreien, presste sie die Kiefer mit aller Kraft zusammen.

Wenigstens war es nicht der Kerl, der sie neulich in Stevens Wagen bedroht hatte, aber sicherlich nicht minder gefährlich.

Der hier war stämmig gebaut mit Glatze und Stiernacken. Im Schein der Straßenbeleuchtung erkannte sie eine wulstige Narbe, die sich über seine linke Gesichtshälfte zog. Ein zynisches Lächeln umspielte seinen Mund. Er trug auffällige rote Turnschuhe zu einer zerschlissenen Jeans, darüber ein Muskelshirt, das wegen seiner Leibesfülle eine Handbreit über dem Hosenbund endete. Ohren, Augenbrauen und Lippen waren mehrfach gepierct.

Die Jeansjacke, die er noch wenige Augenblicke vorher getragen hatte, lag neben ihm auf dem Boden. Der aufgenähte Totenkopf auf dem Rücken verriet ihn als Mitglied einer Motorradgang, die sich *Black Demons* nannte. Eine berüchtigte Gang, deren Verbrechen von schwerem Raubüberfall bis zu Mord reichten, weshalb sie oft in den Medien erwähnt wurde. Bislang war es der Polizei nicht gelungen, einen von ihnen zu fassen. Dass sie ausgerechnet einem von ihnen hier begegnen musste, konnte sie kaum fassen.

Der Gegner war jünger und schlanker und erinnerte sie irgendwie an Nathanael, weil er die gleichen raubkatzenartigen Bewegungen besaß. Unter seiner schwarzen Lederjacke zeichneten sich breite Schultern ab. Auch er trug Jeans, die sich über ebenso muskulösen Beinen spannte.

Sein Haar hatte er zu einem Zopf gebunden. Er schwang das Schwert mit einer Geschmeidigkeit, die Tessa fasziniert bewunderte.

«Du glaubst doch nicht wirklich, dass du gegen mich eine Chance hast, Jäger!», rief der mit den roten Augen und spuckte auf den Boden.

«Und ob. Heute entgehst du mir nicht», erwiderte der Blonde. Er lachte leise, während er scheinbar spielerisch das Schwert schwang, bis es plötzlich vorschnellte. Der Rotäugige wich mit einer Geschwindigkeit aus, die sie ihm nie zugetraut hätte.

«Da musst du früher aufstehen.» Ein hämisches Lachen erklang, dass sich Tessas Nackenhaare sträubten.

Der Blonde sprang mit einem Satz über den Kopf des anderen hinweg, als wäre es eine leichte Übung. Tessa presste ihre Hand vor den Mund, weil sie fast aufgeschrien hätte. So etwas konnte doch kein gewöhnlicher Mann.

Ihr blieb keine Zeit weiter darüber nachzudenken, denn der andere wirbelte herum und schon klirrten erneut die Schwertklingen. Funken sprühten bei jedem Aufeinandertreffen des geschliffenen Metalls. Mal war es der Blonde, der seinen Gegner zurücktrieb, dann wieder der andere. Wie gern hätte Tessa den Schauplatz verlassen, aber dann hätten die beiden sie mit Sicherheit bemerkt.

Sie vollführten meterhohe Sprünge, drehten sich in der Luft, schlugen Salti, dass Tessa bei diesem Anblick den Atem anhielt.

Ihre Fingernägel gruben sich vor Anspannung schmerzhaft in ihre Handflächen. Obwohl ihr beide fremd waren, fieberte sie mit dem blonden Mann. Immer wenn sein Gegner im Vorteil war, biss sie sich auf die Lippe und atmete erleichtert auf, als er wieder die Oberhand gewann.

Der Kampf eskalierte, als ihr Favorit dem Rotäugigen das Schwert in den Arm schlug. Blut spritzte aus der Wunde auf den Asphalt. Mit schmerzverzerrtem Gesicht brüllte der mit dem Stiernacken auf. Verwundet war er noch gefährlicher, das spürte sie. Jetzt schlugen die Schwerter in schnellerem Rhythmus gegeneinander.

Hass loderte in den rot glühenden Augen. Die beiden Streitenden verlegten ihren Kampf vom Boden aufs Dach. Sie schienen nicht zu ermüden, im Gegenteil, sie kämpften immer schneller und spektakulärer, ohne eine Pause einzulegen.

Tessas Körper war zum Zerreißen gespannt. Wann würde das enden? Hoffentlich bald. Sie wusste nicht, wie lange ihre Nerven es aushalten würden, der Auseinandersetzung beizuwohnen und vielleicht mit anzusehen, wie einer von ihnen starb. Auf den Anblick eines weiteren Toten wollte sie verzichten.

Tessa hätte alles dafür gegeben, um jetzt sicher in ihrem Bett zu liegen, anstatt dem Kampf zuzusehen, der sie ängstigte und ihr gesamtes Weltbild ins Wanken brachte. Mit Hazels Tod hatte sich ihr eine Pforte in eine andere Welt geöffnet, von deren Existenz sie nicht einmal zu träumen gewagt hätte. Wer zum Teufel waren diese Kerle? Woher kamen ihre Kräfte?

Zu allem Unglück näherten sie sich jetzt ihrem Standort, sodass sie sich noch dichter an die Mauer presste. *Wenn die dich entdecken, machen die kurzen Prozess mit dir,* schoss es ihr durch den Kopf. Bei der Vorstellung lief es ihr eiskalt den Rücken hinunter. Sie hatte eine Scheißangst, die sie nur mühsam im Zaum halten konnte. Die Luft war wie elektrisch geladen und kratzte auf ihrer Haut.

Jetzt befand sich der Rotäugige im Vorteil. Er hatte den Blonden in einer Hausecke in die Defensive gedrängt. Jeden Schlag fing der Bedrängte ab, während sein Blick fieberhaft nach einem Ausweg suchte. Haarscharf sauste die Klinge an seinem Kopf vorbei, schnitt eine seiner Locken ab und streifte sein Ohr, das zu bluten begann.

Tessa ballte die Hände zu Fäusten. *Er darf nicht verlieren.* Sie musste etwas unternehmen. Schließlich bückte sie sich, hob einen winzigen Stein auf und warf ihn gegen eine Fensterscheibe auf der gegenüberliegenden Straßenseite.

Das Geräusch schreckte die beiden auf. Die Augen des Rotäugigen suchten nach dem Verursacher. Diesen kurzen Moment der Unaufmerksamkeit nutzte der Blonde, indem er sich gegen seinen Widersacher warf und ihn zu Boden riss. Das Schwert des Rotäugigen schlitterte über den Asphalt, bis es vom Bordstein gestoppt wurde.

Der Blonde sprang auf ihn und presste den Gegner mit den Knien auf den Boden. Mit einem animalischen Brüllen bäumte der Rotäugige sich auf, um sich seines Widersachers zu entledigen. Doch der drückte ihm das Schwert gegen die Kehle, bis der Widerstand erlahmte.

«Diesmal habe ich das letzte Wort», sagte der Blonde heiser, bevor er das Schwert in die Kehle des Mannes unter sich stieß.

Entsetzt wandte Tessa sich ab und schloss die Augen. Ihr Herz pochte ihr in der Kehle. Ein heiseres Gurgeln erklang. Dann herrschte Stille. Sie schlug die Augen auf und bereute es sofort, denn der Blonde beugte sich mit einem gekrümmten Messer über den Toten und schnitt ihm das Herz aus dem Leib. Wie hatte sie nur glauben können, dass er besser war als der Rotäugige?

Danach beobachtete sie etwas schier Unglaubliches. Aus dem Rücken des Blonden wuchsen riesige, schwarze Flügel. Er stöhnte dabei, als schmerzte ihn das. Fasziniert starrte Tessa auf das Schauspiel. Es dauerte einen Moment, bis sich die Schwingen vollends entfaltet hatten. Sie schlugen erst langsam, dann immer schneller werdend, bis der Blonde vom Boden abhob und in rasanter Geschwindigkeit davonflog.

Mein Gott, sie hatte eben einen Mord beobachtet. Das war so unfassbar und grausam gewesen, das Schlimmste, was sie außer Hazels Sturz erlebt hatte. Und dann war der Mörder wie ein Vogel durch die Luft davongeflogen.

Das gab es nicht! Niemand besaß angewachsene Flügel, mit denen er sich in die Lüfte erhob. War sie schon so verwirrt, dass ihr ihr Geist Visionen vorgaukelte?

Tessa würgte. Ihr Magen ballte sich zusammen. Sein säuerlicher Inhalt stieg ihr die Speiseröhre nach oben. Schnell drehte sie sich um und erbrach sich.

Mit einem Taschentuch tupfte sie sich anschließend den Mund ab und lehnte sich keuchend gegen die Mauer. Sie sah zu dem Toten hinüber und traute ihren Augen nicht. Anstelle der Leiche befand sich auf dem Asphalt ein großer glühender Klumpen, wie ein riesiges Stück Holzkohle, das allmählich zu Asche zerfiel. Ihr wurde schwindlig. Sie musste hier schnell verschwinden. Vielleicht kehrte der Blonde zurück.

Auf wackligen Beinen lief sie zu ihrem Wagen.

Seit Hazels Tod geriet sie von einer Katastrophe in die nächste. Die Freundin musste den Teufel heraufbeschworen haben, anders konnte sie sich das nicht erklären.

Die Realität ist viel dunkler, als du glaubst. Komm runter von deiner Wolke der Illusion, mahnte sie ihre innere Stimme.

Alles, woran sie in all den Jahren geglaubt hatte, erschien wie eine Farce. Wo endete die Realität und wo begann die Fiktion? Die Grenzen zwischen beiden verschwammen. Wer wusste außer ihr noch von der Existenz übernatürlicher Wesen?

Was musste sie noch alles entdecken? War das überhaupt noch ihre Welt? Tausend Fragen bestürmten sie, auf die sie keine Antwort besaß. Sie war geschockt und verwirrt.

Tessa brauchte mehrere Versuche, um den Motor zu starten. Mit voller Wucht trat sie aufs Gaspedal. Der Wagen schoss nach vorn und raste mit quietschenden Reifen die Straße entlang.

Sie wusste nicht, wie lange sie durch Manhattan gefahren war, als sie den Wagen vor Ernests Haus parkte. Alles war an ihr wie in einem Zeitraffer vorübergezogen, die Häuser, die Lichter und die Wagen. Sie konnte nicht mal sagen, welche Straßen sie benutzt hatte.

In Ernests Arbeitszimmer brannte noch Licht. Oft ging er erst weit nach Mitternacht zu Bett.

Als die Glocke im Kirchturm schlug, schrak sie zusammen. Damals nach dem Raubüberfall hatte jedes kleinste Geräusch Ängste heraufbeschworen. Es war so schlimm gewesen, dass sie sich kaum noch vor die Tür getraut hatte. Beim Zerplatzen eines Luftballons war sie einmal sogar unter den Tisch gekrochen. Ein verdammter Teufelskreis. Sie fürchtete sich davor, das von Neuem zu erleben.

Nach dem heutigen Erlebnis musste sie mit jemandem reden. Ernest war der Einzige, dem sie sich anvertrauen konnte.

Tessa schluckte und drückte auf den Klingelknopf. Während sie auf Ernest wartete, schaute sie sich um. Sie hätte Amok laufen können, so durchgedreht war sie.

Es dauerte eine gefühlte Ewigkeit, bis sich die weiße Holztür vor ihr öffnete und er auf der Schwelle erschien. Das Lächeln in seinem Gesicht wich einer besorgten Miene. Seine Brauen schnellten nach oben.

«Tessa? Du bist leichenblass. Ist wieder was passiert?»

Hastig schob sie sich an ihm vorbei und stürmte den Flur entlang zu seinem Arbeitszimmer.

Ernest folgte ihr. «Willst du mir nicht sagen, was los ist? Du bist ja völlig durcheinander.»

«Gleich.» Ihr Körper bebte vor Anspannung. Sie musste alles loswerden, ihre Erlebnisse, ihre Angst. «Sorry, ich weiß, es ist mitten in der Nacht, aber ich habe so gehofft, dass du noch wach bist und ich mit dir reden kann.»

Ernest schloss hinter ihr die Tür des Arbeitszimmers.

«Ja, natürlich. Du kannst jederzeit mit mir reden. Das sagte ich doch schon.» Sein Verständnis tat gut. Trotzdem hatte sie immer ein schlechtes Gewissen, wenn sie ihn zu so später Stunde störte. Sein Dad hatte das nie gemocht, wenn sie in der Nacht wegen eines Alptraums geweint und nach ihm gerufen hatte.

Die Schreibtischleuchte spendete das einzige Licht im Raum. Darunter lag die aufgeschlagene Bibel.

«Ich bereite mich gerade für den Bibelkreis vor», erklärte Ernest, als er ihren Blick bemerkte.

Er schob sie auf einen der Shakerstühle zu, die vor dem Schreibtisch standen. Erschöpft sank sie nieder. Ernest blieb stehen und lehnte sich gegen die Schreibtischkante. Schweigend ruhte sein Blick auf ihr.

Anfangs stotterte sie, weil sie noch immer erregt war, doch dann flossen die Worte. Sie redete und redete, bis ihr Stiefbruder sie stoppte.

«Ich habe von solch einem Kampf schon einmal gehört.»

Tessa traute ihren Ohren nicht. «Du hast was?», fragte sie fassungslos.

Ernest sog geräuschvoll die Luft ein. «Ich habe schon einmal von einem solchen Kampf gehört», wiederholte er.

«Warum hast du mir nichts davon erzählt?»

Ernest fuhr sich mit der Hand über das Kinn und starrte auf den Boden. «Ich wollte dich nicht beunruhigen.»

«Das ist jetzt auch egal. Was hast du darüber gehört?»

«Im letzten Monat, als ich noch die Gemeinde drüben in Newark betreut habe, saß ich jeden Freitagabend an meiner Sonntagspredigt. Auch an diesem besagten Tag. Es war schon gegen Mitternacht, als ich plötzlich ein flackerndes Licht in der Kirche sah. Vielleicht suchte jemand die Kirche für ein Gebet auf, dachte ich. So was kam öfter vor. Ich lief hinüber, um mich zu vergewissern. Vor dem Altar auf dem Boden fand ich einen schwer verletzten Mann liegen. Ich wollte den Notarzt rufen, aber er flehte mich an, es zu lassen. Sein Name war Aaron, und er war ein Blutengel.

Er erklärte mir, sein Körper heile von allein. Das konnte ich nicht glauben. Er nahm mir das Versprechen ab, dass er so lange in der Kirche bleiben dürfe, bis die Wunde verschlossen war. Ich verbrachte die ganze Zeit bei ihm und hörte mir seine Geschichte an, wie es zu der Verletzung gekommen war. Ein gefallener Engel hatte ihm sein Schwert in den Leib gerammt.

Seit über tausend Jahren herrscht Gleichgewicht zwischen den Mächten von Himmel und Hölle. Doch manchmal wechselt einer die Seiten und das führt zu einem Chaos. Von Aaron weiß ich auch, dass Dämonen rot glühende Augen besitzen. Du hast vermutlich einen Kampf zwischen einem Blutengel und einem Dämon miterlebt.»

Tessa sprang auf und schüttelte den Kopf.«Dämonen? Blutengel? So was gibt es doch nicht. Das ist nicht real.» Sie wusste nicht mehr, was sie glauben konnte. Doch in ihrem Innern wusste sie, dass ihr Stiefbruder recht hatte. Sie weigerte sich nur, daran zu glauben. Langsam ging sie vor Ernest auf und ab.

«Ich hatte vorhin furchtbare Angst, dass die mich entdecken und umbringen», sagte sie leise.

Ernest sah auf. «Nein», sagte er bestimmt.

«Ach, ja? Was macht dich da so sicher?»

«Dämonen versetzen Menschen in Angst und Schrecken, aber sie töten nicht.»

«In Stevens Auto sah das aber ganz anders aus. Der Kerl wollte mich nicht nur verschrecken, sondern umbringen.»

«Er würde es nicht wagen.»

Er sprach darüber mit einer solchen Selbstverständlichkeit, dass es sie ärgerte.

«Hat dir das dieser ... Blutengel vielleicht auch verraten?», rief sie. Tessa bereute ihre Worte sofort, als sie sah, wie Ernest leicht zuckte. Aber sie war mit den Nerven am Ende und hatte sich nicht mehr unter Kontrolle.

Ernest wanderte um den Schreibtisch herum und setzte sich auf den Ledersessel dahinter. «Blutengel beschützen Menschen vor Dämonen.»

«Aber der war genauso brutal. Er hat dem Dämon das Herz aus der Brust geschnitten. Einfach widerlich.» Sie trommelte mit den Fingern nervös auf ihren Knien.

«Damit die Engel Dämonen für immer in die Hölle zurückschicken können, müssen sie ihr Herz entfernen.»

Tessa sah ihren Stiefbruder bestürzt an. Was wusste er noch alles?

Seine Worte musste sie erst einmal verdauen. Alle möglichen Erklärungen hatte sie erwartet, aber nicht das. Eine Weile sah sie schweigend nach unten.

«Wer weiß noch davon? Ich meine von den Blutengeln und so», fragte sie schließlich ihren Bruder.

«Ich kenne einige, die behaupten, ihnen begegnet zu sein. Ich habe viele Geschichten gehört und sie wie du nicht geglaubt, bis zu jenem Abend.»

Tessa biss sich auf die Unterlippe. Sie fröstelte bei dem Gedanken, dass es solche Wesen unter ihnen gab.

«Tessa ...»

«Solch ein Dämon hat vielleicht Hazel auf dem Gewissen und wer weiß, wen sonst noch», unterbrach sie ihren Stiefbruder.

Plötzlich trennte sie von Ernest eine breite Kluft. Hazel hatte ihr nicht alles erzählt, und dass das auch auf Ernest zutraf, stürzte sie in Zweifel.

War sie vorher nur blind durchs Leben gerannt? Vor lauter Aufregung wurde ihr wieder schlecht. Gab es wirklich Engel und Dämonen? In ihrem Kopf herrschte Chaos.

«Ich weiß nicht mehr, was ich glauben soll. Das ist alles so ... so ...» Sie fand nicht das passende Wort.

«Unvorstellbar. So ist es mir damals auch ergangen.»

Wurde sie vielleicht wegen ihres Stiefbruders von dem Dämon attackiert, weil er einst einem Blutengel Unterschlupf gewährt hatte? War Ernest der Nächste auf seiner Liste? Oder war er als Priester geschützt?

Tessa rollte mit den Augen. Sie fühlte sich erschöpfter denn je.

«Und wenn du dich irrst und diese Dämonen doch etwas mit Hazels Tod oder den anderen Selbstmorden zu tun haben?», fragte sie nach einer Weile.

Ernest zuckte mit den Achseln. «Aber es gibt sie schon so lange auf der Welt. Wieso die Selbstmorde erst jetzt? Das ergibt keinen Sinn.»

Dennoch war Tessa davon überzeugt, dass die Dämonen in diese Selbstmorde verwickelt waren.

Ernest ergriff ihre Hände und sah sie eindringlich an.

«Bitte, Tessa, du darfst auf keinen Fall mehr allein rausgehen. Verriegele die Fenster und Türen. Du könntest einem Gefallenen begegnen.»

«Du meinst doch nicht etwa einen gefallenen Engel? So wie Luzifer?»

Er nickte. «Sie sind gefährlicher, als du dir vorstellen kannst.»

Wie stellte er sich das vor?

«Wie soll ich das meinem Chef erklären? ‹Hey, Mr Miller, mir kleben gefallene Engel am Hacken. Ich kann nicht mehr allein aus dem Haus. Entweder kommt mein Bodyguard mit oder ich kündige.› Die lassen mich noch ins Irrenhaus einweisen.» Sie sank seufzend aufs Sofa zurück. «Wenn Steven doch nur hier wäre ... Dabei mag ich mir eigentlich gar nicht vorstellen, was er zu dem allen sagen würde.»

Unwillkürlich kam ihr Nathanael in den Sinn ...

Nein, nicht wieder an ihn denken. Sie musste ihn vergessen, ein für alle Mal.

«Dann verlass deine Wohnung nicht allein», forderte Ernest. «Ruf mich an, wenn du keine Begleitung hast, okay?» Er drückte ihre Hände eine Spur fester. «Bitte, Tessa. Ich habe Angst um dich.»

Tessa schluckte hart. Sie musste sich in einem Alptraum befinden, anders wäre sie schon vor Angst durchgedreht.

«Bitte,» beharrte ihr Bruder.

«Ja, okay.» Es fiel ihr nicht schwer, dieses Versprechen zu geben, denn seit den Geschehnissen der letzten Tage verspürte sie sowieso keine Lust auf Streifzüge. Und zu Hazels Wohnung würde sie auch nicht mehr fahren.

«Was ist, wenn du angegriffen wirst, weil du diesem Blutengel geholfen hast?»

Nun hatte sie die Frage doch gestellt.

«Dann hätten sie es längst getan, oder? Nein, es muss etwas anderes dahinterstecken. Du musst mich sofort informieren, wenn dir etwas Merkwürdiges auffällt.»

«Wenn ich einen von ihnen treffe, werde ich sicherlich nicht mehr in der Lage sein, dir noch eine Info zu geben.» Sie schnitt eine Grimasse und lachte freudlos. Das Lachen half ihr, ihre Ängste zu bewältigen, aber sie wusste, die Furcht würde schnell zurückkehren.

9.

An der Börse herrschte Hochbetrieb. Nie hatte es mehr Umsätze gegeben wie am heutigen Tag. Aber Tessa war froh, dass im Büro das Telefon nicht mehr stillstand und ihr keine Zeit zum Nachdenken blieb. Erst als sie das Büro verließ und die Anspannung abfiel, dachte sie wieder an Hazel. Es war ihre Pflicht und Schuldigkeit, die Hintergründe ihres Todes zu recherchieren.

Es dämmerte schon, als Tessa endlich das Bankgebäude verließ. Zuerst wollte sie die Frau aufsuchen, die mit Hazel an der Séance teilgenommen hatte.

Wenn Ernest davon erfuhr, dass sie sich allein auf den Weg machte, konnte sie sich eine Standpauke anhören. Schließlich hatte sie es fest versprochen. Aber sicher fühlen konnte sie sich doch nirgends in New York, und sie konnte sich nicht für den Rest ihres Lebens in ihrer Wohnung verschanzen. Das wäre paranoid. Schließlich hatte sie sich geschworen, die Wahrheit herauszufinden.

Tessa seufzte und zog den Zettel mit den Namen aus der Tasche, die sie Hazels elektronischem Kalender entnommen hatte. Sie winkte sich ein Taxi heran und stieg ein.

«Wohin?», fragte der Fahrer mit undefinierbarem Akzent und kaute auf einem Zahnstocher herum.

«Park Avenue, Ecke 116 East», las sie laut vom Zettel ab. Der Name der Séance-Teilnehmerin lautete Jenna Mayor. Hazel hatte diesen Namen nie erwähnt, dessen war sie sich sicher.

Anstelle einer Antwort nickte der Taxifahrer und trat aufs Gaspedal. Der Wagen schoss mit einem Ruck nach vorn und presste Tessa tief in den Sitz.

Tessa lehnte sich nach vorn zum Fahrer. «Wir befinden uns

nicht in einem James-Bond-Film, Sie brauchen niemanden zu verfolgen.»

«Schon gut», antwortete er mit schnarrender Stimme. Ihre Gedanken kreisten bereits um Jenna Mayor, die in einer recht privilegierten Gegend Manhattans wohnte.

Kurze Zeit später stand sie vor der richtigen Haustür. Der Name auf der Metallplatte neben der Tür war zerkratzt und nur noch zu erahnen. Es existierte keine Klingel, sondern nur ein Türklopfer, den ein Teufelskopf zierte. Früher waren ihr solche Details nie aufgefallen, aber die Ereignisse der vergangenen Tage hatten sie sensibilisiert.

Tessa betätigte den Klopfer und wartete. Es dauerte, bis sie schlurfende Schritte hörte. Die Tür wurde aufgerissen und eine Frau mit schlohweißem Haar und faltigem Gesicht sah sie fragend und zugleich ängstlich an. Ihr cremeweißes Wollkostüm war elegant geschnitten. Ihre Hand fuhr zitternd über die hochgesteckten Haare.

«Ja?», fragte sie mit rauer Stimme.

«Hi, mein Name ist Tessa McNaught, ich möchte gerne mit Jenna Mayor sprechen.»

Die Frau versteifte sich und in ihren Augen schimmerte es feucht.

«Wissen Sie es denn nicht?», fragte sie leise.

«Nein, was denn?»

«Jenna ist tot.» Es war nicht zu übersehen, wie nah der Frau der Tod Jenna Mayors ging. Aus der Ähnlichkeit schloss Tessa, dass sie verwandt, eventuell sogar Mutter und Tochter waren.

«Tot?» Tessa war geschockt. Sie hatte so gehofft, von Jenna Mayor etwas über den Verlauf der Séance zu erfahren. Und jetzt das!

«Sie hat sich vor zwei Tagen vom Dach eines Parkhauses gestürzt.» Die Lippen der alten Dame zitterten.

«Sie hat ... Selbstmord begangen?» Tessa begann zu frösteln. Ein flaues Gefühl breitete sich in ihrem Magen aus. Es konnte doch kein Zufall mehr sein, dass sich auch Jenna Mayor nach der Séance das Leben genommen hatte. Irgendetwas musste bei dieser Sitzung vorgefallen sein.

«Das tut mir unendlich leid. Bitte verzeihen Sie die Störung.»

«Sind Sie eine Bekannte von Jenna?», fragte die Frau leise.

Tessa schüttelte den Kopf und erklärte in knappen Sätzen den Grund, weshalb sie hergekommen war.

«Kommen Sie doch bitte herein. Vor der Tür spricht es sich nicht gut. Ich bin Agnes Mayor, Jennas Mutter.» Sie reichte Tessa die Hand, bevor sie beiseitetrat und ihr mit einer Geste bedeutete, hereinzukommen.

«Danke, aber ...»

«Ich bin über ein wenig Ablenkung froh.» Agnes Mayors dünne Lippen kräuselten sich zu einem traurigen Lächeln. *Sie fühlt sich einsam,* kam es Tessa in den Sinn. Das Leben hatte tiefe Falten in Agnes Mayors Gesicht gegraben. Sie drehte sich um und lief einen langen, schmalen Korridor entlang, an dessen Ende sich ein Rundfenster befand, durch das man in einen begrünten Innenhof sah. Ein seltener Ausblick inmitten der dichten Häuserblocks Manhattans.

Tessa folgte ihr. Sie war zwar darauf gespannt, mehr über Jenna zu erfahren, aber Agnes Mayor wirkte verständlicherweise sehr labil, so kurz nach dem Selbstmord ihrer Tochter, und sie wollte die Frau nicht aufregen. Tessa fragte sich, wie viel Agnes über die Séance wusste.

Die hohen Wände und Stuckdecken des Salons erinnerten an ein europäisches Palais. Die ausladenden Polstermöbel mit dem Perserteppich inmitten des marmornen Salons wirkten wie eine Insel. Regale, die bis zur Decke reichten, vollgestopft mit unzähligen Büchern, rahmten die Sitzgruppe ein.

Agnes Mayor steuerte auf die Couch zu und bat Tessa in einem der Sessel Platz zu nehmen.

«Möchten Sie vielleicht einen Kaffee? Oder ein Glas Wasser?», bot sie Tessa an.

«Nein, danke, ich bin nicht durstig.» Tessa rutschte unruhig im Sessel hin und her.

Die andere Frau setzte sich. «Sie wollten mit mir über Jenna sprechen?»

«Das wäre schön. Aber wenn es Ihnen schwerfällt, so kurz nach ihrem Tod, dann ...»

«Schon gut. Reden hilft.»

«Danke. Sie sind wirklich sehr tapfer.» Tessa beugte sich vor. «Wussten Sie, dass Ihre Tochter kurz vor ihrem Tod eine Séance besucht hat?»

Erstaunt hob Agnes Mayor die Brauen. «Nein, das wusste ich nicht. Aber Jenna besaß schon immer einen Hang zu Okkultem. Sie suchte regelmäßig eine Hellseherin auf. Woher wissen Sie das mit der Séance?»

«Weil sie sie mit meiner Freundin Hazel besucht hat. Auch Hazel hat sich vor zwei Tagen das Leben genommen. Sie sprang vom Dach eines Hauses. In ihrem Kalender fand ich eine Eintragung, in der der Name ihrer Tochter stand. Außerdem noch zwei Männernamen, ein weiterer Teilnehmer der Séance und der Dritte war vermutlich das Medium.»

Agnes Mayors Augen weiteten sich vor Entsetzen. «Das ist ja schrecklich», flüsterte sie und schlug die Hand vor den Mund. «Meinen Sie, diese Séance könnte für den Tod der beiden verantwortlich sein?» Ihre Stimme klang erregt.

«Schon möglich. Aber wissen Sie, ich bin fest davon überzeugt, dass meine Freundin keinen Selbstmord begangen hat, sondern ermordet wurde.»

Agnes Mayor erbleichte und ihre Lippen bewegten sich, ohne einen Ton hervorzubringen. Als sie in sich zusammensackte, empfand Tessa tiefes Mitleid. Sie beugte sich vor und nahm ihre zitternde Hand.

«Wie kommen Sie darauf?», flüsterte Agnes und betrachtete Tessa mit tränenverschleiertem Blick.

«Weil ich meine Freundin seit Jahren kenne und weiß, dass sie sich nie das Leben nehmen würde. Sie sprühte vor Temperament und Lebenslust, als wir das letzte Mal miteinander telefonierten. So jemand scheidet nicht so mir nichts dir nichts aus dem Leben.»

Agnes Mayor starrte schweigend vor sich hin. Eine Träne stahl sich aus dem Augenwinkel und rollte ihre Wange hinab.

«Das habe ich von meiner Jenna auch geglaubt, bis ich von der Polizei erfahren habe, dass ihr Freund sie verlassen hat.»

Diese Information rief Zweifel in Tessa hervor. Sollte Hazel etwas Ähnliches erlebt haben, wovon sie nichts wusste? Wie gut kannte man einen Menschen wirklich, selbst wenn er einem nahestand? Hatte Hazel ihre Probleme verborgen?

Nachdenklich starrte Tessa vor sich hin und kam zu dem Schluss, dass Hazel mit ihr darüber geredet hätte.

«Jenna litt an Migräne, besuchte eine Therapie. Die brachte auch nichts außer Schlafstörungen. Also nahm sie Schlaftabletten. Die Polizei fand ein Röhrchen in ihrem Nachttisch. Ich hab von alldem nichts gewusst.» Agnes Mayor schlug die Hände vors Gesicht.

«Oh, mein Gott, wie schrecklich.» Tessa wusste nicht, was sie sagen sollte. Sie spürte, dass keine Worte Agnes Mayor zu trösten vermochten.

Sie zog den Zettel mit den Séanceteilnehmern aus der Tasche.

«Kennen Sie einen Oliver Reardon und einen Arthur Levi? Einer von beiden muss das Medium sein, das alle eingeladen hat.»

Agnes Mayor schüttelte den Kopf. «Die Namen sagen mir nichts. Aber ich kannte nur wenige von Jennas Kollegen. Sie hatte keine Freunde in New York, weil sie noch nicht lange hier wohnte.»

Tessa erhob sich und verspürte ein schlechtes Gewissen, weil ihre Fragen Agnes Mayor aufgewühlt hatten. Die Frau wusste noch weniger als sie. Hier käme sie mit ihren Recherchen auf keinen Fall weiter.

«Vielen Dank, dass Sie sich für mich Zeit genommen haben. Ich wünsche Ihnen von Herzen alles Gute.»

«Das wünsche ich Ihnen auch.»

Agnes Mayor stand ebenfalls auf. Sie reichten sich zum Abschied die Hand.

Als Tessa zur Haustür hinaustrat, hatte sie das Gefühl, eine Freundin verlassen zu haben. Sicherlich lag es daran, dass sie und Agnes Leid teilten. Beide trauerten um einen Menschen, der ihnen sehr nahegestanden hatte.

In der Zwischenzeit war es dunkel geworden. Die Läden waren noch geöffnet, zahlreiche Einkaufslustige strömten an ihr vorbei. Sie dachte an Ernests Warnung, tröstete sich aber damit, dass kein Dämon sie angreifen würde, wenn es genügend Zeugen gab.

10.

Eigentlich wollte Tessa zur nächsten U-Bahn-Station laufen, aber ihre Füße hatten genug vom Gehen in den hohen Pumps. Sie winkte ein Taxi heran. Das Gespräch mit Agnes Mayor, von dem sie sich mehr erhofft hatte, beschäftigte sie weiter.

Kein Beweis, der ihre Mordtheorie stützte. Stattdessen hatte Jenna Mayor sich aus Liebeskummer vom Dach gestürzt.

Das Taxi hielt am Straßenrand und Tessa stieg ein. Sie nannte dem Fahrer ihre Adresse und sah zum Fenster hinaus. In der Dunkelheit war Manhattan atemberaubend und gefährlich. Hatte sie nicht eben einen Schatten gesehen, der an den Häusern vorbeigehuscht war?

Unsinn. Hörte das denn nie auf?

Sie sank tiefer in den Sitz und betrachtete die Leuchtreklamen, die an ihr vorbeizogen, als sie plötzlich stutzte. Weshalb fuhr der Taxifahrer weiter in nördliche Richtung, anstatt nach links abzubiegen?

«Sorry, aber Sie hätten eben links abbiegen müssen.»

Als ihr der Mann am Steuer nicht antwortete, sondern unbeirrt weiter geradeaus fuhr, beugte sie sich vor und tippte ihm auf die Schulter.

«Haben Sie mich eben nicht verstanden? Oder sprechen Sie kein Englisch?»

Als sie seine Augen im Rückspiegel sah, erstarrte sie. Sie leuchteten neonrot.

«Halten Sie sofort an!», schrie sie und glaubte, er müsse ihren Herzschlag hören, der ihr in den Ohren dröhnte. Doch er lachte nur und gab Gas.

Sie musste aus diesem verdammten Taxi, und zwar schnell. *Wenn du raus springst, brichst du dir alle Knochen*, warnte sie eine innere Stimme, die sie zu ignorieren versuchte, weil ihre einzige Chance, diesem Dämon zu entkommen, in der Flucht bestand.

Er brauste mit ihr in so hohem Tempo durch die Kurve, dass sie mit der Stirn gegen die Scheibe schlug. Tessa versuchte sich abzuschnallen, doch bevor es ihr gelang, wurde sie wieder gegen die Tür geschleudert.

Sie brauchte mehrere Versuche, bis der Gurt sich endlich öffnete. Im selben Moment brach der Wagen hinten aus und geriet ins Schleudern. Ihr blieb nichts anderes übrig, als sich auf die Rückbank zu werfen und nach Halt zu suchen.

Als der Wagen wieder unter Kontrolle war, gelang es ihr endlich, den Haltegriff zu packen, während sie gleichzeitig nach dem Türgriff tastete. Ein schnappendes Geräusch erklang, aber zu ihrer Enttäuschung öffnete sich die Tür nicht. Verdammt! Bestimmt war die Kindersicherung eingeschaltet.

Wo war nur der Knopf zum Entriegeln? Sie fingerte am Griff entlang, konnte aber nichts entdecken. In der Zwischenzeit hatte der Dämon erneut Fahrt aufgenommen.

Sie wurde auf dem Sitz hin und her geschleudert, als der Wagen in halsbrecherischem Tempo durch Manhattan jagte. Das hämische Lachen des Fahrers machte sie rasend. Sie musste es schaffen, ihm zu entkommen, gleichgültig wie.

Als sich Sirenengeheul näherte, atmete sie erleichtert auf. Gleich würden die Cops das Taxi stoppen, um den Raser zu stellen. *Die* Gelegenheit, dem Dämon zu entkommen. Von wegen der Dämon würde ausschließlich gegen diese Blutengel kämpfen und Menschen nur verschrecken! Ernest irrte sich gewaltig. Der hier war mordlustig, das spürte sie. Und wo blieb dann bitte der Blutengel, um sie vor dieser Kreatur zu beschützen?

Der Wagen stoppte abrupt, und Tessa prallte mit voller Wucht gegen die Vordersitze. Für einen Moment blieb ihr die Luft weg, als ihr ein heftiger Schmerz durch die Rippen schoss. Raus hier!

Sie rappelte sich mit aller Kraft auf, als die eiskalte Hand des Dämons ihren Arm packte. Sie versuchte, sich seinem derben Griff zu entwinden, doch gegen seine Kraft war sie machtlos.

«Wir beide machen jetzt einen kleinen Spaziergang», sagte er und schaltete den Motor aus. Er ließ sie los und stieg aus dem Wagen.

Während er um das Taxi herumging, warf Tessa sich auf die andere Seite und öffnete die Tür. Aber sie hatte seine Schnelligkeit unterschätzt, mit der er über das Wagendach sprang und vor ihr stand.

Die Sirenen näherten sich. Sie konnte bereits den schwarz-weißen Streifenwagen erkennen, der die Straße heraufraste.

Der Dämon zerrte sie grob aus dem Taxi und hinter sich her. Was hatte er nur mit ihr vor? Sie schrie, aber ihr Schrei wurde durch eine eiskalte Hand erstickt, die sich auf ihren Mund presste.

«Wage es nicht noch mal», zischte er ihr ins Ohr. Unter seinem kalten Atem glaubte sie zu Eis zu erstarren. Sie zitterte vor Angst.

Er schob sie auf ein Gebäude zu, das ein Teil einer Fabrikanlage war. Leere Container stapelten sich rechts neben einer Lagerhalle. Die Luft roch nach Salz und Fisch. Der Hudson River musste ganz in der Nähe sein. Sie befand sich offenbar in einem Hafendepot.

Der Dämon drängte sie in einer Ecke an die metallene Gebäudewand. Ihr heftiger Herzschlag schien Vibrationen des Metalls auszulösen.

Der Polizeiwagen bremste, das Sirenengeheul erlosch, Türen klappten.

Schritte näherten sich auf dem Asphalt. Tessa schöpfte wieder Hoffnung und versuchte, sich zu befreien. Doch der Dämon verschloss ihr den Mund so fest, dass sie kaum Luft bekam. Fest krallte sie ihre Finger in seine Hände und zuckte zusammen, als sie einen stechenden Schmerz in ihrer Oberlippe fühlte.

Voller Entsetzen blickte sie nach unten und sah, wie ihre Finger die Hand des Dämons durchdrangen. Er war ein Geist! Sie hatte sich selbst die Fingernägel in die Haut gebohrt und schmeckte Blut auf ihren Lippen. Wieso konnte sie ihn fühlen? Das war doch Irrsinn!

Was konnte sie einem solchen Gegner entgegensetzen? Nichts. Der winzige Hoffnungsschimmer in ihr erlosch wie eine Kerzenflamme, der man den Sauerstoff entzog. Die Kälte des Dämons durchdrang ihren Körper und umschloss ihr Herz, um es in einen Eisblock zu verwandeln. Tessas Glieder erschlafften. Sie fühlte sich wie gelähmt.

«Hey, Joe, das Taxi ist leer. Die können nicht weit sein», hörte Tessa die Stimme eines der Polizisten. Schritte folgten und das Klicken einer Waffe.

Bitte, bitte, kommt näher, flehte sie. Wenn sie doch nur schreien könnte.

Verdammt, es musste doch eine Möglichkeit geben, die Cops auf sich aufmerksam zu machen. Vielleicht wenn sie hinter sich gegen die Wand trat? Das würde laut scheppern.

Sie hob ihr Bein an und holte aus, als der Dämon sie plötzlich weiterzog, so schnell, dass sie glaubte, geträumt zu haben. Seine Kräfte waren beeindruckend. War es ihm etwa auch möglich, ihre Gedanken zu erraten? Bei der Vorstellung wurde ihr übel.

Er presste sie in einer Ecke gegen ein Fass, das nach Teer und Benzin stank. Noch immer ruhte seine Hand auf ihrem Mund, als hätte er ihn versiegelt.

Der Lichtstrahl einer Taschenlampe strich über den Boden, ohne sie zu erfassen. Das konnte doch nicht wahr sein. Tessa ballte ihre Hand zur Faust und schlug gegen das metallene Fass.

Plötzlich sah sie die beiden Cops unter sich. Es brauchte einen Moment, bis sie begriff, dass der Dämon an der Wand emporkletterte und sie aufs Dach trug, eine Hand noch immer auf ihren Mund gepresst.

Oben angekommen ließ er sie abrupt los, sodass sie ins Stolpern geriet und rückwärts hinschlug. Sie konnte sich nicht mehr abfangen und prallte mit dem Kopf auf das kalte Metall. Ihr Schädel bestand nur noch aus Schmerz und sie versank in tiefe Dunkelheit.

11.

Nathanael verließ die *Hell's Bar* durch den Hintereingang und steckte sich eine Zigarette an. Genussvoll inhalierte er den Rauch mit ein, zwei tiefen Zügen und schnippte den Stummel anschließend fort. Er beobachtete, wie die Glut in einer Pfütze erlosch. Rauchen war schädlich. Na und? Ein Laster seiner menschlichen Hälfte.

Manchmal überwog eben die irdische Seite in ihm, wie neulich, als er Tessa geküsst hatte. *Es war nur ein Kuss*, hatte er zu ihr gesagt und damit sie und sich selbst belogen.

Am Anfang hatte er sie nur provozieren wollen. Doch als er von der Süße ihres Mundes gekostet hatte, war ihm die Kontrolle entglitten. Als sie die Liebkosung voller Leidenschaft erwidert hatte, hatten ihn die Gefühle überrollt. Sein Körper bestand nur noch aus zügelloser Begierde. Unwillkürlich fragte er sich, wie es wohl sein mochte, wenn sie sich liebten, wenn schon banale Küsse so ein Gefühlschaos in ihm auslösten.

Umso härter hatten ihn ihre Worte getroffen, als sie den anderen erwähnt hatte, zu dem sie gehörte. Es war, als hätte ihm jemand ein Schwert in den Leib gerammt. Hatte sie ihn nur aus Einsamkeit und Frustration geküsst? Galt die Liebkosung nicht ihm, sondern dem anderen? Mit einem Schlag hatte sich alles verändert.

Verdammt! Könnte er sie doch nur vergessen.

Wütend kickte er eine leere Bierdose vor seinen Füßen weg.

Mit weit ausholenden Schritten überquerte er den Hinterhof und bog in eine Straße ein, die zum Hafenviertel führte. Eine kühle Brise wehte ihm entgegen, die den Geruch von Fisch und Teer mit sich trug. Irgendwo in der Ferne erklang dumpf das Nebelhorn einer der Fähren, die nach Staten Island übersetzte.

Die meisten der Gebäude in diesem Viertel waren Lagerhallen, vollgestopft mit Warencontainern, die darauf warteten, verladen zu werden. Selten verirrte sich abends jemand hierher.

Die *Hell's Bar*, der geheime Treffpunkt der Blutengel und anderer Nephilim, war nur wenigen Menschen bekannt.

Nathanael fand die Bezeichnung Bar hoch gegriffen, der Begriff Spelunke wäre vermutlich treffender. Unter einer Bar stellte er sich ein gediegenes Ambiente vor, mit samtigem Teppichboden und einer Theke aus Edelholz, nicht einen dunklen Raum mit Plastikmöbeln und Spinnweben, die von der Decke hingen.

Sein Zimmer befand sich ein Stockwerk höher. Früher war er oft in weiblicher Begleitung hierher gekommen, wenn es ihn nach Sex gelüstete. Aber mit der Zeit war ihm die Lust auf flüchtige Affären vergangen, die nichts als Leere in ihm hinterließen. Vielleicht sollte er es mit den Frauen einfach ganz lassen?

Ein Lächeln kräuselte seine Lippen. Wenn eine Frau so verführerisch war wie Tessa, geriet dieser Vorsatz allerdings ins Wanken.

Hinter ihm knarrte eine Tür.

«Nathan?»

Er drehte sich um und erkannte die Blonde, mit der er neulich eine Nacht verbracht hatte. Ein Ausrutscher, den er tief bereute. Ihre Absätze klackerten auf dem Asphalt. Sein Blick glitt über ihre schlanke Figur.

Wie war noch ihr Name? Den hatte er schon vergessen, wie bei allen anderen auch.

Bis auf Tessa. Sie würde er nicht so schnell vergessen. Und dabei hatten sie sich nur geküsst.

Wie ein Storch stolzierte die Blonde ihm auf ihren High Heels entgegen.

Nathanael zog die Brauen hoch und starrte gebannt auf ihre Füße. Wie konnten Frauen nur auf solchen Dingern gehen, ohne sich die Beine zu brechen? Tessa lief auf flacheren Absätzen, was ihrem Gang mehr Natürlichkeit verlieh.

«Hast du mich etwa gesucht?» Er hatte weder Lust auf Small Talk noch auf Sex und wollte sie so schnell wie möglich loswerden.

«Cynthia hat mir gesagt, dass du hier draußen bist», antwortete sie und schenkte ihm ein betörendes Lächeln. «Schau mal, das hier hat Seth für mich in Hongkong organisiert.» Sie drehte sich im Kreis.

Unter dem roten Seidentop wippten ihre Brüste. Heute ließ es ihn kalt.

«Mach dir keine Illusionen. Das ist secondhand.»

Er kannte Seth gut genug, um zu wissen, dass er irgendwelche Ware im Ausland auf nicht legalem Weg kaufte und sie aufmotzte, um sie als Designerklamotten teuer weiterzuverkaufen. Er fand immer ein Opfer.

Sie zog einen Schmollmund. «Dabei wollte ich dich beeindrucken.» Sie klimperte mit ihren falschen Wimpern und sah ihn herzerweichend an.

Das Mädchen wirkte auf den ersten Blick unschuldig, zerbrechlich und weckte den Beschützerinstinkt. Aber hinter der Fassade steckte eine Person mit eisernem Willen, den sie um jeden Preis durchsetzte. Das hatte er bereits erfahren, als sie ihn überredet hatte, sie in diese verdammte Spelunke mitzunehmen, obwohl es nur Auserwählten zugestanden wurde.

Sie versuchte weiter, ihn scharf zu machen, indem sie sich im Kreis drehte und mit dem Hintern wackelte. Die Jeans saß so knapp, dass er sich fragte, wie sie da hineingekommen war. Er musste gestehen, dass die Kleidung ihre weiblichen Rundungen zur Geltung brachte. Dennoch berührte es ihn nicht. Keine konnte sich mit Tessa messen, die eine Sinnlichkeit ausstrahlte, die ihn nicht zur Ruhe kommen ließ.

Unter langen Wimpern sah die Blondine zu ihm auf. «Wir könnten heute Nacht wieder viel Spaß miteinander haben», säuselte sie.

Es gab Tage, an denen ihn nichts daran gehindert hätte, sie ins Bett zu zerren, aber der Gedanke an Tessa hinderte ihn daran. Das irritierte ihn. Es war nicht gut, wenn eine Frau ihn derart gefangen nahm. Er begann, etwas für Tessa zu empfinden, selbst wenn er sich noch so sehr dagegen wehrte. Das konnte er nicht gebrauchen, es verkomplizierte alles.

«Ein anderes Mal vielleicht.»

«Ich dachte, wir könnten wenigstens an der Bar einen Drink zusammen nehmen.» Ihre Stimme klang rau, während sie im Zeitlupentempo mit einem Finger die Knopfleiste seines Hemds hinab strich. Für einen Moment hielt er die Luft an, als es auf seiner Brust unter der Berührung zu prickeln begann. Doch dann hielt er ihre Hand fest und schob sie fort.

«Lass das. Ich habe einen wichtigen Auftrag zu erledigen. Du findest bestimmt einen anderen Begleiter für die Nacht in der Bar.» Nathanael deutete mit einem Kopfnicken zur Tür.

Ihre Mundwinkel zogen sich nach unten. «Ist es wenigstens ein lukrativer Auftrag?»

Sie spielte auf seinen Auftrag als Bodyguard an, der ihm vor Monaten eine beträchtliche Summe eingebracht hatte, von der auch sie profitiert hatte.

«Vielleicht», antwortete er ausweichend.

Ihre Miene drückte Desinteresse aus. «Ach, kein richtiger Auftrag. Du jagst mal wieder diese grässlichen, rotäugigen Dämonen.»

«Wäre es dir lieber, sie würden *dich* jagen?»

Sie zuckte zusammen und riss die Augen weit auf. «Bist du verrückt? Sind die etwa in der Nähe? Die Alpträume werde ich nicht so schnell vergessen.» Ihr Blick huschte ängstlich umher.

«Nein, nicht hier. Aber an deiner Stelle würde ich in dieser verlassenen Gegend nicht ohne Begleitung draußen rumlaufen. Geh lieber wieder rein.»

Er fasste ihre Schultern und drehte sie um. Sanft schob er sie in Richtung Hintertür, aber sie stoppte und wandte den Kopf zur Seite.

«Nathan, bitte, komm doch noch eine Weile mit rein», bettelte sie.

«Nein. Ich habe noch was anderes vor. Komm, ich bringe dich rein. Hier draußen ist es für dich zu gefährlich.» Er umfasste ihren Arm und zog sie mit sich.

«Du kannst mich loslassen, ich finde den Weg allein. Ich hab schon verstanden. Weißt du, ich dränge mich keinem Kerl auf», antwortete sie und riss sich los. Ohne sich umzudrehen, stolzierte sie hoch erhobenen Hauptes in die Bar.

Er ließ sie gehen, schüttelte noch einmal den Kopf und wandte sich ab. Die Hände tief in den Taschen seiner Lederjacke vergraben, stapfte er die Straße zwischen den Lagerhallen entlang.

Eilige Schritte näherten sich und ließen ihn aufhorchen. Er atmete erleichtert auf, als er Seths Silhouette an dem gebeugten Gang erkannte. Manchmal half der Nephilim in der Bar aus, wenn Cynthia ihren freien Tag hatte.

Seth war als Jugendlicher in kriminelle Kreise geraten und lebte seitdem außerhalb des Ghettos. Auch wenn er nicht aushalf, besuchte er das *Hell's* regelmäßig. Dann blieb er wieder wochenlang fern, wegen irgendwelcher dubiosen Geschäfte. Anscheinend derzeit in Hongkong.

Er kannte Gott und die Welt. Weil alle von seinen Informationen profitierten, fragte ihn keiner nach der Legalität seiner Geschäfte. Nathanael wusste nicht mal, welcher Gefallene sein Vater war. Hier im Ghetto, wo alle zusammenlebten, die das verfluchte

Engelsblut verband, fragte niemand nach der Vergangenheit des anderen. Es war ein Tabu.

Nathanael mochte Seth nicht sonderlich. Mal verscherbelte er eine Ladung neuwertiger Computer zum Spottpreis in andere Bundesstaaten oder er kaufte dutzendweise billige Handys auf, die er teuer in Spanish Harlem an frisch emigrierte Latinos veräußerte. Es kam nicht selten vor, dass ihn jemand verklagen wollte, aber Seth war gerissen genug, sich immer wieder aus der Lage herauszumanövrieren.

Nathanael missfiel es, dass der Nephilim nur auf seinen eigenen Vorteil bedacht war. Woher mochte jedes Mal das Geld stammen, das er für die Käufe benötigte? Er hatte ihn oft genug gefragt, aber Seth wich gezielten Nachfragen stets aus.

Als er Nathanael erkannte, hob der Nephilim im Vorbeigehen die Hand zum Gruß.

«Bin spät dran. Cyn wird mir 'ne Standpauke halten. Aber ich hatte noch 'nen Kunden am Telefon.» Gierig zog er an der Zigarette, die in seinem Mundwinkel klemmte.

«Wo hast du deinen Wagen gelassen?», fragte Nathanael irritiert. Weil er sich stets verfolgt fühlte, bewegte der schmächtige Seth sich eigentlich nie ohne Auto, selbst wenn es nur wenige Meter bis zum Supermarkt waren. Irgendetwas stimmte nicht, wenn der Nephilim zu Fuß unterwegs war. «Musstest du den etwa verpfänden, um deine Gläubiger auszuzahlen?»

Obwohl Nathanael es scherzhaft sagte, ließ er den Nephilim nicht aus den Augen. Seths Miene blieb ausdruckslos. Er stoppte und sah zu Nathanael auf. «Nee, mir ist einer reingefahren. Der ist Schrott. Bin mit der U-Bahn hier.»

«Keine Angst, dass dich einer verfolgt? Vielleicht ein Dämon?»

«Meine Seele ist genauso schwarz wie ihre. Weshalb sollten sie mir was tun? Und was Menschen betrifft ... das Baby weiß mich zu verteidigen.» Grinsend zog er aus seiner Jacke eine Browning 9mm und hielt sie Nathanael vor die Nase, bevor er mit einem Lachen weiterzog.

In Seths Nähe beschlich Nathanael immer ein ungutes Gefühl, als verberge der andere Mann etwas. Doch heute hatte er keine Lust, sich weiter über den Nephilim Gedanken zu machen.

Er lief weiter die Straßenschlucht entlang. Über allem schwebte die dunkle Aura des Dämons, die über seine Haut kratzte wie eine Rasierklinge. Nathanael verharrte einen Augenblick auf der Stelle, um sich auf ihn zu konzentrieren.

Manchmal gelang es ihm, alles mit den Augen des Dämons zu betrachten. Heute jedoch waren die Bilder vor seinen Augen nur bruchstückhaft: ein ausladender, asphaltierter Platz mit weißer und schwarzer Aufschrift, ein Fluss.

Der Dämon lief über den Landeplatz, von dem aus die Touristen Flüge über New York starteten. Deutlicher erkannte Nathanael jetzt die grauen Lagerhallen im Hintergrund. Das war nicht weit entfernt.

Beim letzten Mal wäre es ihm fast gelungen, den Dämon zu fassen, wenn ihm da nicht Tessa in die Quere gekommen wäre, als sie vor dem Bus auf die Straße gestürzt war. Nach seiner Rettungsaktion war der Dämon über alle Berge. Und ohne den Dämon würde er auch den abtrünnigen Engel nicht ausfindig machen.

Er hastete los in Richtung 12th Avenue. Diesmal musste er diese Höllenbrut erwischen. Und dann würde er sich an die Fersen des abtrünnigen Engels heften.

Die Spur führte Nathanael über den Landeplatz zu einem Depot. Er hockte sich hin und strich mit den Fingern über den Asphalt. Wenn ein Dämon sich seiner Kräfte bediente, um sich zu tarnen, verpuffte ein Teil seiner Energie zu schwarzem Staub, der deutliche Spuren hinterließ.

Nathanael rieb das Pulver zwischen seinen Fingern. Unwissende konnten es leicht mit Ruß verwechseln, der aus Kaminen stammte. Dämonenstaub war jedoch viel körniger, und wenn man ihn ins Licht hielt, schimmerte er rötlich.

Er hatte sich nicht geirrt, der Dämon war hier gewesen. Nathanael erhob sich und klopfte seine Hände an der Jeans ab, bevor er an den aufgestapelten Containern vorbeilief.

Vor einer der Hallen entdeckte er frische Bremsspuren eines Wagens. Jemand hatte den Dämon verfolgt.

Er schloss die Augen und konzentrierte sich wieder auf die Spurensuche. Blitze zuckten vor seinen Augen und formten sich zu verrauschten Bildern, wie auf einem alten Fernseher.

Er sah einen Streifenwagen, der die Auffahrt hinaufbrauste. Die Bremsspuren stammten also von ihm. Der Dämon hatte jemanden bei sich. Doch keine Leiche in Sicht. Wer mochte ihn begleitet haben? Ein Gefallener? Nein, dessen Präsenz hätte er eindeutiger wahrgenommen.

So sehr Nathanael sich bemühte, weitere Bilder in sich aufsteigen zu lassen, es misslang. Der Dämon hatte das Eindringen in seine Gedanken bemerkt.

Wütend donnerte Nathanael seine Faust gegen die metallene Lagerhauswand, die sich unter der Wucht seines Schlages verbeulte. Drinnen hallte es wie ein Paukenschlag.

Plötzlich hielt er inne und legte seine Handfläche gegen die Wand. Metall speicherte die dämonische Wärme länger als jedes andere Material. Es konnte sogar Kräfte verstärken, wenn man es verstand, damit umzugehen. Das Metall unter seiner Hand verströmte Wärme, was bedeutete, dass der Dämon noch nicht lange fort sein konnte. Er musste sein Herannahen gespürt haben und war geflohen.

Über ihm ertönte ein leises Kratzen. Nathanael trat einen Schritt zurück, legte den Kopf in den Nacken und ließ seinen Blick zum

Dach hinaufschweifen. Stille. Er tippte auf einen Vogel, bis das Scharren in ein Klopfen überging.

Mit einem Satz sprang er aufs Dach. Vor seinen Füßen lag der leblose Körper einer Frau. Sie lag auf dem Rücken, den Kopf zur Seite gedreht und war ohnmächtig. Der weite Kragen ihres Mantels mit dem Goldknopf daran schlug durch den Wind auf das Blechdach. Ihr feuerrotes Haar klebte an der blutenden Schläfe.

Tessa!

Das konnte doch nicht wahr sein! Der Anblick ihres gekrümmten Körpers schnitt in sein Herz. Die Sorge um sie machte ihn fast wahnsinnig. Nathanael kniete sich neben sie und fühlte den Puls an ihrem Hals. Er war schwach. Vielleicht hatte sie innere Verletzungen. Sie brauchte dringend einen Arzt.

Vorsichtig hob er Tessa hoch und glitt mit ihr vom Dach. Sie hatte ihren Kopf an seine Brust geschmiegt und stöhnte leise. Ihr Haar roch blumig, nach Gardenie oder Lilie. Tief sog er den Duft ein. Er sah auf ihr bleiches, schönes Gesicht mit den flatternden Lidern herab. Ihren Körper wieder so dicht an seinem zu spüren, weckte in ihm erneutes Begehren.

Behutsam bettete er sie auf den Asphalt. Ihre kupfernen Wimpern warfen Schatten auf ihre zarte Haut. Blut rann über ihre Schläfe, das aus der klaffenden Wunde ihrer Stirn stammte. Er zog seine Jacke aus und legte sie zusammengerollt unter ihren Kopf.

Er holte sein Handy aus der Hosentasche und wählte die Notrufnummer. Es dauerte nur einen kurzen Moment, bis sich eine Frau am anderen Ende der Leitung meldete.

«Hallo? Hören Sie, auf dem Areal der Firma Ashton & Co. direkt vor den Lagerhallen neben dem Hubschrauberlandeplatz liegt eine verletzte Frau. Kommen Sie schnell.»

Bevor die Frau am anderen Ende der Leitung weitere Fragen stellen konnte, beendete er das Gespräch. Wenn der Rettungswagen nahte, musste er längst verschwunden sein. Er konnte es sich nicht leisten, befragt zu werden.

Tessa stöhnte erneut und verlangte seine Aufmerksamkeit. Er ging neben ihr in die Knie und beschloss, so lange wie möglich bei ihr zu bleiben. Sanft strich er über ihre kalten Wangen und redete leise und beruhigend auf sie ein.

Er fragte sich, weshalb der Dämon ausgerechnet sie verfolgte, fand aber keine plausible Erklärung.

Mit dem Zeigefinger fuhr er über ihre sanft geschwungenen Lippen und das Kinngrübchen. Diese einfache Berührung löste eine Welle prickelnder Erregung in ihm aus, die heiß durch seine Adern strömte. Ein Gefühl, das er lieber vergessen wollte. Ruckartig zog er die Hand zurück, als hätte er sich verbrannt. Er stellte sich vor, wie ihre smaragdgrünen Augen in Ekstase strahlen würden.

Tessa schlug die Augen auf und starrte ihn sekundenlang fragend an. Ihre Lippen zitterten leicht.

«Nathanael?», wisperte sie und lächelte.

Er konnte nicht anders, als sie zu küssen. Behutsam berührte er ihre Lippen. Sie waren weich und kalt, aber von einer verführerischen Süße, die nach mehr verlangte.

Tessa versuchte sich aufzusetzen. Ihr Gesicht verzog sich schmerzerfüllt. Behutsam hielt er sie zurück.

«Du musst jetzt ruhig liegen bleiben. Der Notarzt wird gleich da sein.»

Sie nickte. «Bitte bleib bei mir.» Flehend sah sie ihn an.

Obwohl er wusste, dass es ein Fehler war, sagte er: «Ja, ich bleibe.»

Das Lächeln, das sie ihm schenkte, wärmte ihn wie ein Kaminfeuer. Tessa war gefährlich, sie war ihm vom ersten Moment an unter die Haut gegangen.

Aber es durfte nicht sein. Der Tod war sein ständiger Begleiter. Tessa sollte nicht das gleiche Schicksal wie Gina erleiden. Er durfte sie nicht wiedersehen.

Erleichtert atmete er auf, als die Sirenen des Krankenwagens ertönten. Kurz bevor die Ambulanz um die Ecke bog, verschwand er hinter den Fässern, die in einer dunklen Ecke aufgestapelt waren.

Der Krankenwagen raste an den Lagerhallen vorbei und bremste neben Tessa.

Nachdem er sicher war, dass sie notversorgt und in den Ambulanzwagen geschoben worden war, begab sich Nathanael mit neuer Dringlichkeit auf die Suche nach dem Gefallenen und dem Dämon.

Er hatte sich an Tessa vergriffen und Nathanael würde alles tun, damit das nicht wieder geschah. Auch wenn es nicht so sein sollte – jetzt war es persönlich.

12.

Tessa wollte sich auf die Seite drehen, aber irgendetwas, das in ihrem Arm steckte, hinderte sie daran. Mühsam schlug sie die bleiernen Lider auf. Wie spät war es?

Sie wandte ihren Kopf zur Bettseite, neben der gewöhnlich auf dem Nachttisch der Wecker stand. Aber er befand sich nicht an seinem Platz. Dieser Nachttisch gehörte nicht ihr. Überhaupt war hier alles fremd.

Erst jetzt erkannte sie die mit Heftpflaster fixierte Kanüle in ihrem Arm. Ein Schlauch hing daran und führte zu einem mit Flüssigkeit gefüllten Tropf, der an einem Ständer hing. Das hatte ihr gerade noch gefehlt. Was war geschehen?

Das Denken fiel ihr schwer, in ihrem Kopf schwirrten bruchstückhafte Erinnerungen, die es zu ordnen galt. Hatte sie nicht jemand geküsst oder entsprang das ihrer Einbildung? In ihrem Kopf summte es wie in einem Bienenstock, sodass sie keinen klaren Gedanken fassen konnte.

Nacheinander testete sie ihre Arme und Beine. Nichts war gebrochen, aber ihr Rücken schmerzte höllisch.

Sie hasste Krankenhäuser, den Geruch nach Desinfektionsmittel und das Gefühl der Trostlosigkeit, das sie jedes Mal beschlich, wenn sie jemanden besuchte. Der letzte Krankenhausbesuch lag Jahre zurück, als ihre Mom nach einem Autounfall im Koma gelegen hatte. Ihr blasses Gesicht würde sie nie vergessen, genauso wenig wie den Schmerz, als der Arzt sie gebeten hatte, sich von ihr zu verabschieden.

Und jetzt war sie selbst der Patient. Na, klasse. Sie musste hier raus. Als sie sich aufsetzte, zuckte sie vor Schmerz zusammen und sank in die Kissen zurück. Sie hatte das Gefühl, als habe ihr jemand seine Faust in den Magen geboxt.

Sie hob die Decke an. Außer dem geblümten Krankenhaushemd trug sie nichts. So konnte sie auf keinen Fall das Krankenhaus verlassen. Wo waren ihre Sachen?

Ihr Blick fiel auf einen schmalen Kunststoffschrank auf der anderen Seite des Zimmers, dessen Türschild ihren Namen trug. Sie schlug die Bettdecke beiseite. Selbst das fiel ihr schwer.

Vorsichtig bewegte sie ihre Beine. Ihre Muskeln in den Schenkeln waren hart und wollten kaum gehorchen.

Eine plötzliche Kälte erfasste sie, als hätte jemand bei der Klimaanlage die Stufe Gefrierschrank eingestellt. Ihr Atem schwebte wie im Winter in einer weißen Wolke vor dem Mund. Tessa verspürte das Gefühl, dass sich noch jemand im Raum befand, obwohl sie ihn nicht sah. So sehr ihre Augen jeden Winkel des Raumes absuchten, sie konnte nichts entdecken.

Hatte sie nicht das Gleiche in der Nähe des Mannes mit den rot glühenden Augen gespürt? Eine bedrückende Stille lastete im Raum, wie die Ruhe vor einem Sturm.

Ihr Herz begann, wie wild zu schlagen. Tessa rieb sich die Stirn, als könnte sie damit die Benommenheit vertreiben.

Vorsichtig entfernte sie die Kanüle aus ihrem Arm. Mit aller Kraft zog sie sich am Bettgriff hoch. Die Schmerzen in ihrer Rippengegend waren kaum zum Aushalten, sodass sie fast wieder losgelassen hätte. Aber ihr eiserner Wille setzte ungeahnte Reserven frei.

Ihre Hände zitterten vor Anstrengung. Sie keuchte und ihre Muskeln krampften. Doch dann – sie konnte es selbst kaum glauben – saß sie aufrecht.

Jetzt musste sie auf die andere Seite des Zimmers zu ihrem Schrank, um das Krankenhemd gegen ihre eigene Kleidung zu tauschen. Wenn ihr bereits das Aufsetzen solche Mühe kostete, wie sollte sie den Weg nach draußen schaffen? Sie zwang sich, die aufkommenden Zweifel zu verdrängen. Es musste irgendwie gehen. Und wenn sie auf dem Hintern über den Fußboden rutschen müsste.

Langsam glitt sie zu Boden, der sich unter ihren Füßen als kalt und extrem glatt erwies. Egal, wenn sie hier rauswollte, musste sie zum Schrank. Wenn ihre Knie nur nicht so wackelig wären und sich in ihrem Kopf nicht alles drehen würde.

Nur kurz verschnaufen. Sie schloss die Augen und wartete, bis ihr Atem und Puls sich wieder beruhigt hatten. Hoffentlich platzte hier jetzt keiner rein und hinderte sie daran, das Krankenhaus zu verlassen. Bloß nicht der Dämon! Großer Gott, das mochte sie sich gar nicht ausmalen.

Schließlich machte sie einen Schritt nach vorne und noch einen mit ausgebreiteten Armen, was ihr eine bessere Balance ermöglichte. Dabei fluchte sie leise vor sich hin. Sie kam sich vor wie ein Kleinkind, das seine ersten Schritte tat. Nur schmerzte das vermutlich nicht so.

Als sie das Zimmer zur Hälfte durchquert hatte, wurde plötzlich die Tür aufgerissen. Tessa erschrak so sehr, dass sie ins Wanken geriet und gestürzt wäre, wenn Ernest sie nicht aufgefangen hätte.

«Was soll das? Du brauchst Ruhe. Zurück mit dir ins Bett.»

Er begleitete sie vorsichtig wieder zurück. Erschöpft sank sie aufs Bett und lehnte den Kopf gegen seine Schulter.

«Der Dämon ist hier. Ich spüre ihn ... seine Kälte», flüsterte sie und begann erneut zu zittern.

«Du stehst noch unter Schock. Hier ist niemand.»

«Fühlst du denn nicht die Kälte?» Sie sah zu Ernest auf, der sie besorgt musterte.

«Nein.»

«Du musst es doch auch fühlen!», begehrte sie auf, aber Ernest schüttelte den Kopf.

«Du hast viel mitgemacht und bist durcheinander. Das ist normal. Was wolltest du bloß alleine dort? Noch dazu, wo du mir fest versprochen hast, keine einsamen Ausflüge mehr zu unternehmen.»

Tessa machte eine matte Handbewegung. Ernest hatte recht mit seinen Vorwürfen, aber sie hatte keine Kraft, um darüber zu diskutieren.

«Erzählst du mir, was gestern Nacht geschehen ist?», fragte er eine Spur sanfter und strich ihr übers Haar.

Sie zuckte mit den Achseln. «Ich kann mich kaum erinnern. Mein Kopf ist wie leer. Ich weiß weder, wer mich gefunden hat, noch wie ich hierher gekommen bin.»

«Jemand hat bei der Notrufzentrale angerufen und einen Rettungswagen angefordert. Du hast großes Glück gehabt. Nicht auszudenken, was geschehen wäre, wenn dich niemand gefunden hätte.» Er zog sie in die Arme. «Du hattest einen Schutzengel. Deine Rippen sind geprellt und du hast eine Gehirnerschütterung. Alles, was du jetzt brauchst, ist Ruhe.»

Sie konnte das Wort Engel nicht mehr hören. Aber sie musste ihrem Bruder zustimmen, sie brauchte Ruhe, denn das Brummen in ihrem Kopf verstärkte sich. Aber nicht hier.

«Du musst mich hier rausbringen. Meine Sachen sind da hinten drin.» Sie zeigte auf den Schrank.

«Das geht nicht. Mit einer Gehirnerschütterung ist nicht zu spaßen. Außerdem gönnst du dir zu Hause bestimmt keine Ruhe. Steven ist nicht da. Nein, da mache ich nicht mit.»

Ernest umfasste ihre Schultern und sah sie an. Der sanfte Klang seiner Stimme konnte nicht über die Bestimmtheit seiner Worte hinwegtäuschen.

«Ich bitte dich. Ich bilde mir das mit dem Dämon nicht ein. Außerdem hasse ich Krankenhäuser. Bring mich hier raus. Bitte.»

Flehend sah sie zu ihm auf und erkannte an seiner Miene, wie sehr er mit der Entscheidung rang.

Bevor er antworten konnte, öffnete sich die Tür und eine Krankenschwester erschien im Türrahmen. Sie stutzte.

«Na, was machen wir denn für Sachen? Sie können doch nicht zulassen, dass Ihre Schwester aufsteht, Reverend Macombe.» Die Krankenschwester, eine schlanke Frau mittleren Alters, schüttelte missbilligend den Kopf. Mit energischen Schritten näherte sie sich Tessa.

«Die Kanüle ist ja auch rausgezogen.» Die Schwester schnalzte mit der Zunge und rollte mit den Augen. Während sie die Kanüle vom Schlauch trennte, half Ernest Tessa, sich wieder hinzulegen.

«Ich hole eine neue Kanüle. Die setze ich gleich wieder in ihren Arm», verkündete die Schwester. Tessa wollte protestieren, doch da rauschte sie bereits zur Tür hinaus.

Durch die geöffnete Tür sah sie draußen auf dem Flur einen Mann im weißen Arztkittel, der sie musterte. Es war nur der Bruchteil einer Sekunde, aber lang genug, dass Tessa seine rot glühenden Augen erkannte. Sie hatte sich also doch nicht getäuscht.

Halt suchend umfasste sie Ernests Hand. Er hatte ihre Furcht gespürt und wandte sich zur geöffneten Tür. Doch in diesem Moment verschwand schlagartig das Glühen in den Augen des Arztes, als hätte jemand das Licht gelöscht.

Der Arzt lächelte Tessa an, bevor er aus ihrem Blickfeld verschwand. In seinem Lächeln lag die gleiche Kälte, die sie vorhin körperlich gespürt hatte. Kein Zweifel, er war der Dämon und er würde nichts unversucht lassen, sie umzubringen. Aber warum?

Als hätte er eine Tür in ihrem Kopf geöffnet, kehrte ihre Erinnerung an das Geschehen der gestrigen Nacht zurück.

«Ernest, ich weiß jetzt wieder, was passiert ist.» Sie zerdrückte vor lauter Aufregung fast seine Hand. «Hör mir zu, wir haben keine Zeit mehr.»

Ernests Augenbrauen schossen nach oben. «Wie meinst du das, wir hätten keine Zeit mehr? Du ...»

«Bitte, hör mir einfach nur zu. Der Kerl auf dem Flur ist bestimmt kein Arzt. Er hatte dieses rote Funkeln in den Augen. Ich habe mich nicht geirrt, der Dämon ist hier und will mich umbringen.» Ihre Stimme überschlug sich fast in der Erregung.

Ernest riss seine Augen weit auf und wollte etwas entgegnen, aber Tessa kam ihm zuvor.

«Ich kann mich wieder an alles erinnern. Gestern wollte ich mit einem Taxi nach Hause fahren. Der Fahrer entpuppte sich als der Dämon. Er hat mich zum Hafengelände gebracht, um mich umzubringen. Dort hat er mich dann aufs Dach einer dieser vielen Lagerhallen getragen. Irgendetwas hat ihn gestört. Er ließ mich so schnell los, dass ich stürzte. Ich weiß nicht, weshalb er mich dann nicht getötet hat. Verstehst du nun, dass ich hier weg muss? Hier bin ich nicht in Sicherheit. Wir müssen uns beeilen.»

Ernest atmete geräuschvoll ein. «Bist du dir sicher?»

«Absolut.»

«Aber du bist für eine Flucht zu schwach.» Ernest runzelte die Stirn.

«Das wird schon irgendwie gehen. Es muss.»

«Moment, ich habe draußen einen Rollstuhl gesehen. Ich könnte dich damit schieben.»

«Gib mir schnell meine Sachen, bevor die Schwester zurückkommt.» Mit einer ungeduldigen Geste bedeutete sie ihrem Bruder, ihre Kleidung aus dem Schrank zu nehmen.

Wenig später schob Ernest Tessa durch die langen Krankenhausflure bis zum Fahrstuhl. Niemand sprach sie an. *Zum Glück*, dachte Tessa, die völlig verkrampft im Rollstuhl saß und ängstlich um sich blickte.

Ernest wirkte so verdammt gelassen. Er drückte auf den goldfarbenen Knopf neben dem Fahrstuhl. Angespannt sah Tessa zu der Anzeige hinauf, die die Fahrt des Lifts beschrieb. Fast in jedem Stockwerk hielt er, was sie immer ungeduldiger werden ließ.

Ihre Finger trommelten auf den Lehnen, bis sie erschrocken stoppte. Ein eisiger Hauch streifte ihren Nacken, dass sich ihre feinen Nackenhaare aufstellten. Der Dämon befand sich ganz in der Nähe. Sie presste die feuchten Hände gegeneinander.

«Er ist hier», flüsterte sie.

«Wo?»

Sie drehten sich um, aber der Korridor hinter ihnen war menschenleer. Nur im Schwesternzimmer klapperte jemand mit Geschirr.

«Ich sehe ihn nicht, aber es ist wieder kalt.»

«Vielleicht zieht es nur von irgendwo her», versuchte Ernest sie zu beruhigen. Tessa schüttelte den Kopf.

Nur noch ein Stockwerk, dann würden sich vor ihnen die Aufzugtüren öffnen. Aber der Fahrstuhl blieb auf der Etage über ihnen hängen. Der andere daneben rauschte, ohne zu halten, durch in die oberen Stockwerke. Tessa starrte auf die Anzeige, als könnte sie diese manipulieren.

«Warum hängt dieser blöde Aufzug?», zischte sie.

«Bestimmt kommt er gleich», sagte Ernest hinter ihr und sah sich um. «Ich sehe niemanden.»

Bevor sie ihm antworten konnte, öffneten sich mit einem Pling die Türen des Aufzugs. Sofort schob Ernest sie hinein und wählte die gewünschte Etage.

«Wieso fahren wir in den Keller?», fragte sie.

«Unten in der Parkgarage steht mein Wagen.»

Ein ungutes Gefühl beschlich sie. «Können wir nicht im Erdgeschoss aussteigen und mit dem Taxi fahren?»

Bei der Vorstellung, der Dämon könnte sie in einer schwach beleuchteten Tiefgarage überraschen, schauderte sie.

«Willst du wieder einen dämonischen Taxifahrer treffen?»

«Natürlich nicht.»

«Er kennt meinen Wagen nicht. Es ist besser, so wenig wie möglich Leute einzuweihen, die davon wissen, wo du dich aufhältst.»

Hoffentlich behielt ihr Stiefbruder recht.

Die Aufzugtüren schlossen sich und die Fahrt ging abwärts, acht Stockwerke in die Tiefe. In diesem Moment wünschte sie, Nathanael wäre bei ihr. Mit ihm hätte sie sich sicher gefühlt. Er hatte sie schon einmal gerettet, vor dem Museum. Sie verspürte ein schlechtes Gewissen, weil sie Steven nicht die gleiche Tatkraft zutraute. Hätte er ebenso schnell und beherzt gehandelt wie Nathanael? Sie bezweifelte das. Steven hätte vermutlich sein Handy gezückt und die Polizei alarmiert, anstatt ihr hinterher zu springen. Verdammt, warum zweifelte sie stets an ihm?

Mit jeder Etage pochte ihr Herz schneller. Ihre Hände krallten sich in die gepolsterten Lehnen, während sie starr zur Anzeige aufblickte.

Der Aufzug hielt erst wieder an, als sie die Tiefgarage erreichten. Wieder öffneten sich die Türen. Es roch penetrant nach Benzin und frischer Farbe.

Auf dem riesigen Parkdeck vor ihnen war kein einziger Platz mehr frei. Irgendwo unter den vielen Wagen befand sich Ernests alter Ford-Kombi.

Eine Wagentür knallte zu, dann startete ein Motor. Tessa zuckte zusammen. Eine Gänsehaut breitete sich auf ihren Armen aus. Der Dämon war hier. Sie konnte wieder seine Gegenwart spüren, auch ohne die Kälte, die ihm vorauseilte.

«Er ist wieder hier», flüsterte sie.

Ihr Stiefbruder stoppte und ließ den Blick über die geparkten Wagen schweifen. Einen Moment lang stand er reglos da. Sie hätte eine Stecknadel fallen hören.

Plötzlich rannte Ernest mit ihr los.

«Was hast du gesehen?»

Tessas Frage blieb unbeantwortet, denn ihr Stiefbruder begann, vor Anstrengung zu keuchen. Die Reihen der parkenden Autos schienen kein Ende zu nehmen. Bei ihrem sprichwörtlichen Glück hatte Ernest seinen Wagen sicherlich in der hintersten Ecke geparkt.

Das Echo einer zufallenden Tür hallte über die gesamte Etage. Tessa drückte sich immer tiefer in den Rollstuhl und zog die Beine an, als Ernest sie durch die nächste Reihe dirigierte.

Völlig außer Atem erreichte er seinen Kombi, fingerte den Schlüssel aus der Tasche und schloss auf. Aber die Tür klemmte. Er zog und klopfte abwechselnd gegen das Schloss.

Ein kalter Hauch erfasste Tessa, der sie in Panik aufschreien ließ. Ihr Herz hämmerte schmerzhaft im Kopf.

«Ernest, beeil dich. Er ist schon da!», rief sie und zerrte an der Jacke ihres Stiefbruders.

Ernest brummelte vor sich hin, während er immer wieder den Schlüssel im Schloss drehte.

Die Kälte umhüllte Tessa. Sie wollte nicht sterben, nicht hier und nicht jetzt. Sie stemmte sich aus dem Rollstuhl und stützte sich am Wagen ab. Sie wollte Ernest helfen, aber ihre Beine spielten nicht mit, sondern knickten ein, als bestünden sie aus Gummi.

«Warte, ich helfe dir.» Schon umfasste er mit seinem Arm ihre Taille.

Ihr Kopf flog herum. Hatte sie nicht eben eine Bewegung wahrgenommen.

«Schließ auf», zischte sie zwischen zusammengepressten Zähnen.

Wie oft hatte sie ihrem Stiefbruder gesagt, er sollte dieses alte Vehikel von Wagen verkaufen. Stattdessen spendete er sein mühsam Erspartes für «Brot für die Welt».

Es klackte und der Verriegelungsknopf sprang zu ihrer Erleichterung nach oben. Ernest öffnete die Tür und hievte Tessa auf den Beifahrersitz, bevor er auf die andere Seite des Wagens hastete und selbst einstieg.

Er drehte den Schlüssel im Zündschloss und der Wagen sprang sofort an. Wenigstens das funktionierte! Aber alles ging Tessa zu langsam - wie er den Schalthebel des Automatikgetriebes auf R – für den Rückwärtsgang – stellte und das Gaspedal trat ...

Voller Anspannung beobachtete sie jede seiner Handbewegungen, als etwas mit einem Knall auf der Motorhaube landete. Instinktiv duckte sie sich und hielt die Arme schützend über den Kopf.

Vorsichtig lugte sie unter ihrem Arm hervor und erstarrte. Der Dämon.

«Fahr zurück! Fahr zurück!», brüllte sie Ernest zu und schlug mit der Hand gegen seinen Arm.

Der Motor heulte auf wie ein gepeinigtes Tier, bevor der Wagen zurückschoss.

Der Dämon hockte noch immer auf der Motorhaube und funkelte sie aus seinen rot glühenden Augen an. Seine Lippen verzogen sich zu einem diabolischen Grinsen, als seine Faust die Windschutzscheibe durchschlug.

Ein Splitterhagel wirbelte durch die Luft. Tessa schrie auf und rutschte näher an Ernest heran, der verbissen den Schalthebel auf D positionierte. Der Ford startete nach vorne durch. Die winzigen Splitter kratzten auf Tessas Haut wie Glaswolle.

Der Dämon hockte weiter auf dem Wagen und langte mit dem Arm nach ihr.

«Nur Angst einjagen hast du gesagt? Scheiße, der will mich umbringen!», kreischte sie und schlug nach dem Arm des Dämons. Zu ihrem Entsetzen griff sie durch ihn hindurch.

Gegen ein Geistwesen zu kämpfen war chancenlos. Ihre Hoffnung sank auf den Nullpunkt. Ernest wendete erneut den Wagen und raste in Kurven die Ausfahrt entlang. Er wollte den Dämon abschütteln, aber dieser klebte auf der Kühlerhaube fest und nahm ihrem Stiefbruder die Sicht.

Ernest trat mit voller Wucht auf die Bremse und riss das Lenkrad herum, sodass der Ford mit quietschenden Reifen ins Schleudern geriet und sich um die eigene Achse drehte. Tessa bewunderte, welche Nervenstärke ihr Stiefbruder in dieser Situation bewies, während sie sich vor lauter Angst in den Sitz presste.

Doch Ernests Plan, mit dieser Fahraktion den Dämon loszuwerden, ging nicht auf. Das Kreischen des Dämons echote durch die Parkgarage. Seine Krallenfinger bohrten sich ins Autodach. Das Heck des Fords prallte mit voller Wucht gegen einen parkenden Buick. Ernests Lippen zitterten, als der Wagen zum Stehen kam.

Tessa schrie wieder auf. So musste der Tod aussehen, eine bleiche Fratze mit rot glühenden Augen. Gleich wäre alles vorbei und die ewige Dunkelheit würde sie umarmen. Tessa schloss die Augen und sah plötzlich Nathanael vor sich. Seltsam, es war, als spürte sie seine Nähe.

Alles Einbildung. *Weil du dir wünschst, dass er dich rettet!* Seine Stärke und Schnelligkeit hatten sie schon einmal vor Unheil bewahrt. Aber weshalb sollte er sie beschützen? Er wusste doch gar nicht, wo sie sich befand und dass sie in Gefahr schwebte. Das neulich vor dem Museum war reiner Zufall gewesen. Trotz allem hatte sie sich in seinen Armen beschützt gefühlt. Jetzt im Angesicht der Gefahr klammerte sie sich an die Vorstellung, er könnte sie noch einmal retten.

Plötzlich raste der Wagen mit Vollgas auf eine Betonmauer zu. Sie sah die grimmige Miene ihres Stiefbruders und erschrak.

«Nein!», schrie Tessa. «Ernest, du bringst uns um!»

Ihr Stiefbruder reagierte nicht, sondern starrte mit weit aufgerissenen Augen nach vorn. Sie zerrte an seinen Armen, doch seine Hände umklammerten fest das Lenkrad.

«Ernest! Verdammt noch mal! Komm zu dir!», schrie sie ihn an. Die Starre, in der er sich befand, versetzte sie in Panik. Ihre Versuche, ihn da herauszuholen, blieben erfolglos.

«Verdammte Scheiße!»

Sollte das wirklich ihr Ende sein? Sie wollte nicht sterben. Sie verbot sich, sich den Aufprall auszumalen.

Der Dämon lachte dröhnend und entblößte dabei sein Gebiss, das aus dolchartigen Zähnen bestand. Der Anblick war fast Furcht einflößender als die Aussicht auf den Tod.

Tessa zuckte zusammen, als eine schwarze Gestalt seitwärts über die Kühlerhaube sprang und den Dämon mit sich riss.

Im selben Augenblick löste Ernest sich aus der Starre und trat auf die Bremse. Erneut brach der Ford hinten aus und demolierte im Vorbeischlittern parkende Autos, bis er eine Handbreit vor der Mauer zum Stehen kam. Es zischte und klirrte. Eine Alarmanlage begann hinter ihnen ohrenbetäubend zu hupen, bis sie abrupt verstummte. Es roch nach Benzin und verschmortem Gummi.

Alles war so schnell gegangen und die Angst so überwältigend gewesen, dass Tessa eine Weile brauchte, um zur Besinnung zu kommen. Erschöpft und atemlos lehnte sie sich im Sitz zurück. Ihr Rücken schmerzte noch mehr als zuvor, sodass sie kaum zu atmen wagte.

Ernest saß keuchend hinter dem Steuer und starrte auf die weiße Mauer, die ihrem Leben fast ein Ende gesetzt hätte. Die Glassplitter auf seinem Kopf funkelten wie Strass auf schwarzem Samt.

Er bekreuzigte sich und murmelte ein Gebet.

Wo war der Dämon? Lauerte er noch irgendwo zwischen den

parkenden Autos, bereit für einen erneuten Angriff? Sie schauderte. Hatte ihn ein Blutengel von der Kühlerhaube gerissen?

Tessa drehte sich um, aber sie konnte nichts entdecken. Kein Schatten, kein Laut, nur das Geräusch des laufenden Motors hallte durch die Parkgarage.

Sie drehte sich zu ihrem Stiefbruder um. «Ernest, alles okay?»

«Ich denke schon. Und bei dir?»

«Auch. Wo ist der Dämon und was war das eben?»

«Es muss ein Blutengel gewesen sein», sagte Ernest rau.

«Meinst du, der hat den Dämon erledigt?»

Ernest zuckte mit den Achseln. «Keine Ahnung.»

«Dann sollten wir hier besser so schnell wie möglich raus.»

Er nickte und legte den Rückwärtsgang ein. Langsam fuhr er auf die Ausfahrt zu. Jetzt zuckte nur noch ein Muskel in seinem Gesicht, der seine Anspannung verriet.

«Verfluchter Dämon!», brach es aus Ernest heraus. Er schlug mit der Faust aufs Lenkrad und bat Gott anschließend um Vergebung, weil er geflucht hatte.

Ungehindert passierten sie im langsamen Tempo die Schranke zur Ausfahrt. Alles wirkte ganz normal. Nur die Beulen und die zersplitterte Frontscheibe erzählten eine andere Geschichte.

«Ich habe mich also nicht getäuscht. Dieser Dämon wollte mich umbringen. Wir können von Glück sagen, dass dieser Blutengel rechtzeitig da gewesen ist», sagte Tessa leise und knetete ihre Finger.

«Uns», verbesserte Ernest. «Er wollte uns umbringen. Wenn der Blutengel nicht gekommen wäre, wär's mit uns vorbei gewesen.»

Ernest schüttelte den Kopf, dabei rieselten die Glassplitter herab. Als er sie von seinen Händen pulte, blieben kleine blutige Kratzer auf der Haut zurück.

Auch Tessa schüttelte ihr langes Haar aus. Die Glassplitter fielen auf ihren Schoß. Mit der Hand fegte sie sie hinunter.

Die Worte ihres Stiefbruders drangen nur noch wie durch Watte zu ihr. Ihr Kopf fühlte sich hohl und taub an. Wie konnte der Blutengel davon wissen, dass sie von einem Dämon verfolgt wurden? Konnte er den etwa wittern? Das hörte sich alles zu fantastisch an.

Wenn ihr jemand vor Tagen etwas von Dämonen und Engeln erzählt hätte, wäre sie in Gelächter ausgebrochen. Aber jetzt hatte sich ihr eine Welt geöffnet, von der sie wünschte, sie nie kennengelernt zu haben.

Das Blut stockte in ihren Adern.

Tessa bemerkte verwundert, dass Ernest den Wagen zur Brooklyn Bridge lenkte, was völlig entgegengesetzt von ihrem Apartment lag.

«Wo ... was hast du vor?»

«Du kannst nicht mehr nach Hause. Er weiß längst, wo du wohnst, da bin ich mir sicher.»

«Glaubst du, ich wäre in Stevens Wohnung auch nicht sicher?»

«Ich weiß es nicht. Aber ich denke, ich bringe dich besser zu Schwester Bertha.»

Tessa kannte die Ordensfrau nur aus Ernests Erzählungen. Er hatte sie als eine sehr resolute, aber auch sehr rührige Person beschrieben.

«Ist sie nicht katholisch?»

«Ja, aber Konfessionen spielen hier keine Rolle. Sie hat eine besondere Beziehung zu Engeln.»

«Ich möchte doch lieber ins Stevens Wohnung», entgegnete sie. In der gewohnten Umgebung würde sie sich sicherer fühlen. Niemand kam unbemerkt an den Männern des Sicherheitsdiensts am Eingang des Hochhauses vorbei.

«Unmöglich. Dort bist du vielleicht auch nicht sicher. Schwester Bertha besitzt genügend Erfahrung im Umgang mit Kreaturen dieser Art. Wenn du an einem Ort sicher bist, dann bei ihr.»

Tessa horchte auf. Doch sie war zu erschöpft, um zu intervenieren. Ihr drängte sich die Frage auf, ob ihr Stiefbruder noch mehr verschwiegen hatte. Woher wusste er von Schwester Berthas Erfahrungen mit Dämonen? Sobald sie sich wieder erholt hatte und klar denken konnte, würde sie ihn danach fragen.

Aber Ernest hatte recht, bestimmt war sie in ihrer desolaten Verfassung in der Obhut der Schwester besser aufgehoben. Sie konnte ja kaum stehen.

Nachdenklich betrachtete sie das Profil ihres Stiefbruders. Die Kiefer fest aufeinandergepresst schien er zu grübeln. Was mochte in ihm vorgehen? Sicherlich plagten ihn Schuldgefühle, weil der Dämon ihn derart manipuliert hatte. Ernest lebte für seinen Glauben. Sicher warf er sich vor, dem Einfluss des Dämons nicht widerstanden und sie beide in Gefahr gebracht zu haben.

Ihr Stiefbruder ging mit anderen Menschen sehr offen um, stand mit Rat zur Seite, aber über seine eigenen Empfindungen sprach er nicht gern. Wenn sie ihn danach fragte, erhielt sie jedes Mal die gleiche Antwort: «Ich nehme mich nicht so wichtig.»

Oft hatte sie in der Vergangenheit die Zweifel in ihm gespürt, die Fragen und den Schmerz in seinen Augen gelesen, wenn er besonders tragischen Schicksalen begegnete. Glaubte er jedes Mal versagt zu haben?

Weshalb mussten manche Menschen mehr Leid ertragen als andere? Welcher Sinn lag im Tod? Gab es ein Leben danach? Nächtelang hatte sie früher mit Ernest über diese Themen diskutiert und den Glauben auf ein Leben nach dem Tod weit von sich gewiesen. Doch nun war alles, woran sie bislang geglaubt hatte, infrage gestellt worden.

Sie lehnte ihren Kopf gegen die kühle Fensterscheibe und blickte hinaus in die Nacht.

13.

Auf der Brooklyn Bridge herrschte selbst zu dieser späten Stunde noch reger Verkehr. Tessa bemerkte die erstaunten Blicke der Autofahrer, die Ernests demoliertem Wagen galten.

Der eisige Fahrtwind ließ sie frösteln. Immer wieder suchte ihr Blick nach einem Streifenwagen, der sie wegen des ramponierten Wagens stoppen könnte, um ihnen Fragen zu stellen. Alles wirkte so irreal, und sie kam sich vor wie eine Flüchtende in irgendeinem Hollywoodfilm. Unangenehmen Fragen wäre sie heute nicht mehr gewachsen. Die Polizisten würden ihre Erklärungen niemals verstehen und eine Nacht hinter Gittern oder in der Psychiatrie wäre ihnen gewiss.

Doch ihre Sorge war unbegründet, unbehelligt erreichten sie Brooklyn. Ernest steuerte den Wagen in einen Außenbezirk, zu einem Viertel, das abseits der Hauptstraßen lag. Nach einer Weile erreichten sie einen imposanten Gebäudekomplex, hinter dessen viktorianischer Fassade sich, wie die Schilder rund herum verrieten, eine christliche Mädchenschule verbarg.

Als Hazels Freundin kannte sie einen Teil Brooklyns, aber dieses Viertel war ihr fremd. Ernest umrundete den Block und hielt vor einem schmiedeeisernen Tor mit kunstvollen Ornamenten. Er lehnte sich aus dem Fenster, zückte eine Karte und hielt sie vor ein Lesegerät. Das Tor schwang auf und schloss sich nach der Durchfahrt wieder.

Er parkte den Wagen vor einem Haus, das laut der beleuchteten Gedenktafel, im 19. Jahrhundert das Wohnhaus einer einflussreichen Familie gewesen war. Heute war es das Zuhause der *Missionary Sisters*, einem Nonnenorden. Schwester Bertha, die Äbtissin, unterrichtete nebenan in der Schule *Sacred Hearts* und arbeitete ehrenamtlich in mehreren kirchlichen Einrichtungen mit. Tessa kannte sie nur aus Ernests Erzählungen.

Im Geist sah Tessa Mädchen in Schuluniformen mit geflochtenen Zöpfen, die unter den strengen Blicken der Ordensfrauen diszipliniert die Treppe hinabschritten. Eine Schule für höhere Töchter, die sie selbst nie hätte besuchen können. Alles wirkte normal und der Gedanke an Engel und andere Höllenkreaturen abwegig.

Ernest stieg aus dem Wagen und nahm die wenigen Stufen zur Eingangstür, neben der sich die Klingel befand.

Es dauerte eine Weile, bis das Licht über der Haustür eingeschaltet wurde. Als die Tür sich öffnete, erkannte Tessa im beleuchteten Eingang eine rundliche Frau in Ordenstracht. Ernest redete so leise mit ihr, dass Tessa nicht verstehen konnte, was sie sagten.

Neugierig sah sie aus dem Fenster. Neben dem Haus rahmten in Kegelform geschnittene Buchsbäume eine Rasenfläche ein, in dessen Mitte sich eine Statue befand. Der imposante Engel aus Bronze, der auf einem Sockel stand, zog sie in ihren Bann. Seine Rechte umklammerte ein Schwert mit gewellter Klinge.

Der Bildhauer hatte der Skulptur mit dem bezwingenden Blick und den schlagenden Flügeln eine außergewöhnliche Lebendigkeit verliehen. Seltsam, irgendwie erinnerte sie der Engel an Nathanael, dessen Augen den gleichen stolzen Ausdruck besaßen. Nur mit Mühe konnte sie sich von dem Anblick losreißen.

Ernest redete noch immer mit Schwester Bertha.

Tessa gähnte. Sie war todmüde, schloss die Augen und nickte sofort ein.

Sie träumte davon, den Rasen zu betreten, um den Engel aus der Nähe zu bewundern. Plötzlich wurde er lebendig. Fast hätte sie geglaubt, es wäre Nathanael, wenn nicht dieser bittere Zug um seinen Mund und die blonden Haare gewesen wären. Er stieg vom Sockel herab und näherte sich mit finsterem Blick. Das goldene

Schwert blitzte in seiner Hand auf, als er mit der Schwertspitze die Buchsbäume berührte und die Pflanzen Feuer fingen.

Tessa wollte davonlaufen, aber das Feuer breitete sich rasend schnell aus und schloss sie ein. Die Angst schnürte ihr die Kehle zu. Mit jedem Schritt veränderte sich der Engel. Die weißen Flügel wurden schwarz und sein Gesicht mutierte zu einer Fratze. Er richtete das Schwert auf sie. Blitze schossen hervor und drangen in ihren Körper. Sie spürte einen stechenden Schmerz in der Brust und schreckte aus dem Traum hoch. Ihr Herz pochte wie verrückt in ihrer Brust.

Alles wirkte mit einem Mal bedrückend düster. Hier wollte sie nicht länger verweilen. Sie quälte sich aus dem Wagen, um ihrem Stiefbruder mitzuteilen, dass sie auf keinen Fall bleiben wollte.

Ernest blickte zu ihr hinüber. Als sie taumelte, eilte er mit besorgter Miene auf sie zu und stützte sie am Arm.

«Warum bist du denn nicht im Wagen geblieben?»

«Ich hab so ein ungutes Gefühl. Lass uns bitte woanders hinfahren», flüsterte sie ihm zu.

Ehe er antworten konnte, hakte Schwester Bertha sie unter. «Kommen Sie, hier sind Sie sicher. Ernest hat mir erzählt, was geschehen ist. Oben wartet ein gemütliches Bett auf Sie.»

Tessa wollte protestieren, aber ihr wurde schwindlig.

Die beiden führten sie die Treppe zum ersten Stock hoch, an die sich ein langer Korridor anschloss. Dort stiegen sie in einen Fahrstuhl, der sie zwei weitere Etagen aufwärts direkt unters Dach beförderte. Nachdem sie ausgestiegen waren, ging es an einem Dutzend Türen vorbei, hinter denen sich die Zimmer der Ordensfrauen befanden, wie Tessa den Schildern entnehmen konnte.

«Was ist denn los?», flüsterte Ernest, während die Nonne mit einigem Abstand vor ihnen herging.

«Ich kann es dir nicht erklären, aber hier bin ich nicht in Sicherheit, glaub mir.»

Sie erzählte ihm von dem Angsttraum vorhin im Auto.

Ernest runzelte die Stirn. «Das ist doch nur ein Traum gewesen. Damals nach dem Überfall hast du auch unter diesen Alpträumen gelitten», beschwichtigte er sie. «Ich würde dich doch nicht hierher bringen, wenn ich Schwester Bertha nicht vertrauen könnte und wüsste, dass du hier sicher aufgehoben bist.»

«Wahrscheinlich hast du recht», gab sie nach. Sie hatte damals tatsächlich unter ähnlichen Alpträumen und Panikattacken gelitten, weshalb sie sich auch einer psychiatrischen Behandlung unterzogen hatte. Das ungute Gefühl blieb jedoch.

«Wegen der Ferien sind wir nur zu dritt. Keiner wird Sie stören», unterbrach Bertha ihr Zwiegespräch und öffnete die letzte Tür, dessen Namensschild leer war.

Das Zimmer war gemütlich mit einem Bett, einem Schrank und einer Polstergarnitur eingerichtet. Tessa sank erschöpft in einen der ausladenden Sessel.

Ernest begleitete Schwester Bertha wieder nach unten, um noch einiges mit ihr zu besprechen. Tessa war das ganz recht, sie sehnte sich nach Ruhe. Leider wollte sich die nicht einstellen, denn sie quälte sich mit Selbstvorwürfen, weil sie heute auch Ernests Leben in Gefahr gebracht hatte.

Mit einem Seufzer stützte sie den Kopf in die Hände. Eine Weile saß sie einfach da und starrte auf den Boden. Als sich Schritte näherten, sah sie erwartungsvoll auf.

Die Tür öffnete sich und anstelle des erwarteten Stiefbruders erschien Schwester Bertha mit einem Tablett in den Händen, auf dem sich eine Tasse dampfenden Tees befand. Der Blick aus ihren schwarzen Augen war voller Mitgefühl.

«Ihr Bruder ist schon gefahren. Er bekam eben einen Anruf vom Hospiz. Mrs Bradshaw ist gestorben.»

«Oh.» Obwohl sie die alte Frau nicht gekannt hatte, fühlte Tessa sich von dieser Nachricht betroffen. Gleichzeitig bedauerte sie, dass Ernest gegangen war. Seine Nähe hätte sie beruhigt.

«Ich habe Ihnen Tee gekocht. Zur Entspannung. Wenn Sie möchten, kann ich Ihnen auch ein leichtes Schlafmittel bringen.»

Bertha stellte das Tablett auf dem Beistelltisch ab.

«Hätten Sie vielleicht auch eine Kopfschmerztablette?»

«Ja, natürlich, bin gleich wieder zurück.» Mit einem Lächeln eilte Bertha aus dem Raum.

Der Tee duftete verführerisch nach Vanille. Tessa sog das Aroma auf, bevor sie daran nippte. Das heiße Getränk entspannte sie wider Erwarten tatsächlich. Der kurze Traum vorhin hatte sie geängstigt und überreagieren lassen. Kein Wunder nach der Sache im Parkhaus. Über den Tassenrand hinweg sah sie zu Schwester Bertha, die mit einem Glas Wasser in der Hand eintrat.

«So, hier die Tablette.»

«Schwester Bertha, danke für alles.» Tessa griff nach dem Arm der Ordensschwester und drückte ihn.

«Schon gut. Jetzt nehmen Sie schnell die Tablette und schlafen sich tüchtig aus, damit Sie schnell wieder zu Kräften kommen. Ich werde Michael eine Nachricht zukommen lassen, dass wir einen Gast haben.»

Bertha lächelte und entblößte dabei ihre riesigen Zähne, die in ihrem schwarzen Gesicht leuchteten. Tessa drehte die Tablette in der Hand, bevor sie sie mit dem kalten Wasser schluckte. Auf der Tablette erkannte sie das Logo von Greenberg Pharma, ein Blatt mit den Initialen GP.

Sie hatte noch nie eine Tablette aus Stevens Firma eingenommen und war gespannt auf die viel gepriesene Wirkung. Schwester Bertha beobachtete sie dabei, als wollte sie sich vergewissern, dass sie sie auch wirklich nahm. Tessa fühlte sich unbehaglich unter ihrem Blick.

«Michael? Ist das der Leiter dieser Einrichtung?», fragte sie.

Bertha lachte leise. «Du lieber Himmel, nein! Ich meine den Himmlischen.»

«Aber nicht den Engel?»

«Doch. Haben Sie seine Statue draußen gesehen? Respekt einflößend, nicht wahr?»

«Kann man wohl sagen.» Tessa verschluckte sich und begann zu husten. Nicht nur Respekt einflößend. In ihrem Traum hatte sie sich sogar vor ihm gefürchtet. Sie konnte das Gerede über Engel langsam nicht mehr hören.

«Treffen Sie ihn jetzt gleich?» Tessa fehlte dafür einfach die Vorstellung. Wo traf man sie? Rief man sie per Gebet? Sah ein Engel wie ein Mensch aus? Welchen Unterschied gab es zwischen beiden? Bertha lachte und schüttelte den Kopf, während sie ihr das Glas abnahm.

«Nein. Wenn das so einfach wäre. Nicht alle von uns können Engel sehen oder gar mit ihnen reden. Nur durch eine besondere Schicksalsfügung ist es erlaubt. Mir war es vergönnt ...» Schwester Bertha seufzte und lächelte.

«Ich habe zwar von Engelserscheinungen gehört, aber ich bin nicht religiös, wissen Sie ...», sagte Tessa.

Um genau zu sein, hielt sie im Gegensatz zu ihrem Stiefbruder nicht viel von der Kirche und dem ganzen Gerede über Gott, Engel oder Teufel. Als Kind war sie früher sonntags zum Gottesdienst gegangen, aber nur ihren Eltern zuliebe. Die Predigten waren ellenlang und sterbenslangweilig gewesen.

Doch sie musste gestehen, dass ihr Weltbild nach den Erlebnissen der letzten Tage einen Riss bekommen hatte.

«Sie müssen nicht religiös sein, um zu verstehen. Es ist nun mal so, wie es ist», erwiderte Schwester Bertha milde.

«Haben Sie denn schon oft Engel gesehen?»

«Ja, mehrere Male. Schon als Kind bin ich einem begegnet, kurz bevor meine Großmutter gestorben ist. Er nahm mich bei der Hand und sagte, ich solle nicht traurig sein. Es war Michael, aber das habe ich erst später erfahren. Und Sie? Sind Sie auch schon einem Engel begegnet?» Tessa gewann den Eindruck, dass Schwester Bertha bei diesem Thema regelrecht auflebte.

«Wenn Blutengel auch dazuzählen, ja.»

«Ich denke schon. Ihre Körper besitzen die Fähigkeiten eines Engels, ihre Seelen sind menschlich.»

Tessa rutschte unruhig auf dem Sessel hin und her. «Das alles hört sich so fremd an. Erzengel, Blutengel ... Ich bin ganz verwirrt. Wahrscheinlich muss ich mich nur daran gewöhnen. Woran erkennt man einen richtigen Engel? An den Flügeln?»

Schwester Bertha lächelte nachsichtig. «Den meisten fällt es schwer, die Existenz himmlischer Wesen zu akzeptieren. Engel zeigen ihre Flügel selten. Sie sehen meist aus wie ganz normale Menschen. Aber wenn Sie irgendwann eine kiellose Feder finden, wissen Sie, dass ein Engel in Ihrer Nähe gewesen ist.»

«Ich dachte immer, Engel hätten weiße Flügel», sagte Tessa mehr zu sich selbst, der die Feder in ihrer Handtasche wieder einfiel.

«Gefallene haben schwarze.»

Bildete Tessa sich das ein oder schwang Ehrfurcht in Berthas Tonfall mit? Sie fühlte sich zu müde, um weiter darüber nachzudenken.

«Ernest meinte, dass ich hier bei Ihnen sicher wäre.» Tessa glaubte nach den vorangegangenen Geschehnissen, nirgendwo mehr sicher zu sein, und zweifelte zum ersten Mal an Ernests Worten.

«Hundertprozentige Sicherheit gibt es nicht. Aber hier sind Sie sicherer als zu Hause. Kein Dämon wird es wagen, hier einzudringen. Wir kennen genügend Bannsprüche.»

«Was wollen die Dämonen?»

«Sie bescheren uns Alpträume, lehren uns das Fürchten und führen uns in Versuchung.»

«Würden sie auch töten?» Gespannt wartete Tessa auf die Antwort Berthas.

In den schwarzen Augen der Schwester lag Wachsamkeit. «Davon habe ich nie gehört.»

Tessa konnte sich des Gefühls nicht erwehren, dass Schwester Bertha log. Oder wusste sie es nur nicht besser, wie Ernest?

«Und Gefallene?», hakte Tessa nach und blickte die Ordensfrau forschend an.

«Sie wandeln nicht auf der Erde. Und wenn, dürfen sie uns in einem geweihten Haus nichts antun. Unten im Erdgeschoss befindet sich eine kleine Kapelle, in die wir uns zur Not flüchten können.»

«Sehr beruhigend», murmelte Tessa. Schwester Bertha schien sich hier in absoluter Sicherheit zu wähnen. Waren sie das wirklich? Ließen sich Dämonen tatsächlich von einem Gotteshaus mit ein paar Kreuzen und Gebeten abschrecken? Tessa hegte Zweifel. Vielleicht lag ihre Skepsis auch im Alptraum von vorhin begründet.

Woher wusste Bertha so viel über Engel? Doch nicht von dieser einzigen Begegnung, die sie erwähnt hatte. Manchmal glaubte Tessa einen wachsamen Ausdruck im Blick der Schwester zu erkennen, was ihr Misstrauen weckte. Vielleicht sollte sie doch lieber aus *Sacred Hearts* verschwinden.

Doch wo konnte sie hin? Noch dazu in ihrem geschwächten Zustand? Ihre Lider wurden immer schwerer.

Bertha beugte sich zu ihr herab. «Sie sehen blass aus und sollten sich besser hinlegen. Ich lasse Sie jetzt allein. Wenn Sie was brauchen, dann wählen Sie auf dem Telefon die 1.» Sie deutete mit dem Finger auf das tragbare Telefon, das auf dem Nachttisch lag. Tessas Hand legte sich an die Gesäßtasche ihrer Jeans, in der sich ihr Handy normalerweise befand. Aber außer einer Zwanzigdollarnote war sie leer. Sie musste das Handy im Schrank des Krankenhauses vergessen haben!

«Ja, danke. Kann ich mit dem Telefon auch nach draußen telefonieren? Ich möchte noch meinen Freund anrufen. Nur ganz kurz. Er macht sich bestimmt schon Sorgen, weil ich mich lange nicht gemeldet habe. Selbstverständlich bezahle ich Ihnen auch das Gespräch. Ich habe noch zwanzig Dollar bei mir. Das müsste reichen.» Sie zog den Schein aus der Tasche und reichte ihn der Ordensschwester.

Schwester Bertha nickte. «Natürlich. Neben dem Telefon liegt eine Beschreibung.»

Als die Schwester gegangen war, schleppte Tessa sich zum Bett und ließ sich fallen. Sie war sogar zu erschöpft, um sich auszuziehen und den Pyjama überzustreifen, den ihr die Schwester bereitgelegt hatte.

Sie streckte sich für eine Weile aus. Die Tablette begann zu wirken. Der stechende Schmerz in ihrem Kopf ließ nach, zurück blieb ein dumpfer Druck. Der erschreckende Traum von vorhin rückte in weite Ferne. Sie hatte die Engelsstatue gesehen und einen Alptraum gehabt. Mehr nicht. Und was Schwester Bertha betraf war sie einfach zu misstrauisch. Kein Wunder, bei dem, was sie erlebt hatte. Seufzend kuschelte sie sich in die Kissen.

Als sie die Augen schloss, sah sie wieder Nathanael vor sich, in dessen Armen sie sich sicherer gefühlt hatte als irgendwo anders. Sie sehnte sich danach, ihn wiederzusehen.

Das erinnerte sie wieder an Steven. Sie musste ihn anrufen. Der vertraute, nüchterne Klang seiner Stimme würde sie aus diesem Alptraum reißen und Nathanael vergessen lassen.

Tessa griff nach dem Telefon und wählte seine Handynummer. Es dauerte nicht lange, bis er sich meldete. Geschäftsmäßig distanziert wie immer, wenn er im Stress war.

Steven versprach, gleich zurückzurufen. Sicher saß er mit irgendwelchen Geschäftspartnern beim Lunch. Sie hörte, wie er mit jemandem flüsterte, bevor es in der Leitung klickte. Sicher verließ er jetzt den Tisch, um sich mit dem Handy in eine stille Ecke zurückzuziehen. Tessa trommelte mit den Fingern auf den Knien und wartete voller Ungeduld auf seinen Rückruf. Wenige Sekunden später war Steven am Apparat.

Seine Stimme klang so herrlich normal und löste damit die Anspannung in ihrem Körper, noch besser als Schwester Berthas Tee. Wenn ihr nur nicht so schwindlig wäre.

«Darling, was ist das für eine Nummer? Wo steckst du? Ich habe schon die ganze Zeit versucht, dich zu erreichen.» Er war außer Atem, seine Stimme klang vorwurfsvoll. Tessa wusste, sie sollte ihm die Wahrheit sagen, aber er würde ihr nicht glauben, sondern denken, dass ihre irrationalen Ängste wieder zurückgekehrt waren. Die Lüge floss wie von selbst über ihre Lippen.

«Ich bin bei einer Kollegin. Kein Grund zur Sorge. Wir müssen einiges aufarbeiten, auch am Wochenende. Du weißt ja, Howard ist ein wahrer Sklaventreiber», antwortete sie und lachte. Ihre Stimme war angespannt. Hoffentlich kaufte er ihr das ab.

«Was machen deine Geschäfte? Kommst du voran?», fragte sie hastig, um ihn von eventuellen Nachfragen abzulenken. Zu ihrer Erleichterung funktionierte es.

Steven erzählte von einem sehr erfolgreich verlaufenen Vertragsabschluss, der sein Vermögen um dreißig Millionen Dollar vergrößerte. Sie gratulierte ihm und versprach, nach seiner Rückkehr den Erfolg mit ihm zu feiern.

«Ja, ja», antwortete er knapp und redete voller Begeisterung über den steigenden Aktienindex. *Es ist ihm egal, ob ich stolz auf ihn bin*, fuhr es ihr in den Sinn. Immer öfter schlichen sich die Zweifel ein, ob ihre Beziehung überhaupt noch auf Gefühlen basierte oder eher geschäftsmäßig verlief, wie ein Deal. Das Kribbeln, das sie stets in Nathanaels Nähe empfand, war bei Steven nie vorhanden gewesen.

Während sie Steven zuhörte, fühlte sie sich immer seltsamer. Alles begann sich zu drehen. Panik stieg in ihr auf und ließ ihr Herz wie wild in der Brust hämmern. So war es auch damals nach dem Überfall gewesen. Der Psychiater hatte ihr erklärt, dass diese Panikattacken nach traumatischen Ereignissen wiederkehren könnten.

Tessa hörte Stevens Worten nur noch mit halbem Ohr zu.

Sie stand derart unter Spannung, dass sie laut hätte schreien können. Wurde sie jetzt vollends verrückt? *Nicht verrückt, posttraumatisch*, hörte sie den Arzt von damals sagen.

«Versprich mir, dass du nicht zu hart arbeitest. Du weißt doch, was wir noch alles vorhaben.» Es folgte eine Aufzählung von Aufträgen, die sie für ihn erledigen sollte, als wäre sie seine Sekretärin. Sie wollte etwas erwidern, aber ein Rauschen in den Ohren machte sie benommen.

«Hast du dir das alles aufgeschrieben? Du musst unbedingt, wenn ich zurück bin, deine Kontakte zu den Journalisten spielen lassen. Ich muss überall auf der Titelseite stehen», tönte Stevens Stimme aus dem Hörer.

«Ja, ja», antwortete sie geistesabwesend und versuchte durch langsames Atmen gegen den Druck in ihrer Brust zu arbeiten. Damals, als sie nach dem Überfall zum ersten Mal wieder den Supermarkt besuchte, war es ihr ähnlich ergangen.

«Ciao, Darling.»

«Ciao.» Tessa legte auf.

Sie sank aufs Bett und blieb so lange mit geschlossenen Augen liegen, bis der Schwindelanfall vorbei war. Durch die Ruhe normalisierte sich ihr Puls zwar, und auch das Rauschen hörte auf, doch der Druck auf der Brust blieb.

Vielleicht hätte sie Steven eben alles berichten und ihn darum bitten sollen, zu ihr zu kommen. Aber wäre er tatsächlich aus Europa von seinen wichtigen Geschäften zurückgekehrt, wenn sie ihm von Engeln und Dämonen erzählt hätte? Er hätte es nur auf Panikattacken und Depressionen geschoben und sie zu einem Psychiater geschickt.

Tessa vergrub das Gesicht in den Händen.

Die Erschöpfung verlangte ihren Tribut. Bevor sie noch einen Gedanken fassen konnte, schlief sie ein.

Ein beißender Geruch weckte sie. Draußen war es dunkel, nur die Nachttischleuchte brannte noch. Tessa drehte sich auf die Seite, als sie plötzlich erstarrte.

Unter der Tür quoll grauer Rauch ins Zimmer. Feuer! Ihre Angst aus dem kurzen Traum vorhin resultierte aus einer dunklen Vorahnung, genauso wie damals. Sie verfluchte sich selbst, weil sie wieder nicht darauf gehört hatte.

Schwester Bertha, schoss es ihr in den Kopf. Hastig wählte sie auf dem Telefon die 1, aber sie hörte nur ein leises Klicken. Die Leitung war tot.

Tessa raffte sich auf und kroch aus dem Bett. Ihre Muskeln krampften. Humpelnd lief sie zur Tür und fasste nach dem Knauf. Sie schrie laut auf, denn er war kochend heiß. Ihre Handfläche brannte so stark, dass ihr die Tränen in die Augen schossen.

Immer mehr Rauch drang in den Raum und breitete sich rasch aus. Vielleicht waren im Schrank Handtücher. Sie durchquerte hustend das Zimmer. In einer Schublade fand sie tatsächlich zwei Handtücher. Eines presste sie vor den Mund, mit dem anderen umwickelte sie den Knauf. Sie konnte ihn zwar drehen, aber die Tür sprang nicht auf. Tessa warf das Handtuch fort und trommelte verzweifelt mit der Faust dagegen. Sie wollte nicht sterben.

Wo waren die anderen? Waren sie etwa schon tot? Wie viel des Hauses war vom Feuer erfasst worden? Sie biss die Zähne zusammen und unterdrückte ihre Angst. *Du darfst jetzt nicht schlappmachen. Denk nach, Tessa. Es gibt immer einen Ausweg.*

Plötzlich züngelten Flammen unter der Tür hindurch und entzündeten die schmale Brücke. Tessa fasste sie an einer Ecke und versuchte das Feuer auszuschlagen. Immer wieder holte sie aus und schlug die Brücke auf den Boden, obwohl sie kaum noch atmen konnte. Schweiß rann ihr von der Stirn, es war unerträglich heiß.

Einige Funken wirbelten durch die Luft und entzündeten die Vorhänge. Im Nu brannten sie lichterloh.

Die Flammen breiteten sich in rasendem Tempo im Zimmer aus. Tessa warf sich mit ihrem ganzen Gewicht gegen die Tür, doch sie gab keinen Zentimeter nach. Der Fluchtweg durch den Flur war abgeschnitten. Ihr blieb also nur das Fenster. Sie riss die brennenden Vorhänge herunter und warf sie hinter sich. Mit dem Handtuch, das sie vor ihren Mund gepresst hatte, öffnete sie den Fenstergriff.

Ein Schwall kühler Luft wehte herein. Die plötzliche Sauerstoffzufuhr ließ die Flammen noch höher schlagen.

Tessa lehnte sich keuchend zum Fenster hinaus. Sie wollte um Hilfe schreien, aber es endete in einem heiseren Krächzen. Ihr Hals brannte vom Rauch. In ihrem Kopf überschlugen sich die Gedanken. Wenn sie überhaupt eine Chance besaß zu überleben, dann nur, wenn sie hinuntersprang. Sie sah nach unten und schrak angesichts der Tiefe zurück.

«Du hast keine andere Chance. Worauf wartest du noch? Spring», hörte sie eine Stimme hinter sich.

Tessa fuhr herum und stand einem ganz in Schwarz gekleideten Mann gegenüber, dessen bleiches, spitzes Gesicht seltsam irreal erschien. Er trat durch die Flammen, als machten sie ihm überhaupt nichts aus. Ein hämisches Grinsen umspielte seine Lippen, das Tessa trotz der Hitze frösteln ließ. Es war der Mann, den sie nach Hazels Tod auf der anderen Straßenseite gesehen hatte.

«Wer sind Sie?», flüsterte sie, während ihr Herz wie ein Trommelwirbel raste.

«Jemand, der sich um deine Seele kümmert», antwortete er mit sanfter Stimme.

Tessa schluckte hart. Der Mann wirkte finsterer als die Nacht und gefährlicher als das Feuer. Sein blauschwarzes Haar reichte ihm bis zum Kinn. Sein Gesicht trug androgyne Züge.

Seine Pupillen weiteten sich mehr und mehr, bis sie die Iris verdrängten und selbst das Weiß ringsum verschwand. *So hatte sie sich immer Luzifer vorgestellt*, fuhr es ihr in den Sinn. Furcht kroch ihren Rücken hinauf und krallte sich in ihrem Nacken fest.

«Warum springst du nicht? Rette dich. Es ist so einfach.» Seine Stimme klang samtig und lullte sie ein.

Du rettest dich nicht. Wenn du springst, ist dir der Tod gewiss, mahnte sie ihre innere Stimme.

Das Lächeln des Mannes wurde breiter, als er bemerkte, wie Tessa einen flüchtigen Blick über die Schulter nach unten warf.

Die schwarzen Augen ihres Gegenübers blitzten auf. «Spring, spring», forderte er und trat auf sie zu, «es gibt keinen anderen Ausweg. Beende dein Leben selbst, bevor es die Flammen tun. Das Feuer wird das Fleisch von deinen Knochen fressen. Ich höre bereits deine Schmerzensschreie.»

«Nein!», krächzte sie.

Hinter seinem Rücken breiteten sich schwarze Flügel aus. War er der Tod?

Beende dein Leben! Seine Worte wiederholten sich in ihrem Kopf und machten sie willenlos. Langsam wandte sie sich zum Fenster um.

«Spring! Spring!», forderte er. Seine Stimme wurde drängender und hallte in ihr weiter. Ihr Körper gehorchte ihm, als sie auf die Fensterbank stieg und mit ausgebreiteten Armen nach unten sah.

«Ja, so ist es gut. Nur noch einen Schritt und du hast es geschafft. Du musst dem Feuer entkommen. Spring endlich!»

Hinter sich hörte sie das Knistern des Feuers, das alles gierig verschlang. Sie wollte nicht verbrennen. Sie sah Ernest vor sich bei ihrem letzten Treffen und Stevens Stimme am Telefon klang noch in ihren Ohren. Wie im Zeitraffer lief ihr Leben noch einmal vor ihren Augen ab. So war es also, bevor der Tod einen umarmte.

Der Wind fuhr durch ihre Sachen, aber sie spürte es kaum. Tessa schloss die Augen und lehnte sich vor. *Nein, ich werde nicht springen!* Sie bot all ihre Willenskraft auf, um der eindringlichen Stimme in ihrem Innern etwas entgegenzusetzen. «Mach es dir nicht so schwer. Spring! Spring!», flüsterte er ihr ins Ohr.

«Nein!» Ihr krächzender Schrei endete in einem Husten. Ihre Hände fanden Halt am Mauerwerk. Sie zitterte vor Anstrengung, ihre Finger krallten sich in die Fugen.

«Du kannst es nicht allein? Dann werde ich dir helfen.»

«Nein!» Tessa wollte schreien, aber ihre Stimme versagte.

Von einer heißen Druckwelle im Rücken erfasst, verlor sie auf dem schmalen Fenstersims das Gleichgewicht und kippte vornüber. Ihr Schrei erstickte in der kratzigen Kehle. Gleich wäre alles vorbei. Würde sie danach noch etwas spüren? Im Angesicht des Todes erschien Nathanaels Gesicht vor ihr, den sie nun nicht mehr wiedersehen würde. Der Gedanke erfüllte sie mit unendlicher Traurigkeit.

«Nathanael», flüsterte sie, bevor sie durch die kalte Luft mit ausgebreiteten Armen wie ein tödlich getroffener Vogel ihrem Ende entgegenstürzte.

«Nathanael.»

14.

Mühsam öffnete Nathanael seine bleiernen Lider und blinzelte in eine flackernde Neonlampe. Verschwommen nahm er die Umrisse von zahlreichen Autohecks wahr. Er brauchte einen Moment, um sich zu besinnen, was geschehen war.

Tessa hatte im Wagen neben einem Mann gesessen und war von einem der beiden Dämonen angegriffen worden, die sie verfolgt hatten. Er hatte das beobachtet, sich auf ihn gestürzt und von der Kühlerhaube gerissen. Zusammen waren sie gegen eine Säule geprallt und er hatte das Bewusstsein verloren.

Er drehte sich zur Seite und stöhnte auf, als ein Schmerz wie ein Blitzschlag durch seinen Kopf zuckte. An seinen feuchten Händen klebte Dämonenasche. Er hatte nur einen erwischt, der andere war sicher über alle Berge.

Wütend rappelte er sich auf, bis er schwankend auf den Beinen stand, die sich wie Fremdkörper anfühlten. Er kniff die Augen zusammen und war erleichtert, als er sein Umfeld wieder klar sehen konnte. Seinem Engelsblut verdankte er eine schnelle Regeneration. Gleich würde die Taubheit in Kopf und Körper ganz gewichen sein, und er könnte die Jagd erneut aufnehmen.

Tessa! Nathanaels Blick schweifte hektisch über das Parkdeck. Er rannte bis zur Ausfahrt, aber von dem dunklen Ford gab es keine Spur. Wie lange mochte er hier gelegen haben?

Er sah auf seine Uhr, dessen Glas zersplittert war. Die Zeiger waren stehen geblieben. Aber er konnte nicht lange ohne Bewusstsein gewesen sein, denn die Spuren des Dämons waren noch frisch. Sicher verfolgte er Tessa.

Aufgebrachte Stimmen, die den Besitzern der demolierten Autos gehörten, schallten über das Deck. Eine Polizeisirene näherte sich,

Türen knallten und eine Frau stieß einen entsetzten Schrei aus. Heute schien sich alles gegen ihn verschworen zu haben, denn laute Geräusche und Stimmen verwischten die Spuren des Dämons. Dämonenstaub verflüchtigte sich selbst bei leichtem Luftzug.

Er stöhnte innerlich auf, denn es blieb ihm jetzt nur die Möglichkeit, in die Gedanken dieser Kreatur einzudringen, um zu erfahren, wohin sie gefahren waren. Nicht nur, dass es ihm schwerfiel, sich bei den Hintergrundgeräuschen zu konzentrieren, der Dämon wehrte sich auch mit aller Macht gegen den geistigen Eindringling.

Kostbare Minuten verstrichen, die seine Ungeduld und auch seine Furcht um Tessa wachsen ließen. Nathanael biss die Zähne zusammen. Es war seine letzte Chance, um sie zu retten. Doch alles, was die Augen des Dämons ihm offenbarten, waren bunte, ungeordnete Farbkleckse, die sich nur zäh zu einem Gesamtbild fügten.

«Komm schon, verrat mir endlich dein Geheimnis», presste er zwischen zusammengebissenen Zähnen heraus.

Tatsächlich flackerten Bilder vor ihm auf, in schnellen Sequenzen, erloschen und spulten sich erneut ab.

«Na, also.» Nathanael ballte triumphierend die Faust.

Doch was er jetzt klar und deutlich vor sich sah, trübte nicht nur sein Siegesgefühl, sondern ließ seinen Magen zusammenkrampfen. Der Dämon war Tessa und ihrem Begleiter bereits dicht auf den Fersen, denn die Rücklichter des Wagens leuchteten direkt vor seinen Augen. Doch plötzlich riss die mentale Verbindung zum Dämon ab, als hätte jemand ein Kabel gekappt. Woher nahm er jetzt plötzlich die Kraft, sich zu widersetzen? Eine dunkle Vorahnung trieb Nathanael schneller vorwärts.

Dem Dämon war es gelungen, einen nicht zu unterschätzenden Vorsprung zu Nathanael zu gewinnen, der schwerlich aufzuholen war. Aber die Sorge um Tessa verlieh ihm ungeahnte Reserven. Die Bilder des Dämons waren präsent.

Er hatte eine Brücke gesehen, deren stählerne Tragseile sie als Hängebrücke identifizierte. Davon gab es nur eine in New York: die Brooklyn Bridge, die den East River überspannte. Dann erschien vor seinem geistigen Auge die Statue seines Vaters, von der er wusste, wo sie sich befand.

Der Dämon war auf dem Weg nach *Sacred Hearts.* Was wäre, wenn es ihm nicht gelang, ihm zuvorzukommen? Während er keuchend die Straße hinabrannte, kreisten unzählige Gedanken in völligem Chaos durch sein Hirn. Er malte sich die schrecklichsten Bilder aus, sah Tessa bereits tot in seinen Armen liegen und verspürte blankes Entsetzen.

Damals hatte ihn die Angst um Gina verrückt gemacht. Nein, er durfte sich nicht mehr von der quälenden Vergangenheit ablenken lassen, sondern zwang sich, sich auf die bevorstehende Aufgabe zu konzentrieren. Die Gegenwart war wichtig, Tessa war wichtig. Dieses Mal durfte er nicht versagen.

Warum zum Teufel gestand er sich nicht ein, dass da mehr war als nur sexuelle Anziehung? Sie hatte etwas in ihm geweckt, das lange verschüttet gewesen war: Gefühle. Tessa verkörperte alles, was er begehrte: Anmut und Schönheit. Sie konnte ihn um den Verstand bringen, wenn er in der Tiefe ihrer grünen Augen versank.

Gina war mit den Kämpfen zwischen den Engeln und Luzifers Anhängern vertraut gewesen, wusste, wie unstet und gefährlich sein Leben war, und hatte es akzeptiert.

Unwillkürlich fragte er sich, ob eine Frau wie Tessa, die niemals mit der dunklen Welt in Berührung gekommen war, sich jemals an seiner Seite auf einen Kampf gegen die Finsternis einlassen würde. Sie war ein gut situiertes, geordnetes Leben gewohnt, an der Seite eines einflussreichen Mannes. Plötzlich fühlte er sich noch miserabler als vorher.

Was grübelte er über Tessa nach? Er kannte sie doch kaum. *Weil sie dich fasziniert und etwas in dir berührt, das du längst vergessen haben wolltest!* Hinter ihrer kühlen Fassade verbarg sich mehr, das spürte er, und er wollte es entdecken.

War er denn jetzt völlig durchgeknallt? Er wollte verdammt noch mal keine Gefühle haben oder sich verlieben, geschweige denn eine Beziehung eingehen. Basta. Er beruhigte sich damit, sie sowieso nicht mehr wiederzusehen, wenn er sie aus den Klauen des Dämons gerissen hatte.

Der pochende Schmerz in seinem Hinterkopf wurde stärker. Verdammte menschliche Seite. Nathanael rieb sich über die Beule, die zwar schon beträchtlich geschrumpft war, aber bei Berührung immer noch schmerzte.

Zu seinen Füßen lag endlich die Brooklyn Bridge. Er raste die Straße hinunter. Je weiter er sich dem East River näherte, desto mehr nächtliche Bummler schwärmten ihm entgegen. Da würde er ja eine Ewigkeit brauchen.

Um schneller voranzukommen, katapultierte er sich auf ein Garagendach, kletterte von dort aus im Hausschatten verborgen eine Fassade empor und setzte seinen Weg auf den Dächern fort. Hier oben kam er ungehindert voran und besaß den besten Ausblick über den Fluss bis nach Brooklyn, dessen Lichtermeer sich im Fluss spiegelte.

Niemand hätte hier den Aufenthalt höllischer Kreaturen vermutet, aber die malerische Kulisse war trügerisch. Die Boten Luzifers wagten sich in Abwesenheit Michaels vor.

Er kam viel zu langsam voran und besaß noch immer keinen Hinweis, ob sie tatsächlich in *Sacred Hearts* zu finden wäre. Da half nur, die Suche im Flug fortzusetzen. Diese Entscheidung ließ

Nathanael hastig seine Jacke ausziehen, die er achtlos wegwarf, bevor er die Augen schloss.

Er konzentrierte sich auf die Kräfte in seinem Innern. Schon spürte er, wie die Energie in kräftigen Schüben durch seinen Körper jagte und sich im Rücken sammelte. Die Haut war heiß und begann zu spannen. Das Blut schien in seinen Adern zu sprudeln, als wäre es mit Kohlensäure angereichert worden.

Der Druck zwischen seinen Schulterblättern wuchs und riss ihn fast von den Füßen. Er breitete die Arme aus, um besser die Balance halten zu können. Fest presste er die Kiefer aufeinander, dann drang ein tiefes Stöhnen aus seiner Kehle. Immer stärker spannte sich die Haut über den Flügeln, die mit aller Macht nach draußen drängten. Heftiger Schmerz überrollte ihn, bis er glaubte, es nicht mehr aushalten zu können.

Als seine Flügel endlich Fleisch und Haut durchstießen, erlosch der Schmerz schlagartig. Die Schwingen fühlten sich leicht und beweglich an und entfalteten sich schneller, als er es in Erinnerung hatte. Das versetzte ihn in Euphorie, die sich immer schnell zerschlug, wenn die Schwingen abfielen. Danach fühlte er sich tagelang schlecht. *Der Engelvirus*, dachte er grimmig.

Nathanael atmete tief ein und erhob sich mit kräftigen Flügelschlägen in die Luft. In rasantem Tempo flog er zur Brücke. Aber es ging ihm nicht schnell genug, und er erhöhte die Schlagfrequenz. Er biss die Zähne zusammen und verlangte seinen noch jungen Schwingen Höchstleistung ab. Für Tessa.

Als er Brooklyn erreichte, atmete er erleichtert auf. *Sacred Hearts* lag genau vor ihm. Als er sich dem Areal in der Vogelperspektive näherte, stieg ihm ein beißender Geruch in die Nase. Von oben sahen die wuchtigen Mauern und ausladenden Dächer weniger dominant aus. Alles wirkte auf den ersten Blick normal, wenn sich nicht graue Rauchsäulen vor dem dunklen

Himmel abgezeichnet hätten. Eine eisige Hand umfasste sein Herz. Tessa!

Nathanael schwebte über dem Gelände der christlichen Einrichtung, in dessen Vorgarten die mächtige Statue seines Vaters thronte, an dessen Fuß Gina damals in seinen Armen gestorben war. Kam er etwa erneut zu spät? Er verdoppelte seine Anstrengungen und näherte sich dem Gebäude mit mächtigen Flügelschlägen.

Die Flammen schlugen bereits meterhoch aus dem Dachstuhl des hinteren Schwesternhauses. Schaulustige eilten herbei, um den Brand zu beobachten. Aus der Ferne ertönte Sirenengeheul. Hatte Tessa hier tatsächlich Zuflucht gesucht? Der demolierte Wagen ihres Begleiters vor dem brennenden Haus lieferte den Beweis.

Das Feuer hatte bereits jedes Stockwerk ergriffen. Durch die Hitze platzten die Fensterscheiben mit einem lauten Knall. Glassplitter stoben in dichten Wolken durch die Luft und entlockten den Gaffern auf der anderen Straßenseite Entsetzensschreie. Aus dem Dachstuhl loderten die Flammen empor. Wenn Tessa sich in diesem Haus befunden hatte, kam jede Hilfe zu spät. Niemand könnte dieser Feuerhölle entgehen.

Zum ersten Mal gestand er sich ein, dass Tessa ihn nicht nur körperlich anzog, sondern er für sie Gefühle entwickelt hatte, die tiefer gingen als angenommen. Aus seinem anfänglich puren sexuellen Begehren war Zuneigung geworden, die jene, die er für Gina empfunden hatte, noch weit übertraf.

Ohne dass er es wahrgenommen hatte, hatte Tessa sich in sein Leben geschlichen, in sein Herz. Nun bestimmte sie sein Denken und Handeln, und die Chance, sich dagegen zur Wehr zu setzen, war vertan. Genau das hatte er immer vermeiden wollen: sich um jemanden zu sorgen.

Nathanaels Hoffnung, sie lebend wiederzusehen, sank mit jedem Atemzug. Von tiefer Hoffnungslosigkeit erfüllt blickte er auf die Feuersbrunst hinab. Plötzlich hörte er jemanden seinen Namen flüstern. Hatte er eben wirklich Tessas Stimme gehört oder entsprang das nur seiner Einbildung?

Sie lebte. War sie etwa in den Flammen eingeschlossen? Nein, das konnte nicht sein. Er lauschte, woher die Stimme kam, aber das Wispern wurde von den Nebengeräuschen überdeckt. Nathanael fluchte, als es schließlich ganz verstummte. Er musste landen und nach ihr suchen. Jetzt zählte jeder Moment.

Damit ihn keiner sehen konnte, flog er zur Rückseite des Hauses, in den kleinen rechteckigen Hof, der von einer Mauer umgeben und dadurch von der Straße nicht einsehbar war. Eine heftige Windböe zwang ihn, tiefer zu gehen, und er befürchtete, entdeckt zu werden.

Aber die Aufmerksamkeit der aufgebrachten Meute unter ihm galt einzig dem Feuer. Ihre Köpfe ruckten herum, als die Feuerwehr heranpreschte.

Er würde Tessa finden, selbst wenn er dafür buchstäblich durchs Feuer gehen musste. Verzweifelt suchten seine Augen jeden Zentimeter unter sich nach einem Hinweis ab. Langsam schwebte er in den Hof. Im obersten Stockwerk nahm er eine plötzliche Bewegung wahr und erstarrte.

Im geöffneten Fenster stand Tessa, kreidebleich und mit schreckgeweiteten Augen. Er hätte vor Erleichterung schreien können, weil sie noch lebte. Jetzt war er da, um sie aus dem Flammenmeer zu retten. Doch im gleichen Atemzug erkannte er schwarze Flügel, die sich über ihr wie ein Schleier ausbreiteten. Der Gefallene! Verflucht! Wer war er? Nathanael konnte sein Gesicht nicht erkennen. Ihm blieb keine Zeit darüber nachzugrübeln, denn die Situation erforderte schnelles Handeln. Nachdem seine dämonischen Handlanger versagt hatten, griff der Meister selbst ein.

Aber da hast du die Rechnung ohne mich gemacht. Nathanael ballte die Hände zu Fäusten.

Angst und Verzweiflung lagen in Tessas Miene. Sie breitete die Arme aus und sah nach unten. Da war es wieder, das leise Wispern seines Namens. Dass sie in der Not nach ihm rief, berührte ihn und erfüllte ihn mit einem Gefühl, das er nicht beschreiben konnte, nur, dass es sich unglaublich gut anfühlte. Wenn sie tatsächlich sprang, käme es einem Selbstmord gleich. Darauf spekulierte der Gefallene, um ihre Seele zu erlangen. Genau vor solch einem Moment, wieder einen Menschen, den er ... der ihm viel bedeutete, nicht retten zu können, hatte er sich gefürchtet.

«Nein! Tu es nicht, Tessa!», schrie Nathanael. Doch sein Appell kam zu spät. Im selben Moment verlor sie das Gleichgewicht und stürzte kopfüber in die Tiefe.

Nathanael blieb das Herz stehen. Ohne zu zögern schoss er nach vorn, um sie aufzufangen. Im Flug packte er sie und zog sie an sich. Fest umschlang er ihren schlaffen Körper und presste in seiner grenzenlosen Erleichterung geräuschvoll die Luft aus seinen Lungen.

«Blutengel! Das wirst du noch bereuen. Auch wenn du jetzt für den Augenblick gewonnen hast, die Seele dieses Weibes wird bald mir gehören», erklang über ihm die wutverzerrte Stimme des Gefallenen, bevor er sich mit seinen kräftigen Schwingen pfeilschnell in die Luft katapultierte.

«Niemals. Sie wird niemals dir gehören, denn sie steht unter *meinem* Schutz!», rief Nathanael dem Gefallenen nach, der in der Dunkelheit verschwand. Ohne Tessa wäre es ihm ein Leichtes gewesen, ihn zu verfolgen. Aber das war im Moment gleichgültig. Nur sie zählte.

Tessa hing wie eine leblose Puppe in seinen Armen, als er sie über den Hof trug. Neben ihnen knarrte und ächzte das brennende Gebälk.

Nathanael wählte den Weg dicht an der Mauer, nicht nur, um dem Funkenregen und herabfallenden, brennenden Balken zu entkommen, sondern auch um den Blicken der Leute zu entgehen, die sich vor dem Haus versammelt hatten. Er musste sich beeilen, denn sicherlich würden gleich die Einsatzkräfte der Feuerwehr das große Tor öffnen und versuchen, auch von dieser Seite aus das Feuer zu löschen.

Die Mauer endete in einem Nebengebäude, dessen Dachstuhl ebenfalls Feuer gefangen hatte. Hier befand sich die kleine Gebetskapelle für die Schwestern, die Tag und Nacht geöffnet war. Er erinnerte sich, dass sie einen Seitenausgang besaß, der zum Schulgelände führte, und umrundete den Anbau.

Mit dem Fuß trat er die Tür auf und durchquerte den kleinen, quadratischen Raum mit dem Holzaltar. Kurz bevor er die Tür des Seitenausgangs mit dem Ellbogen öffnete, schaltete sich die Sprinkleranlage ein. Binnen weniger Sekunden war Tessas linke Seite, die sich direkt unter einer der Düsen befunden hatte, völlig durchnässt.

Nathanael fluchte. Tessa hatte von all dem nichts mitbekommen, ihr Kopf ruhte still an seiner Schulter. Er konnte sehen, wie es leicht um ihre Mundwinkel zuckte, als sie stöhnte. Wie mochte es dem Gefallenen nur gelungen sein, sie zu dieser Tat zu überreden? Tessa war eine selbstbewusste Frau, die nicht den Anschein erweckte, selbstmordgefährdet zu sein. Aber was wusste er schon von ihr oder ihrem Leben? Nichts. Vielleicht hatte sie finanzielle Probleme? Oder ihr Freund hatte sich von ihr getrennt? Trotzdem konnte er sich nicht vorstellen, dass sie deshalb ihr Leben beenden wollte. Nicht sie.

Nathanael kniff die Lippen fest zusammen. Wenn er sie nicht rechtzeitig gefunden hätte, dann ... *Aber du hast sie gefunden*, beruhigte ihn seine innere Stimme.

Als Tessa ihren Kopf leicht bewegte, stieg ihm der beißende Brandgeruch in die Nase, der an ihrem feuerroten Haar haftete.

Über ihr bleiches Gesicht mit den hohen Wangenknochen zogen sich Schmutzstreifen. Stirn und Oberlippe zierten Schweißperlen, die er behutsam wegwischte.

Ihr warmer Körper schmiegte sich an ihn, sodass er sich ihrer weiblichen Rundungen nur allzu bewusst wurde. Ihre Brüste waren weich und üppig und die Brustwarzen drückten sich verführerisch in den Stoff ihres nassen Sweatshirts. Er sehnte sich danach, seine Hand über ihre samtweiche, nackte Haut gleiten zu lassen und anschließend die Liebkosung mit seiner Zunge fortzusetzen. Dabei wollte er in ihren Augen lesen, was sie dabei empfand.

Seit ihrem ersten Zusammentreffen waren nur Tage vergangen. Aber es verging nicht eine Minute, in der er nicht an sie gedacht und ein Wiedersehen herbeigesehnt hatte. Ihre Zurückweisung vor dem Museum war wie ein Schlag ins Gesicht gewesen, auch wenn sie den anderen vielleicht nur vorgeschoben hatte, um ihn loszuwerden.

Er musste zugeben, dass sie mit ihrer Zurückweisung nicht nur sein Ego angekratzt hatte, sondern von dem Moment an in ihm die Eifersucht loderte. Auf den Mann, dem Tessa sich angeblich noch verbunden fühlte. Ihretwegen war er nahe dran, all seine Vorsätze über Bord zu werfen.

Auch jetzt überwältigte ihn wieder das Gefühl, das er immer in ihrer Nähe empfand. Es zählte für ihn nur dieser süße Augenblick, in dem er sie in den Armen hielt. Bis zur letzten Sekunde würde er ihn auskosten. Er hatte sie gerettet. Kein anderer. Wo war ihr Freund denn überhaupt? Weshalb ließ er Tessa allein trotz der Gefahren?

Deutlich spürte er ihren Herzschlag an seiner Brust und konnte nicht beschreiben, welche Sehnsucht ihn erfasste, sie zu berühren. Er neigte den Kopf und küsste sie sanft auf den Mund. Wenn sie doch nur bei Besinnung wäre und den Kuss erwidern würde, mit der gleichen Leidenschaft wie neulich.

Tessas Kopf bewegte sich und sie schlug die Augen auf. Sie wirkte verwirrt, ihr Blick suchte hektisch nach etwas.

«Was ist geschehen?», flüsterte sie. «Wo sind die anderen? Ernest und ... Ich muss Steven ... wir haben telefoniert ... dann war da das Feuer ... Ich ...» Ein Hustenanfall stoppte ihre Erzählung.

«Es ist keiner hier.» Ernest? Der Name sagte ihm nichts. Aber Steven. Das war doch ihr Freund. Hatte er sie etwa hierher gebracht? Oder brachte sie in ihrer Verwirrung alles durcheinander?

Nur wenn er diesen Namen hörte, flammte seine Eifersucht aufs Neue auf. Es gab nichts Schlimmeres als den Namen des Nebenbuhlers aus dem Mund der begehrten Frau zu hören, noch dazu, wenn sie in seinen Armen lag.

Die Vorstellung, dass ein anderer sie berührte, sie küsste, so wie er sie neulich geküsst hatte, war unerträglich für ihn. Er wollte sich gar nicht erst ausmalen, dass der Kerl das Privileg besaß, ihren begehrenswerten Körper zu besitzen. Nathanael presste seine Kiefer fest zusammen, um nicht wütend aufzuschreien.

Tessa zwinkerte und sah aus weit geöffneten Augen verwundert zu ihm auf.

«Nathanael?», flüsterte sie. Aber er schwieg und wich ihrem Blick aus.

«Nathanael? Bist du das wirklich? Die Bilder, diese Stimme ... in meinem Kopf dreht sich alles.» Ihre Hand legte sich auf seine Wange, so zärtlich, dass es wohlige Schauer bei ihm auslöste.

Er musste ihr zukünftig aus dem Weg gehen oder er könnte seine Gefühle nicht mehr kontrollieren. Genau dann begannen die Probleme, wenn Gefühle im Spiel waren.

«Nein, Tessa, du träumst nicht», sagte er rau.

Sie wollte etwas erwidern, aber ihre Antwort ging in einem Hustenanfall unter.

«Du hast vielleicht eine Rauchvergiftung. Ich werde dich ...»

Sie schüttelte heftig den Kopf. «Nein, zu ... keinem Arzt. Bitte, bring mich ... hier ... fort», flüsterte sie. «Zu ... Ernest, meinem Bruder.» Immer wieder unterbrach sie sich, um zu husten. Dass dieser Ernest ihr Bruder war, erleichterte ihn.

«Wie soll er dich denn behandeln? Außerdem ist es bei ihm nicht sicher», widersprach er. Tessa schüttelte den Kopf.

«Im ... Krankenhaus ... auch nicht. Glaub ... mir. Bitte, ... bring ... mich zu ... meinem Bruder. Er ... wird mir helfen.» Ihre Hand krallte sich in seinen Pullover.

Dennoch zögerte er mit einer Antwort. «So sicher wie in *Sacred Hearts*?», fragte er schließlich.

«Bitte», hauchte sie.

«Tessa, bei deinem Bruder bist du auch nicht sicher, glaub mir», wandte er ein.

«Er ... mein Bruder ... hat schon ... einmal einem ... Mann ... namens Aaron ... geholfen ...»

Nathanael erinnerte sich daran, dass Aaron damals bei einem Priester Zuflucht gefunden hatte. Sollte es tatsächlich Tessas Bruder gewesen sein? Das wäre wirklich ein Zufall.

Es gibt keine Zufälle, alles wird von Gott bestimmt, hörte er die Stimme seines Vaters im Kopf. Nathanael hasste diese Worte. Noch immer zögerte er, ihr zuzustimmen.

«Bitte. Bring ... mich zu ... ihm.»

Sie flüsterte die Adresse ihres Bruders. Also doch. Es musste der Priester sein, der Aaron in seiner Kirche Zuflucht gewährt hatte. Er verspürte ein ungutes Gefühl dabei, er konnte sie unmöglich vor einem Gefallenen beschützen. Andererseits, wo war sie in Sicherheit? Es gab keinen Ort in ganz New York, an dem sie gut aufgehoben wäre. *Außer bei dir*, meldete sich seine innere Stimme.

«Nein, das kann ich nicht verantworten. Es gibt nur einen Ort in ganz New York, an dem du wirklich sicher bist.» Er dachte an das Engelsghetto. *Du willst sie nur in deiner Nähe wissen.* Ja, verdammt, das wollte er.

«Aber ... mein Bruder ... Wenn er ... von dem Brand ... erfährt ... Er wird sich sorgen ... Verstehst du?»

«Warum rufst du ihn nicht an?»

«Er wird mich sehen wollen ..., ob es mir auch wirklich gut geht. Nein, bring mich zu ihm.»

«Tessa, das geht nicht ...» Er brach ab, als er merkte, wie ihr Körper erschlaffte und ihre Augen sich so verdrehten, dass er das Weiße darin sehen konnte. «Tessa?»

«In meinem Kopf fährt alles Karussell», murmelte sie.

Er sah den Rettungswagen und war einen Moment versucht, Tessa dorthin zu bringen. Aber dann verwarf er diesen Plan. Die Höllenbrut würde nicht so schnell aufgeben und sie im Krankenhaus finden, wo er sie nicht beschützen konnte.

Der dumpfe Druck in seiner Brust wollte nicht nachlassen. Düstere Gedanken fegten durch seinen Kopf. Er hatte eine Scheißangst davor, dass der Gefallene wieder versuchen würde, Tessa in einen Selbstmord zu treiben. Die Furcht, sie nicht beschützen zu können, machte ihn wahnsinnig.

Er wartete noch eine Weile, bis er sich sicher war, dass die Gaffer ihn nicht bemerkten, um sich mit Tessa in die Luft zu erheben.

«Schließ die Augen und öffne sie erst, wenn ich es dir sage.»

«Aber ...?»

«Vertrau mir. Bitte.»

Hinter ihrer Stirn schien es fieberhaft zu arbeiten, aber sie nickte und schloss die Augen. Mit kraftvollen Schlägen trugen seine Schwingen sie immer höher hinauf in die Dunkelheit.

Nathanael flog weit abseits der Brooklyn Bridge, über Governors Island, auf das zur Nachtzeit verwaiste Financial Center zu, um nicht entdeckt zu werden. Weil er sich um Tessa sorgte, die zitternd vor Kälte in seinen Armen hing, beeilte er sich, Manhattan zu erreichen. Aber er war es nicht gewohnt, längere Strecken in diesem halsbrecherischen Tempo zu fliegen und merkte, wie seine Flügel immer schwerer wurden.

Endlich erreichte er sein Ziel. Von hier aus war es nicht mehr so weit bis zum Engelsghetto, vielleicht eine halbe Stunde mit dem Wagen. Als er landete, waren seine Muskeln hart von der Anstrengung. Allein das Stehen strengte ihn an und er taumelte. Er hatte sich ihretwegen beeilt und viel Energie verbraucht. Behutsam setzte er Tessa auf den Boden.

«Alles okay?»

«Ja», hauchte sie, zog die Knie eng an den Körper und legte den Kopf darauf.

Nathanael konzentrierte sich, seine Flügel abzustoßen. Wenn sie sich von seinem Körper trennten, zerfielen sie zu schwarzem Staub. Eigentlich ein Jammer, aber wenigstens war das leichter und vor allem schmerzloser als das Ausfahren.

Die beiden Körperstellen neben den Schulterblättern, wo die Schwingen ausgetreten waren, brannten wie Feuer. Der Pullover scheuerte auf den frischen Wunden. Es würde ein paar Tage dauern, bis die Narben verheilten und nur noch zwei dunkelrote Striche an seinem Rücken sichtbar waren. Morgen würde er sich elend fühlen, als hätte er einen Kater. Er hasste dieses Gefühl, weshalb er auf den häufigen Einsatz seiner Flügel verzichtete.

Immer wieder sah er sich um, ob ihn jemand außer Tessa beobachtet hatte. Aber außer einer Schar Tauben konnte er nichts entdecken.

Er sah zu Tessa hinab, die noch stärker zitterte, und zog seinen Pullover aus. Behutsam streifte er ihn ihr über. Sie musste so schnell wie möglich aus den nassen Klamotten raus. Es blieb ihm nichts anderes übrig, als einen der anderen Blutengel anzurufen und zu bitten, sie mit einem Wagen abzuholen.

Nathanael fluchte, als seine Hand vergeblich nach dem Handy in seiner Gesäßtasche suchte. Das verdammte Ding musste sich noch in seiner Jacke befinden, die er wegen seiner Flügel auf dem Dach ausgezogen hatte.

«Shit.» Das hatte ihm gerade noch gefehlt.

«Was ist?», fragte sie mit festerer Stimme, die allerdings noch ein wenig kratzig klang, und sah zu ihm auf. Ihr Gesicht war bleich und unter den Augen zeichneten sich dunkle Ringe ab.

«Ich hab mein Handy nicht dabei und muss nach einem Telefon suchen. Aber ich kann dich hier nicht allein zurücklassen.»

«Ich verstehe. Hilf mir bitte hoch. Ich schaff das schon.» Sie streckte ihm die Hand entgegen.

In der Nähe befand sich zwar ein Polizeidepartment, aber er verspürte keine große Lust auf Cops, die ihn ausfragen wollten, so wie er aussah, mit dem zerrissenen Pullover und den Wunden auf dem Rücken.

Dann fiel ihm das *Battery Gardens* ein, ein Restaurant-Geheimtipp von Bankern und Händlern. Es war nicht weit entfernt, und wenn er Glück hatte, war dort kurz vor Schluss nicht mehr viel los. Behutsam zog er sie hoch und stützte sie mit dem Arm. Er spürte, wie ihre Beine manchmal nachgaben und sie schwankte. Aber sie jammerte nicht oder bat ihn, langsamer zu gehen, sondern biss die Zähne zusammen und versuchte mit ihm mitzuhalten.

Sie durchquerten den gepflegten, kleinen Vorgarten des Restaurants und spähten durch die Fenster. Die Kellner deckten gerade die Tische ab, als sie durch die Eingangstür ins Foyer traten. Ein Mann mittleren Alters mit Geheimratsecken saß vor einem Computer und musterte sie mit abweisendem Blick und hochgezogenen Brauen, als er sah, wie durchnässt Tessa war.

«Sorry, Sir, wir wissen, dass Sie gleich schließen, und wollen Sie auch nicht lange aufhalten. Wir haben jemanden verpasst und kein Handy dabei. Dürften wir vielleicht bei Ihnen kurz telefonieren?»

Hinter der Stirn seines Gegenübers schien es zu arbeiten. Nathanael las deutlich die Zweifel aus dem taxierenden Blick des Mannes hinter dem Tresen. Er musste zugeben, dass sie nicht gerade vertrauenerweckend aussahen.

Vielleicht half es, ihn geistig zu manipulieren. Diese Engelsgabe setzte er wie die anderen Blutengel nur ein, wenn es gar nicht mehr anders ging. Und dies hier war eindeutig ein Notfall, beschloss er.

Sein Gegenüber wehrte sich nicht, als er ihm die Worte *Gib ihm das Telefon, er ist harmlos* ins Hirn pflanzte. Seine ungläubige Miene hellte sich auf, bevor er Nathanael ein tragbares Telefon herüberreichte. *Na, also, wer sagt's denn.*

«Danke, wir sind auch schnell verschwunden.» Nathanael wählte Aarons Handynummer. Während des Rufzeichens trommelte er mit den Fingern gegen den Hörer. *Nun geh schon ran.*

Es dauerte eine Weile, bis Aaron sich am anderen Ende meldete.

«Na, endlich», platzte Nathanael heraus. Er gab seinem Gesprächspartner die Adresse und bat ihn, sie dort abzuholen. Aaron willigte ein und versprach, in weniger als einer halben Stunde da zu sein.

Nathanael konnte Aaron mit drei wichtigen Eigenschaften beschreiben: verlässlich, hilfsbereit und sehr introvertiert. Er mochte den stillen Blutengel und hatte ihn im Laufe der Zeit schätzen gelernt.

Nachdem er aufgelegt hatte, schob er dem Mann über den Tresen eine Fünfdollarnote zu und verließ mit Tessa das Restaurant. Es war sein letzter Schein gewesen. Wenn sich ihm nicht bald ein neuer Auftrag bieten würde, könnte er nicht einmal mehr die Miete bezahlen.

Nach Ginas Tod hatten sich ihm nur wenig lukrative Aufträge geboten. Und von Frauen ließ er sich nicht mehr anheuern. Dabei brauchte er das Geld zum Überleben. Die Aufträge der Engel waren wenig einträglich. Mal ein paar Dollar, die kaum ausreichten, einen Monat zu überbrücken, denn Geld spielte für die Himmelswesen keine Rolle. Sie mussten ja auch nicht essen oder einen Wagen bezahlen. Einzig das Ausführen des göttlichen Befehls zählte für sie.

Nathanael verließ mit Tessa das Restaurant. Sie versuchte, ihre Erschöpfung vor ihm zu verbergen. Nur der Griff ihrer Finger verstärkte sich um seinen Arm. Aber sie fragte nicht einmal danach, wen er angerufen hatte.

Als Nathanael auf das Financial Center zulief, waren seine Sinne aufs Äußerste geschärft. Immer wieder glitt sein Blick die Fassaden entlang auf der Suche nach einem Verfolger. Aber außer einer Gruppe Betrunkener, die durch die Straßen zog, sah er nichts, und sie erreichten unbehelligt den vereinbarten Treffpunkt, an dem Aaron sie abholen wollte.

15.

Als Nathanael ihr die Tür aufhielt, sackte Tessa auf den Rücksitz des Hondas. Sie spürte jeden einzelnen Knochen im Leib. Außerdem war sie klitschnass und ihre Kleidung stank nach Rauch. Nichts wünschte sie sich mehr als eine heiße Dusche, frische Kleidung und ein bequemes Bett. Vertraute Neonreklame rauschte an ihr vorbei, Ankündigungen von Theateraufführungen. Der Fahrer des Wagens, ein attraktiver Latino mit schmalem Gesicht und ernster Miene, hatte sie nur mit einem Nicken begrüßt.

Wenn sie Nathanael beim Einsteigen richtig verstanden hatte, war auch er ein Blutengel.

Nathanael nahm vor ihr auf dem Beifahrersitz Platz. Sie war noch immer so benommen, dass sie keinen klaren Gedanken fassen konnte. Abwechselnd tauchten Erinnerungsfetzen auf, ihr Telefonat mit Steven, das Feuer und der Gefallene. Nur langsam lichtete sich der Nebel in ihrem Kopf. *Sacred Hearts.* Der Name echote in ihrem Kopf. Dann hörte sie wieder die Stimme des gefallenen Engels: *Spring.*

Ein eiskalter Schauer lief ihr Rückgrat hinab. War Hazel das Gleiche widerfahren?

Der Wagen schoss den Broadway entlang. Nathanael sah schweigend zum Fenster hinaus. Er hatte sie aufgefangen und vor dem Tod bewahrt, als sie aus dem Fenster gesprungen war.

Langsam erinnerte sie sich wieder an alle Details. Auch an Nathanaels sanften Kuss, der sie aus dem Alptraum gerissen hatte. In ihrem benommenen Zustand hatte sie nach Ernest und Steven gefragt und es sofort bereut, als sie sah, wie Nathanaels Miene sich verfinsterte. Es war ihr irgendwie über die Lippen gerutscht, weil in ihrem Kopf ein einziges Chaos herrschte.

Außerdem hatte sie das Telefonat mit Steven mehr aufgewühlt, als sie gedacht hatte. Ihr war klar geworden, dass ihrer Beziehung mit Steven etwas fehlte, etwas Wesentliches, von dem sie bisher vielleicht nicht einmal wusste, dass sie es wollte, auf das sie jetzt aber nicht mehr zu verzichten bereit war. Auch und gerade wegen ihrer Gefühle für Nathanael – mit dem sie ebenfalls reden musste, sobald sich die passende Gelegenheit ergab.

Als der Wagen an der 5. Straße nach links abbog, stutzte sie. Das war doch nicht die Richtung zu Ernests Haus. Konnte oder wollte Nathanael sich nicht mehr an ihre Bitte erinnern?

«Hey, wir müssen umdrehen. Zu meinem Bruder geht es da lang.» Ihre Stimme klang heiser und fremd. Es kratzte noch immer in ihrem Hals. Sie streckte den Arm zwischen den beiden Männern nach vorn und deutete nach links.

Der Latino blickte fragend zu Nathanael.

«Ist schon okay, Aaron», sagte Nathanael. Der Fahrer hieß also Aaron. Schon wieder ein biblischer Name.

Nathanael drehte sich zu ihr um. «Bei deinem Bruder bist du nicht sicher. Wir bringen dich ...»

Tessa ließ ihn nicht ausreden. Sie war Nathanael dankbar für ihre Rettung. Dennoch konnte er nicht einfach über ihren Kopf hinweg anders entscheiden.

Ihr Bruder war sicher heute Nacht nicht telefonisch erreichbar, denn Schwester Bertha hatte gesagt, dass er mit einem Taxi ins Hospiz gefahren war. Deshalb musste sie auf ihn zuhause warten, um ihm zu sagen, dass sie die Flammenhölle überstanden hatte.

«Ich muss mit meinem Bruder sprechen. Versteh doch. Wenn er von dem Brand gehört hat, wird er außer sich sein. Er glaubt vielleicht, dass ich tot bin. Das kann ich ihm nicht antun!»

Sie fing im Rückspiegel Aarons nachdenklichen Blick auf. Lässig zog er aus der Brusttasche seines Hemds ein Handy und hielt es ihr über die Schulter hin.

«Hier. Sag ihm, dass es dir gut geht und du an einen sicheren Ort gebracht wirst.» Er sprach völlig akzentfrei und besaß ein sehr angenehm weiches Timbre in der Stimme, das nicht zu seiner strengen Ausstrahlung passte.

Zögernd nahm Tessa das Handy entgegen und wählte Ernests Nummer. Nervös krallten sich ihre Finger in Nathanaels Sitzlehne. Hoffentlich hatte sie Glück, ihn zu erwischen. Wie befürchtet meldete Ernest sich nicht und sie gab seufzend auf.

«Mist. Er ist nicht zu Hause. Ich muss ihn erreichen.» Enttäuscht ließ Tessa die Hand mit dem Handy sinken. Welche Angst musste Ernest um sie ausstehen, wenn er von dem Feuer erfahren würde! Vielleicht war er schon in *Sacred Hearts*?

«Hat er kein Handy?», fragte Nathanael. Tessa schüttelte den Kopf. «Mein Bruder kann diese moderne Technik nicht ausstehen.»

«Dann schicken wir Joel auf die Suche», schlug Aaron vor.

Nathanael nickte. «Einverstanden. Da kann sich unser Youngster seine Sporen verdienen. Ich ruf ihn gleich an.» Mit einer Geste bedeutete er Tessa, ihm das Handy zu reichen.

«Wer ist Joel?»

«Einer von uns», antwortete Aaron.

«Einer von euch?»

«Ein Blutengel.»

«Ach, ja, richtig.» Die beiden mussten sie ja für blöd halten, aber ihr Kopf funktionierte einfach noch nicht wieder hundertprozentig.

Nathanaels Kraft und Wendigkeit, seine Ausstrahlung, das hätte sie alles auch viel eher erkennen müssen. Wie blind sie gewesen war ...

Nathanaels Blick ruhte nachdenklich auf ihr, während er mit

diesem Joel sprach. Der warme Glanz darin war wie Balsam für ihre aufgewühlten Nerven.

«Joel hat versprochen, deinen Bruder zu suchen. Er wird ihm sagen, dass du lebst und in Sicherheit bist», sagte er und reichte Aaron das Handy zurück.

«Danke.» Sie kuschelte sich tiefer in den Wollstoff von Nathanaels Pullover.

«Du bist so blass. Alles okay?», fragte er sanft und sah sie mit besorgter Miene an. Diese Fürsorge war sie nur von Ernest gewohnt. In seiner dunkelbraunen Iris erkannte sie goldene Einsprengsel. Sie hätte ihm ewig in die Augen blicken können. Sein charmantes Lächeln fesselte, und der liebevolle Ausdruck in seinem Blick ließ tausend Schmetterlinge in ihrem Bauch flattern.

«Tessa? Alles okay?» Ihr wurde bewusst, seine Frage noch nicht beantwortet zu haben.

«Ja. Ehrlich gesagt, nein. Ich fühle mich, als wäre ich beim Sparring K.o. geschlagen worden. Ich hab einen Brummschädel und mir ist entsetzlich kalt.» Tessa verschränkte die Arme vor der Brust und drückte sich tiefer ins Sitzpolster.

«Das sind die Auswirkungen des Schocks. Du hast viel mitgemacht, erst im Parkhaus ...»

Tessa zuckte zusammen und er brach ab. Was sagte er da vom Parkhaus? Er konnte doch gar nicht davon wissen, es sei denn ...

«*Du* hast diesen Dämon von der Kühlerhaube gerissen?»

Nathanael nickte.

«Ich weiß gar nicht, was ich sagen soll. Damit hast du mir dann heute Nacht zweimal das Leben gerettet. Und meinem Bruder natürlich auch ...»

«Schon gut.» Nathanael winkte ab.

«Wieso warst du immer genau zur richtigen Zeit zur Stelle? Bist du mir schon die ganze Zeit gefolgt?»

«Nein, ich jage den Gefallenen und seine Dämonen.»

Gefallene und Dämonen jagen, das war mehr als riskant. Sie selbst hatte es live erlebt. Nur zu deutlich spielte sich die Szene erneut vor ihren Augen ab, in der Straße vor Hazels Wohnblock, den Kampf um Leben und Tod, den der Engel durch ihre Ablenkung für sich entscheiden konnte.

«Dann riskierst du jeden Tag dein Leben!», rief sie aus.

«Ja, das ist unser Job.» Die beiden Männer grinsten.

«Das finde ich überhaupt nicht witzig. Müsst ihr das machen?»

Nathanaels Miene wurde ernst. «Es ist unsere Aufgabe, Tessa.»

Tessa schluckte gegen den harten Kloß in ihrem Hals. «Jetzt sagt nur noch, ihr hättet sie von Gott bekommen.»

«Nein, von unseren Vätern», antwortete er ruhig.

Tessa rollte mit den Augen. «Wie kann ein Vater seinen Sohn einer solchen Gefahr aussetzen? Noch dazu, wenn er ein Engel ist.»

«Mein Vater ist ein Krieger Gottes. Wenn das Schicksal der Menschheit auf dem Spiel steht, ist mein Leben dagegen bedeutungslos. Wir wurden einzig zu dem Zweck geboren, unseren Vätern gegen die dunkle Armee beizustehen, denn ihr Aufenthalt in der sterblichen Welt ist begrenzt, während wir unser ganzes Leben hier verbringen können. Es ist mein Schicksal. Von Gott bestimmt.»

Tessa forschte in seiner Miene. Er glaubte tatsächlich an seine Worte. Sie schwieg.

Nathanael war stark, das hatte sie selbst erlebt, sagte sie sich. Jemand wie er starb nicht einfach. Aber sie wusste nicht mehr, was sie denken sollte. Ihre Welt stand Kopf. Alles, woran sie bislang geglaubt hatte, war nur ein Teil einer viel größeren, dunkleren Welt, die sie lieber nicht kennengelernt hätte.

Ehe sie weiter über seine Worte nachdenken konnte, hielt Aaron den Wagen in einem dunklen Hinterhof an, direkt vor einer Eingangstür. An der Holzfassade blätterte überall die Farbe ab, die Fensterscheiben waren blind vom Staub. Drinnen brannte rotes Licht, was ihm den Touch eines Bordells verlieh.

Sie sah Nathanael fragend an. «Das ist nicht dein Ernst.» In dieser verlassenen und dunklen Ecke New Yorks sollte sie sicher sein? In einem dubiosen Etablissement? Da hatte sie ihre Zweifel.

«Sieht schlimmer aus, als es ist. Aber hier bist du sicher, das ist alles, was zählt.» Nathanael stieg aus und öffnete ihr die Tür. Er wollte sie aus dem Wagen heben, als Tessa zögerte.

«Es geht schon.» Sie schob seine Hand beiseite und kletterte vorsichtig aus dem Fond.

«Wirklich?»

Tessa nickte, ergriff dann doch seine Hand, die er ihr entgegenstreckte, weil ihre Beine flatterten. Sofort spürte sie wieder dieses Kribbeln auf der Haut, das sich jedes Mal einstellte, wenn er sie anfasste.

Seine Hand war kräftig und strahlte Wärme aus, genau wie sein Blick. Wie mochte es sein, seine Hände auf anderen Körperstellen zu spüren? Nackten Körperstellen. Ihr Puls gewann erneut einen Rekord.

Tessa hielt seine Hand weiter fest, selbst nachdem sie den Wagen verlassen hatte. Er schob sie durch die Tür, die Aaron geöffnet hielt.

Ein plötzlicher Gedanke: Sie hatte noch nie darüber nachgedacht, ob er vielleicht gebunden war. *Weil du dir eine andere Frau an seiner Seite nicht vorstellen willst*, höhnte ihre innere Stimme. Vielleicht fände sie hier eine Gelegenheit, um mit ihm zu reden. Bald würde auch Steven aus Europa zurückkehren, und wenn er sie nicht anträfe oder keine Nachricht vorfände, die Polizei alarmieren. Was würde geschehen, wenn sich die beiden Männer begegneten? Sie musste dringend Klarheit schaffen.

Lautes Stimmengewirr schlug ihr entgegen, als sie die Bar betrat. Die Luft war zum Schneiden dick und es roch nach Zigarrenrauch und Alkohol. Die Innenausstattung der Bar war genauso wenig ansprechend wie ihre Fassade. Tessas Blick überflog den Innenraum, in dem nur eine Handvoll Tische standen, um die auf bunt zusammengewürfelten Plastikstühlen Männer und Frauen saßen. Die meisten von ihnen in Schwarz gekleidet, und Tessa hatte das Gefühl, sich auf einem Gothic-Treffen zu befinden.

Einige von ihnen waren in ein Gespräch vertieft oder spielten Karten. Bei ihrem Eintreten sahen alle auf. In ihren Augen lag ein Ausdruck von Neugier und Argwohn zugleich. Ihr entging nicht, mit welch interessierten Blicken die weiblichen Gäste Nathanael und Aaron bedachten. Die begehrlichen Blicke missfielen ihr, während die beiden Männer sich unbeeindruckt zeigten.

«Hallo, Nathan, auch mal wieder hier?» Eine Blondine erhob sich von einem der vorderen Tische und stolzierte mit übertriebenem Hüftschwung auf ihn zu. Ihr Rock war für Tessas Geschmack viel zu kurz. Die Blondine taxierte sie kurz und hob die Brauen, als wolle sie Tessa in ihre Schranken weisen. Tessa ignorierte sie.

«Wo steckt Cynthia?», fragte Nathanael.

Die Blondine zog einen Schmollmund. «Sie ist wie immer hinten. Was willst du denn von der?»

Nathanael antwortete nicht, sondern ging nach einem kurzen Nicken weiter und zog Tessa mit sich. Während sie die Bar durchquerten, herrschte Stille. Tessa spürte die Blicke in ihrem Rücken. Sie warf einen Blick über die Schulter zurück und sah, dass Aaron zurückblieb und auf die Blondine zusteuerte.

Kaum war die Tür hinter ihnen ins Schloss gefallen, hörten sie die lauten Stimmen in der Bar. Tessa war zur Attraktion des Abends erklärt worden.

«Mach dir nichts draus. Sie starren jeden Menschen an. Die kommen nicht oft hierher», raunte Nathanael ihr zu.

Er öffnete eine Tür, hinter der ein schmaler Korridor lag, in dem es muffig roch. Eine Glühbirne baumelte von der Decke und spendete nur spärlich Licht. Nathanael ließ ihre Hand los und lief voraus.

Ungestört begutachtete Tessa seine Kehrseite. Alles, was sie sah, gefiel ihr, von den breiten Schultern angefangen, die schmalen Hüften und auch sein Hintern, den Hazel derb als «Knackarsch» bezeichnet hätte.

Steven hatte sie nie so ausgiebig betrachtet. Sein Verhandlungsgeschick und sein Wissen waren ihr immer wichtiger gewesen als Details seines Aussehens. Wenn sie so darüber nachdachte, wirkten alle Kollegen der Branche in ihren Nadelstreifenanzügen gleich. Konservativ dunkelgraue oder -blaue Maßanzüge von exklusiven Designern. Keiner hätte eine andere Farbe getragen oder ein buntes Hemd gewählt. Alles wirkte seriös und busy.

Nathanael hingegen kleidete sich mit einer sexy Lässigkeit, die seine charismatische Persönlichkeit unterstrich und ihn von allen anderen abhob. Immer mehr bekräftigte das ihren Entschluss, dass Steven nicht der Richtige für sie war. Seitdem sie Nathanael kannte, spürte sie, dass das Leben noch mehr zu bieten hatte als volle Terminpläne und Erfolg im Beruf. Ihr wurde bewusst, wie sehr sie das in gleichen Bahnen verlaufende Dasein betäubt und abgestumpft hatte. Wie sonst hätte ihr die Gefühlskälte ihrer Beziehung so entgangen sein können?

Durch Nathanael hatte sich ihr die Tür in eine andere Welt geöffnet, voller Emotionen und Lebendigkeit, selbst wenn sie noch so düster war.

Sein zerrissenes Shirt gab durch die Schlitze den Blick auf zwei rote Narben frei, die von den Flügeln stammten. Unwillkürlich streckte sie den Arm aus, zog ihn jedoch gleich wieder zurück. In seiner Nähe verspürte sie immer wieder das Bedürfnis, ihn zu berühren, und ersehnte sich von ihm das Gleiche.

Nathanael bog in einen weiteren Korridor, der zwar heller war, aber der Dielenboden knarrte unter ihren Füßen. Irgendwo tropfte Wasser auf Metall und ein Tier scharrte. Keine gerade gastliche Unterkunft, aber sie würde es überleben.

Tessa fühlte sich mit jedem Schritt erschöpfter und sie sehnte sich danach, auf ein Bett zu fallen und zu schlafen. Doch sie bezweifelte, dass sie in dieser ungewohnten und wenig attraktiven Umgebung Ruhe finden könnte. Wäre sie hier wirklich sicher?

Ja, an Nathanaels Seite schon.

Als hätte er ihre Gedanken gelesen, drehte er sich zu ihr um. «Cynthia ist eine Nephilim und Prophetin. Bevor jemand das Engelsghetto betritt, weiß sie davon. Nichts und niemand entgeht ihren Sinnen. Hier bist du sicherer als irgendwo sonst. Außerdem ist immer einer von uns Blutengeln hier.»

«Aha.» Nephilim, das waren doch Mischwesen. Aber Tessa war zu erschöpft, um das weiter zu hinterfragen.

Vor der Tür am Ende des Korridors blieb Nathanael stehen und klopfte an. Ohne eine Antwort abzuwarten, trat er ein und Tessa schlurfte hinter ihm her.

Im Gegensatz zur Bar verströmte dieser Raum mit den antiken Polstermöbeln eine anheimelnde Atmosphäre.

«Hi, Cyn.» Tessa konnte Cynthia nicht sehen, weil Nathanael sie mit seiner hochgewachsenen Gestalt verdeckte.

«Warum versteckt sie sich hinter dir?», fragte eine tiefe, rauchige Frauenstimme, ohne seine Begrüßung zu erwidern.

Der Tonfall der Frau ärgerte Tessa. Sie trat nach vorn. «Ich verstecke mich nicht.»

Die tiefe Stimme passte so gar nicht zu der zierlichen Frau, die ihr jetzt gegenüberstand. Ihre Haare waren lila und schräg geschnitten, sodass sie ihre linke Gesichtshälfte verdeckten. In ihrer Oberlippe steckte ein Kugelpiercing. Tessa schätzte sie auf Mitte zwanzig, obwohl der Ausdruck in ihren Augen traurig und bitter wirkte, wie sie Menschen nur nach einem langen und entbehrungsreichen Leben besaßen.

«Du steckst ja mächtig in der Scheiße», sagte Cynthia Kaugummi kauend und legte den Kopf zur Seite. Dabei schwang ihr Haar zur Seite und entblößte rote, wulstige Narben, die sich über ihre gesamte linke Gesichtshälfte erstreckten. Tessa ließ sich nicht anmerken, wie sehr der Anblick sie erschütterte.

«Du wirst dich auch daran gewöhnen. Zuerst starren alle immer drauf», meinte Cynthia achselzuckend.

Tessa fühlte sich ertappt, ließ sich aber nichts anmerken. Gleichzeitig bewunderte sie Cynthia, die mit ihrem entstellten Gesicht locker umging. Ob die Narben von einem Unfall stammten? Die Höflichkeit gebot Tessa jedoch, nicht weiter zu fragen.

Es herrschte betretenes Schweigen, bis Nathanael sich scheinbar zu einer Erklärung genötigt fühlte. «Cynthia ist nur knapp einem Anschlag entronnen.»

Tessa sah sie fragend an.

«Engelsschwerter.» Cynthia tippte mit dem Finger auf ihre entstellte Wange.

«Aber das sind doch Brandnarben.»

«Engelsschwerter hinterlassen keine Schnitt-, sondern Brandwunden», erklärte sie. Ihre Augen wirkten mit einem Mal starr und dunkler als eben.

Tessa nickte und betrachtete Cynthia. Was hatte dazu geführt? Kaum hatte sie die Frage gedacht, erhielt sie die Antwort.

«Ich bin das Kind eines Gefallenen. Ein roter Nephilim. Die

Gewalten haben vor einigen Jahren Prophetinnen verfolgt und getötet. Mich haben sie verschont, weil ich meinen Vater verraten habe. Aber sie haben mich mit diesen Narben gebrandmarkt. Damit mich jeder als Kind Azazels erkennt.»

Tessa erschrak über den Hass und die Bitterkeit, die in ihrer Stimme lagen. Weshalb half sie dann ausgerechnet den Blutengeln?

Dieses Mal antwortete Cynthia ihr nicht, aber der warme Blick, den sie Nathanael zuwarf, beantwortete Tessas Frage.

Cynthia war ihr unheimlich. Die Vorstellung, jemand könnte ihre Gedanken lesen, missfiel ihr. Hatte Cynthia vielleicht nur geraten oder war sie wirklich eine Prophetin?

«Hat Nathan Ihnen verschwiegen, dass ich eine Prophetin bin? Sieht ihm ähnlich. Bei schönen Frauen vergisst er alles.»

Sie konnte tatsächlich ihre Gedanken lesen. Und schwang in ihrer Stimme etwa Eifersucht mit?

Nathanael ging auf ihre Bemerkung nicht ein. Stattdessen schilderte er in knappen Sätzen, was Tessa widerfahren war. «Kann sie für eine Weile hier bleiben?»

Nachdenklich ruhte Cynthias Blick auf Tessa. «Ich habe eigentlich kein Zimmer mehr frei. Aber für dich, Nathan, mache ich eine Ausnahme. Aber nicht für immer.»

«Du hattest schon immer eine Schwäche für mich. Gib es zu, Cyn.» Nathanael zwinkerte ihr zu und Cynthia lachte kurz auf.

Tessas Blick flog zwischen ihnen hin und her.

In welchem Verhältnis mochten beide zueinander stehen? Freunde? Oder sogar mehr als das?

Cynthias Augen verengten sich zu Schlitzen, ihr Lächeln erlosch schlagartig. «Ich verstehe», sagte sie gedehnt.

Was verstand sie? Tessa bemerkte, wie Nathanael sich versteifte. Sie konnte die plötzlichen Spannungen zwischen beiden spüren.

Cynthia musste ihre Gedanken gelesen haben, die ihr Interesse an Nathanael bekundeten. Aber Tessa war zu müde, um weiter darüber nachzudenken. Ehrlich gesagt war Cynthia ihr jetzt egal und alles andere auch.

«Ich bin erschöpft und brauche Schlaf. Wo ist denn nun das Zimmer?», drängelte sie und hielt sich an Nathanaels Arm fest.

Nathanael blickte zu Cynthia hinüber und die beiden verhandelten kurz. Tessa versuchte gar nicht erst, der Unterhaltung zu folgen. Ihr fielen buchstäblich die Augen zu.

«Komm, ich bring dich rauf,» meinte Nathanael schließlich und sie stolperte erleichtert hinter ihm her.

Ihre Beine wurden mit jeder Stufe schwerer und sie seufzte auf, als Nathanael sie auf seine Arme hob. Sie gähnte, schloss die Augen und legte den Kopf an seine Brust.

16.

Nathanael trug Tessa die steile Treppe ins Obergeschoss hinauf, in dem sich sein Zimmer befand. Ihr Kopf ruhte an seiner Schulter und sie schlief. Im oberen Korridor begegnete er Daniel.

«Musst du Frauen jetzt betäuben, um sie abzuschleppen?», frotzelte er und klopfte ihm im Vorbeigehen freundschaftlich auf die Schulter.

Nathanael verdrehte die Augen. Aber weil er Daniels flapsige Art kannte, konterte er auf die gleiche Weise: «Nein, sie ist in Ohnmacht gefallen, weil sie noch nie einen solch heißen Typ wie mich gesehen hat.»

Daniels Lachen dröhnte durch den Flur. «Bilde dir bloß nichts ein, Nathan.»

«Angeber», murmelte Tessa verschlafen und lächelte, obwohl sie die Augen noch immer geschlossen hielt. Sie schlief also doch nicht so tief und fest, wie er angenommen hatte.

Normalerweise hätte Nathanael weiter gescherzt, aber seine Laune war nach dem Gespräch mit Cynthia auf den Nullpunkt gesunken. Er hatte genau gewusst, worauf die Prophetin vorhin angespielt hatte, nämlich auf seinen Schwur.

In einer schwachen Minute, kurz nach Ginas Tod, hatte er jemanden zum Reden gebraucht. Cyn war für ihn da gewesen. Das hatte er bitter bereut, denn sie glaubte, eines Tages Ginas Platz einnehmen zu können. Dabei hatte er ihr nie Hoffnungen gemacht. Nie würde er mehr in ihr sehen als eine gute Freundin, und das hatte er ihr oft genug und deutlich gesagt. Aber Cynthia schien nicht aufgeben zu wollen.

Nathanael seufzte. Es wäre wohl damals besser gewesen, zu schweigen.

Hast du Gina schon vergessen? Cynthia hatte es zwar nicht ausgesprochen, aber der Vorwurf in ihrer Stimme war nicht zu überhören gewesen. Natürlich hatte er Gina nicht vergessen und die Leere, die ihr Tod hinterlassen hatte.

Aber als er Tessa zum ersten Mal begegnet war, hatte er Gefühle gespürt, von denen er geglaubt hatte, sie existierten nicht. Je mehr er sich gegen sie zu wehren versuchte, umso stärker wuchsen sie. Dabei war sein Leben gut gewesen, ohne tiefe Gefühle oder irgendeine Verpflichtung, genau so, wie er es haben wollte.

Ja, er hatte Gina geliebt, aber auf eine sanfte Art, ohne dieses Herzklopfen. Doch seitdem er Tessa kannte, überrollten ihn jedes Mal, wenn er sie nur ansah, die Gefühle mit einer solchen Heftigkeit, dass er es körperlich spüren konnte. Er sah auf sie hinunter. Sie war einfach etwas ganz Besonderes.

Vorsichtig hangelte er nach dem Türknauf und drehte ihn. Er betrat sein winziges, spartanisch eingerichtetes Zimmer, das einem Rattenloch in nichts nachstand. Weder er noch die anderen Blutengel legten Wert auf irgendwelchen Komfort. Wozu auch? Morgen könnten sie ihr Leben im Kampf lassen.

Mit dem Ellbogen drückte er den Lichtschalter, bevor er Tessa zu seinem Bett hinübertrug und behutsam ablegte. Eine Weile stand er neben ihr und betrachtete sie.

Dass eine Frau in seinem Bett einfach nur schlief, war ein Novum. Er hätte Tessa niemals hierher gebracht, wenn ihn nicht die Umstände dazu gezwungen hätten, und erst recht nicht in sein Bett gelegt.

Aber Cynthia hatte sich geweigert, ein Zimmer für Tessa zu räumen, weil er ihr noch immer die letzten Mieten schuldete. Sie war nicht gewillt, ihm noch einen Gefallen zu erweisen. Schon gar nicht, wenn es sich um eine Frau handelte. Oft genug hatte sie früher seine sexuelle Freizügigkeit kritisiert.

Wütend hatte er Cynthia seine Kreditkarte in die Hand gedrückt, damit Tessa in seinem Zimmer nächtigen konnte, bis er eine andere Möglichkeit gefunden hatte. Doch wie wollte er innerlich Abstand zu ihr gewinnen, wenn sie jetzt auch noch in seinem Bett lag? Ihr Duft würde in den Kissen haften bleiben und ihn schmerzhaft daran erinnern, was ihm entgangen war.

Er wollte sie mit jeder Faser seines Körpers. Alles in ihm sehnte sich danach, Tessa in seinen Armen zu halten und bis zum Wahnsinn die ganze Nacht zu lieben. Er musste sich gewaltsam von dem verführerischen Anblick losreißen. Am liebsten wäre er aus dem Zimmer gestürmt, um den Rest der Nacht ruhelos durch die Straßen Manhattans zu streifen.

Tessas Kleidung war feucht, verschmutzt und stank entsetzlich. So konnte er sie nicht liegen lassen. Bei der Vorstellung, sie auszukleiden, wurde ihm ganz heiß. Es juckte ihm in den Fingern, sie ungestört zu berühren und eingehend jeden Zentimeter ihres begehrenswerten Körpers zu betrachten.

Stattdessen strich er sanft über ihre Wange. Es dauerte eine Weile, bis sie die Augen öffnete und ihn verschlafen ansah.

«Du musst aus den nassen Klamotten raus. Komm, ich helfe dir», sagte er leise.

«Ist okay. Ich schaff das schon.» Sie setzte sich mühsam auf und bückte sich, um die Schuhe auszuziehen. Als ihre Hände zitterten und sie das Gesicht verzog, hockte Nathanael sich vor sie hin.

«Lass mich dir doch helfen.»

«Also gut.»

Geschickt streifte er ihr die Slipper von den Füßen und zog die klammen Socken aus. Achtlos warf er sie beiseite. Ihre Füße waren eiskalt, und er begann sie sanft zu massieren.

Tessa lächelte.«Das machst du richtig gut.»

Sie konnte nicht ahnen, welche Versuchung sie auf ihn ausübte. Niemand konnte nachempfinden, wie schwer es ihm fiel, sie nicht auf der Stelle zu verführen.

Würde sie ihn zurückstoßen oder sich ihm willig hingeben? Schon kehrte das vertraute Ziehen in seine Lenden zurück. *Hör auf und ruf Cynthia, dass sie ihr hilft, oder du kannst dich nicht mehr kontrollieren.* Aber es war zu spät, um aufzuhören.

Tessa hob die Arme, um sich den Pullover über den Kopf zu ziehen. Anschließend reichte sie ihn Nathanael, der unwillkürlich den Atem anhielt, als sich ihre Brüste unter dem dünnen T-Shirt abzeichneten. Sie seufzte wohlig und er musste an sich halten, um sie nicht stürmisch in die Arme zu nehmen und zu küssen. Den Pullover warf er achtlos zu den Socken auf den Boden. Sein Herz raste wie verrückt.

Die meisten Frauen, mit denen er geschlafen hatte, konnten es kaum erwarten, sich ihrer Sachen zu entledigen, denn sie wollten nur schnellen Sex. Tessa, die sich langsam aus ihrer Kleidung schälte, besaß mehr Sexappeal und reizte ihn mehr als die beste Stripperin in irgendeiner Bar.

Von der Sicht auf ihre nackte Haut trennten ihn nur das Shirt und der BH. Spürte sie seinen Sinnesaufruhr? Aufreizend langsam entledigte Tessa sich nun auch ihres T-Shirts. Mit einem Mal fühlte sich seine Kehle trocken an.

Sein Atem beschleunigte sich beim Anblick ihrer üppigen Brüste, die aus den Schalen ihres BHs herausquollen, der sich verschoben hatte. Ihr rotes Haar fiel in weichen Wellen auf ihre Alabasterschultern. Die kupferfarbenen Wimpern bildeten einen bezaubernden Kontrast zur hellen, zarten Haut.

Fass sie endlich an. Du willst es doch. Nathanael konnte der Versuchung kaum widerstehen. Doch noch zögerte er. Erst als ihre Blicke ineinander tauchten, streckte er langsam den Arm aus.

Sanft fuhren seine Fingerkuppen über ihre samtweiche Haut. Sein aufgerichtetes Glied begann vor Erregung zu zucken. Er hörte seinen Herzschlag wie laute Trommelschläge in den Ohren. Nur einen Blick auf ihren nackten Busen werfen ...

Lächelnd hielt sie seine Hand fest und führte sie zum Verschluss ihres BHs. Nathanael begriff sofort. Geschickt öffneten seine Finger vorne die Haken und schoben die störenden Schalen beiseite. Im Zeitlupentempo streifte er die Träger von ihren Schultern und zog den BH herunter. Links über ihrem Dekolleté befand sich ein kleiner Leberfleck. Sie war in seinen Augen nicht nur schön, sondern vollkommen. Beim Anblick ihrer rosigen Knospen keuchte er erregt.

«Hör nicht auf.»

Träumte er oder hatte sie das tatsächlich geflüstert. Zaghaft streckte er eine Hand aus, um ihre Nippel zu berühren, die sich ihm neckisch entgegenstreckten. Kaum hatte er seine Fingerkuppe auf eine Brustwarze gelegt, schoss sein Blut heiß durch die Adern. Als er etwas fester darüberstrich, verhärteten sich die Knospen. Genau so hatte er es sich vorgestellt, nachdem er sie ertastet hatte.

Geräuschvoll sog er die Luft ein und verharrte einen Moment, bevor er seine Hände zu Fäusten ballte. Er besaß keinen Anspruch auf sie und doch war das Besitzgefühl in ihm so stark, dass er nicht dazu bereit war, sie zu teilen.

Sie gehört dir nicht und wird dir nie gehören, begreif das endlich. Sie ist unerreichbar für dich.

Der Gedanke, ein anderer könnte sie so intim berühren, war die reinste Qual. Er musste aufhören, aber er konnte nicht.

Mach dir nichts vor. Sie geht dir unter die Haut.

Wie sie vor ihm lag, glich sie Tizians Venus – perfekt und wie für ihn geschaffen. Doch es war nicht nur ihr Aussehen, das ihn in den Bann zog, sondern ihre warme und sinnliche Ausstrahlung, der er nichts entgegenzusetzen vermochte.

Sie lehnte sich zurück, stützte sich auf die Ellbogen und sah ihn voller Begehren an. Langsam beugte er sich über sie und küsste sanft ihren Mund, als wäre sie aus Glas. Nur ein einziger Kuss, mehr nicht.

Doch die Süße ihrer Lippen und die weiche Haut verleiteten ihn zu mehr. Seine Lippen wanderten ihre Halsbeuge hinab bis zum Leberfleck oberhalb ihres Brustansatzes. Sie stöhnte und bot ihm ihre Schulter, damit er die Liebkosung fortsetzte. Es fehlte nur noch, dass sie wie eine Katze schnurrte.

Wenn er jetzt nicht aufhörte, würde es zu spät sein, um sich zurückzuhalten. Tessa gähnte und schloss die Augen. Womöglich legte er sich noch neben sie ins Bett. So weit durfte es nicht kommen. Sie war erschöpft und er musste Rücksicht darauf nehmen.

Hastig richtete er sich auf und zog die Bettdecke über ihren nackten Oberkörper. Doch sie drehte sich auf die Seite und die Bettdecke verrutschte. Nathanael kniff die Augen zu, bevor er sich abwandte. Er brauchte dringend eine kalte Dusche. Eiskalt.

Seine Erektion drückte gegen die Hose, als wollte sie sie sprengen. Allein der Anblick ihres halb nackten Körpers ließ ihn fast kommen. Wenn er sich nicht endlich zusammenriss, könnte er für nichts mehr garantieren.

Er ging zum Schrank und zerrte ein Flanellhemd heraus, das ordentlich zusammengelegt in einem der Wäschestapel ruhte, und ging zum Bett zurück. Verdammt, er war so erregt, dass seine Hände zitterten.

Sie sah ihn unter halb geschlossenen Lidern an. «Ich muss meine Hose ausziehen. Die klebt.»

Als sie zur Bettkante rutschte und leicht die Beine spreizte, hielt er die Luft an.

Er reichte ihr das Hemd und konnte seinen Blick nicht von ihr lösen. Sie war doch nicht die erste Frau, die er so sah. *Stell dich nicht so an. Nur noch ihre Jeans und es ist geschafft.* Wie sollte er das ertragen? Zähne knirschend und mit eiserner Beherrschung sah er ihr zu, wie sie ihre Hose aufknöpfte und sich aus der letzten Hülle schälte.

«Kannst du bitte an den Hosenbeinen ziehen?», bat sie ihn und sah ihn wieder an. Das grüne Feuer ihrer Augen schien ihn zu versengen.

Mühsam unterdrückte er ein Stöhnen, als sein Blick auf den knappen, hauchdünnen Slip fiel, den sie darunter trug und der fast genauso viel preisgab, als wäre sie nackt.

Wie zufällig glitt ihre Hand über die Innenseite eines Schenkels, während sie ihm einen betörenden Blick schenkte.

Sie war umwerfend. Wie sollte er bei dieser geballten Sinnlichkeit standhaft bleiben?

«Worauf wartest du noch?» Tessa streckte sich auf dem Bett aus und schloss lächelnd die Augen.

In Windeseile zog er ihr die Hose von den Beinen und deckte sie zu. Er stopfte die Enden der Bettdecke unter ihren Körper, aus Angst, sie könnte sich ein weiteres Mal umdrehen und sie wieder abstreifen. Aber sie blieb reglos liegen, was ihn erleichtert aufatmen ließ.

Beide Arme neben ihr aufgestützt, betrachtete er noch einmal ihr Gesicht. Sie sah hinreißend aus und gleichzeitig so verletzlich. Kein Wunder, wenn sein Körper verrücktspielte.

Die Frau geht dir unter die Haut und du kannst nichts dagegen tun, höhnte wieder die Stimme in seinem Kopf.

Nein, das war alles nur reine Begierde.

Lügner!

Als er sich aufrichtete, schnellte ihre Hand vor und umspannte seinen Arm. «Bitte, bleib bei mir», flüsterte sie und sah ihn aus geschlitzten Augen an. Nathanael war hin und her gerissen zwischen dem Wunsch ihrer Bitte nachzukommen und dem Drang davonzurennen.

Er wollte sich abwenden, als ihr Griff fester wurde.

«Nathanael, bitte, bleib bei mir. Ich brauche dich.» In diesem Moment brach die Mauer seines inneren Widerstands zusammen und er legte sich neben sie aufs Bett, allerdings auf die Decke.

«Halt mich fest», flüsterte sie und zog seinen Arm über ihre Taille.

Stocksteif lag er neben ihr, eine Hand auf ihrem Schenkel. Sie rutschte zurück und schmiegte sich enger an ihn. Nathanael hielt den Atem an, als er ihren Hintern an seinem harten Phallus fühlte. Wie gut, dass die Bettdecke sie trennte.

«So ist es gut», flüsterte sie.

Er streichelte ihren Arm und vergrub sein Gesicht in ihrem Haar. Nathanael glaubte zu platzen. Tessa schien davon aber nichts zu merken, denn sie lag ganz still da. Ihre gleichmäßigen Atemzüge verrieten ihm, dass sie eingeschlafen war. Während sein Körper wegen des ungestillten Verlangens schmerzte, schlummerte sie friedlich wie ein Baby in seinen Armen.

Er küsste ihre Halsbeuge und sog ihren betörenden Duft tief ein. Wenn sie sich doch zu ihm umdrehen würde, um die Liebkosungen mit der gleichen Leidenschaft zu erwidern, wie sie es schon einmal gezeigt hatte.

Die Frau war zu Tode erschöpft und er dachte nur an seine Lust. Er war wirklich ein selbstsüchtiger Mistkerl!

Eine Weile blieb er verkrampft neben ihr liegen, bis er es nicht mehr aushalten konnte. Schließlich zog er seinen Arm unter ihrem Kopf hervor und stand auf. Jeder Muskel seines Körpers war hart wie Stahl. Nathanael glaubte an seiner Begierde ersticken zu müssen. Wenn er noch länger in ihrer Nähe bliebe, würde er wahnsinnig werden. Er musste raus aus diesem Zimmer, fort von ihr.

Er eilte zum Schrank hinüber, schnappte sich einen Wollpullover und eines der Schwerter. Für alle Fälle.

Leise verließ er das Zimmer. Mit jedem Schritt, den er sich von ihr entfernte, atmete er innerlich auf. Tessa war gefährlich, denn sie begann, seine Gefühle und sein Denken zu bestimmen.

Nathanael trat aus dem Hinterausgang des *Hell's*. Sein Adrenalinspiegel war hoch und verlangte nach einem Ventil. Die Jagd auf den Dämon wäre jetzt genau das Richtige. Ihn durch die Häuserfluchten und über die Dächer zu hetzen, bis er ihn stellte. Doch bis er dessen Spur aufgenommen hatte, wäre sein Gefühlsausbruch längst verpufft.

Die frische Luft, die ihm jetzt entgegenschlug, kühlte wenigstens sein aufgeheiztes Gemüt und entspannte. Er musste in Ruhe nachdenken, wo ihn niemand störte.

Bevor er es in die Tat umsetzen konnte, ließen ihn kräftige Flügelschläge aufblicken. Als Michaels Füße den Boden berührten, glitzerten seine Flügel wie Kristalle. Kein Wunder, wenn die Menschen früher bei seinem Anblick vor Ehrfurcht erstarrt und auf die Knie gefallen waren.

«Das Licht am Ende der Nacht», hatte seine Mutter Michael immer liebevoll genannt, wenn er sie besuchte, was recht selten vorkam. Sie war mit siebzehn aus dem Waisenhaus geflohen und verbrachte ihr Leben auf der Straße. Drogen und Diebstahl gehörten zur Tagesordnung.

Michael hatte sie halb verhungert in den Slums aufgelesen und zu Ordensfrauen gebracht, die sich ihrer annahmen und ihr sogar einen Schulbesuch ermöglichten. Er war für sie der Retter, der Held. Von tiefer Dankbarkeit erfüllt, sah sie ihn stets in verklärtem Licht. Widerspruchslos nahm sie es sogar hin, dass Michael ihren einzigen Sohn nach Rom mitnahm, um ihn auf seine Aufgabe als Blutengel vorzubereiten.

Wenn Nathanael sie besuchte, spürte er, wie sehr sie unter der Trennung litt, obwohl sie nie darüber sprach. Dass sie alles so hinnahm, diese Demut, enttäuschte ihn. Es schürte gleichzeitig seine Abneigung gegen den Vater, der ihn mit Strenge zu einem Leben voller Disziplin erzog und ihn von der geliebten Mutter trennte.

Auch heute verhieß Michaels grimmige Miene nichts Gutes. Nathanael ahnte sofort, weshalb er gekommen war. Im Geist legte er sich die Argumente zurecht, die er vorbringen wollte. Schlechte Argumente, wie er zugeben musste.

Die Hände in die Hüften gestützt, trat Michael auf ihn zu.

«Nun, wie weit ist dein Auftrag erfüllt?» Michaels sanfte Stimme milderte nicht den harten Blick, den er Nathanael zuwarf.

«Ich war nahe dran, aber ein Dämon ist mir entwischt ... Ich ...»

Dafür hatte er Menschenleben gerettet.

«Wegen eines Weibes!» Die Stimme seines Vaters war schneidend, sein Blick vernichtend. Seine Schwingen peitschten durch die Luft. Ein Flügelschlag konnte ihn niederstrecken.

Immer hörte er nur Vorwürfe. Nathanael war es leid. «Ich hasse deine ständigen Vorhaltungen und mich rechtfertigen zu müssen. Der Gefallene wollte ihre Seele. Es war meine *Pflicht*, sie zu retten!», donnerte er zurück.

«Danach hättest du ihn im Staub zertreten müssen. Je länger er sich in der irdischen Welt aufhält, desto mehr werden ihm folgen. Vielleicht noch weitere Gefallene. Das Desaster wäre nicht auszudenken.»

«Das ist mir bewusst und ich werde ihn kriegen.»

«Wenn du nicht wieder deiner Lust nachgibst.»

«Lust? Ich kann nicht glauben, dass ausgerechnet du mir das vorwirfst, wo du ihr selbst erlegen bist. Denkst du, besser als ich ...»

«Schweig!», fiel ihm Michael zornig ins Wort. «Lenk nicht von dir ab.» Michaels Mundwinkel zogen sich nach unten. Er beugte sich vor. «Und ich habe geglaubt, du hättest aus deinen Fehlern gelernt.» Seine Lippen zitterten vor unterdrücktem Zorn.

«Und wie ist es mit dir? ‹Der werfe den ersten Stein, der unter euch ohne Sünde ist.›»

Michael öffnete den Mund, um etwas zu entgegnen, aber wider Erwarten schwieg er. Mit einem Mal wirkte der Engel müde, und das Licht, das ihn umgab, verlor seinen Glanz, als hätte jemand es gedimmt. Er breitete die Arme aus und sah zum Himmel auf, als kommuniziere er gerade geistig mit dem Schöpfer.

Nathanael sah vor seinem inneren Auge seinen Vater, der Luzifers Gefolge mit dem Flammenschwert vertrieb, entschlossen, alle zu vernichten. Genau das war es, was er auch von ihm erwartete.

Für Dämonen oder Gefallene empfand er kein Mitleid, weil sie die Gegner Gottes waren. Michael würde auch nicht einen Moment lang zögern, Tessa zu töten, wenn der Schöpfer es von ihm verlangte. Was für ein gehorsamer Diener.

Bei diesem Gedanken wurde ihm schlecht. Michael hätte Gina damals wieder ins Leben zurückrufen können, aber er hatte es nicht getan. Vermutlich seinetwegen. Er, Nathanael, hatte Gina nicht beschützt, sondern auf ganzer Linie versagt. Er ganz allein trug die Schuld an ihrem Tod. Was verlangte er da göttliche Gnade? Die wäre sinnlos, denn er selbst könnte sich nie verzeihen.

«Besinne dich lieber auf deinen Auftrag. Vernichte endlich die Höllenbrut», forderte Michael.

«Daran brauchst du mich nicht ständig zu erinnern. Ich weiß selbst, was zu tun ist.»

Nathanael ballte wütend die Hände. Michael sog geräuschvoll die Luft ein.

«Lass mich wissen, wenn es vollbracht ist.» Nach diesen Worten schwang er sich in die Luft. Nathanael sah seinem Vater nach, wie er immer höher emporstieg, bis ihn die Nacht endlich verschluckte.

Nachdenklich betrat Nathanael wenig später die Bar. Er betrachtete die illustre Gästeschar, die sich hier eingefunden hatte: Nephilim, Blutengel und ein Sterblicher. Wie jeden Abend war die *Hell's Bar* gerammelt voll.

Aus der Jukebox dröhnte Countrymusik. Die meisten von ihnen benötigten durch das Engelsblut nur wenig Schlaf. Aber heute hätte er den Schlaf begrüßt, der ihn eine Weile seine Probleme vergessen ließ.

Er schlenderte zu Daniel, der allein saß. Ein Raunen ging durch die Menge, was er mit einem zufriedenen Lächeln quittierte. Sicherlich hatte sich schon herumgesprochen, dass er eine Seele vor dem Gefallenen gerettet hatte. Im Vorbeigehen bestellte er bei Cynthia ein Bier und einen doppelten Wodka.

Er ließ sich auf einem freien Stuhl nieder. Daniel sah ihn aus stahlgrauen Augen forschend an, als Cynthia die beiden bestellten Flaschen und Gläser vor Nathanael stellte.

«Entweder musst du dir wegen der Rothaarigen oben Mut antrinken oder du dröhnst dich zu, um sie zu vergessen.»

Nathanael drehte ganz langsam den Kopf. Daniel war ein Typ, der immer schnell zur Sache kam. Um einer Antwort zu entgehen, kippte Nathanael das Bier hinunter und leerte gleich das Glas Wodka hinterher. Als könnte er damit seine Probleme hinunterspülen.

Der Alkohol brannte in seiner Kehle wie Feuer, aber die Wärme, die danach seinen Körper durchflutete, war angenehm und entspannend. Eine Weile saßen sie schweigend beieinander und starrten in ihre Biergläser, als gäbe es nichts Wichtigeres.

Nathanael lauschte Dolly Partons Ballade um eine verlorene Liebe, die aus der Jukebox erklang. Normalerweise hörte er nicht auf Texte von irgendwelchen Liebesschnulzen, aber heute drangen die Worte tiefer in sein Bewusstsein als sonst. Wegen Tessa, die oben in seinem Bett schlief. Verdammt! Mit einem Seufzen stützte er den Kopf in die Hände.

«Ich hätte nicht gedacht, dass es dich noch mal erwischt.»

Nathanael sah auf.

«Ach, bist du jetzt Psychologe?»

Daniel schüttelte lächelnd den Kopf. «Ist es die Rothaarige? Wer ist sie? Ich habe sie hier noch nie gesehen.»

Nathanael wollte eigentlich nicht über Tessa reden, aber Daniel verstand es immer, die Antworten aus ihm herauszukitzeln.

«Sie war auch noch nie hier.» Tessa passte nicht in diese dunkle Gesellschaft gescheiterter und zwielichtiger Existenzen. *Anders als er*, dachte er voller Bitterkeit. Trotzdem wollte er sie wie noch nie etwas in seinem Leben. So wie sie ihn vorhin angesehen hatte mit diesem Verlangen im Blick ... Sie war die Frau, nach der er sich sehnte, die in ihm Begehren weckte.

Nathanael bedeutete Cynthia mit einer ungeduldigen Geste, ihm nachzuschenken, bevor er Daniel in wenigen Sätzen erklärte, wie und wo er Tessa begegnet und was ihr durch den Dämon und den Gefallenen widerfahren war.

Daniel hörte ihm aufmerksam zu, ohne zu unterbrechen, während er sein halb volles Bierglas in den Händen drehte.

Es blitzte amüsiert in Daniels Augen auf. «Sie ist eine andere Liga als deine früheren Häschen. Sie reizt dich mehr, als du zugeben willst. Hast du dich etwa verliebt?»

Nathanael schnaubte unwillig und stürzte den Inhalt des nächsten Glases hinunter, das Cynthia ihm kurz zuvor serviert hatte.

«Vollkommener Blödsinn. Ja, ich gebe zu, dass ich sie begehre. Sie ist eine Klassefrau, aber seit Gina verliebe ich mich nicht mehr. Meine Liebe hat Gina das Leben gekostet», stieß er heiser hervor und die vertraut gewordene Verzweiflung, die er bis jetzt erfolgreich niedergerungen hatte, stieg erneut an die Oberfläche. Er beugte sich weit über den Tisch zu seinem Gesprächspartner hinüber.

«Ich könnte das nicht noch mal durchmachen. Ich werde mich nie mehr verlieben. Kapiert?», raunte er und stieß mit der Hand das leere Glas um, das nun über den Tisch rollte, über den Rand kippte und auf dem Boden zerschlug.

Alle Augenpaare richteten sich augenblicklich auf ihn. Nathanael verzog spöttisch die Mundwinkel. Eine morbide Neugier glitzerte in den Augen der Anwesenden. Sie lechzten nach einem Kampf. Aber da konnten sie lange warten.

«Nichts kann die Vergangenheit ungeschehen machen. Du musst nach vorne blicken. Nur da kannst du noch etwas ändern.» Daniel klopfte ihm freundschaftlich auf die Schulter.

Das wusste er auch, aber es half ihm nicht weiter. Durch Tessa lebte die Vergangenheit, die er vergessen wollte, immer wieder auf.

«Du musst auch nicht mit dieser verfluchten Schuld leben», presste Nathanael hervor.

Daniel zuckte nur mit den Schultern. «Schon gut. Ich weiß.»

Eine Weile saßen sie da und hingen jeder für sich ihren Gedanken nach.

Die Szene von vorhin spielte sich vor Nathanaels Augen wieder ab. Tessa war keine Frau für einen One-Night-Stand. Sie wollte mehr, und er wollte auch mehr als nur einen kurzen erotischen

Thrill. Nachdenklich starrte er auf den Tisch und malte mit dem Finger Kreise darauf. Er belog sich selbst, wenn er behauptete, es wäre so wie mit den anderen Frauen, eine flüchtige Affäre und danach gingen sie getrennte Wege. Da war mehr, diese unglaubliche Sehnsucht nach ihr. Doch das durfte nicht sein.

«Ich habe mich nicht verliebt», wiederholte Nathanael leise, als wollte er nicht nur Daniel, sondern auch sich selbst überzeugen.

«Da ist dieses gewisse Leuchten in deinen Augen, wenn du sie ansiehst. Hey, Mann, wo ist der gewissenlose Herzensbrecher geblieben?» Daniel lachte leise.

Nathanael sprang auf. Verdammt, er hasste es, wenn ihm jemand einen Spiegel vorhielt. Daniel hatte recht, zum ersten Mal hatte eine Frau es geschafft, echte Gefühle in ihm zu wecken. Er wusste ja selbst nicht, wie das hatte geschehen können. Je mehr er sich dagegen wehrte, desto stärker wurden sie. Sein Leben war kompliziert genug, noch ein Problem konnte er nicht brauchen.

«Setz dich wieder», sagte Daniel ruhig und deutete mit der Hand auf den Stuhl. Einen Moment zögerte Nathanael, bevor er der Aufforderung folgte.

«Gut, ich gebe zu, dass sie mich besonders heiß macht, aber mehr ist da nicht», beharrte er. «Nach einer Nacht habe ich sie wie alle anderen vergessen. Lassen wir lieber das Thema.» Wen wollte er hier eigentlich belügen? Tessa bedeutete ihm bereits mehr. Verbissen kämpfte er dagegen an, in der Hoffnung, dass sich dieses Gefühl mit der Zeit verlor.

Daniel schürzte die Lippen und lehnte sich mit einem schiefen Lächeln zurück.

«Na gut, es geht mich ja auch nichts an ...»

«Eben.» Mit einem langen Zug leerte Nathanael sein Glas.

«Aber wir kennen uns doch schon eine lange Zeit, Nathan, und ich glaube, du machst dir etwas vor.»

Nathanael sah nicht auf. Er wollte das nicht hören.

«Was geschieht jetzt weiter?» Daniel verschränkte die Arme vor der Brust und wartete auf eine Antwort.

Nathanael zuckte mit den Achseln. «Mein Auftrag wartet auf mich. Ich werde mich morgen wieder an die Fersen des Gefallenen heften. Ich werde ihn kriegen.» Seine Finger gruben sich schmerzhaft in die Handflächen.

«Aber was wird aus ihr? Du kennst doch Cyn. Sie duldet auf Dauer keine Gäste, schon gar nicht weibliche, die obendrein noch hübsch sind.»

Wenn Joel mit ihrem Bruder aufkreuzte, würde sich schon eine Lösung finden. Nathanaels Geist war vom Alkohol getrübt. Zwar verflog der Rausch schneller als bei einem Menschen, aber eine Weile müsste er sich dennoch damit herumschlagen. Unruhig rutschte er auf dem Stuhl hin und her. Die Narben auf seinem Rücken spannten wieder, sodass er sich nach vorn lehnte.

Daniel öffnete den Mund, als wollte er etwas sagen. Nathanael ahnte, welche Frage er ihm stellen wollte.

«Frag jetzt nicht», kam er seinem Gegenüber zuvor und hob abwehrend die Hand. Daniels Mund schnappte zu wie eine Muschel.

Nein, auch wenn Daniel darauf anspielte, er würde nicht Tessas Beschützer spielen. Auf gar keinen Fall würde er einen Auftrag von ihr annehmen. Er war doch kein Masochist.

«Wie du meinst. Ich dachte nur, es könnte ...» Der warnende Blick Nathanaels ließ Daniel verstummen. «Okay, versteh schon.» Daniel stieß einen lauten Seufzer aus, bevor er an seinem Bier nippte.

Nathanael war froh, dass er innehielt. Natürlich könnte er einen neuen Auftrag gebrauchen, um seine finanziellen Probleme aus der Welt zu schaffen, aber ausgerechnet von Tessa? Nie und nimmer.

«Aber …», begann Daniel wieder und wischte sich den Schaum von den Lippen.

«Was aber?» Nathanael schwante nichts Gutes.

«Joel hatte die Idee. Er hat es mir vorhin am Telefon erzählt.»

Dieser dreiste Scheißkerl! Nathanael wäre fast vom Stuhl gekippt. Er spürte, wie die Adern an seinem Hals anschwollen. «Er hat was? Wie kommt er dazu, den Vorschlag zu machen, ohne vorher mit mir gesprochen zu haben?»

Wenn er ihn in die Finger bekäme, konnte er was erleben.

«Beruhige dich, du kennst doch unseren jugendlichen Heißsporn. In seinem Eifer kann er seine Zunge nicht im Zaum halten. Außerdem hat Joel nicht speziell dich vorgeschlagen, sondern sprach von einem von uns, der sich ihrer annehmen sollte. Er hat es nur gut gemeint. Natürlich hat er insgeheim – wie wir alle – an dich gedacht. Wir wissen, wie knapp du bei Kasse bist und einen Auftrag brauchst. Und du bist der Erfahrenste. Du solltest es dir wirklich überlegen …»

«Nein!», donnerte Nathanael und funkelte Daniel wütend an. Wenn er nicht sein Freund wäre, hätte er ihn am Kragen gepackt und geschüttelt. Er würde den Auftrag nicht annehmen und basta.

«Okay, okay. Ist allein deine Entscheidung», sagte Daniel.

Nathanael ließ seinen Blick durch die Bar gleiten, bis er an einer Brünetten hängen blieb, die gerade an der Jukebox stand und Münzen hineinwarf. Sie besuchte die Bar öfters.

Als sie seinem Blick begegnete, leckte sie sich frivol über die Lippen. Früher wäre er sofort auf diesen Wink angesprungen, doch jetzt stand ihm weiß Gott nicht der Sinn nach schnellem Sex. Außerdem reizte sie ihn nicht mit ihrer gertenschlanken Figur und dem flachen Busen.

Nathanael wandte sich ab. *Warum gibst du nicht zu, dass du lieber nach oben gehen würdest, um zu Tessa unter die Decke zu schlüpfen?*

Halt's Maul, dachte er und ignorierte seine innere Stimme.

«Wenn du nicht interessiert bist, ich schon. Die ist ganz schön heiß.» Daniel grinste und zwinkerte der Brünetten zu, bevor er sich erhob.

Wenig später verschwand er mit ihr hinter der Tür zum Treppenhaus. Der Drang in Nathanael war übermächtig, auch hinaufzugehen. Stattdessen orderte er weitere Wodkas. Tessa bewachen? Niemals. Und doch wünschte er sich nichts sehnlicher, als immer in ihrer Nähe zu sein.

Er klebte auf seinem Stuhl bis zum Morgengrauen, bis Cynthia die letzten Gäste aus der Bar warf und hinter ihnen die Tür abschloss. Danach begab sie sich hinter die Theke, um Gläser zu spülen. Mürrisch blickte sie zu ihm. Er spürte, dass sie ihm etwas sagen wollte, aber aus irgendeinem Grund noch zögerte.

Nathanaels Hirn war vom Alkohol leer. Aber das hatte er so gewollt. Nach dem dritten Glas Wodka hatte er zu zählen aufgehört. Seine Laune war schon mies genug, verschlechterte sich aber noch mehr, als Cyn hinter der Theke hervortrat und ihre Mundwinkel sich nach unten zogen. Sie wischte sich die Hände an der Schürze trocken und sah auf ihn herab. Sie räusperte sich.

«Hör zu, Nathan, wir kennen uns zwar schon eine Ewigkeit, aber ich habe jetzt lang genug auf meine Miete gewartet. Immer hast du mir sie versprochen und ich habe dir geglaubt. Aber es kam nie was. Jetzt ist Schluss! Wenn ich sie nicht bis zum Monatsende bekomme, musst du dir eine neue Bleibe suchen. Ich bin verdammt noch mal auf das Geld angewiesen! Alles klar?»

Sie hatte sich richtig in Rage geredet, sodass ihre Stimme sich bei den letzten Worten überschlug. Nathanael konnte sie verstehen. Dennoch schien sich heute alles gegen ihn verschworen zu haben.

Schon seit Langem plagte ihn das schlechte Gewissen wegen Cynthia. Leider brachte ihm der Auftrag seines Vaters keine Dollars ein und er brauchte noch ein Weilchen Zahlungsaufschub. Erst wenn er den Gefallenen und seine Dämonen vernichtet hatte, könnte er einen neuen, lukrativen Auftrag annehmen, mit dem er die Miete tilgen konnte. Ohne Tessa.

«Hör zu, Cyn. Du kriegst dein Geld schon, aber lass mir noch etwas Zeit. Ich muss erst ...»

«Ich habe deine Erklärungen satt, Nathan! Du hattest genug Zeit. Und das ist mein letztes Wort.» Damit machte sie auf dem Absatz kehrt, feuerte die Schürze, die sie in der Hand hielt, hinter den Tresen und verließ die Bar. Die Tür krachte hinter ihr ins Schloss.

Nathanael stöhnte auf und fuhr sich mit der Hand durchs Haar. Wo sollte er hin, wenn sie ihm tatsächlich kündigte? Das Engelsghetto war sein Zufluchtsort, seine Heimat geworden. Er legte den Kopf auf den Tisch und schloss die Augen.

Augenblicklich war er eingeschlafen.

17.

Feuer! Tessa saß senkrecht im Bett. Ihr Herz raste und jagte Adrenalin durch den Körper. Ängstlich suchte ihr Blick nach Flammen. War da nicht eben draußen im Flur ein Knistern gewesen?

Sie lugte zur Tür hinüber und atmete erleichtert aus, als sie weder Flammen noch Rauch entdeckte. Es war ein Traum. *Du bist nicht mehr in* Sacred Hearts. Es brauchte einen Moment, bis ihr das bewusst wurde und auch wo sie sich befand.

Hell's Bar.

«Willkommen in der Hölle», sagte sie laut. So sah es hier auch aus in dieser finsteren Kaschemme, im Nirgendwo New Yorks.

Trotz ihrer Vorbehalte fühlte sich hier sicherer als in *Sacred Hearts*, was nicht zuletzt an Nathanaels Gegenwart lag.

Die Erinnerungen an den Gefallenen mit den schwarzen Flügeln kehrten zurück, sein bohrender Blick und die eindringliche Stimme, die in den hintersten Winkel ihres Geistes gedrungen war und ihr Denken ausgeschaltet hatte.

Nie hätte sie geglaubt, so leicht beeinflussbar zu sein, dass sie freiwillig in den Tod springen würde. Stets hatte sie sich zur Kategorie selbstbewusster Frauen gezählt, die so leicht nichts erschüttern konnte und die sich nicht beeinflussen ließen. Sie war nicht zurechnungsfähig gewesen, als hätte sie unter Drogen gestanden. Niemals durfte sich das wiederholen. War es Hazel ähnlich ergangen? Sie war es der Freundin schuldig, die Umstände ihres Todes aufzuklären.

Wie gern hätte sie ihre Gedanken jetzt mit Nathanael geteilt. Aber er war gegangen, nachdem sie eingeschlafen war. Ihr wurde ganz heiß bei dem Gedanken, dass Nathanael ihren nackten Busen berührt hatte.

Warum war er nicht bei ihr geblieben? Aus Rücksicht auf ihre körperliche Verfassung? Oder steckte etwas anderes dahinter?

Dabei hatte sie alles darauf angelegt, ihn zu reizen. Deutlich hatte sie seine Erregung gespürt. Sie war enttäuscht, weil er sich so einfach davongestohlen hatte.

Wenn sie nur an seine Küsse dachte, begann es in ihrem Schoß zu pochen. Nathanael war unglaublich heiß und sinnlich und ihr verflixter Körper reagierte darauf mit einer Intensität, die sie erschreckte. Sein verschleierter Blick hatte ihr verraten, wie sehr er um seine Beherrschung rang. Tessa lächelte. Bald würde er seinem Verlangen nachgeben, das spürte sie.

Statt über Nathanael nachzugrübeln, sollte sie lieber an Ernest denken. Ob Joel ihn gefunden hatte? Sie musste hinunter in die Bar gehen und nachfragen.

Doch in diesem Aufzug konnte sie unmöglich die Bar betreten. Sie stank noch immer fürchterlich und ihre Haare klebten am Kopf. Eine Dusche und frische Kleidung waren jetzt gefordert.

Der Dielenfußboden knarrte unter ihren Füßen, als sie zu dem einzigen Schrank des Zimmers hinüberlief, um nach etwas Tragbarem zu suchen.

Als sie den Schrank öffnete, klopfte es an der Tür. Sofort schnellte ihr Puls in Erwartung seiner Rückkehr in die Höhe. «Nathanael?»

«Nein, ich bin es, Cynthia. Ich bin nur gekommen, weil Ihr Bruder gleich hier sein wird.»

Endlich gute Nachrichten. Tessa konnte es kaum erwarten, Ernest in die Arme zu schließen. Sie öffnete einen Spaltbreit die Tür. Als Cynthia sie mit gehobenen Brauen taxierte, zupfte Tessa verlegen an dem Hemd, das ihr fast bis zu den Knien reichte.

«Sagen Sie nichts, ich weiß, ich sehe scheußlich aus. Aber im Schrank war nichts Passendes.» Tessa zog eine Grimasse. «Ich brauche dringend eine Dusche und saubere Sachen zum Anziehen. Könnten Sie mir vielleicht was leihen?»

Ein boshaftes Lächeln kräuselte Cynthias Lippen.

«Unter meinem Dach duzen wir uns alle. Und was zahlst du dafür? Für hundert Dollar gebe ich dir Klamotten von mir.»

Das war Wucher!

«Jeder muss sehen, wo er bleibt», sagte Cynthia, die ihre Gedanken erraten hatte.

Tessa überlegte nicht lange, sie brauchte was Gescheites zum Anziehen, also musste sie wohl oder übel in den sauren Apfel beißen.

«Also gut», gab sie widerwillig nach.

Cynthia drehte sich um und zeigte mit dem Arm auf die Tür nebenan. «Die Dusche ist gleich hier. Kostet zehn Dollar. Handtücher sind in der Kommode neben dem Waschbecken. Was das Outfit betrifft: Ich trage nur Schwarz.»

Tessa nickte. «Ich habe mit Schwarz kein Problem. «Hauptsache, ich stinke nicht mehr und laufe nicht wie eine Vogelscheuche herum.»

«Ach ja, ich kann dir noch ein Schoko-Croissant anbieten und starken, heißen Kaffee, für zehn Dollar. Dafür bringe ich es auch rauf», sagte Cynthia.

«Danke.» Tessas Magen knurrte. Am liebsten hätte sie entgegnet, dass das völlig überteuert war. Aber sie schluckte die Antwort hinunter, weil sie froh war, hier in Sicherheit zu sein.

Frisch geduscht stieg Tessa die Treppe hinab. Der starke Kaffee hatte ihre Sinne belebt und das Croissant ihren Hunger gestillt. Es ging ihr besser.

Nur in Cynthias Kleidung fühlte sie sich unwohl. Die Nähte an den schwarzen Hosenbeinen waren mit Doppelreihen silberner

Nieten verziert. Diese auffälligen Applikationen fand Tessa ein wenig übertrieben, aber wenigstens passte die Hose, wenn sie auch zu kurz war.

Die Bluse darüber besaß Schöße wie ein Frack, war hochgeschlossen und spannte über dem Busen. Cynthia war oben nicht so üppig ausgestattet wie sie. Der strenge Kleidungsstil passte zu der Prophetin, ebenso wie der einfache Schnitt. Sie war hagerer als ein Model. Schwarz war eine Farbe, die Cynthia stand, weil sie mit ihren schwarzen Augen und dem lila Haar harmonierte.

Als Tessa sich im Spiegel betrachtete, streckte sie sich die Zunge heraus. Mit der bleichen Haut und den dunklen Ringen unter den Augen sah sie wie eine von Draculas Gespielinnen aus. Cynthia hatte sicher bewusst Kleidung für sie ausgewählt, die sie weniger attraktiv machte. Wegen Nathanael.

Als sie die Tür zur Bar öffnete, fiel ihr Blick sofort auf seinen breiten Rücken. Er stützte sich auf die Theke und sah Cynthia zu, die emsig Gläser in den Geschirrspülautomaten räumte. Bei ihrem Eintreten drehte er sich langsam um.

Er sah übernächtigt aus, mit ebenso dunklen Ringen unter den Augen und Bartstoppeln auf Kinn und Wangen. Doch dieser Hauch von Verwegenheit verlieh ihm nur das gewisse Extra. Er sah unglaublich sexy aus, und ihr Körper begann bereits wieder auf ihn zu reagieren. Nur mit Mühe unterdrückte sie ein Seufzen.

Nathanael rührte sich nicht, sondern sah sie nur an. In seinem Blick lag Begierde. In diesem Augenblick existierte für Tessa nur noch er in diesem Raum. Sie vergaß Cynthia, selbst, dass Ernest jeden Moment eintreffen konnte. Die Luft schien elektrisiert und ihre Lippen formten seinen Namen, ohne ihn tatsächlich auszusprechen.

Heiße, lustvolle Schauer liefen ihr den Rücken hinab und entzündeten ein Feuer in ihrem Unterleib. Bei der nächsten Gelegenheit würde mehr zwischen ihnen geschehen als nur ein Kuss, das wusste sie. Jede Faser ihres Körpers sehnte sich danach, ihn nackt zu spüren.

Tessa löste sich aus der Starre und lief wie in Trance auf ihn zu, angezogen von seiner Ausstrahlung. Sie spürte ihren Herzschlag im Hals. Gleich würde sie in seinen Armen liegen und ihn küssen.

«Tessa!»

Sie schrak zusammen und stoppte. Es fühlte sich an, als hätte sie jemand gewaltsam aus einem Traum gerissen. Und dieser jemand war Ernest. Noch immer sah sie zu Nathanael, der jetzt über ihre Schulter zur Tür blickte. Der Bann war gebrochen, was sie zutiefst bedauerte.

«Tessa! Dem Herrn sei Dank!

Noch immer benommen wandte sie sich um und stand einem strahlenden Ernest gegenüber, der sie in die Realität zurückholte. Er zog sie in die Arme und drückte sie fest an sich.

«Mein Gott, Tessa, als ich von dem Brand erfahren habe, bin ich vor Angst tausend Tode gestorben. Wenn dir was passiert wäre, hätte ich mir das nie verziehen. Das ist alles meine Schuld. Aber glaub mir, ich war felsenfest davon überzeugt, dass du dort sicher aufgehoben bist. Bertha besaß genügend Erfahrung im Umgang mit Dämonen.»

Er küsste sie aufs Haar. Tessa lehnte ihre Stirn an seine Brust. Es tat so gut, ihn zu spüren.

«Aber scheinbar nicht mit Gefallenen», erklang eine andere Stimme hinter ihrem Stiefbruder. Tessa hob den Kopf und sah über Ernests Schulter zur Tür. Die Stimme gehörte einem blonden Mann mit sehr ebenmäßigen Gesichtszügen, die ihr bekannt vorkamen.

Sie löste sich von Ernest und zeigte mit dem Finger auf ihn.

«Ich, ich kenne dich von irgendwo her ...», sagte sie leise, während sie sich krampfhaft zu erinnern versuchte.

«Das ist Joel», hörte sie Nathanaels Stimme dicht an ihrem Ohr. Sein warmer Atem verursachte eine Gänsehaut an ihrem Hals, die sich rasch ausbreitete.

Sie versuchte, die erneut aufsteigenden Gefühle zu ignorieren, und musterte stattdessen Joel, dessen Augen amüsiert auf ihr ruhten. Sein blond gelocktes Haar hatte er zu einem Zopf gebändigt. Aber vor ihrem geistigen Auge sah sie ein anderes Bild von ihm, mit offenem Haar und einem wilden Blick, der sie geängstigt hatte.

Natürlich, jetzt fiel es ihr wieder ein. Er war der Blonde, der damals auf der Straße vor Hazels Haus gegen den Dämon gekämpft hatte. Sie hatte mit ihm gefiebert, um sein Leben gebangt und gehofft, er würde die Bestie vernichten. Doch dann hatte sie fassungslos mit angesehen, wie er dieser Kreatur das Herz aus dem Leibe geschnitten hatte.

Noch heute drehte sich ihr bei der Vorstellung der Magen um. Es war widerlich gewesen. Dabei sah Joel bei Tageslicht harmlos und sympathisch aus. Wäre Nathanael auch zu solcher Brutalität imstande? Das wollte sie sich lieber nicht vorstellen.

«Wann sollten wir uns begegnet sein? Ich kann mich nicht erinnern. Dich hätte ich gewiss nicht vergessen.»

Als sein Blick anerkennend über ihre Figur glitt, legte sich Nathanaels Hand auf ihre Schulter. Diese Geste wirkte besitzergreifend, als gehörte sie zu ihm. *Tessa, du wünschst es dir*, meldete sich eine Stimme in ihrem Innern.

«Ich habe dich vor ein paar Tagen bei einem Kampf auf der Straße beobachtet in Brooklyn.»

«Und ich habe gewonnen», verkündete Joel mit einem breiten Grinsen.

«Ja, du hast gewonnen und dann dem Dämon ... das Herz aus der Brust geschnitten.» Tessa zog eine Grimasse.

Aus dem Augenwinkel bemerkte sie Ernests entsetzten Blick. Joels Grinsen wurde breiter.

«Ah, dann hast du den Stein geworfen, dem ich meinen Sieg zu verdanken habe?» Er zwinkerte ihr verschwörerisch zu.

Der Druck von Nathanaels Hand verstärkte sich. Sie spürte, wie sein Daumen über ihr Schulterblatt strich und wohlige Schauer auslöste. Es fiel ihr in diesem Augenblick schwer, sich auf etwas anderes zu konzentrieren. Tessa räusperte sich und nickte nur, um sich durch ihre heisere Stimme nicht zu verraten.

Nathanael massierte sanft weiter. Von seiner Hand ausgehend durchliefen heiße Wellen ihren Körper.

«Hey, vielen Dank. Ganz schön mutig. Alle Achtung. Kennst du jemanden in diesem Viertel?»

Alle Augenpaare richteten sich auf sie. Nathanael nahm in diesem Augenblick seine Hand von ihrer Schulter, was sie aufatmen ließ.

Es fiel ihr jetzt leichter zu reden und mit wenigen Sätzen schilderte sie das Geschehen um Hazels Tod, ihre Entdeckungen und ihren Plan zu beweisen, dass ihre Freundin sich nicht selbst umgebracht hatte.

«Vielleicht wollen diese Kreaturen nicht, dass ich herausfinde, was wirklich geschehen ist, und haben deshalb versucht, mich umzubringen. Aber ich muss wissen, was wirklich mit Hazel passiert ist. Sie war keine Selbstmörderin. Versteht ihr? Ich bin es meiner Freundin schuldig, alles aufzuklären.»

Tessa redete sich in Rage, denn Hazels Tod wühlte sie noch immer auf, und sie musste die anderen von ihrem Vorhaben überzeugen, vor allem Ernest, der sie fassungslos ansah.

Ihr Eifer war Anlass genug für ihn einzuhaken. «Das ist doch wahnwitzig. Ich möchte, dass du alles auf sich beruhen lässt und deine Nachforschungen sofort einstellst. Damit kannst du Hazel auch nicht wieder lebendig machen. Komm, wir fahren jetzt zu mir. Dort bist du sicher. Alles andere wird sich finden und wenn ich den Papst persönlich anrufen muss.»

Er griff nach ihrer Hand und sah sie eindringlich an. Aber Tessa zögerte.

«Ich glaube nicht, dass das eine so gute Idee ist, wenn Ihre Schwester das Engelsghetto verlässt. Wollen Sie, dass so was wie im Parkhaus noch einmal geschieht?», warf Nathanael ein.

Ernest wandte sich ihm zu. «Wie meinen Sie das?»

«So, wie ich es gesagt habe. Es gibt für Tessa keinen sichereren Ort als hier», bekräftigte Nathanael.

«Aber was ist mit meinem Bruder? Sollte er nicht auch hier bleiben? Schließlich wäre auch er fast im Parkhaus gestorben», schaltete Tessa sich ein. Ernest war ihr Bruder und sie hatte Angst um ihn. Sie könnte es nicht mit ihrem Gewissen vereinbaren, wenn ihm etwas zustieße.

«Sie wollen dich, nicht ihn, sonst hätten sie ihn längst töten können. Er war nur Mittel zum Zweck, um dich auszuschalten. Aber seine Gefühle für dich könnte der Gefallene ausnutzen und seine Dämonen in ihn eindringen lassen. Er könnte Dinge ausführen, die dich in Gefahr bringen. Wie im Parkhaus.»

Daran konnte Tessa sich nur zu gut erinnern. Dennoch bestärkte sie es nur noch mehr darin, weiter zu recherchieren.

Sie musste herausfinden, warum Hazel gestorben war und weshalb ihr diese Kreaturen nach dem Leben trachteten. Es musste einen Zusammenhang geben, das spürte sie.

Damals nach dem Überfall hatte sie sich in sich selbst verkrochen. Sie hatte es nicht ertragen, darüber zu reden und alles zu hinterfragen: das Motiv der Räuber, die Morde und die Flucht eines Täters. Sie war froh, dass sie wegen des Aufenthalts in der psychiatrischen Klinik nicht bei der Gerichtsverhandlung hatte dabei sein müssen.

Aber dieses Mal ging es um einen Menschen, der ihr viel bedeutet hatte. Sie würde nicht aufgeben, bis sie alles erfahren hatte.

Alles in ihrem Leben hatte sich seit Hazels Tod schlagartig verändert. Eine Welt der Finsternis tat sich auf, der sie sich ausgeliefert fühlte. Einzig Nathanael hatte ihr Halt gegeben. Wie sollte sie das, was ihr geschehen war, anderen erklären? Sie würden glauben, dass sie verrückt geworden sei. So wie damals. Wer würde ihr schon abkaufen, dass es Engel gab, die um die Seelen von Menschen kämpften?

«Ich kann nicht hierbleiben. Was ist mit meinem Job? Meiner Wohnung?», gab sie zu bedenken.

Nathanael rollte mit den Augen und seufzte. «Tessa, hier stehst du unter unserem Schutz. Tag und Nacht.»

«Natürlich bleibt Tessa hier, wo sie sicher ist», mischte auch Joel sich ein.

«Und wie lange soll ich eurer Meinung nach hierbleiben?», fragte sie Joel. «Einen Monat? Ein ganzes Jahr? Unmöglich. Da draußen ist mein Leben, versteht ihr? Ich kriege keinen Urlaub, und wie soll ich das meinem Boss und meinen Freunden beibringen? Dass ich auf der Flucht vor Dämonen bin und irgendwo untertauchen muss? Die halten mich für übergeschnappt! Und dann ...» *Muss ich noch mit Steven reden, ihm erklären, dass unsere Beziehung beendet ist*, fügte sie in Gedanken hinzu.

Nathanael schien es zu erahnen, wie sein wissender Blick verriet.

Es herrschte betretenes Schweigen.

«Ich bin euch wirklich für die Aufnahme hier dankbar», fuhr sie hastig fort, «aber ich muss bald zurückkehren, wenn ich meinen Job nicht verlieren will. Außerdem will ich wissen, warum ich verfolgt werde, was wirklich mit Hazel geschehen ist und wer die Schuld daran trägt. Dazu muss ich noch einmal in ihre Wohnung.»

Die Mienen der anderen drückten wenig Begeisterung aus, aber sie schwiegen.

Ernest zog ein Taschentuch aus seiner Hosentasche und wischte sich über die glänzende Stirn. «Tessa, ich weiß nicht ...»

«Wer sonst sollte Licht ins Dunkel bringen? Die Polizei? Die würden uns genauso für verrückt halten. Denk nur an damals. Ich werde schon jemanden finden, der mir helfen kann.»

Sie wagte nicht zu Nathanael aufzusehen. Einerseits wünschte sie sich seine Hilfe, andererseits brachte sie auch ihn damit in Gefahr. Dennoch wollte und konnte sie ihre Recherche nicht einfach aufgeben.

«Tessa, sei doch vernünftig. Hazel ist tot, lass sie in Frieden ruhen. Verwirf diesen elenden Plan.» Ernest hob seine zitternden Hände beschwörend in die Höhe.

Wenn ihr Bruder doch nur verstehen könnte, dass sie es tun *musste*.

«Schade, dass du mich nicht verstehen willst. Dann muss ich es wohl allein durchziehen.» Tessa senkte enttäuscht den Kopf. Nicht einmal Ernest wollte sie unterstützen.

«Ich glaube, Tessa hat recht. Weshalb hat der Gefallene ausgerechnet sie bis nach *Sacred Hearts* verfolgt? Er hätte sich, nachdem ihr die Flucht aus dem Parkhaus gelungen war, ein anderes Opfer suchen können. Es muss einen Zusammenhang mit Hazels Tod geben», pflichtete ihr überraschenderweise Nathanael bei. Sie war froh, dass er ihr beistand.

«Angenommen, Tessas Vermutung stimmt und sie ist ihr Ziel», begann Ernest, «Herr im Himmel, hilf, dann versuchen die es bestimmt wieder. Was können wir dagegen tun? Wie kann ich Tessa vor diesen Kreaturen beschützen?»

Tessa erkannte die Furcht und Ratlosigkeit in seinen Augen, die auch sie empfand.

Joel runzelte die Stirn und rieb sich am Kinn. «Einer von uns könnte Ihre Schwester beschützen», schlug er vor.

Tessa wartete gespannt auf eine Reaktion Nathanaels. Aber er schwieg.

«Wirklich? Das ginge? Wie denn?» Ernests Blick ruhte erwartungsvoll auf Nathanael, der sich unruhig hin und her bewegte.

Plötzlich lag eine Spannung in der Luft, die Tessa mit einem lockeren Spruch zu überbrücken versuchte. «So was wie ein himmlischer Bodyguard?»

Sie lachte und alle bis auf Nathanael stimmten ein. Aus dem Augenwinkel bemerkte sie, wie er kurz die Hände ballte. Was war los mit ihm? Warum sagte er nichts?

«Es müsste jemand sein, der genügend Erfahrung besitzt und kühn genug ist, es mit dem Gefallenen und seinen Dämonen aufzunehmen. Und ich wüsste da auch schon jemanden ...» Joel warf Nathanael einen bedeutungsvollen Blick zu.

Sofort versteinerte Nathanaels Miene. Er funkelte Joel wütend an. Jeder Muskel seines Körpers spannte sich, wie bei einem Raubtier, das sich auf seine Beute stürzen wollte.

Cynthia lehnte sich auf den Tresen und stützte den Kopf in die Hand. «Allerdings kostet das was.»

«Sagten Sie nicht, Reverend, dass Steven Greenberg mit ihrer Schwester zusammen sei?», fragte Joel.

«Ist das nicht der, der gerade zum Unternehmer des Jahres gewählt worden ist? Der ist stinkreich», mischte sich Cynthia wieder ein.

Was redete Joel da? Auf keinen Fall wollte sie Stevens Hilfe! Hatte Ernest vielleicht Andeutungen gemacht, als er mit Joel allein gewesen war, dass Steven für ihren Schutz bezahlen würde? Sie sah fragend zu ihrem Bruder, der sich verlegen am Kopf kratzte und entschuldigend mit den Achseln zuckte. Also doch.

Wütend presste sie die Lippen zusammen. Einen Moment lang erwog sie, das sofort richtigzustellen, aber sie wollte Ernest nicht vor den anderen bloßstellen und schwieg. Später unter vier Augen müsste er ihr das erklären. Nathanael stellte sich mit grimmiger Miene neben Joel, als müsse er Abstand zu ihr gewinnen.

«Ich ... ich werde mit Steven reden», sagte Ernest entschlossen. «Er wird mir sicher das Geld geben. Bitte, helfen Sie meiner Schwester.»

Es rührte sie, wie ihr Stiefbruder sich für sie einsetzte, aber sein Vorschlag war vollkommen inakzeptabel. Das musste sie jetzt klarstellen. Nicht einen Cent würde sie noch von Steven annehmen.

«Danke, Ernest, aber ich ziehe das alleine durch. Ohne Steven. Also, was soll der Schutz kosten und wer will ihn übernehmen? Über den Preis können wir gern verhandeln.» Tessa blickte fragend in die Runde und erntete nur Schweigen. Nathanael kniff die Lippen zusammen. Ernests Blick hingegen richtete sich an Joel.

«Reverend Macombe, für diesen Fall bin ich wirklich nicht geeignet. Ich habe noch nicht viel Erfahrung gesammelt. Ein Gefallener ist eine Nummer zu groß für mich. Es gibt nur einen, bei dem Ihre Schwester sicher wäre ...»

«Nein», sagte Nathanael mit fester Stimme.

«Hey Nathanael, warum denn nicht?», bohrte Joel nach.

«Ich habe meine Gründe.»

Seine Absage irritierte und verletzte Tessa. Welche Gründe mochten das sein? Erst gestern hatte er sie vor dem Gefallenen gerettet und heute wehrte er sich, sie zu beschützen? War das eine Art Selbstschutz? Sie wurde aus ihm nicht schlau.

Ihre Kehle schnürte sich zu. Sie wollte ihm entgegenschleudern, dass sie auch ohne seinen Schutz klarkäme. *Irgendwie,* fügte sie in Gedanken hinzu. Doch Cynthia kam ihr zuvor.

«Was ist mit Daniel oder Aaron?»

Tessa erkannte, wie ihr Bruder sofort neue Hoffnung schöpfte.

Joel schüttelte den Kopf. «Daniel ist heute Morgen abgereist und Aaron ist mit einem anderen Auftrag beschäftigt. Und hat Nathanael nicht noch den speziellen Auftrag ...»

«Das tut hier nichts zur Sache. Ich wiederhole mich nur ungern», fuhr Nathanael ihn an und trat drohend einen Schritt auf ihn zu. «Ich will diesen Auftrag nicht. Ich müsste sie ... überallhin begleiten ...» Er stockte, als sich ihre Blicke trafen.

Tessa spürte das Prickeln bis in ihre Zehen, als sie das Begehren darin las.

Auch ins Bett? Hatte er das gemeint? Der Gedanke erschien durchaus reizvoll. Sie unterdrückte ein Lächeln. Als er sich abrupt abwandte, erlosch die Wärme in ihrem Innern und sie fröstelte.

«Aber ...», begann Joel und verstummte unter dem vernichtenden Blick Nathanaels.

Was bedeuteten Joels Anspielungen zu einem speziellen Auftrag? Angst stieg in Tessa auf, als sie in den Mienen der beiden Blutengel nach einer Antwort suchte. Es musste sehr gefährlich sein und sie sollte nichts davon erfahren.

«Bitte, Ernest, lass es. Du hast es gut gemeint, aber es hat keinen Zweck. Er will uns nicht helfen. Lass uns endlich fahren. Wir werden schon klarkommen.» Der bittere Geschmack in ihrem Mund ließ sich nicht hinunterschlucken.

Tessa würdigte Nathanael keines weiteren Blickes, sondern griff nach Ernests Arm. Als ihr Bruder zögerte, ihr zu folgen, zog sie fester. «Komm, wir vergeuden hier nur unsere Zeit.»

Ernest jedoch wollte sich nicht geschlagen geben und wandte sich an Nathanael. «Ich weiß von Joel, dass Sie in finanziellen Schwierigkeiten stecken und einen Auftrag brauchen können. Nennen Sie meiner Schwester einen Betrag, für den Sie sich engagieren lassen? Fünftausend? Zehntausend?»

Erwartungsvoll richteten sich alle Blicke auf Nathanael.

Er beugte sich vor. «Was wäre, wenn mich das Geld nicht interessiert?»

Die Überraschung stand Ernest ins Gesicht geschrieben. «Aber ...»

Nathanael bedachte ihren Stiefbruder mit einem abweisenden Blick, bevor er sich wieder ihr zuwandte. Es schien, als warte er darauf, dass sie ihn darum bäte, den Auftrag anzunehmen.

«Nathanael, nun nimm schon den Auftrag an. Du brauchst das Geld wirklich», drängte ihn Cynthia.

Er antwortete nicht, sondern sah Tessa forschend an.

Himmel, war er nur stur oder zu stolz, ihren Auftrag anzunehmen, weil sie eine Frau war? Verlangte er von ihr, ihn auf Knien darum zu bitten? Wenn er glaubte, sie würde um seine Hilfe betteln, hatte er sich geschnitten. Entweder nahm er den Auftrag an oder sie musste irgendwie alleine klarkommen. Dabei hätte sie ihn gut bezahlt.

Sofort verhärtete sich sein Blick, als hätte er ihre Gedanken gelesen. Ohne zu antworten, drehte er sich um und lief zur Tür.

Nachdenklich sah sie ihm nach. Sein distanziertes Verhalten verunsicherte und ärgerte sie. Nathanael hatte ihr bewiesen, dass er es mit dem Gefallenen und seinen Dämonen aufnehmen konnte. Doch es war nicht nur diese Gewissheit, die sie dazu drängte, ihm doch nachzulaufen und ihn wider aller Vernunft und Gewissen zu bitten, den Auftrag anzunehmen.

Sie wollte ihm nahe sein. Weil sie endlich wissen musste, woran sie mit ihm war. Wenn sie ihn jetzt gehen ließe, wäre die Chance vertan und sie würden sich vielleicht nie mehr wiedersehen.

Dieser Gedanke war unerträglich. Doch noch zögerte sie. Sie sah Hilfe suchend zu Ernest hinüber, der laut aufseufzte. Die Enttäuschung stand ihm ins Gesicht geschrieben. Mit deprimierter Miene sank er auf einen der Stühle.

Joel setzte sich zu ihm. «Ich werde Nathanael nachher noch einmal ins Gewissen reden. Er braucht jetzt bestimmt Zeit zum Nachdenken», versuchte er ihren Stiefbruder zu trösten.

Cynthia schlug mit der Hand auf die Theke. «Dieser verdammte Sturkopf.»

Tessa konnte nicht tatenlos herumstehen, sondern musste handeln. Sie lief Nathanael hinterher.

Alles in ihm sträubte sich gegen den Auftrag, weil er in ihrer Nähe seine Gefühle nicht mehr kontrollieren konnte. Und noch etwas belastete ihn: Was war, wenn er wieder versagte und Tessa durch seine Schuld sterben würde? Das könnte er sich niemals verzeihen. Verdammt, genau das hatte er die ganze Zeit befürchtet. Gefühle ließen ihn nicht mehr frei entscheiden. Er musste ihr aus dem Weg gehen, bevor es zu spät war, und er sich erlaubte zu denken, dass die Zukunft noch etwas für ihn bereithielt.

Deshalb hatte er auch ihre Bitte zu bleiben in der vergangenen Nacht ausgeschlagen. Irgendeine andere Lösung musste es doch geben. Leider fiel ihm keine ein. Gleichgültig, wie er sich entschied, er würde draufzahlen. Er brauchte Ruhe, um über alles nachzudenken, bevor er eine endgültige Entscheidung traf.

Nathanael hatte bereits die Tür erreicht, als Tessa ihm eine noch höhere Summe hinterher rief. Sie ließ nicht locker und verlangte eine sofortige Entscheidung. Einen Moment lang verharrte er und ließ die Hand auf der Klinke ruhen. Immer dieses scheiß Geld.

Du brauchst es. Deine finanziellen Sorgen wären mit einem Schlag vorbei.

15.000 Dollar bedeuteten ein Vermögen für ihn. Wer weiß, wann ihm jemand noch einmal einen solch gut bezahlten Job anbieten würde. Tessa und das Geld bedeuteten ein unwiderstehliches Angebot.

«Dreißigtausend Dollar!»

Träumte er oder hatte sie ihm wirklich so viel geboten? Nathanael stöhnte innerlich auf. Er wollte den Auftrag ausschlagen und doch konnte er sich nicht dazu durchringen. Als hätte Satan die Geschicke geleitet, sollte ausgerechnet Tessa seine Schulden tilgen.

Was spricht dagegen? Du könntest im gleichen Zug den Gefallenen ausfindig machen und Michaels Auftrag erfüllen.

Seine innere Stimme redete ihm immer dann ins Gewissen, wenn er es nicht wollte. Verflucht, sie hatte recht. Weshalb also nicht annehmen, wenn mehr dafür sprach als dagegen? Ja, er war berechnend und eigennützig. Doch nur ein Idiot würde in seinem Fall das Angebot ablehnen.

Nathanael holte tief Luft, bevor er sich umdrehte. Sein Blick glitt über ihr Gesicht mit der entschlossenen Miene. In ihren grünen Augen blitzte es herausfordernd.

Bei der Aussicht, ihr jeden Tag nah zu sein und ihren hinreißenden Körper betrachten zu können, wurde ihm heiß. Scheiß auf die Bedenken, wenn er dafür mit ihr zusammen sein konnte.

Nathanael zögerte noch immer mit der Antwort, obwohl er sich längst entschieden hatte. Fragen marterten sein Hirn. Wie weit würde sie gehen? Wie viel war er ihr wert? Er musste es wissen.

«Ich übernehme den Job für fünfzigtausend Dollar.» Jetzt waren die Worte heraus und er bereute sie bereits. Was wäre, wenn sie ablehnte? War er denn von allen Sinnen, so hoch zu pokern?

Tessas Mund öffnete sich vor Erstaunen leicht und sie funkelte ihn empört an. Auch die anderen im Raum hielten die Luft an.

Jetzt hast du verspielt.

Alle Blicke ruhten auf Tessa, deren Miene sich plötzlich entspannte.

«Okay. Dann nimmst du an?», fragte Tessa und spitzte die Lippen. Sie ahnte nicht, wie verführerisch ihr Mund in diesem Moment glänzte und wie gern er sie jetzt küssen würde.

Einen Moment lang tauchten ihre Blicke ineinander und er fühlte sich ihr näher als je zuvor. Ein warmes Gefühl stieg in ihm auf. «Ja, ich nehme an.»

«Dem Himmel sei Dank ...», hörte er den Priester.

«Aber nur unter einer Bedingung», unterbrach ihn Nathanael.

Tessa hob fragend die Augenbrauen. «Und die wäre?»

«Du musst meinen Anweisungen gehorchen. Egal, was ich sage, du musst sie befolgen, ohne zu fragen.»

Tessa zögerte, aber dann nickte sie. «Gut, einverstanden.»

Tessa wirkte erleichtert. Aber Nathanael wurde das Gefühl nicht los, dass sie dieser Bedingung nur widerwillig zugestimmt hatte. Sicherlich würden ihm einige Überraschungen bevorstehen.

«Ich möchte gern zu Hazels Wohnung, um mir alles noch einmal anzusehen. Wann starten wir?»

Wenn sie sich etwas in den Kopf gesetzt hatte, war sie nicht zu bremsen. Genau das hatte er befürchtet.

«Halt, nicht so schnell.»

Jetzt brauchte er wirklich einen Moment, um in Ruhe über alles nachzudenken. Der Auftrag hatte ihn völlig überrumpelt. Bei einer kalten Dusche würde er wieder einen klaren Kopf bekommen.

«Gut. Ich warte hier.» Sie lächelte ihn an und er fühlte, wie sich sein Körper anspannte.

Ein einfaches Lächeln von ihr reichte schon, bei ihm lustvolle Fantasien auszulösen. Und dieser Verführung wäre er jetzt jeden Tag ausgesetzt. Er stöhnte innerlich auf. Vielleicht musste er nur mit ihr schlafen, damit es ihm leichter fiele, von ihr Abstand zu gewinnen. Genau, so würde es sein. Warum klang es dann nicht überzeugend?

«Ich muss noch ein paar Vorbereitungen treffen», sagte er und verließ die Bar. Ihn musste der Teufel geritten haben, diesen Auftrag anzunehmen.

18.

Tessa hätte gewettet, dass Nathanael den Auftrag ablehnen würde. Umso mehr erstaunte es sie, dass er den Preis in die Höhe getrieben hatte. Was mochte ihn dazu veranlasst haben? Die Schulden mussten erdrückend sein. Wenn sie jetzt mehr Zeit miteinander verbrachten, mussten sie offen zueinander sein. Tessa hasste es, nicht zu wissen, woran sie war. Sie starrte gedankenverloren zur Tür, hinter der er verschwunden war.

Hinter sich hörte sie ihren Stiefbruder reden. Ernest zählte Joel auf, welche Arbeit heute auf ihn wartete, die er Tessas wegen jedoch verschieben wollte. Sie wandte sich zu ihm um und hakte ein.

«Ernest, du kannst ruhig fahren. Ich möchte noch mit Nathanael sprechen und dann mit ihm zu Hazels Wohnung fahren. Wir können später telefonieren, ja?»

Ihr Stiefbruder zuckte mit den Schultern. «Ich weiß nicht recht.»

«Reverend, Ihre Schwester ist hier sicher. Vertrauen Sie uns», mischte sich Joel ein, wofür ihm Tessa dankbar war.

«Na, gut», gab ihr Stiefbruder nach, «aber ruf mich an.»

Tessa versprach es ihm.

«Ich bringe Sie jetzt besser zurück, Reverend», meinte Joel.

Bevor Ernest Joel nach draußen folgte, hielt Tessa ihn am Arm zurück.

«Falls Steven anruft, sag ihm nicht, dass ich hier bin», raunte sie ihm zu. Die Miene ihres Stiefbruders verriet, wie wenig begeistert er von diesem Vorschlag war.

«Ja, aber ... was soll ich ihm denn sonst sagen?», begann er.

«Lass dir was einfallen. Sag ihm, ich sei auf einer Dienstreise oder so. Bitte.»

Ernest sah sie streng an. «Ich kann nicht lügen, Tessa.»

«Musst du auch nicht, dir wird schon das Passende einfallen. Das weiß ich.»

Er griff nach ihrer Hand und drückte sie. «Ich mache mir Sorgen um dich. Soll ich nicht doch lieber hierbleiben?»

Wenn sie es von ihm verlangte, würde er das tatsächlich tun. Aber sie musste jetzt mit Nathanael allein sein.

«Nein, glaub mir, ich bin hier sicher, und ab jetzt habe ich ja einen Bodyguard, an dem keiner so schnell vorbei kommt. Versprich mir, dass du auf dich aufpasst.»

Ernest nickte. Er wandte sich zum Gehen, hielt dann aber noch einmal inne.

«Ach, da fällt mir gerade ein, dass ich noch dein Handy habe. Du hast es in meinem Wagen verloren.» Er zog es aus seiner Anzugtasche und reichte es ihr.

Tessa strahlte. «Danke! Das habe ich schon vermisst.»

Atemlos stand Tessa vor Nathanaels Zimmertür. Einen Moment überlegte sie, ob sie das Richtige tat. Doch sie musste wissen, was er fühlte, um nicht verrückt zu werden. Entschlossen klopfte sie an seine Zimmertür.

«Nathanael?»

Stille.

Tessa klopfte energischer. Keine Antwort. Sie presste ihr Ohr an die Tür und lauschte. Drinnen hörte sie Schritte und ein Rascheln. Ohne ein weiteres Mal anzuklopfen, drückte sie die Klinke hinunter und trat ein. Sie schloss die Tür hinter sich und lehnte sich Halt suchend mit dem Rücken dagegen.

Nathanael, der sich gerade seinen Pullover überstreifen wollte, verharrte in der Bewegung. Der Anblick seines nackten, muskulösen Rückens haute sie um. Ihre Kehle fühlte sich mit einem Mal trocken und eng an. Alles an ihm strahlte Sinnlichkeit aus, was auch die zahlreichen Narben auf seinem Rücken nicht schmälerten.

Deutlich erkannte sie die Tätowierung an seinem Hals, die ihr bereits bei der ersten Begegnung aufgefallen war. Was sie wohl bedeuten mochte?

Noch nie hatte sie eine solche Begierde gespürt. Das ergab doch keinen Sinn, noch dazu bei einem Fremden. Normalerweise warf sie sich keinem Mann an den Hals, aber bei ihm war alles anders.

Sie wollte ihn berühren und das Gleiche von ihm erfahren. Die Luft schien mit purer Lust gefüllt zu sein, und es prickelte überall auf ihrer Haut.

Nathanael drehte sich langsam zu ihr um. Sein Blick glühte vor Verlangen, als er über ihren Körper glitt. Wie sollte sie sich da auf ihre Fragen konzentrieren? Tessa räusperte sich.

«Warum hast du wirklich den Auftrag angenommen?», sagte sie.

«Weil ich das Geld brauche», antwortete er mit belegter Stimme.

«Du bist ein schlechter Lügner», stieß sie hervor.

«Es ist die Wahrheit.»

«Nicht die ganze. Gestern Abend hast du dich zu mir gelegt. Es war schön, dich zu fühlen. Warum hast du mich allein gelassen? Ich wollte nicht, dass du gehst. Ich ...» Tessas Stimme versagte vor Erregung.

Da war er wieder, dieser warme Glanz in seinen Augen.

Ihre Blicke begegneten sich, und sie verlor sich in seinem, als gäbe es keinen Morgen. Sie wollte ihn mehr als alles andere auf der Welt. Hier und jetzt.

Sie begehrte ihn und er sie, das war momentan alles, was zählte. Als sie sich über die trockenen Lippen leckte, deutete er das offenbar als Aufforderung.

«Komm her», sagte er.

Wie in Trance folgte sie seiner Aufforderung. Als s
stand, zog er sie mit einem unterdrückten Aufschr
Arme.

Endlich konnte sie ihrer Begierde freien Lauf lassen. Sie war süchtig nach ihm, seinem Körper und seinen Küssen. Wie von selbst legten sich die Arme um seinen Nacken, als sein Mund sich auf ihren senkte. Er küsste sie ungestüm und hungrig, und sie erwiderte es mit der gleichen Leidenschaft.

Seine Lippen wurden sanfter, als er bemerkte, wie sie auf seinen Kuss einging. Seine Zunge glitt zwischen ihre Lippen, um das Innere ihrer Mundhöhle zu erkunden. Nur allzu bereitwillig ließ sie ihn gewähren und freute sich auf die Süße des Zungenspiels.

Er schmeckte gut, himmlisch gut, süß nach Zimt und rauchigem Whiskey. Als sich ihre Zungenspitzen trafen, jagte eine lodernde Flamme durch ihren Körper, die in ihrem Unterleib ein Feuer entfachte, bei der ihre Körpertemperatur den Siedepunkt zu erreichen schien.

Aber sie wollte alles von ihm, seine nackte Haut auf ihrer spüren, sich seiner Zärtlichkeit ausliefern, bis sie mit ihm verschmolz. Ihre Finger gruben sich in sein dichtes Haar und kraulten seinen Nacken. Als sie ihr Becken gegen seines presste, stöhnte er in ihren Mund und begann schneller zu züngeln.

Währenddessen begaben sich seine Hände auf Entdeckungsreise über ihren Körper, fuhren unter das Oberteil zu ihren Brüsten, die nur darauf warteten, liebkost zu werden. Der Duft und die Wärme seiner nackten Haut reizten ihre Sinne dermaßen, dass sie sich am liebsten die störende Bluse vom Körper gerissen hätte.

Nathanael kam ihr zuvor und fingerte ungeduldig an den Knöpfen ihres Oberteils. Er stöhnte erneut, als es ihm endlich gelungen war, sie zu öffnen und seine Hände sich auf ihre Brüste legten. Als seine Daumen über ihre empfindlichen Brustwarzen strichen, rieb Tessa ihren vor Lust pochenden Unterleib an seiner Erektion. Jegliche Scheu fiel von ihr ab.

Es war, als wäre ihr sein Körper seit Langem vertraut und sie würde seine Vorlieben kennen, wie sie ihn reizen und stimulieren musste, bis er einzig von dem Wunsch beseelt war, mit ihr den Gipfel aller Wonnen zu erklimmen. Nathanaels Küsse versetzten sie in einen wahren Rausch. Ob es ihm ähnlich erging? Was würde sie für seine Gedanken geben.

Vergessen waren ihre Fragen und ihre Zweifel. Jetzt gehörte sie ihm, und es gab kein Zurück mehr. Als sie die Augen öffnete, begegnete sie seinem von Ekstase verschleierten Blick. Seine Hände umspannten ihre Pobacken und kneteten sie, bevor er sein Bein zwischen ihre Schenkel schob und an ihrer Scham rieb. Tessa zitterte und konnte ein lustvolles Stöhnen nicht mehr unterdrücken.

«Ja», keuchte sie und stand kurz davor zu kommen. Es war nicht ihre Art, beim Sex laut zu werden, aber bei Nathanael drängte es sie, ihre Lust hinauszuschreien.

«Du machst mich verrückt, Tessa. Wenn du nicht willst, dass ich dir die Kleider vom Leibe reiße, zieh dich endlich aus. Ich will jeden Zentimeter deines Körpers spüren und schmecken», flüsterte er an ihren Lippen, während seine Hände sanft ihre Brüste massierten.

«Zuerst du», flüsterte sie und öffnete bereits Knopf und Reißverschluss seiner Hose.

Voller Ungeduld schoben ihre Hände seine Jeans und Boxershorts über die Hüften so weit nach unten, wie sie konnte. Den Rest erledigte er selbst und schleuderte die Kleidung achtlos mit dem Bein beiseite.

Lächelnd trat sie einen Schritt zurück und betrachtete sein erigiertes Glied, das ihr ebenso vollkommen erschien wie sein übriger Körper. Ein Tropfen Feuchtigkeit glitzerte auf der Spitze. Sie konnte es kaum erwarten, ihn in sich zu spüren. Ihr Schoß brannte vor Verlangen.

Seine Nasenflügel bebten über den von ihren Küssen geröteten und feucht glänzenden Lippen. «Jetzt du», verlangte er rau.

Sein Brustkorb hob und senkte sich in schnellem Tempo. Deutlich erkannte sie, wie er vor Erregung zitterte, was sie kühner werden ließ.

Sie nahm sich alle Zeit der Welt, um ihre Hose mit einem lasziven Hüftschwung auszuziehen, und quittierte Nathanaels wachsende Ungeduld mit einem anzüglichen Lächeln. Sie legte den Kopf in den Nacken und genoss das Prickeln auf ihrer Haut, das seine begehrlichen Blicke auslösten. Selbst als sie die Hose langsam über die Hüften und Beine nach unten streifte, löste sie sich nicht von seinen Augen, deren Dunkelbraun sich in ein Schwarz verwandelt hatte.

Sie hatte noch nie wie heute eine Hose ohne einen Slip darunter getragen und kam sich herrlich frivol vor. Schließlich warf sie das Kleidungsstück in eine Ecke und strich mit den Händen aufreizend über ihren Körper, vom Hals beginnend über ihre Brüste bis zu ihrem Venushügel, in den sofort das Blut schoss. Zufrieden beobachtete sie, wie sein Glied zuckte und er die Hände ballte.

«Satansbraut», stieß er heiser hervor, bevor er sie erneut an sich presste.

Er schob seine Hände unter ihr Gesäß und hob sie hoch. Er spreizte ihre Beine und legte sie um seine Hüften. Tessa umschlang seine Schultern fester und erschrak über ihr lautes Keuchen. Deutlich spürte sie seinen pulsierenden, harten Schaft an ihrer Scham. Sie wollte, dass er sie nahm. Sofort.

«Noch nicht, lass es uns noch ein wenig genießen», flüsterte er ihr ins Ohr und leckte über ihre Ohrmuschel.

Er drehte sich um und trug sie zum Bett. Erst setzte er sie vorsichtig ab, bevor sich sein Körper auf ihren legte. Er schob sie zum Kopfende des Bettes hoch und kniete sich zwischen ihre einladend geöffneten Schenkel. Tessa wollte ihn zu sich ziehen, aber er drückte ihre Hände fest auf die Decke und betrachtete stattdessen liebevoll ihr Geschlecht.

Niemand hatte sie bisher ausgiebig dort betrachtet und Schamgefühl überkam sie. Sie wollte sich aufsetzen, aber Nathanael hielt sie davon ab.

«Ich muss alles von dir sehen. Du bist hinreißend.»

Bei jedem anderen wäre es ihr unangenehm gewesen. Aber bei ihm war das anders, mit ihm fühlte sich alles richtig und gut an.

Er senkte seinen Kopf und blies über ihre feuchte Spalte, was sie erschauern ließ. Unwillkürlich verkrampfte sie sich wieder und kniff die Backen zusammen, aber Nathanael verstand es, sie durch ein sanftes Massieren der Innenseiten ihrer Oberschenkel wieder zu entspannen.

Nicht nur das, sie begann, sich vor Lust unter ihm zu winden. Er quälte sie, wenn er noch länger den Zeitpunkt hinauszögerte, in dem er sich in sie versenken würde.

Keiner ihrer bisherigen Liebhaber hatte es so wie Nathanael verstanden, ungezügeltes Verlangen in ihr zu wecken und sie dazu zu bringen, alle Hemmungen fallen zu lassen. Seine Lippen fuhren jetzt sanft über ihren rasierten Venushügel und knabberten leicht an der empfindlichen Haut. Tessa krallte die Hände in die Bettdecke, als ihr das Blut heiß durch die Adern strömte und sie nur noch danach verlangte, eins mit ihm zu werden.

Die süße Qual, der er sie aussetzte, brachte sie an den Rand des Wahnsinns. Immer wieder umspielten seine Zunge und Lippen ihr Geschlecht, tasteten sich am Rand entlang, ohne tiefer vorzudringen, obwohl alles in ihr danach schrie.

Im Zeitlupentempo zog er mit der Zunge eine feuchte Spur über ihre Körpermitte, verharrte einen Moment, um ihren Bauchnabel zu umkreisen und arbeitete sich weiter vor zu ihren Brüsten. Ein kühler Luftzug streifte ihre Haut und ließ sie erschauern.

Sie legte ihre Hände auf seine Schultern, um ihn herabzuziehen und erneut fordernd zu küssen. Sie bedeckte seine Lippen mit unzähligen kleinen Küssen, streckte ihre Zunge heraus, um spielerisch über seine Mundwinkel zu fahren, bevor sie sie erneut in seinen Mund schob.

Nathanael legte sich auf sie, stützte sich mit den Ellbogen auf beiden Seiten ihres Körpers ab. Seinen heißen, harten Körper auf ihrem zu spüren, überstieg dennoch jegliche Vorstellung, die sie in ihren Träumen ausgelebt hatte. Sie musste ihn an seiner Männlichkeit berühren, mit ihr spielen, bis er genauso die Kontrolle über sich verlor wie sie selbst.

Ihre Hand glitt langsam an seinem Rücken hinab und über die beiden auffälligen Narben neben den Schulterblättern, die sie vorhin bemerkt hatte. Er zuckte leicht und hielt den Atem an. Waren dort die Flügel aus seinem Körper getreten? Vorsichtig berührten ihre Finger die wulstige Haut und tasteten sanft darüber, als wäre sie zerbrechlich.

War es schmerzvoll, wenn die Schwingen aus seinem Körper traten? Er verspannte sich und presste die Lippen zusammen, woraus sie schloss, dass es ihn schmerzte, wenn sie darüberstrich.

Sie verweilte nicht länger, sondern ließ ihre Finger weiterstreichen, tiefer zu seinem pulsierenden Glied zwischen ihren Schamlippen. Sie zwängte ihre Hand zwischen ihre Körper. Er machte es ihr leichter und hob seinen Bauch an, damit sie seinen Schaft ertasten konnte, der sich samtig und warm anfühlte. Er würde ihr Erfüllung schenken.

Ein Lächeln stahl sich auf ihre Lippen. Sie intensivierte den Griff, drückte und zupfte mit den Fingern, bis sie das Zittern seiner Hände an ihrer Taille bemerkte. Sie genoss es, solche Macht über ihn zu haben.

«Wenn du nicht gleich damit aufhörst, kann ich mich nicht mehr zurückhalten», flüsterte er an ihrem Ohr und biss zärtlich in ihre Ohrmuschel. «Ich begehre dich so sehr, Tessa.»

Sein heißer Atem fuhr über ihr Ohr und die empfindliche Halsbeuge entlang und setzte seinen Weg tiefer fort. Sofort stellten sich ihre feinen Nackenhärchen auf. Im gleichen Moment entfuhr ihr ein Stöhnen, als seine Lippen eine ihrer Brustwarzen umschlossen und daran saugten.

«Ich will nicht mehr, dass du dich zurückhältst. Ich will dich. Jetzt.»

Leise lachend ließ er von ihr ab, um sich weiter nach oben zu schieben. Sie spürte, wie sein zuckendes Glied sich auffordernd gegen ihre feuchte Spalte drückte. Als sie leicht ihr Becken anhob, drang er in sie ein.

Sie tauchte ein in eine lustvolle Welt, die ihr bislang verborgen geblieben war. Er stöhnte enthemmt und rhythmisch mit jedem Beckenstoß, der ihn tiefer und tiefer in sie eindringen ließ. Tessa fühlte ihren Orgasmus nahen.

Nathanael flüsterte immer wieder in Ekstase ihren Namen. Sie konnte ihn nicht oft genug hören, weil es ihr das Gefühl vermittelte, die einzige Frau zu sein, die er begehrte. Im gleichen Moment, als er sich in ihr ergoss, erlebte auch sie ihren Höhepunkt. Tessa schrie ihn hinaus und sank keuchend, aber wohlig ermattet in die Kissen zurück.

Nathanael vergrub sein Gesicht in ihrem Haar und atmete schwer. Es dauerte eine Weile, bis sich bei ihnen beiden Puls und Atmung wieder normalisiert hatten.

Schließlich rollte Nathanael sich von ihr herunter und legte sich neben sie. Tessa schmiegte sich an ihn und sah an die Decke. Wie würde es jetzt weitergehen?

Wie konnte sie Steven schonend beibringen, dass sie sich in einen anderen verliebt hatte? *Steven, ich bin der Liebe meines Lebens begegnet und möchte mit ihm für immer zusammen sein*, oder *Wir waren ein wunderbares Team, aber ich habe mich in einen anderen verliebt.* Wenn sie es doch nur schon hinter sich hätte. Vielleicht sollte sie Nathanael verschweigen? Nein, sie konnte nicht lügen.

Und wenn das, was sie für Nathanael empfand, nur eine Verliebtheit war, die schnell verflog? Zu Steven könnte sie dennoch nie mehr zurückkehren. Ihr war klar geworden, dass es nicht ausreichte, als Paar nur ein gutes Team zu sein mit gemeinsamen Zielen, sondern dass Liebe ihr wichtiger war als Erfolg und Ansehen. Stevens Welt war emotionslos, er könnte ihr nie das Gefühl vermitteln, begehrt und geliebt zu werden.

Die sexuelle Anziehungskraft, die zwischen Nathanael und ihr bestand, war mit nichts vergleichbar. Aber Leidenschaft ebbte schnell ab, das hatte sie schon einmal erfahren müssen. Was blieb danach? Besaßen sie und Nathanael Gemeinsamkeiten, die für ein Leben zu zweit genügten? Sie wusste nichts über ihn, gar nichts.

Nathanael drehte sich zu ihr um und riss sie aus den Grübeleien. Er umfasste ihr Gesicht und sah sie liebevoll an.

«Ich mag dich sehr, Nathanael, nein, es ist mehr, und ich denke, du empfindest genauso. Ich möchte mit dir zusammen sein. Wie soll es jetzt weitergehen mit uns?»

Plötzlich wurde seine Miene ernst. In seinem Blick lag Schmerz, den sie sich nicht erklären konnte. Sie spürte, dass das, was zwischen ihnen stand, nicht nur Steven sein konnte.

«Ja, ich mag dich auch sehr, begehre dich, aber ...» Er küsste sie auf die Nasenspitze.

Sie quälte sich zu einem Lächeln. «Aber? Das hörte sich fast wie ein Abschied an», sagte sie leichthin, obwohl ihr gar nicht danach zumute war. Ihr Herz schlug schwer und stolperte, als er sie mit dem Ausdruck tiefster Qual ansah.

Weder stritt er ihre Worte ab, noch bestätigte er sie, sondern ließ sie im Raum wie eine düstere Wolke schweben, die sich über sie legte. In der bedrückenden Stille fühlte sie sich hundeelend. «Ist das alles, was du dazu zu sagen hast? Was ist los?»

Nathanael sah sie an und suchte nach den passenden Worten, um Tessa nicht zu verletzen und zögerte mit der Antwort.

Er spürte, wie sie von ihm abrückte. «Heißt das, das war jetzt alles? Wir haben miteinander geschlafen und gut?» Sie klang enttäuscht und verletzt.

Das war das Letzte, was er wollte. Aber er musste es tun, um ihret- und seinetwillen. Was sollte er ihr jetzt sagen? *Es hätte keinen Sinn, denn du und ich, wir sind zu verschieden, um an eine gemeinsame Zukunft zu denken.* Er wollte sie nicht noch tiefer in seine dunkle Welt ziehen.

Wäre Tessa dazu bereit, ihr geordnetes Leben gegen das an seiner Seite einzutauschen? Noch dazu, wo sie wusste, dass er nur zur Hälfte ein Mensch war? Sein Verstand sagte Nein. An ihrer Stelle hätte er auch Abstand gehalten. Was konnte er ihr schon bieten? Ein Leben voller Gefahr, das ihn stets in die dunkelsten Abgründe einer Seele blicken ließ.

Tessa gehörte in eine andere Welt, mit einem steten, komfortablen Leben. An der Seite eines Mannes wie Greenberg, der ihr alle Annehmlichkeiten bieten konnte. Er hingegen sah in sich nur den Mann für eine kurze Affäre, ein aufregendes Abenteuer. Aber das wollte er eigentlich nicht für sie sein, sondern mehr, weil er sich nach ihr sehnte.

«Gefühle schwächen, Nathanael», hatte sein Vater ihm oft genug eingebläut. Und er hatte recht. Seine Gefühle zu Gina endeten im Schmerz, und bei Tessa wäre es sicher das Gleiche.

Doch immer, wenn er in ihre grünen Augen sah, fühlte er dieses unbändige Gefühl der Sehnsucht in ihm, eine mächtige, emotionale Urkraft, die in seinen menschlichen Genen verankert war. Empfindungen, auf die er liebend gern verzichtet hätte.

Weshalb zur Hölle war er nicht wie sein Vater, so kalt und distanziert, dem weder ein Menschenleben noch sein eigenes etwas bedeutete? Ein Leben ohne Mitleid und Liebe?

Nathanael konnte sich noch allzu gut daran erinnern, wie er als Kind nach einem Lob oder einer zärtlichen Geste seines Vaters gelechzt hatte. Aber der Himmelskrieger Michael gab keine Schwäche preis. Wozu auch? Seine Pflicht war es, das Heer Gottes in den Krieg gegen Satan zu führen. Was zählte da der eigene Sohn, der einzig zum Zweck gezeugt worden war, die Höllenbrut in der irdischen Welt in Schach zu halten? Ein unbedeutendes Sandkorn der Schöpfung.

Auch von seiner Mutter hatte er nie die Liebe erhalten, die er sich wünschte. Ihr Leben bestand nur aus Angst, weshalb sie mit ihm zurückgezogen und unter einer anderen Identität in den Slums New Yorks gelebt hatte, um ihn vor Satans Häschern zu verstecken.

Erst durch Gina hatte er das erste Mal in seinem Leben kennenlernen dürfen, was es bedeutete, zu jemandem zu gehören. Doch der Preis, den er dafür gezahlt hatte, war hoch, und er war nicht dazu bereit, es ein weiteres Mal zu wagen.

Deshalb bereute er tief, Tessas Auftrag angenommen zu haben. Vor allem hatte er noch nie mit einer Auftraggeberin geschlafen. Gefühle konnten nicht nur den Auftrag, sondern seine gesamte Mission gefährden. Der Gefallene würde versuchen, Tessa in seine Gewalt zu bringen, um ihn zu erpressen. Was wäre, wenn er wieder wie bei Gina versagte? Nein, das durfte um keinen Preis geschehen.

Immer wenn er Tessa betrachtete, flackerte die Begierde auf, mit jedem Mal stärker als vorher. Dabei hatte er fest geglaubt, er würde Abstand zu ihr gewinnen, nachdem er seine Lust gestillt hatte. Verdammt, wie hatte er sich nur dieser Illusion hingeben können?

Der Sex mit ihr war überwältigend gewesen und stellte alles in den Schatten. Er war stolz auf sich, dass es ihm im letzten Augenblick gelungen war, ihr nicht seine Liebe zu gestehen. Doch es war ihm schwergefallen.

Wie sollte er dem Auftrag gerecht werden, wenn sie in seiner Nähe war und er an nichts anderes mehr als an sie denken konnte? Der Auftrag war zum Scheitern verurteilt.

Sie würden wieder miteinander schlafen und noch einmal. Je fester er sie an sich band, desto mehr geriet sie in Gefahr. Seine Gefühle für Tessa würden auch Luzifer nicht lange verborgen bleiben, der nichts unversucht ließe, sie in seine Gewalt zu bringen. Tessa wäre seiner Folter ausgesetzt, die einzig dem Zweck diente, ihn, Nathanael, zu zermürben, damit er einen Fehler beging, der die anderen Blutengel und das Gleichgewicht der Mächte in Gefahr brachte.

Er hörte bereits die Vorwürfe Michaels, dass er lieber seinen Vergnügungen nachgegangen sei, als sich um die Erfüllung seiner Pflicht zu kümmern. Nathanael stöhnte innerlich auf.

Er drehte sich zu Tessa um, die ihm jetzt den Rücken zugewandt hatte.

«Tessa, ich ...», begann er und brach ab. Es wäre besser, wenn sie in ihm den gefühllosen Kerl sah. Sie musste glauben, dass es ihm nicht ernst genug war für eine feste Beziehung. Aber besaß sie nicht ein Recht auf die Wahrheit?

Sie drehte sich erwartungsvoll zu ihm um. «Ja?»

Er schwieg.

«Du bereust es mit deiner *Auftraggeberin* geschlafen zu haben, stimmt's?»

Er wollte ihr alles erklären, doch ehe er etwas sagen konnte, klopfte es an der Tür.

«Nathanael?», meldete sich Cynthia. Ruckartig setzte er sich auf.

«Wir reden später», wandte er sich an Tessa.

Wollte Cynthia ihn wegen Tessa sprechen? Sicher wusste sie längst von ihrer Anwesenheit. Also musste es etwas viel Wichtigeres sein, weshalb sie ihn störte. Er hatte ein seltsames Gefühl.

«Was gibt's?»

«Es gab wieder einen Selbstmord. Seth hat neben dem Toten Dämonenstaub gefunden. Er wartet unten auf dich.»

An sich bedeutete das Vorhandensein von Dämonenstaub nur, dass eine dieser Höllenkreaturen vor Ort gewesen war. Wenn Seth, der das Engelsghetto normalerweise mied, ihn aufsuchte, musste es noch einen anderen Grund geben.

Nathanael sprang auf und sammelte seine am Boden verstreute Kleidung ein. Tessa drehte sich mit weit aufgerissenen Augen zu ihm um. Er konnte ihre Sorge wie feine Nadelstiche auf der Haut spüren.

«Schon wieder ein Selbstmord? Oh, mein Gott. Und wo?», fragte sie heiser.

Er zuckte mit den Schultern. «Keine Ahnung. Ich werde hinuntergehen und mir anhören, was der Nephilim zu berichten hat. Vielleicht liefert uns das auch einen Anhaltspunkt zum Tod deiner Freundin. Also, was ist, kommst du mit?»

Tessa war bereits aufgestanden und suchte ihre Kleidung zusammen.

Mit einem Anflug von Wehmut betrachtete Nathanael ihren nackten Körper, der ab jetzt für ihn tabu sein musste. Sie hatte seinen begehrlichen Blick bemerkt.

«Ich denke, dass das keine gute Idee ist. Vergiss nicht wieder, dass ich dich zu meinem Schutz engagiert habe und nicht für mehr. Lass uns lieber dem Hinweis nachgehen.» Tessas Stimme klang ungewohnt kühl und geschäftsmäßig und wirkte wie eine kalte Dusche. Ihre Worte trafen ihn, aber sie hatte recht. Je schneller er körperlichen Abstand zu ihr gewann, desto besser. Es war besser so für sie beide, wenn sie sich auf keine Verpflichtungen einließen.

Ihre Hose lag zu seinen Füßen. Er hob sie auf und reichte sie ihr. Mit unbewegter Miene nahm sie sie entgegen und streifte sie schweigend über.

Wenig später gingen sie die Treppe zur Bar hinab, wo Seth auf sie wartete.

19.

Der Frühnebel, der morgens über dem Hudson River lag, löste sich nur langsam auf. Im Sonnenschein glitzerten die Häuserfassaden auf der anderen Flussseite silbrig. Kreischende Möwen begleiteten die Fähren auf dem Fluss, in der Hoffnung von den Passagieren etwas Essbares zu ergattern.

Tessa starrte aus dem Fenster und beobachtete das Treiben. Die Stille im Wagen bedrückte sie. Seitdem sie Nathanaels Zimmer verlassen hatten, schwiegen sie sich an.

Während der Fahrt hatte sich ihre anfängliche Enttäuschung in Wut gewandelt. Nathanael hatte recht, es war besser, wenn sie Abstand zueinander hielten. Schließlich standen sie in einer Art Arbeitsverhältnis. Genau das, was sie sich nie gewünscht hatte. Aber das hatte sie selbst durch den Auftrag verbockt.

Dennoch war sie wütend auf ihn, weil er ihr nicht offen die Wahrheit sagte. Und auf sich selbst, Opfer ihrer Begierde geworden zu sein. *Ihr habt es getan, du hast es genossen und Punkt.* Ja, und jetzt war Schluss. Sie musste sich wieder auf ihr Ziel konzentrieren, so wie es ihr in ihrem Job auch gelang.

Leider konnte sie das nicht ganz so nüchtern betrachten, wie sie sich das einredete. Da spielten ihre Gefühle nicht mit, die tiefer gingen. Aber es war geschehen und nicht mehr zu ändern.

Nathanael räusperte sich. «Das vorhin ...», sagte er leise und starrte nach vorn, «das hätte nicht geschehen dürfen. Ich schlafe normalerweise nicht mit einer Auftraggeberin. Es war meine Schuld.»

Tessa warf ihm einen Seitenblick zu. Also bewahrheitete sich ihre Vermutung. Sie spürte, dass auch seine Gefühle für sie tiefer gingen, auch wenn er das nicht zugeben wollte. Die Intensität seiner Liebkosungen vorhin konnte unmöglich gespielt gewesen sein. Jeder Blick, jede Geste drückte tiefe Gefühle aus. Aber aus irgendeinem Grund schien er sich einzureden, dass es nur um puren Sex ging.

«Es tut mir leid, Tessa, ich möchte dich nicht verletzen ... Ich hätte nicht zulassen dürfen, dass es so weit kommt», sagte er sanft, als befürchte er, sie könnte wegen seiner Zurückweisung in Tränen ausbrechen.

Da konnte er lange warten. Wenn sie eines in ihrem Job und durch Steven gelernt hatte, dann sich nach außen hin kühl zu geben, selbst wenn der ärgste Gefühlssturm in ihr tobte. Außerdem verbot es ihr Stolz, ihm zu zeigen, wie sehr sie seine Worte trafen.

Sie konnte nur hoffen, dass irgendwann die Mauer seines inneren Widerstands bröckelte. Was mochte ihn dazu veranlassen, dass er sich mit aller Macht wehrte, sich in sie zu verlieben? Seine Kiefer pressten sich zusammen, während seine Hände das Lenkrad wie einen Rettungsring umklammerten.

«Wir haben es beide gewollt. Es ist geschehen.» Tessa schluckte gegen den Kloß in ihrem Hals. Am liebsten hätte sie ihn angeschrien, ihn geschüttelt und ihm gestanden, wie viel er ihr bereits jetzt bedeutete, dass sie zornig auf ihn war, weil er ihr nicht sagte, was wirklich zwischen ihnen stand.

Sie musste ihrer Wut und Enttäuschung Luft verschaffen, weil sie sonst platzen würde. «Ich bin enttäuscht, weil du mir nicht den wahren Grund nennst. Du bereust es doch nicht nur, weil ich deine Auftraggeberin bin, sondern aus einem anderen Grund. Also, was ist es?»

«Ich kann jetzt nicht darüber reden. Nicht jetzt», stieß er gepresst hervor.

Sie sah, wie seine Miene sich verschloss, und spürte, dass er nicht mehr darüber sprechen würde.

Es war nur ein Schritt, auf den sie vergeblich wartete: dass er ihr vertraute und sich offenbarte. Aber er schwieg. Das machte sie verrückt.

Aus dem Augenwinkel bemerkte sie, wie seine Hände das Lenkrad noch eine Spur fester umspannten, bis das Weiß seiner Knöchel hervortrat.

«Bitte sag es mir. Offenheit ist sehr wichtig für mich.»

«Ich bin für eine feste Beziehung nicht geschaffen. Schon gar nicht für eine längere. Ich brauche meine Freiheit.»

Mein Gott, wie er das herunterleierte, als hätte er die Worte auswendig gelernt. Wahrscheinlich tat er das, um sie bei passender Gelegenheit anzuwenden, immer dann, wenn er einer Frau überdrüssig wurde.

Tessa sank auf dem Sitz zusammen, als hätte er ihr die Faust in den Magen geboxt. Sie spielte einen Moment lang mit dem Gedanken, den Auftrag hinzuschmeißen, um Nathanael nie wiederzusehen, bevor ihre Gefühle für ihn noch tiefer wurden.

Aber sie war es Hazel schuldig, ihren Tod aufzuklären. Und dazu brauchte sie ihn. Da war ihre komplizierte Beziehung nebensächlich. Solche One-Night-Stands kamen häufig vor, und sie war nicht die Einzige, die so etwas erlebte. Kehrte sie erst einmal in ihren Alltag zurück, würde sie ihn bald vergessen.

Wenn sie sich das oft genug einredete, könnte sie fast selbst daran glauben.

«Okay. Dann ist ja alles klar. Dann passen wir eben nicht zusammen», antwortete sie und versuchte ihrer Stimme Leichtigkeit zu verleihen. Sie zwang sich sogar zu einem Lächeln.

Schnell sah sie zum Fenster hinaus und blinzelte die aufsteigenden Tränen fort.

Ging es ihm wirklich um seine persönliche Freiheit? Steckte vielleicht eine Frau dahinter? Oder etwas anderes? Und wenn er sich nur hinter einem unsichtbaren Schutzwall verschanzte, weil er sich vor seinen Gefühle fürchtete? Was hätte sie darum gegeben, in diesem Augenblick seine Gedanken zu lesen.

Ihre Gedanken drehten sich immer wieder im Kreis, ausgelöst durch den Aufruhr ihrer Gefühle. Der sonnige Frühlingstag und das zarte Grün der Bäume trugen nicht dazu bei, ihre Laune zu verbessern, im Gegenteil, alles erschien ihr in diesem Moment eine Nuance dunkler, trister.

Und alles nur seinetwegen.

Das Hochhaus, von dem sich der Selbstmörder gestürzt hatte, lag in der Lexington Avenue, nicht weit vom Chrysler Building und nur wenige Blocks von Tessas Wohnung entfernt. Ein exklusives Apartmenthaus, in dem auch einige TV-Prominente wohnten.

Tessa erinnerte sich daran, einige von ihnen auf Stevens Dinnerparty gesehen zu haben. Sollte tatsächlich einer von ihnen der Selbstmörder gewesen sein? Die Vorstellung, noch vor wenigen Tagen die Hand desjenigen geschüttelt zu haben, der jetzt tot auf dem Asphalt lag, ließ sie erschauern. Deutlich sah sie die Szene vor sich, als sie und Nathanael in der Bar gestanden und den Worten Seths gelauscht hatten.

Seth war ein Nephilim, der Sohn eines Gefallenen, ein hagerer Mann von vielleicht dreißig Jahren, mit stechend schwarzen Augen und hohlen Wangen. Auf den ersten Blick hätte Tessa ihn in seiner heruntergekommenen Kleidung am ehesten für einen Junkie gehalten.

Cynthia erklärte ihr, dass er ein Computergenie war, der die meiste Zeit des Tages damit verbrachte, undurchsichtige Geschäfte per Internet abzuwickeln oder Webseiten für irgendwelche Leute zu pflegen. Dabei steckte er sich eine Zigarette nach der nächsten an. Sein persönliches Laster, wie die Prophetin betonte.

Seth wohnte außerhalb des Engelsghettos, irgendwo in einer stillgelegten Lagerhalle in Harlem. Aber einer seiner Kunden hatte sich mit ihm in einem Restaurant in der Nähe der Lexington Avenue getroffen. Nach dem Gespräch, auf dem Weg zur U-Bahn, war er unfreiwillig Zeuge des Selbstmords geworden.

«Ich habe alles mit angesehen, aus dem Citicorp Center. Er stand erst eine Weile da und sah nach unten. Dann sprang er. Es war grauenvoll.»

Seths bildhafte Schilderungen zerstreuten Tessas Zweifel an seiner Glaubwürdigkeit und ließen in ihr die Erinnerung an Hazels Sturz aufleben. Der neue Selbstmord machte ihr klar, dass es sich nicht mehr um eine Reihe von Zufällen handelte, wie die anderen zu glauben schienen, sondern alles Teil eines diabolischen Plans sein musste.

Wie viele würden noch sterben? Wer war der Nächste? Diesem unseligen Treiben musste endlich jemand ein Ende setzen!

Tessa erkannte bereits von Weitem die gelben Absperrbänder und die Schaulustigen, die sich dahinter drängten. Nathanael steuerte Aarons Wagen in eine freie Parkbucht ein Stück weiter südlich auf der anderen Straßenseite.

«Ich muss mich ein wenig umsehen. Komm.»

Sie sollte da raus? Nicht noch ein Toter! Die Leichen nach dem Überfall, Hazel tot auf dem Pflaster, das hatte sich auf ewig in ihr Hirn gebrannt, und ihr wurde bei der bloßen Vorstellung übel. Schweiß brach ihr aus den Poren und ihr Herz raste.

Deutlich sah sie die verrenkten Glieder und die riesigen Blutlachen vor sich, spürte die Kälte des Todes, die sie einhüllte. Nathanael öffnete die Tür und stieg aus. Als sie keine Anstalten machte, ihm zu folgen, drehte er sich um und beugte sich zu ihr herab.

«Was ist? Du kannst nicht allein im Wagen zurückbleiben, während ich mich umsehe. Der Dämon oder der Gefallene könnten sich noch in der Nähe befinden ...»

«Ich möchte lieber hierbleiben. Bei Gefahr schreie ich. Du wirst es sicher hören», sagte sie erstickt und sah zu ihm auf.

Er sah sie so eindringlich an, dass sie glaubte, er könnte ihre Gedanken wie ein Buch lesen.

«Der Tote wurde bestimmt längst mit einer Plane zugedeckt oder fortgeschafft», sagte er leise und drückte sanft ihre Hand.

Tessa zögerte noch immer.

Beruhige dich, deine Angst resultiert aus der Vergangenheit. Die ist vorbei.

Diese Angst war ein schreckliches Gefühl, das sie loswerden wollte. Sie konnte sie nur überwinden, wenn sie ihr ins Gesicht sah. Tessa atmete noch einmal tief ein, bevor ihre Hand nach dem Türgriff fasste.

Im selben Moment wurde die Tür neben ihr geöffnet. Sie ließ es geschehen, dass Nathanael sie vom Sitz hochzog und in die Arme nahm. Seine Nähe war so tröstlich, dass sie seine Worte von vorhin für einen Augenblick vergaß. Sie lehnte den Kopf an seine Brust und lauschte seinem Herzschlag. Der gleichmäßige Rhythmus beruhigte sie.

Nach einer Weile umfasste er sanft ihr Kinn und hob es an. Als sich ihre Blicke begegneten, flackerte erneut Begehren in ihr auf. Dieser Glanz in seinen Augen brachte jeden Widerstand zum Schmelzen. Ihre Lippen öffneten sich wie von selbst in Erwartung eines Kusses. Dabei hatte sie sich doch fest vorgenommen, Abstand zu halten.

Er beugte sich zu ihr herab.

«Wir wollten doch vergessen ...», sagte sie heiser und löste sich aus der Umarmung, ohne ihn anzusehen. Es war wirklich fatal, so sehr Sklavin des eigenen Verlangens zu sein. Sie wandte sich ab.

«Was hoffst du zu finden?» Ihre Stimme klang erstaunlich normal, obwohl sie Mühe hatte, sie zu kontrollieren.

«Ich weiß es nicht, irgendeinen Hinweis. Etwas, das mir was über den Aufenthaltsort des Dämons verrät oder den des Gefallenen.»

Sie atmete tief ein. «Also gut, dann lass uns gehen.»

«Bist du wirklich okay?» Er klang aufrichtig besorgt.

«Ja, es geht schon.»

Nathanael ging zum Kofferraum und öffnete ihn. Neugierig folgte ihm Tessa. Ein schwarzer Hartschalenkoffer mit einem elektronischen Schloss lag darin. Nathanael tippte eine Zahlenkombination ein. Dann öffnete er den Deckel. Sie war erstaunt über die Waffensammlung, die auf dunkelblauem Samt gebettet im Sonnenlicht glänzte.

Keine Pistolen oder Gewehre, sondern blank polierte Schwerter in allen Größen, silberne Messer mit Sichelklingen und sternförmige Shuriken, Wurfscheiben, der sich auch die Ninja Japans bedient hatten. Angesichts dieser tödlichen Sammlung wurde Tessa ganz flau im Magen.

Erst jetzt wurde ihr die Tragweite ihrer Entscheidung bewusst. Das Vorhaben war riskant und könnte sie vielleicht das Leben kosten. Aber Hazel war es ihr wert, die Wahrheit herauszufinden.

«Was nimmst du davon mit?»

Ihre Frage wurde beantwortet, als er in der Innenseite seiner Weste, die er über dem Sweatshirt trug, zwei Messer mit Sichelklingen und zwei Shuriken verstaute.

«Auf das muss ich jetzt wohl besser verzichten, wenn wir nicht alle Aufmerksamkeit auf uns lenken wollen», erklärte er und zeigte auf eines der Schwerter mit gewellter Klinge, das unter seiner Weste hervorlugen würde.

Er redete darüber, als handelte es sich um Spielzeugwaffen. Die Klinge blitzte im Sonnenlicht und blendete Tessa. Trotz der

Gefährlichkeit musste sie zugeben, dass die prachtvoll gearbeitete Waffe eine gewisse Faszination auf sie ausübte. Kleine, fremdartige Ornamente waren am Rand eingraviert. Eines davon glich Nathanaels Tätowierung am Hals.

«Beeindruckend. Was bedeuten diese Zeichen?» Vorsichtig streckte Tessa ihren Finger aus, berührte das Schwert aber nicht.

«Es sind die Engelssymbole, sieben an der Zahl. Jeder Erzengel hat sein eigenes. Das hier ist Michaels und damit meines.» Nathanael zeigte auf das Zeichen mit dem doppelten V und dann auf seinen Hals.

«Sieben Zeichen? Ich dachte immer, es gibt nur vier Erzengel.»

«Nein, es gibt sieben.»

Er klappte den Kofferraum schwungvoll zu, schloss den Wagen ab und ergriff Tessas Arm. Sie hätte ihn gern noch mehr darüber befragt, aber sie wollte das alles hier lieber so schnell wie möglich hinter sich bringen.

Nathanael steuerte zielstrebig auf die Mitte des Geschehens zu, offenbar um in der Nähe des Opfers nach Spuren zu suchen. Sie fragte sich, nach welcher Art von Hinweisen er suchte. Engelsfedern?

«Halte dich gut an mir fest, okay? Sollte uns etwas trennen, dann bleib, wo du bist. Ich bin sofort bei dir. Hast du mich verstanden?»

Tessa nickte, aber ihr war bei dem ganzen Vorhaben mulmiger zumute als gedacht. Hoffentlich würde Nathanael recht behalten und der Tote war nicht mehr zu sehen.

Sie hatte Glück, denn an der Stelle, wo sich zuvor die Leiche befunden hatte, leuchteten nur noch weiße Kreidestriche auf dem Asphalt, die die Lage des Toten skizzierten, der bereits weggebracht worden war. Dennoch musste Tessa wegsehen.

Nathanael schob sich unerbittlich weiter durch die Reihen, die wie Mauern fest im Boden verankert schienen. Alle verfolgten die

Arbeit der Polizisten, die das Areal abmaßen und einige Gaffer nach Zeugen befragten.

Tessas Finger krallten sich in Nathanaels Arm, um ihn nicht in der Menge zu verlieren. Dabei hatte sie das Gefühl, beobachtet zu werden. Ihr Blick suchte unter den Anwesenden nach rot glühenden Augen, konnte aber zu ihrer Erleichterung nichts entdecken.

Zwei Polizisten drängten eine Handvoll Schaulustige zurück, die versuchten, unter dem Absperrband durchzuschlüpfen. Tessas Griff verstärkte sich, als sie bemerkte, wie einige der Umstehenden die Polizisten aufgebracht beschimpften. Nathanael beachtete es nicht, sondern marschierte weiter unbeirrt vorwärts.

Im selben Augenblick wurde Tessa von einem bulligen Kerl beiseite gestoßen, weil sie ihm angeblich die Sicht nahm. Sie verlor das Gleichgewicht, ihr Griff lockerte sich, und ehe sie es verhindern konnte, hatte sie Nathanael losgelassen, der zwischen zwei breitschultrigen Männern vor ihr verschwand.

Bleib stehen, klangen seine Worte ihr in den Ohren. Sie hätte auch gern seine Anweisung befolgt, wenn es nicht so schwierig gewesen wäre, denn sie wurde hin und her geschubst, als die Schaulustigen sich noch näher an die Bänder drängten. Ein Ellbogen bohrte sich in ihre Rippen, dass sie kaum Luft bekam. Sie wollte nach Nathanael rufen, aber ihre Stimme versagte.

Die Leiber der Umstehenden drückten sich gegen ihren Körper und sie fühlte sich wie in einer Presse gefangen. Die Stimmen vermischten sich zu einem dumpfen Ton, das Bild verschwamm vor ihren Augen. Schweiß brach ihr aus allen Poren und ihre Knie zitterten. Gleich würde sie ohnmächtig werden.

Plötzlich spürte sie eisigen Atem in ihrem Nacken, der sie erstarren ließ. Der Dämon. Er war hier, ganz dicht.

Panik wallte in Tessa auf. Sie musste hier weg. Sofort. Ob mit oder ohne Nathanael. Sie schaffte es, sich umzudrehen und mit dem Einsatz ihrer Ellbogen einen Weg nach hinten zu bahnen. *Halt durch, weiter.* Die Todesangst trieb sie an.

Sie fixierte über den Köpfen der anderen eine blinkende Reklame als Anhaltspunkt. Das gab ihr die Kraft, während sie sich keuchend weiterschob. Kaum lichteten sich die Reihen, packte sie eine kräftige Hand am Arm.

Nathanael drehte sie sich zu sich um und funkelte sie wütend an.

«Bist du von allen guten Geistern verlassen? Wieso bist du nicht stehen geblieben, wie ich es dir gesagt habe?», schnaubte er. Seine Nasenflügel blähten sich. Er stand wie ein Racheengel vor ihr.

«Du warst plötzlich verschwunden, die Leute haben mich geschubst. Ich leide unter Klaustrophobie, diese Enge ... und dann ... habe ich den Dämon gefühlt, diese eisige Kälte ...»

«Schon gut, beruhige dich.» Er zog sie in seine Arme und sie konnte das heftige Klopfen seines Herzens spüren. «Mach das nie wieder. Ich ...»

Es war an der Zeit, ihre Panik zu erklären und ihm von dem Überfall zu erzählen. «Ich muss dir etwas sagen.»

Er zog sie ein Stück weiter und legte den Arm um ihre Schultern.

«Also, was ist los?», flüsterte er.

In wenigen Sätzen beschrieb sie tonlos, was damals geschehen war. «Neben mir stand ein Mann, riesig mit breiten Schultern. Er wurde tödlich getroffen, sackte zusammen, riss mich zu Boden und begrub mich unter sich. Ich bekam keine Luft mehr und hatte Angst zu ersticken. Seitdem habe ich diese Klaustrophobie.»

Tessa war froh, dass sie sich ihm anvertraut hatte. Er legte seine Hand auf ihre Wange und drehte ihren Kopf sanft zu sich herum. Sofort begann es auf ihrer Haut angenehm zu kribbeln. Als hätte er es gespürt, zog er seine Hand zurück.

«Es tut mir leid, dass ich dich vorhin so angefahren habe, ich hätte besser auf dich achtgeben müssen. Es ist meine Schuld, ich hätte damit rechnen müssen, dass so was passieren kann.»

«Ist schon okay. Mir ist ja nichts geschehen.»

Der sanfte Ausdruck in seinen Augen ließ ihr Herz schneller schlagen. *Sieh mich nicht so an*, dachte sie. Er senkte den Blick.

Ein leises Schluchzen weckte Tessas Aufmerksamkeit. Ihr Kopf ruckte herum, und auch Nathanael sah in die gleiche Richtung. Weinend stützte sich eine blonde Frau auf dem Kofferraum des Polizeiwagens ab. Sie wirkte verloren und verzweifelt. Tessa empfand sofort Mitleid für sie.

«Warum hat er das nur getan?», sagte sie immer wieder und schlug die Hände vors Gesicht.

Nathanael wollte zu ihr gehen, aber Tessa hielt ihn mit einer Geste zurück.

«Warte, lass mich bitte zu ihr gehen. Allein.»

«Nein!»

Seine Antwort war deutlich und eine Warnung lag in seinem Blick. Sie wusste, dass er auf eben anspielte. Es fiel ihr schwer, sich an den Gedanken zu gewöhnen, keinen Schritt mehr ohne ihn zu tun.

«Okay, aber lass mich sprechen.»

Er nickte.

Langsam ging Tessa um den Wagen herum auf die Frau zu. «Können wir Ihnen helfen?», fragte sie.

Die schwarze Wimperntusche auf dem bleichen Gesicht war verlaufen und ihr Lippenstift verschmiert.

«Keiner kann mir helfen. Er ist tot! Tot! Verstehen Sie?»

Neue Schluchzer schüttelten ihren Körper. Tessa beugte sich zu der Weinenden.

«Kannten Sie den Mann, der sich vom Dach gestürzt hat?», fragte sie und legte der Frau zum Trost die Hand auf den Arm.

Die Blonde nickte. «Ja. Er war mein Ex-Mann. Wir sind zwar schon seit über fünf Jahren geschieden, aber immer noch gute Freunde. Ich wollte ihn heute besuchen.»

Sie schniefte laut und zog aus ihrer Hosentasche ein Taschentuch, mit dem sie sich die Tränen abtupfte.

«Oh, das tut mir sehr leid.»

Es war schwer, jemandem in dieser Situation Trost zu spenden und die richtigen Worte zu wählen. Im Schmerz verschlossen sich viele und öffneten sich oft nur Menschen, denen das Gleiche zugestoßen war. Deshalb brachte Tessa Hazel ins Spiel.

«Ich habe auch erst vor Kurzem meine beste Freundin verloren. Sie ist auf die gleiche Weise gestorben.»

Sie konnte noch immer nicht sagen, dass Hazel sich das Leben genommen hatte. Es kam einfach nicht über ihre Lippen. Die Blonde sah auf.

«Wirklich? Wissen Sie, sein Selbstmord traf mich ... völlig unerwartet. Ich kenne Oliver schon lange. Er hatte keine Probleme im Job oder so und seit Kurzem sogar eine neue Freundin, mit der er glücklich war. Er hat nie eine Andeutung gemacht, dass er sich das Leben nehmen wollte. Und jetzt das! Ich bin fassungslos. Warum hat er nicht mit mir über seine Probleme geredet? Wenn ich doch nur etwas geahnt hätte, vielleicht ...»

Die Blonde brach erneut in Tränen aus.

«Sie dürfen sich jetzt keine Vorwürfe machen. Sie konnten das nicht verhindern.»

«Und wenn doch? Vielleicht habe ich was übersehen? Irgendein Zeichen. Hört man nicht immer wieder, dass Selbstmörder ihren Tod vorher ankündigen? Aber nichts, gar nichts habe ich gemerkt.»

Sie schnäuzte sich laut ins Taschentuch.

«Sie sollten sich wirklich keine Vorwürfe machen. Ich habe bei meiner Freundin vorher auch nichts bemerkt.»

«Tatsächlich? Und haben Sie erfahren, weshalb Ihre Freundin sich das Leben genommen hat?»

Tessa schüttelte den Kopf und forschte im Gesicht der Fremden. Würde sie mit ihr über ihre Vermutungen reden können? Als Tessa sich nach einer Weile zu einer Frage durchgerungen hatte, kam ein Polizist mit weit ausholenden Schritten auf sie zu.

«Mrs Reardon, ich würde gerne noch einmal mit Ihnen sprechen.» Er winkte die Blonde zu sich heran. «Bitte, es dauert nur einen Moment.»

Die Frau löste sich aus ihrer Starre und lief ihm entgegen. Reardon? Wo hatte sie diesen Namen schon einmal gehört? Natürlich. Oliver Reardon! Das war einer der Séance-Teilnehmer. Tessa wurde schlagartig übel.

«Was ist?», fragte Nathanael leise.

«Hazel hat kurz vor ihrem Tod an einer Séance teilgenommen. Und dieser Oliver Reardon gehörte auch zu dieser Runde. Bis auf den Leiter des Kreises haben sich alle anderen das Leben genommen. Es muss etwas mit dieser Séance zu tun haben, davon bin ich überzeugt», raunte sie ihm zu.

«Wirklich nur eine Séance? Manche nutzen solche Sitzungen auch für Dämonenbeschwörungen.»

Tessa wirbelte herum und sah zu ihm auf. «Was sagst du da? Du meinst, die könnten mit dieser Sitzung die Dämonen gerufen haben?»

Ihr Magen krampfte sich bei der Vorstellung zusammen, Hazel könnte diese Höllenbrut herzitiert haben. Sie sah flüchtig zu Mrs Reardon hinüber, die sich noch immer mit dem Polizisten unterhielt. Ob sie von der Séance wusste?

«Es wäre schon möglich, dass er durch sie hergekommen ist. Doch dazu bedarf es gewisser Fähigkeiten.»

«Und die wären?»

«Einer der Teilnehmer müsste ein Nephilim, der sich Luzifer verschrieben hat, oder ein Gefallener sein.»

Nathanaels Worte brachten Tessa zum Grübeln.

«Dann kann das nur der Leiter gewesen sein», überlegte sie.

«Ich sagte: könnte. Vielleicht war es wirklich nur eine harmlose Séance.»

Tessa fing Mrs Reardon ab, nachdem sie sich von dem Polizisten verabschiedet hatte.

«Mrs Reardon? Darf ich Ihnen noch eine Frage stellen?»

Die Blonde winkte ab. «Bitte nicht, ich bin total erschöpft und muss gleich noch zum Police Department, um meine Aussage zu bestätigen.»

Die Tränen waren zwar versiegt, aber ihre Augen gerötet und die Wangen hohl und blass. Sie tat Tessa leid, aber das war jetzt ihre einzige Chance, mehr über den Verlauf der Séance zu erfahren. Sie trat der Frau in den Weg.

«Bitte, nur eine einzige Frage.»

Die Frau blieb stehen. «Aber nur eine.»

«Hat Ihr Ex-Mann vielleicht vor Kurzem an einer Séance teilgenommen?»

Tessa wartete gebannt auf Mrs Reardons Antwort, die freudlos auflachte.

«Oliver? Niemals. Er hielt nichts von diesem Quatsch.»

«Sind Sie sicher?», hakte Tessa enttäuscht nach.

«Ja, bin ich. Das Einzige, was er besuchte, war diese Selbsthilfegruppe. So, und jetzt lassen Sie mich bitte gehen.» Mrs Reardon drängte sich an Tessa und Nathanael vorbei.

«Welche Selbsthilfegruppe?», fragte Tessa nach.

Aber Mrs Reardon antwortete nicht, sondern winkte ab und lief weiter.

«Bitte, welche Selbsthilfegruppe?», rief ihr Tessa verzweifelt hinterher.

Mrs Reardon blieb stehen und seufzte tief. «Eine Selbsthilfegruppe für Schmerzpatienten.»

«Danke.»

Tessa sah noch eine Weile dem Streifenwagen hinterher, in den Mrs Reardon gestiegen war, bevor sie sich zu Nathanael umdrehte.

«Hast du eigentlich vorhin eine Spur gefunden?»

Er schüttelte den Kopf. «Es standen zu viele um den Tatort herum. Dämonenstaub verfliegt leicht.»

Der Wind fuhr durch Cynthias Bluse, die für das kühle Frühlingswetter zu dünn war. Tessa fröstelte und verschränkte die Arme vor der Brust.

«Können wir vielleicht einen Abstecher zu meiner Wohnung machen? Sie ist nicht weit von hier. Es war ja nett von Cynthia, mir das hier zu leihen, aber ich fühle mich in meinen Sachen weitaus wohler und eine Jacke fehlt mir auch. Und eine Zahnbürste, Duschgel und so brauche ich auch.»

«Zu gefährlich», kam es knapp zurück.

«Ich muss dahin.»

«Nein. Sie könnten uns dort auflauern.»

Tessa drückte den Rücken durch und sah zu ihm auf. «Aber ich hab doch dich dabei. Außerdem – muss ich dich daran erinnern, dass du für mich arbeitest?»

«Und muss ich dich daran erinnern, dass du gesagt hast, dass du meinen Anweisungen Folge leistest?»

Sie sah ihn an. Wie wichtig war es ihr wirklich? Ja, sie wollte ihre eigene Kleidung und es würde bestimmt nur wenige Minuten dauern. Aber wenn er so dagegen war ...

Bevor sie eine Entscheidung treffen konnte, seufzte er und meinte: «Also gut. Gehen wir.»

Vorhin hatte sie nur in der Menge verschwinden können, weil er nicht umsichtiger gewesen war. Nicht auszudenken, wenn ihr etwas geschehen wäre. So etwas durfte ihm nicht noch einmal passieren.

Seine Angst um sie war berechtigt, denn die wenigen Spuren des Dämons, die sich ihm offenbarten, waren frisch gewesen. Bestimmt wussten sie von ihrer Wohnung und lauerten ihr womöglich dort auf.

Es war eigentlich zu riskant, zu ihrer Wohnung zu fahren, dennoch hatte er schließlich nachgegeben. «Aber nur kurz. Und wenn ich die Anwesenheit eines Dunklen spüre, müssen wir sofort umkehren.»

«Ja, okay. Danke. Ich beeile mich und danach sollten wir uns in Hazels Wohnung umsehen. Los, komm.»

Wenn sie sich etwas in den Kopf gesetzt hatte, schien sie keiner stoppen zu können. Selten hatte er solch eine Hartnäckigkeit und Mut bei einer Frau entdeckt. Tessa rannte bereits in die Richtung des geparkten Wagens.

Nathanael holte sie ein und umfasste ihren Arm.

«Halt, nicht so hastig», protestierte er.

«Wieso?», fragte sie.

«Du musst dicht bei mir bleiben, sonst bist du leichte Beute. Einer aus Luzifers Gefolge ist noch hier. Ich spüre es. Wir müssen vorsichtig sein. Er kann jederzeit aus dem Hinterhalt angreifen. Ich muss nachsehen, ob er Spuren hinterlassen hat, aus denen ich Rückschlüsse ziehen kann.»

«Du meinst, der Dämon ist noch immer hier?»

Er nickte und Tessas Augen weiteten sich. «Na, toll.»

Nathanael umkreiste mehrfach den Wagen, auf der Suche nach einem Hinweis, der die Anwesenheit des Dämons verriet. Tessa folgte dicht hinter ihm.

«Und?»

Anstelle einer Antwort legte Nathanael den Zeigefinger auf den Mund und schloss für einen Moment die Augen. Er versuchte sich zu konzentrieren, um noch den geringsten Hauch von Kälte aufzuspüren, aber da war nichts. Er hätte schwören können, eben die Gegenwart eines Dämons gefühlt zu haben. Nathanael wartete noch eine Weile, bis er sich sicher war, dass sich keiner in der Nähe befand.

Er wandte sich zu Tessa um. «Alles okay.»

Schließlich zog er die Fernbedienung aus der Tasche, um den Wagen zu öffnen. Aber sie versagte ihren Dienst. Auf Knopfdruck sprang der Schlüssel daraus hervor. Bevor er ihn in das Schloss stecken konnte, sprang Tessa auf ihn zu.

«Warte!»

Erstaunt sah er sie an.

«Der Kofferraum ist offen.»

Ein Blick genügte, sie hatte recht. Es war nur ein fingerbreiter Spalt, aber er erinnerte sich genau, ihn verschlossen zu haben. Er verließ nie den Wagen, bevor er sich nicht vergewissert hatte, alles verriegelt zu haben.

Er lief um den Wagen und begutachtete das Schloss, an dem sich in der Tat einige Kratzer zeigten. Vorsichtig öffnete er den Kofferraumdeckel. Sein Blick glitt über den Koffer mit dem Waffenarsenal. Noch immer fest verschlossen.

Es konnte kein Dämon gewesen sein, die bohrten nicht in Wagenschlössern herum, sondern würde das gesamte Schloss schmelzen. Er war erleichtert, dass es sich nur um Menschen gehandelt hatte.

«Das ist nicht das Werk eines Dämons», sagte er zu Tessa.

«Vielleicht haben jugendliche Autoknacker versucht, den Wagen aufzubrechen?»

«Und wir haben sie vermutlich dabei gestört. Vielleicht haben sie uns vorhin beobachtet, als ich dir die Waffen gezeigt habe. Sie hätten den Koffer nicht öffnen können, er ist ein kleiner Tresor.»

Er drückte den Kofferraumdeckel zu. Das Schloss rastete nicht mehr richtig ein und hielt nur notdürftig.

«Was wäre eigentlich, wenn ein Dämon die Waffen gestohlen hätte?», fragte Tessa.

«Dann muss ich sie zurückholen.»

«Würde er sie Luzifer bringen?»

«Schon möglich.»

Sie sah ihn aus großen Augen an. «Aber du würdest doch nicht in die Hölle gehen, um sie zurückzuholen, oder?»

Er zuckte mit den Schultern. «Doch, wenn es sein muss.»

Tessa schluckte.

Ein warmes Gefühl stieg in Nathanael auf, als er in ihr Gesicht sah. Sie hatte Angst um ihn. Dass sich jemand um ihn sorgte, war eine neue Erfahrung für ihn.

«Würdest du dann um mein Leben fürchten?», fragte er lächelnd.

«Natürlich. Wer sollte mich denn sonst beschützen?»

Ihre Stimme klang heiser, auch wenn sie sich offensichtlich Mühe gab, unbefangen zu wirken.

«Tessa.»

Sie wandte den Blick ab und beobachtete einen Hund am Straßenrand. Als wenn es nichts Wichtigeres gäbe.

«Tessa.» Er legte ihr einen Finger unters Kinn und drehte den Kopf zu sich herum.

Als sie aufsah, schien die Luft zwischen ihnen zu knistern. Das Grün ihrer Augen verdunkelte sich. So war es auch gewesen, als sie gemeinsam den Höhepunkt erlebt hatten. *Du wolltest doch die Finger von ihr lassen*, schalt seine innere Stimme.

Zu spät. Er konnte nicht anders, als sie an sich zu ziehen und zu küssen. Ihr weicher Körper schmiegte sich an ihn. Voller Ungeduld stieß seine Zunge in ihren Mund. Sobald er sie in seinen Armen hielt, vergaß er alles andere und hatte sich nicht mehr im Griff. Dabei wollte er genau das vermeiden, weil es ihn immer fester an sie band. Sie besaßen keine gemeinsame Zukunft. Wann kapierte er das endlich?

Es dauerte eine Weile, bis seine Vernunft endlich wieder die Oberhand gewann und er den Kuss beendete.

Sie öffnete die Augen und funkelte ihn an. «Nathanael, du bist genauso verrückt nach mir wie ich nach dir, das spüre ich doch», sagte sie. «Sag mir endlich, was zwischen uns steht!»

Dass ich versagt habe, als es wichtig gewesen ist, und dadurch die Schuld am Tod einer Frau trage, hätte er am liebsten geantwortet.

Er stieß geräuschvoll den Atem aus. Die Bilder der Vergangenheit drängten sich ihm erneut auf. Er hatte die Gefahr damals unterschätzt. Solch ein Fehler durfte ihm nie wieder unterlaufen. Nie wieder wollte er für den Tod eines anderen verantwortlich sein. Schon gar nicht für Tessas.

«Ich selbst. Mein Leben, meine Vergangenheit! Selbst wenn ich wollte, es geht nicht.»

«Gib uns eine Chance.»

«Du glaubst nicht, wie sehr ich mir das wünsche, aber es geht nicht. Ich führe das Leben eines Kriegers. Vielleicht führt ein neuer Auftrag mich aus New York fort? Kannst du mir dann folgen und alles hinter dir lassen? Deinen Job? Deine Freunde? Alles?» Seine Finger krallten sich in ihre Schultern. «An meiner Seite ist kein Platz für eine Frau. Begreif doch.» *Schon gar nicht für eine Frau deines Kalibers. Du hast was Besseres verdient*, fügte er in Gedanken hinzu.

«Ich verstehe, du willst dich nicht binden. Aber ich wäre bereit, dir überallhin zu folgen. Ich finde einen Job, da mach dir keine Gedanken, alles andere wird sich ergeben. Schließlich gibt es Telefone und Internet», antwortete sie.

«Nein, du verstehst es nicht. Du würdest dein bisheriges sicheres Leben gegen eines voller Gefahr und Tod eintauschen. Welche Frau würde sich so etwas wünschen? Ich weiß, wovon ich spreche. Ich habe Menschen, die mir etwas bedeutet haben, sterben sehen, getötet von Nephilim oder Gefallenen.»

«Und wenn ich trotz allem dazu bereit wäre, dir zu folgen?»

Sie meinte es ernst, wie ihre Miene verriet. Aber an seiner Seite würde sie zur Zielscheibe Luzifers werden. «Es geht nicht, Tessa.»

Enttäuschung zeichnete sich in ihrem Gesicht ab. Er bereute, sie mit seinen Worten verletzt zu haben. Aber er konnte die Schatten der Vergangenheit nicht einfach wie eine zweite Haut abstreifen. Vermutlich würde er seine Schuldgefühle wegen Gina nie vergessen. Tessa hätte sein unstetes und gefährliches Leben nach kurzer Zeit sicher satt. Und dann die ständige Gefahr, in der sie schweben würden. Wie konnte er da eine feste Beziehung eingehen?

Sie sah ihn an und ihr Blick wurde weich. «Was führst du nur für ein einsames, trostloses Leben. Ich werde nicht aufgeben, dir zu beweisen, dass ich zu diesem Leben bereit bin. Für dich. Ich weiß, dass du jetzt nichts davon hören willst, aber ich kann warten.»

«Tessa ...» Er suchte vergeblich nach den passenden Worten.

«Komm, lass uns jetzt bitte zu meiner Wohnung fahren», sagte sie und öffnete die Beifahrertür.

Unzählige Male hatte Tessa den Fahrstuhl benutzt, um in ihre Wohnung zu gelangen. Doch nie war er ihr so eng erschienen wie heute. Wegen Nathanael, der dicht neben ihr stand. Deutlich spürte sie seinen muskulösen Schenkel an ihrem und atmete seinen herb männlichen Duft ein. Es fühlte sich gut an und intim, und erinnerte sie wieder schmerzlich an seine Worte.

Nathanael rückte von ihr ab und heftete die Augen auf die Stockwerksanzeige. Tessa wollte dieser gespannten Atmosphäre entgehen und schickte ein Stoßgebet zum Himmel, die Fahrt möge schnell enden. Als im fünften Stock noch ein korpulenter Mann dazukam und sie gegen Nathanael drückte, hielt sie den Atem an. Er schwieg, aber sie spürte seine Anspannung und das verhaltene Atmen. Zu ihrer Erleichterung verließ der Zugestiegene den Aufzug wenige Etagen später.

Als die Türen des Fahrstuhls sich öffneten, ergriff Tessa die Flucht nach vorn. Doch nach wenigen Schritten stoppte sie Nathanael. Sie wollte protestieren, als er einen Finger auf seine Lippen legte und sich nach allen Seiten umblickte. Nach einer Weile nickte er und bedeutete ihr weiterzugehen.

Nathanael betrat mit einem Messer bewaffnet vor ihr die Wohnung. Er begutachtete akribisch jeden Raum, um sicher zu gehen, dass kein Dämon ihnen auflauerte.

Tessa wartete währenddessen in der geöffneten Wohnungstür. Sie hatte Angst um ihn. Und wenn der Dämon jetzt tatsächlich in ihrer Wohnung lauerte?

Nathanael pirschte sich geschmeidig wie eine Raubkatze vorwärts. Sie erinnerte sich noch zu gut, wie Joel in den Hinterhalt geraten war. Aber nicht Nathanael. Er strotzte vor Kraft und Mut und ließ diesen Gedanken unsinnig erscheinen.

Es war für sie unvorstellbar, dass er je sterben könnte. Sie wollte ihn nicht verlieren. Tessa war nicht für eine kurze Affäre geschaffen, sondern verlangte mehr. Der Kuss vorhin machte alles nur noch schlimmer.

Nathanael trat aus dem Badezimmer und steckte das Messer

wieder in die Weste zurück. Forschend betrachtete sie seine ernste Miene.

«Und?», fragte sie und knetete die Finger.

«Keine Gefahr. Dennoch sollten wir hier nicht lange bleiben. Pack das Nötigste zusammen und dann schnell raus hier.»

Tessa nickte und schloss hinter sich die Wohnungstür, bevor sie ins Schlafzimmer eilte, sich die Reisetasche vom Schrank herunterholte und wahllos Wäsche aus der Kommode kramte. Im Wohnzimmer holte sie nach Nathanaels Inspektion einen Umschlag mit Geld aus dem Safe. Sie stopfte ihn auch in die Reisetasche.

Nathanael stand im Türrahmen und beobachtete sie dabei. Das machte sie nervös, was auch daran lag, dass seine Anwesenheit in ihrem Schlafzimmer etwas Intimes besaß und ihre Gedanken wieder in die eine Richtung dirigierte.

Sie hatte vor ihm noch keinen einzigen Mann hierher mitgebracht. Nur Nathanael.

Sie spürte seinen Blick auf ihrem Rücken und es begann auf ihrer Haut zu prickeln. Sie wandte sich zu ihm um und begegnete seinem begehrlichen Blick. Pure Leidenschaft strahlte ihr entgegen.

Das führte doch zu nichts. Hastig wandte sie sich ab und bemerkte, dass das Telefon auf dem Nachttisch blinkte. Sie drückte die Taste des Anrufbeantworters.

«Nachricht eins: ‹Tessa, wo steckst du? Ich habe schon tausend Mal angerufen. Ruf bitte zurück. Ich mache mir langsam Sorgen.› Nachricht zwei: ‹Tessa, warum meldest du dich nicht? Ruf mich zurück, sobald du den AB abrufst. Egal wie spät.› Nachricht drei: ‹Wenn du mich nicht bis Montag zurückgerufen hast, nehme ich den nächsten Flieger zurück. Honey, bitte melde dich endlich›», spulte der Anrufbeantworter die Nachrichten hintereinander ab.

Stevens Stimme zu hören, war fast wie ein Schock, aber es brachte sie zurück auf den Boden der Tatsachen. Was war sie nur für eine Frau? Während er vor Sorge umkam und ihr vertraute, hatte sie es noch immer nicht geschafft, ihm zu sagen, dass sie sich von ihm trennen wollte.

Sie sah auf und begegnete Nathanaels eisigem Blick.

«Ich *muss* ihn zurückrufen», sagte sie und griff bereits nach dem Telefonhörer.

«Wir haben dafür keine Zeit. Pack lieber deine Sachen fertig und dann verschwinden wir.»

«Nur eine Minute. Bitte.»

Nathanael betonte jedes Wort: «Ich sagte, pack deine Sachen.»

Seine Augenbrauen zogen sich über seiner Nasenwurzel zusammen. Er schien darüber wütend zu sein, dass sie Steven anrufen wollte. Das war ihr in diesem Augenblick gleichgültig.

«Ich rufe ihn an, um was zu klären. Es dauert auch nicht lange», sagte sie bestimmt und sah, wie Nathanael missbilligend die Lippen zusammenkniff.

«Wirst ihm die liebende Frau vorspielen und unsere kleine Affäre verschweigen?» In seinen Augen lag ein gefährliches Glitzern. Er war eifersüchtig.

«Du hast keinen Grund, eifersüchtig zu sein ...», begann sie. Doch da hatte Nathanael bereits das Zimmer verlassen. Seufzend wählte Tessa Stevens Handynummer. Das Knarren des Dielenbodens im Flur verriet Nathanaels Anwesenheit.

Sie war überrascht, als Steven sich nach dem Freizeichen sofort meldete. Er atmete schwer.

«Tessa, Darling, wo hast du die ganze Zeit gesteckt? Warum hast du nicht zurückgerufen? Ich bin fast umgekommen vor Sorge.» Steven rief so laut ins Telefon, dass Tessa den Hörer vom Ohr hielt. Sicher konnte Nathanael draußen im Flur jedes Wort verstehen.

«Joggst du etwa schon?» Das war Steven durchaus zuzutrauen. Als Frühaufsteher joggte er bereits vor dem Frühstück durch den Central Park. Während sie sich auf ein Wortgeplänkel einließ, überlegte sie, wie sie Steven die Trennung am besten beibringen konnte.

«Ja, die Sitzungen fangen schon um halb acht an.»

Die Hintergrundgeräusche wurden lauter. Sie musste sich sehr auf seine Worte konzentrieren, denn das einsetzende Geräusch von Pressluftgehämmere im Hintergrund übertönte ihn.

«Was ist denn das für ein Lärm?», rief sie ins Telefon.

«Neben dem Hotel wird eine U-Bahn-Station gebaut. Gut, dass mein Zimmer schalldichte Fenster besitzt.»

«Aber es ist doch in Europa erst sechs Uhr früh und dann arbeiten die schon?»

«Hier fangen alle recht früh an. Also, wo steckst du?»

Tessa atmete tief ein, bevor sie sagte: «Steven, hör mir zu, ich muss unbedingt mit dir reden.» Stille am anderen Ende der Leitung.

Als sie eine Bewegung wahrnahm, sah sie auf.

Nathanael lehnte am Türrahmen, die Arme vor der Brust verschränkt.

Tessa bedeutete ihm mit einer Geste, sie allein zu lassen, aber er machte keine Anstalten zu gehen. Sie legte ihre Hand um den Hörer. Doch wie sie Nathanaels Lächeln entnehmen konnte, brachte das sowieso nicht viel. Er besaß auch noch ein außergewöhnliches Gehör.

«Steven, bist du noch dran?», rief sie in den Hörer.

«Ja, ich bin noch dran. Du klingst so ernst. Ist was passiert?»

Jetzt musste sie Steven alles gestehen. Das Beste wäre es, ihm gleich die Wahrheit zu sagen.

«Nein ... ja ... Kurz gesagt ... ich ... ich werde mich von dir trennen.» So, jetzt war es heraus. Sie hörte, wie er am anderen Ende der Leitung laut einatmete.

«Das ist nicht dein Ernst, oder? Jetzt, so kurz vor dem Ziel?»

War das alles, was er dazu zu sagen hatte? Kein Wort von Liebe und Bedauern? Fragte er denn gar nicht nach dem Grund? In diesem Augenblick war ihr bewusster denn je, dass Steven anscheinend nur an sich und das Verwirklichen seiner Ziele gedacht hatte. Sie war nur Mittel zum Zweck gewesen. Die gemeinsamen Jahre, alles vergeudete Zeit! Weil sie blind gewesen war und sich eine heile Welt vorgegaukelt hatte, die nie existiert hatte.

«Doch Steven, es ist mein Ernst. Ist das alles, was du dazu zu sagen hast?» Sie war überrascht, wie ruhig ihre Stimme klang.

«Tessa, wir sind ein verdammt gutes Team. Das kannst du nicht so einfach hinschmeißen. Du profitierst doch auch von meinem Erfolg ...»

Profit. Erfolg. Sie fühlte sich, als hätte er ihr gerade eine Ohrfeige verpasst.

Er sah in allem nur ein Geschäft, selbst in ihr. Obwohl in letzter Zeit die Zweifel über ihre Beziehung immer wieder hochgestiegen waren, schockte sie dennoch seine Gefühlskälte. Himmel, sie war so dumm gewesen!

Sie fing Nathanaels Blick auf, in den wieder die vertraute Wärme zurückgekehrt war. Steven hatte sie nie so angesehen.

Nathanael war der Richtige für sie. Er war hier, beschützte sie, spendete ihr Trost und verlieh ihr die Kraft, die Gefahren zu überstehen. Weder Steven noch ein anderer tat das für sie. Nur er.

«Steven, bitte. Hier geht es doch nicht um irgendein Geschäft, sondern um uns», unterbrach sie ihn.

«Welche Summe hat Carmichael dir geboten? Will er dich zu seiner Primemanagerin befördern? Sag schon. Egal, was er vorschlägt, ich biete mehr.»

Nathanael hatte jedes Wort Stevens verstanden, das entnahm sie seiner finsteren Miene. Mit einer eindeutigen Geste zeigte er ihr, dass er Steven am liebsten den Hals umgedreht hätte.

Tessa spürte seine Wut, die wie eine Welle zu ihr brandete.

«Steven, glaubst du wirklich, ich würde mich wegen Geld von dir trennen? Ich habe einen anderen Mann kennengelernt.» Nathanael sog geräuschvoll die Luft ein. Hoffentlich gab er keinen Ton von sich, der Steven seine Anwesenheit verraten hätte. Zum Glück hielt er sich zurück.

«Du willst dich von mir wegen eines anderen Kerls trennen? Das glaube ich nicht. Wer ist er?»

«Niemand den du kennst. Aber ich trenne mich nicht seinetwegen von dir. Er hat mir nur bewusst gemacht, dass ich etwas in unserer Beziehung vermisst habe.»

«Was kannst du vermisst haben? Ich habe dich in meine Pläne eingeweiht, dich vielen einflussreichen Leuten vorgestellt, du hast in den besten Kreisen verkehrt. Das alles wirfst du einfach so hin. Du bist undankbar.» In seiner Stimme schwang Verachtung mit.

«Steven, bitte, Vorwürfe bringen doch jetzt nichts. Was geschehen ist, ist geschehen. Lass uns als Freunde auseinandergehen. Bitte, Steven. Wenn du in die Staaten zurückkehrst, sollten wir uns treffen, um noch einmal in Ruhe miteinander zu reden.»

«Ich will nicht mehr mit dir reden. Du wirst es noch bereuen, Tessa, glaube mir.» Bevor sie etwas darauf erwidern konnte, hatte er aufgelegt.

Hatte sie nicht eben ein Aufleuchten in Nathanaels Augen gesehen? Er tippte ungeduldig mit dem Finger auf seine Armbanduhr.

Tessa nickte ihm zu. Das Telefonat mit Steven hatte sie so aufgewühlt, dass ihre Hände zitterten. Sie war froh, dass Nathanael ihr keine Fragen stellte. Sie lief mit der Reisetasche zum Schrank, um die restlichen Kleidungsstücke hineinzustopfen.

Danach eilte sie an Nathanael vorbei ins Bad, um sich umzuziehen. Sie bemerkte, dass er etwas sagen wollte, und hob die Hand. Ihre Nerven lagen blank. «Sag jetzt bitte nichts.»

Sie wollte und konnte jetzt nicht über das Telefonat reden, erst, wenn ihre Wut über Stevens Gefühllosigkeit verraucht war und ihr Kopf frei von der Frage, weshalb sie so lange bei ihm geblieben war.

In ihrer eigenen Kleidung fühlte Tessa sich gleich wohler. Ihr Ärger auf Steven war zum Glück ein wenig verraucht. Cynthias Hose und Bluse rollte sie zusammen und steckte sie in eine Plastiktüte.

Sie öffnete eine Tür ihres Spiegelschrankes über dem Waschbecken und prallte mit einem Aufschrei zurück. Sofort wurde die Badezimmertür aufgerissen und Nathanael stand hinter ihr.

«Was ist los?» Er blickte über ihre Schulter, wie er sie im Spiegel sehen konnte.

«Alles ist leer. Meine Medikamente und Kosmetika. Leer!», rief sie fassungslos.

Sie öffnete auch die zweite Tür. Aber außer einer Zahnpastatube existierte nichts im Schrank.

«Vielleicht im Mülleimer?» Er öffnete den Mülleimer, der sich unterhalb des Waschbeckens befand.

«Warum sollte ich das in den Müll schmeißen? Ich weiß genau, dass alles noch da war, bevor ich meine Wohnung verlassen habe. Hundert Pro. Aber wen interessieren meine Cremes und Tabletten, wenn er auch Schmuck und Geld finden könnte, im Wohnzimmer im Safe? Für einen Profi wäre es ein Leichtes, ihn zu knacken.»

Das nicht auch noch. Jemand hatte Sachen entwendet, die es in jedem Supermarkt um die Ecke zu kaufen gab? So was hatte sie noch nie gehört. Am liebsten hätte sie ihren Ärger hinausgeschrien. In ihrer Wohnung hatte sie sich immer sicher gefühlt, aber dass jemand hier eingedrungen war, noch dazu ohne irgendwelche Einbruchsspuren, erschütterte sie.

«Die Tür wurde nicht gewaltsam aufgebrochen, es fehlen Kosmetika und Medikamente, das können doch nur der Dämon oder der Gefallene gewesen sein.»

Sie hatte keine andere Erklärung parat. Ein Junkie hätte versucht, den Safe aufzubrechen, um sich an der nächsten Ecke Stoff zu beschaffen.

«Was wollten die damit? Nein, das glaube ich nicht.» Nathanael rieb mit dem Finger übers Kinn. Er schien zu überlegen.

«Sicher hast du recht.» Tessa sank seufzend auf den Rand der Badewanne.

«Aber irgendwie kommt niemand außer ihnen infrage. Vielleicht brauchen sie das für jemand anderen?»

«Dann könnten sie es auf der Straße viel leichter beschaffen. Nein, das ergibt keinen Sinn. Außerdem hätte ich beim Betreten deiner Wohnung eine Spur gefunden oder ihre Anwesenheit gespürt. Vielleicht war dein Stiefbruder hier, um dir Sachen zu bringen, und hat alles eingesteckt?»

Tessa schüttelte den Kopf. Sie fühlte sich mit einem Mal so leer. «Er hat keinen Schlüssel.» Ernest hatte es immer abgelehnt, einen zu nehmen.

«Und Greenberg?»

«Wir waren die meiste Zeit bei ihm. Er hatte auch keinen Schlüssel.»

«Hat denn sonst noch jemand einen Schlüssel zu deiner Wohnung?»

«Niemand.»

Dann fiel ihr ein, dass Hazel einen Reserveschlüssel besessen hatte. Als sie vor drei Jahren in ihre Wohnung eingezogen war, hatte sie ihn damals ihrer Freundin ausgehändigt, falls sie sich einmal ausschloss.

«Hazel hatte einen.»

«Und ist der noch in ihrer Wohnung?»

«Ich habe beim letzten Mal nicht danach gesucht.»

«Wenn Hazels Wohnung in der Zwischenzeit nicht aufgebrochen wurde, muss derjenige, der einen Schlüssel zu deiner Wohnung besaß, auch mit Sicherheit einen für ihre Wohnung besessen haben. Es muss jemand gewesen sein, dem sie vertraut hat. Wir sollten dorthin fahren und uns umsehen.»

Tessa hatte zwar immer noch ein ungutes Gefühl, wenn sie Hazels Wohnung betrat, weil sie sich wie ein Eindringling vorkam, aber Nathanael hatte recht.

20.

Tessa grübelte während der Fahrt zu Hazels Wohnung darüber nach, wer noch einen Schlüssel besitzen könnte, kam aber zu keinem Ergebnis. Auch Nathanael schien seinen Gedanken nachzuhängen, denn er schwieg.

Tessas Magen begann zu knurren. Cynthias Croissant war zwar lecker, aber recht klein gewesen.

Nathanael steuerte den Wagen vor die Ausgabe eines Schnellrestaurants. Beim Essensduft, der aus dem Fenster zu ihnen herüberwehte, lief Tessa das Wasser im Mund zusammen.

«Hier gibt's die besten Hotdogs», erklärte er.

«Danke.» Tessa biss herzhaft in das weiche mit Wurst gefüllte Brötchen, das Nathanael ihr kurz darauf reichte. «Ich habe tierischen Hunger. Der ist richtig lecker.»

«Ich liebe Hotdogs», sagte er kauend.

«Müsst ihr eigentlich regelmäßig essen wie wir ... Menschen?» Sie konnte sich diese Frage nicht verkneifen.

«Unser Körper ist ziemlich irdisch, davon konntest du dich ja selbst überzeugen.» Er grinste sie an. «Bis auf ein paar Kleinigkeiten.»

«Entschuldige, aber ich weiß so gut wie gar nichts über dich und über eure ... Art.»

«Ist schon in Ordnung. Wir haben Bedürfnisse wie jeder Mensch. Und sind genauso auf das verdammte Geld angewiesen. Leider. Wir riskieren Kopf und Kragen für die himmlischen Mächte und werden dafür noch schlecht bezahlt. Ein Scheißjob.»

Tessa glaubte immer tiefer in diese dunkle Welt gezogen zu werden, von der auch Nathanael ein Teil war. Was sie manchmal, wenn er sich wie eben sehr menschlich benahm, nur allzu gern vergaß.

Seine Worte stimmten sie nachdenklich. «Klingt ziemlich deprimierend.»

Sie beugte sich vor, um ihn anzusehen. In seinen Augen lag eine Trostlosigkeit, die sie betroffen machte. Sie zog es vor, nicht weiter nachzuhaken, weil sie spürte, wie er sich verschloss.

Als Nathanael den Wagen vor Hazels Wohnblock parkte, verspürte Tessa ein flaues Gefühl im Magen. Es waren nicht nur die Erinnerungen an Hazel und ihren Tod, sondern die Befürchtung, der Dämon könnte aus irgendeiner Ecke auf sie zustürzen.

Doch alles, was sie sah, war eine Schar Halbwüchsiger, die auf der Straße Fußball spielten, und eine Katze, die unter einem Zaun zu einem stillgelegten Bau kroch. Ein Bild der Normalität, in dem die Existenz von Dämonen und gefallenen Engel undenkbar erschien.

Nathanael holte mit entschlossener Miene eine armlange Lederscheide, die an einem doppelten Gürtel befestigt war, aus dem Kofferraum. Er zog die Weste aus und schnallte sich den Gürtel um die Schultern, sodass die Scheide entlang seines Rückgrats verlief. Darüber zog er wieder die Weste.

Tessa beobachtete mit gemischten Gefühlen, wie er aus dem mit Samt ausgeschlagenen Kasten das Flammenschwert griff und es zwischen seinen Schulterblättern in der Scheide versenkte.

«Dämonen kehren gern an die Orte ihrer Taten zurück. Es wäre möglich, dass wir einem begegnen.»

Seine Gesichtszüge wirkten angespannt, seine Kiefer waren fest geschlossen. In seinen Augen lag ein kaltes Glitzern. Er sah unnahbar und kriegerisch aus, wie die Statue seines Vaters vor *Sacred Hearts.* Nathanael war bereit zu töten.

Er nahm ihre Hand. *Mit ihm könnte ich überallhin gehen und jede Gefahr besiegen,* dachte sie.

Als sie den Innenhof unbehelligt überquerten und die Haustür erreichten, drehte er sich zu ihr um.

«Du bist mutig, Tessa.» Dieses Kompliment aus seinem Mund zu hören, bedeutete ihr viel.

«Ich bin nicht mutig, sondern verrückt», antwortete sie und drückte seine Hand.

Nathanael lachte leise. «Sind wir das nicht irgendwie alle?»

Im Hausflur schwebte noch immer der gleiche muffige Geruch wie bei ihrem letzten Besuch. Nathanael ging mit gezücktem Messer voran. Tessa umfasste seine Hüften und drückte sich eng an ihn, soweit es das Schwert zuließ. Sie spürte, wie sich seine Muskeln unter ihren Händen bewegten. Fast glaubte sie, seine von der Lust erhitzte Haut an ihrer zu spüren. Schon wieder verstieg sie sich in Tagträumen.

Das Knallen einer Tür ließ sie zusammenfahren und riss sie brutal in die Realität zurück. Nathanael stoppte und lauschte. Sie tat es ihm gleich, während ihr Herz den Brustkorb zu sprengen drohte.

Irgendwo lief ein Fernseher, ein Telefon klingelte und ein Pärchen stritt sich laut. Er atmete leise aus und setzte den Weg fort. Bei jedem Schritt blickte er sich um und lief erst weiter, nachdem er sich vergewissert hatte, dass keine Gefahr drohte. Er zog die Tür zum Aufzug auf und schob sie hinein, bevor er ihr nach einem letzten Blick über die Schulter folgte.

Tessa presste vor Anspannung die Kiefer fest zusammen.

Er legte den Arm um sie und zog sie an sich. «Du bist so blass. Willst du doch lieber umkehren?»

Aufgeben? Niemals. Sie hatten es bis hierher geschafft, dann würde sie auch den nächsten Schritt gehen. Schließlich war es ihre Idee gewesen, hierher zu fahren. Wenn sie etwas begonnen hatte, führte sie es auch zu Ende.

«Umkehren? Nein. Ich habe dich hergelotst und ziehe das jetzt auch durch. Manchmal überwältigen mich nur die Erinnerungen. Aber ich hab das im Griff.»

Sie entspannte sich erst, nachdem Nathanael Hazels Wohnung abgesucht hatte und für, wie er sagte, dämonenfrei erklärte.

«Und du bist sicher, dass keiner hier war?», flüsterte sie.

«Jedenfalls nicht heute. Liegen Tage dazwischen, wird es immer schwerer, eine Spur zu lokalisieren. Die Anwesenheit eines Dunklen verflüchtigt sich schnell. Ist auch bei der Jagd auf sie ein Problem. Trotzdem sollten wir vorsichtig sein. Wo willst du mit der Suche beginnen?»

«Im Wohnzimmer. Im Schreibtisch muss der Schlüssel liegen.»

Wieder ging er voran und sie folgte in seinem Schatten. Sein breiter Oberkörper war ihr Schutzschild.

In der Tür blieb er stehen und inspizierte noch einmal alles. «Es ist niemand hier. Du kannst jetzt suchen. Ich passe auf.»

Sie lief zu Hazels Schreibtisch hinüber, an dem sie vor Tagen am Computer gesessen hatte.

«Bei Hazel musste immer alles an seinem festen Platz liegen. Sie hasste die Sucherei. Er liegt sicher im Sekretär.»

Wenn sie nur daran dachte, dass eine dieser Kreaturen ihr damals vielleicht aufgelauert hatte, wurde ihr noch heute ganz flau im Magen. *Such lieber und denke nicht an das, was hätte sein können.*

Akribisch durchwühlte sie alle Schubladen, konnte ihn aber nicht finden.

Nathanael sah sie fragend an. «Hatte sie keine Verwandte, die sich um ihren Nachlass kümmern?»

Tessa verneinte. «Ihr Boss hat deshalb eine Anwaltskanzlei beauftragt, die das übernehmen soll. Aber denen habe ich noch keinen Schlüssel ausgehändigt, weil ich noch auf ihren Anruf warte.»

«Und jetzt?», fragte er.

Seufzend sank Tessa auf den Stuhl hinter dem Schreibtisch. Die erfolglose Suche deprimierte sie. Ob Hazel vielleicht seinen Aufbewahrungsort geändert und dokumentiert hatte? Sie startete den Laptop und über den Bildschirm flimmerten die Engel.

«Sehr originell», bemerkte Nathanael und seufzte.

Nachdem sie das Passwort eingegeben hatte, blätterte Tessa im elektronischen Archiv der Freundin. Dabei fühlte sie sich wieder wie ein Eindringling.

Kreditkartennummern, Geheimzahlen und Sozialversicherungsnummer, alles war detailliert aufgelistet. Selbst ihre Menstruationsblutungen waren eingetragen.

Tessa beugte sich weiter vor und tippte auf den Bildschirm. «Komisch, dieser Séancetermin liegt schon ein halbes Jahr zurück», murmelte sie.

Sollte Hazel sie angelogen haben? Nein, bestimmt nicht, das hätte sie gemerkt. Sie kannte die Freundin gut genug.

Nathanael beugte sich über ihre Schulter und sah auf den Bildschirm. Als sein Atem ihren Hals streifte, erschauerte sie. Seine Nähe machte sie schwindlig. Er roch nach frischer Seife und einem Sandelholz-Aftershave.

«Meinst du das S steht wirklich für Séance? Es könnte auch ihren Lover bezeichnen.»

Wenn es einen Mann gegeben hätte, hätte Hazel ihr das niemals verschwiegen. Alles hatten sie sich anvertraut, selbst die Zungenküsse, die sie als Teenager heimlich mit einem Mitschüler ausgetauscht hatten.

«Quatsch. Hazel hatte keinen Freund, sie hätte es mir gesagt. Wir haben uns alles erzählt.»

Nathanaels Verdächtigung ärgerte sie, weshalb ihr Tonfall barscher ausfiel, als beabsichtigt. Doch der Zweifel keimte in ihr. Was war mit Simon, Hazels Ex? War zwischen beiden wieder die alte Liebe aufgeflackert?

«Sagte die Frau, deren Ehemann sie mit ihrer besten Freundin betrog.»

Tessa schnappte vor Empörung nach Luft. «Wie kannst du meiner Freundin so was unterstellen, wo du sie noch nicht mal gekannt hast?» Sie wandte den Kopf und funkelte ihn wütend an.

«Entschuldige, ich wollte nichts unterstellen. Aber wenn das S nicht für Séance steht, wofür dann? Hier und hier ist es auch eingetragen. Immer mittwochs.»

Tessa wurde unvermittelt heiß. Mittwoch war immer Hazels freier Tag gewesen, den sie regelrecht für heilig erklärt hatte. «Ein Tag nur für mich, an dem ich tun und lassen kann, was ich will. Den ganzen Tag im Internet surfen. Ist das nicht mega?» Die Worte der Freundin klangen noch immer in ihren Ohren.

«Ihr Exmann hieß Simon. Das S könnte auch für ihn stehen», überlegte sie. Aber das erschien unwahrscheinlich, denn sie hatte nie ein gutes Haar an ihm gelassen.

«Wenn ich mich nicht irre, stand dieser Name bereits eine Spalte vorher.»

Tessa zuckte zusammen, als sich Nathanaels Hand auf ihre legte und die Maus führte. Er blätterte in dem Kalender mit einem Klick zurück. Ihre Haut brannte unter der Berührung wie Feuer. Diese kräftigen Männerhände konnten unglaublich sanft und zärtlich sein.

Schluss mit diesen albernen Fantasien. Sie durfte sich nicht immer durch ihn aus dem Konzept bringen lassen.

Tatsächlich fand er ein paar Einträge im Kalender, Tage, an denen sich Hazel mit Simon getroffen hatte. Sein Name war voll ausgeschrieben.

«Siehst du. Weshalb sollte sie hier und da nur einen Buchstaben verwenden und am nächsten Tag seinen Namen ausschreiben. Das ergibt keinen Sinn.»

Insgeheim musste sie ihm zustimmen, aber sie schwieg. Der Cursor glitt über den Bildschirm und Nathanael klickte in beeindruckendem Tempo durch den Kalender. Immer wenn ein S auftauchte, hielt er an. Tessas Augen versuchten, ihm so gut wie möglich zu folgen.

«Halt!» Eisern hielt sie die Maus fest, als er weiterklicken wollte.

«Was ist?», fragte er und legte seine andere Hand auf ihre Schulter.

Aber Tessa war viel zu aufgeregt, um der Berührung längere Zeit Aufmerksamkeit zu schenken. Das, was sie jetzt entdeckt hatte, ließ weitere Zweifel aufkommen. Sie tippte mit dem Finger auf die Bildschirmoberfläche. Das Datum verschwamm vor ihren Augen.

«Hier, sieh. Das war nicht nur mittwochs, sondern auch am Wochenende. Sie hat damals mit einer fadenscheinigen Ausrede meine Einladung ausgeschlagen. Dabei hatte ich zwei Karten für die Knicks organisiert.» Sie erinnerte sich noch genau an das Telefonat, bei dem Hazel sich so seltsam verhalten hatte, als würde jemand sie belauschen.

«Du bist ein Basketball-Fan?»

Tessa schüttelte den Kopf. «Nee, ich eigentlich nicht. Die Karten waren damals für Steven und mich gedacht. Aber dann musste er zu einem wichtigen Meeting nach Toronto und da habe ich Hazel eingeladen.»

«Die dann ebenfalls abgesagt hat.» Nathanael sog geräuschvoll die Luft ein.

Empört sah sie ihn an. «Ich hätte es gespürt, wenn Steven mich betrogen hätte, noch dazu mit meiner besten Freundin!» Sie war über Nathanaels Aussage entsetzt, aber sie weckte doch Zweifel in ihr.

«Ich habe nur kombiniert.»

Sollte die Freundschaft zu Hazel auf einer Lüge aufgebaut sein? Nathanaels Worte stimmten sie nachdenklicher als gewollt.

«Ich selbst habe Steven zum Airport gebracht. Er ist nach Toronto geflogen», flüsterte sie und starrte gedankenverloren auf den Bildschirm, auf dem sich wieder das Engelbild hin und her bewegte.

«Bestimmt irre ich mich. Du kennst die beiden viel besser als ich», trat Nathanael den Rückzug an. Aber es klang, als ob er nicht wirklich davon überzeugt war.

«Ja, das tue ich», sagte sie bestimmt. «Jedenfalls habe ich das immer gedacht. Ich möchte noch nach der Adresse des letzten Séanceteilnehmers suchen.»

Wenig später hatte sie ihn auf einem Zettel notiert und in ihre Hosentasche gesteckt. Sie wollte gerade den Laptop schließen, als ihr Blick über das Regal glitt. Irgendetwas war anders, seitdem sie das letzte Mal hier gewesen war.

«Jemand muss hier gewesen sein», sagte sie mehr zu sich selbst. Nathanael trat näher an sie heran und folgte ihrem Blick. Sie versuchte sich an das Bild von neulich zu erinnern und kniff die Augen zu.

«Jetzt weiß ich es. Als ich hier wie eben gesessen habe, fiel mir eine Tablettenpackung auf, die auf einem der Bücherstapel lag. Sie ist weg.»

«Hattest du die Gleichen?»

«Nein. Außer Alka Seltzer und gewöhnlichen Kopfschmerztabletten wirst du bei mir nichts finden. Ich gehe in ihrem Bad nachsehen, wo sie ihre Medikamente aufbewahrt hat.»

In ihrem Eifer sprang sie auf, wirbelte herum und stieß gegen Nathanael, der dicht hinter ihr stand. Sie geriet ins Taumeln und wäre gestürzt, hätte er sie nicht aufgefangen. Ihre Haut brannte unter seinen Händen, und ihre Brustwarzen zogen sich zusammen.

«Ich geh dann mal rüber», sagte sie und löste sich von ihm. Sie spürte seinen Blick im Rücken, als er ihr in den Flur folgte.

Verdammt, warum musste sie sich auch in ihn verlieben?

Nathanael betrachtete ihren wohlgeformten Hintern, den sie mit grazilem Hüftschwung unbewusst in Szene setzte. Er wusste nur zu genau, wie weich er sich unter seinen Händen angefühlt hatte. Es fiel ihm immer schwerer, sich von ihr zurückzuziehen, obwohl sein Verstand es ihm gebot.

Dass er ihr Telefonat mit Greenberg angehört hatte, machte die Sache nur noch schwieriger. Er konnte nicht verleugnen, wie sehr es ihn freute, dass Tessa sich von dem Mann getrennt hatte. Die Entscheidung war richtig gewesen. *Weil sie zu dir gehören soll.* Nichts wünschte er sich sehnlicher und doch durfte er sie nicht in sein Leben hineinziehen.

Warum überlässt du die Entscheidung nicht ihr? Wenn sie dich liebt, wird sie dich und dein Leben so akzeptieren, wie es ist, und sich nicht davon einschüchtern lassen.

Als wenn das so einfach wäre. Deutlich hatte er noch ihre Miene vor Augen, als sie mit Greenberg telefoniert hatte, ernst, aber nicht bitter.

Die direkte und offene Art, mit der sie es ihm beigebracht hatte, imponierte ihm. Sie verkörperte wirklich alles, was er sich von einer Frau erträumte. Neben ihrem guten Aussehen, Offenheit, Charakterstärke und Fairness. An Greenbergs Stelle hätte er nicht so schnell aufgegeben, sondern um sie gekämpft.

Langsam folgte er ihr ins Bad. Tessa lief zu dem schmalen Schrank in der Ecke hinüber, auf dessen roter Tür ein weißes Kreuz prangte. Nathanael war mindestens ebenso gespannt wie sie auf den Inhalt. Als sie ihn öffnete, fielen ihr unzählige Schachteln und Dosen entgegen.

«Da hat es wohl jemand eilig gehabt», bemerkte er, denn alle Tablettenschachteln waren aufgerissen und bei mancher Cremedose fehlte der Deckel. Er hatte noch nie gehört, dass Dämonen sich dafür interessierten. Während des Durchwühlens musste der Eindringling gestört worden sein und hatte alles nur hastig in den Schrank zurückgestopft.

Tessa öffnete die Kommodenschubladen, in denen Handtücher in wohlgeordneten Stapeln lagen. Selbst den Deckel der Waschmaschine hob sie an.

Danach hockte sie sich auf den Boden und schob die auf dem Boden liegenden Teile zusammen, um sie anschließend im Mülleimer zu entsorgen.

«Was soll das Ganze?», fragte sie und wischte mit Toilettenpapier einen Cremefleck auf.

«Wenn Dämonen wüten, dann bestimmt nicht mit Cremedosen oder Pillenschachteln. Das hier war ein Mensch, der was gesucht hat. Jemand, der mit dem Gefallenen kooperiert.» Es gab genügend Willige unter ihnen, die sich durch einen satanischen Bund Vorteile erhofften.

Aber wer in Tessas näherer Umgebung käme für solch einen Frevel infrage? Der Priester? Hatte er vielleicht einen Bund mit der Hölle abgeschlossen? Auf den ersten Blick würde er es ihm nicht zutrauen, aber Nathanael hatte im Lauf der Zeit gelernt, dass sich oft hinter den freundlichsten Mienen eiskalte Skrupellosigkeit verbergen konnte.

Was war mit Greenberg? Nachdem er einen Bericht in der Presse über ihn gelesen hatte, war er ihm zufällig in einer Bar begegnet. Greenberg war dort in Begleitung eines bekannten Callgirls gewesen. Führte er ein Doppelleben? Auch mit Hazel? Vielleicht, doch zu Nathanaels Verdruss schied er leider zu diesem Zeitpunkt durch seinen Aufenthalt in Europa aus.

Oder gab es unter ihren Kollegen und Bekannten jemanden, der sich auf einen Bund mit der Hölle eingelassen hatte?

«Du meinst, ein Mensch hätte sich mit denen verbündet?» Tessa schluckte hart. «Aber wer?»

Er zuckte mit den Schultern. Von seinen Vermutungen wollte er ihr lieber nichts sagen, um sie nicht noch weiter zu beunruhigen.

«Du hast doch eine Vermutung», bohrte sie weiter, und er spürte, wie sehr sie das Geschehene aufwühlte.

Er schwieg. Was sollte er ihr auch sagen?

«Hast du nun oder nicht?»

Sie ließ nicht locker.

«Nein, ich kenne ja nur deinen Bruder.»

«Ernest ist der beste und liebste Mensch, den ich kenne.»

Na, bitte, da haben wir es, dachte Nathanael und stöhnte innerlich auf. «Natürlich würde ich ihn nie verdächtigen.»

Er sah ihr direkt ins Gesicht. Normalerweise war er ein guter Lügner, aber er spürte, dass sie ihm nicht glaubte. Doch auch sie konnte nicht hinter die Stirn des Priesters blicken. Niemand konnte die Gedanken eines anderen erraten.

Allerdings eines sprach gegen Ernest Macombe: Seine Furcht um Tessa schien echt zu sein, und er war es auch gewesen, der ihm den Auftrag vorgeschlagen hatte.

Ein kühler Luftzug streifte seinen Nacken und ließ ihn herumfahren. Irgendetwas stimmte nicht. Seine Sinne waren schlagartig aufs Äußerste geschärft. War da nicht eben ein Geräusch gewesen, als kletterte jemand über die Feuerleiter?

Er lauschte gebannt, aber als sich das Geräusch nicht wiederholte, glaubte er an eine Täuschung.

«Das hoffe ich auch für dich. Ich würde es dir sehr übel nehmen, wenn du meinen Bruder verdächtigst.» Tessa drängte sich mit eisiger Miene an ihm vorbei in den Flur und lief zum Wohnzimmer hinüber.

«Wir sollten besser verschwinden», meinte er nur.

«Ich will den Laptop mitnehmen und weiter in Hazels Aufzeichnungen recherchieren. Ihr habt doch bei euch im Ghetto einen Internetanschluss?»

«Ja, ja», antwortete er geistesabwesend, noch immer darauf konzentriert, den Beweis für die Nähe eines Dämons zu erspüren.

«Na, dann hole ich ihn mal, damit wir schnell verschwinden können.»

In der Zwischenzeit war die Dämmerung hereingebrochen, sodass Tessa das Licht einschalten musste.

Kaum setzte sie den Fuß über die Schwelle, erstarrte er. Verfluchter Mist, er hatte sich nicht geirrt. Das Flammenschwert auf seinem Rücken vibrierte. Der kalte Hauch, der jetzt wie eine leichte Brise vom Wohnzimmer herwehte, verriet die Nähe eines Dämons.

Ohne auch nur eine Sekunde zu zögern, zog er das Schwert aus der Scheide.

Nathanaels Blick suchte ergebnislos jeden Winkel ab, bis er am Ende der breiten Fensterfront, die auf die Terrasse führte, eine Bewegung wahrnahm. Ein schwarzer Schatten auf dem Sims materialisierte sich zu einem Hünen mit roten Augen, in denen pure Mordlust glitzerte. Er starrte zur ahnungslosen Tessa hinüber, die vor dem Schreibtisch stand und ihm den Rücken zugewandt hatte.

Nathanael hechtete auf sie zu und schrie gleichzeitig: «Tessa, pass auf!»

Mit schreckgeweiteten Augen wirbelte sie zu ihm herum. Ehe Nathanael sich schützend vor sie werfen konnte, sprang der Dämon durchs Fenster. Die Scheibe barst mit ohrenbetäubendem

Knall, dem eine weiße Wolke feinster Glassplitter folgte, die sie einhüllte.

Geistesgegenwärtig warf sich Tessa im Splitterhagel unter den Schreibtisch und hielt die Arme schützend über den Kopf. Mit einem breiten Grinsen stand der Dämon vor ihr.

Als er sich auf sie stürzen wollte, reagierte Nathanael blitzschnell und stellte sich ihm in den Weg. Sein Gegner wich einen Schritt zurück und stieß ein markerschütterndes Gebrüll aus.

Nathanael schwang sein Schwert, aus dem die Flammen schlugen – wie immer, wenn er gegen eine Höllenkreatur kämpfte. Endlich stand er einem der Dämonen gegenüber, die er so lange Zeit verfolgt hatte, und dieses Mal würde er ihn vernichten.

Hass sprühte aus den Augen seines Gegners, was sein Grinsen nur noch gefährlicher erscheinen ließ. Aber Nathanael hatte oft genug gegen diese Höllenbrut gekämpft, um seine Chancen einzuschätzen.

Als der Dämon grinste, entblößte er sein Gebiss, das aus Reihen spitzer Zähne bestand.

Nathanael konzentrierte sich darauf, in den Geist seines Widersachers einzudringen, während er ihn nicht aus den Augen ließ. Aber der Gegner verstand es, seine Gedanken abzuschotten.

«Dieses Mal wirst du mir nicht entkommen», presste Nathanael zwischen den Zähnen hervor.

«Aber vorher werde ich dieses Weib umbringen.» Die Stimme des Dämons klang wie der tiefe Ton einer Glocke, für menschliche Ohren nicht wahrnehmbar.

Wie gut, dass Tessa seine Worte nicht verstehen konnte.

Der Dämon sprang hoch, seine Hände mutierten zu Reptilienklauen, die sich an der Zimmerdecke festkrallten. Er versuchte, wie eine Spinne über Nathanael hinwegzukrabbeln, um zu Tessa zu gelangen.

Nathanael holte mit dem Schwert aus, schoss hinterher und trennte im Sprung mit einem einzigen Hieb eine Klaue ab. Der Dämon brüllte auf, konnte sich aber noch mit der anderen festhalten.

Nathanael startete einen weiteren Versuch, aber dieses Mal war sein Widersacher schneller, glitt herab und positionierte sich vor ihm. Aus seinem Armstumpf tropfte grünes Blut, das am Rand gerann und binnen weniger Sekunden einen neuen Arm wachsen ließ. Bevor der Prozess abgeschlossen war, musste Nathanael handeln, wenn er ihn besiegen wollte.

Der Dämon katapultierte sich in die Luft, und ehe Nathanael ausweichen konnte, bohrten sich die spitzen Klauen des Rivalen in seine Schulter.

«Nein!», gellte Tessas Schrei durch den Raum. Nathanael fluchte derb und hieb mit dem Schwert nach dem Gegner. Die Klinge surrte durch die Luft und verfehlte ihn. Nathanael wirbelte um die eigene Achse und traf den Dämon am Rücken.

Blut rann seinen Arm hinunter, aber er schenkte diesem Umstand wenig Beachtung. Er war es gewöhnt, auch verwundet weiterzukämpfen. Doch die Wunde brannte wie Feuer und schränkte ihn stärker in seinen Bewegungen ein, als ihm lieb war.

Zur Hölle! Der Bastard hatte ihm Dämonengift injiziert. Jetzt galt es den Kampf so schnell wie möglich für sich zu entscheiden, bevor das Gift seinen Arm lähmte.

Leichter gedacht als getan, denn mit jeder Bewegung verteilte es sich schneller in seinem Körper. Der Dämon kippte röchelnd vornüber und sank auf den Boden. Grünes, zähes Blut sickerte aus der Wunde und legte sich wie ein Film über den Riss in der schwarzen Kleidung.

Nathanael sah verächtlich auf ihn herab, die Finger fest um den Schwertknauf gelegt. Schweiß perlte von seiner Stirn, der nicht nur von der Anstrengung des Kampfes herrührte. Das Gift zeigte bereits Wirkung. Seine Glieder fühlten sich schwer und kraftlos an und das Bild vor seinen Augen verschwamm, sodass er blinzeln musste.

Den kurzen Moment der Benommenheit nutzte der Dämon aus und trat ihm das Schwert aus der Hand. Klirrend fiel es auf den Boden. Aus dem Augenwinkel sah er, wie Tessa auf allen vieren darauf zukroch. Sie streckte die Hand nach dem Schwert aus.

Im selben Augenblick griff der Dämon an. Nathanael brachte ihn mit einem Fausthieb zu Fall. Der Gegner ruderte mit den Armen in der Luft und krachte auf den Boden. Als er bäuchlings aufschlug, sprang Nathanael auf seinen Rücken.

Wenn nur nicht alles in seinem Kopf schwirren würde und er einen klaren Gedanken fassen könnte. Er spürte, wie sein Feind sich unter ihm regte und es ihm erschwerte, ihn niederzudrücken. *Reiß dich zusammen, um Tessas willen.*

Der Arm des Dämons hangelte nach seinem Schwert, das Tessa eisern festhielt. Sie holte aus und versuchte den Dämon zu treffen. Aber sie war ungeübt und das Schwert ungewohnt schwer. Ihr Hieb traf ins Leere. Er sah, wie sie die Zähne zusammenbiss und es wieder versuchte.

«Gib mir das Schwert, Tessa», keuchte Nathanael. Wenn er jetzt vom Dämon herunterspränge, geriete Tessa in Gefahr. Sie musste aufstehen, um es ihm zu reichen. Damit würde sie in die Reichweite des Dämons gelangen. Nathanael wusste von ihrer Angst, die sie seit dem Überfall stetig lähmte. Würde sie sie überwinden können und seiner Aufforderung nachkommen?

«Ich muss es schaffen, ich muss es schaffen», murmelte sie vor sich hin.

«Tessa, gib es mir!», brüllte er sie an. Sie stand auf und schleuderte es mit einem unterdrückten Aufschrei durch die Luft, wo er es abfing. «Gut gemacht.»

Sie keuchte von der Anstrengung. «Bring ihn endlich um. Schneid ihm das verfluchte Herz aus der Brust. Ich will noch nicht sterben.» Sie wischte sich mit dem Handrücken übers Gesicht. Entschlossenheit lag in ihrem Blick. Sie hatte ihre Angst überwunden.

Als der Dämon sich ächzend aufbäumte, hielt Nathanael mit letzter Kraft dagegen. Seine Beine fühlten sich durch das Gift, das sich wie Säure durch seine Adern fraß, wie Gummi an.

«Töte ihn, Nathanael, töte ihn», hörte er sie flüstern. Ihr eben bewiesener Mut verlieh ihm ungeahnte Reserven. Er wollte sich nie wieder wie ein Versager fühlen! Niemals! Gina konnte er nicht wieder lebendig machen, aber Tessa würde er retten.

Er schüttelte den Kopf, um die Benommenheit daraus zu vertreiben, und hieb dem Dämon das Schwert in den Nacken. Röchelnd streckte sein Gegner alle Glieder von sich.

Mit zusammengebissenen Zähnen beugte Nathanael sich hinab und zog ein Sichelmesser aus der Weste.

Tessa presste sich die Faust vor den Mund. Der Dämon unter ihm zuckte und sein Atem rasselte wie tausend Käferschalen.

«Schließ die Augen, Tessa», sagte er keuchend.

«Nein, ich kann das ertragen», flüsterte sie.

Seine Zunge hing schwer und pelzig im Mund, sodass er wie ein Betrunkener lallte. Nathanael horchte bei ihren Worten auf. Nur zu gut erinnerte er sich, mit welcher Abscheu sie allen von Joel erzählt hatte. Doch er spürte, wie sehr sie ihm damit beweisen wollte, dass sie sein Leben akzeptierte. Nicht dass es einen Unterschied machte. Sie konnte trotzdem nie Teil seines Lebens sein.

Er hockte sich hin und mit der gewohnten Präzision stach er das Messer tief in den Leib der Bestie, drehte es und schälte das Herz heraus. Das Röcheln unter ihm erstarb schlagartig, der Körper des Dämons löste sich auf. Auch das Dämonenherz schrumpfte in seiner Hand, bis es zu Staub zerfiel. Obwohl er es oft genug erlebt hatte, fühlte es sich immer wieder seltsam an.

Das Messer entglitt seiner Hand und polterte auf den Boden. Allmählich verließen ihn seine Kräfte. Tessa? Sein Blick suchte nach ihr, doch alles, was er sah, waren graue Schlieren. Er geriet ins Taumeln und kippte zur Seite, konnte sich aber am Sessel abstützen.

Die Prozedur, die er gleich auf sich nehmen musste, war äußerst schmerzhaft, aber wirkungsvoll und seine einzige Chance, sich vom Gift zu befreien. Dämonengift konnte Menschen töten oder für immer erblinden lassen. Bei Blutengeln führte es zu einer kurzen Lähmung.

«Was hast du vor?»

«Frag nicht ...»

Seine Armmuskeln unterhalb der Wunde zuckten unkontrolliert, als führen Stromstöße hindurch. Tessa atmete schnell.

Der auflösende Dämonenkörper gab das Schwert frei, das er ergriff. Er streifte die Weste ab und schlitzte mit der Klinge seinen Pullover auf, um die klaffende Wunde freizulegen. Er spürte, wie Tessa den Atem anhielt, als das Schwert zu vibrieren begann. Alles um ihn herum begann sich zu drehen und er wankte. Seine Hand öffnete sich und das Schwert fiel klirrend auf den Boden.

«Du musst ... mir ... helfen», presste er hervor.

Tessa bückte sich und hob das Schwert auf. «Was ... was muss ich tun?», fragte sie.

«Leg ... die Klingenspitze in die Wunde. Aber ... mach schnell.»

Tessa nickte. Er sah, wie es in ihrem Gesicht zuckte und ihr Blick sich auf den Schnitt fokussierte. Sie umklammerte den Schwertknauf mit beiden Händen und hob die Klinge langsam an.

«Jetzt», sagte er und keuchte. Tessa nickte.

Er biss die Zähne fest zusammen, bevor sie die Spitze des Flammenschwertes in die Wunde legte. Kaum berührte das Metall seine Haut, schoss eine Flamme aus der Spitze und drang in seinen Körper. Ein tiefes, animalisches Stöhnen entrang sich seiner Kehle.

Verdammt, das Engelsfeuer bereitete jedes Mal höllische Schmerzen. Er spürte, wie das Feuer sein Blut erhitzte, bis das Gift verdampfte. Es dauerte nicht lange, bis es seinen Körper verlassen hatte. Der Geruch verbrannten Fleisches hing in der Luft. Der Nebel in seinem Kopf lichtete sich und die Kraft kehrte in seinen verwundeten Arm zurück.

«Nathanael?» Tessas Stimme drang in sein benebeltes Hirn.

«Du kannst sie jetzt wieder fortnehmen», sagte er heiser. Behutsam zog sie die Klinge aus der Wunde und ließ das Schwert fallen.

Ihre eiskalte Hand umfasste seinen Arm, strich über seine Stirn.

Der Schmerz klang langsam ab. Er blinzelte und stellte zu seiner Zufriedenheit fest, dass sich die schwammigen Konturen vor seinen Augen zu einem klaren Bild formten. Tessas Gesicht.

«Ich dachte schon ... der Dämon ... War das Gift?» Sie stockte und sah zu ihm auf.

«Ja, Dämonengift. Er hat mir mit seiner Kralle Gift gespritzt. Zum Glück hat das Engelsfeuer es ausbrennen können.»

Tessa wirkte noch immer besorgt.

«Morgen wird noch nicht mal eine Narbe zu sehen sein», beruhigte er sie.

Sie seufzte erleichtert, aber noch waren die Sorgenfalten nicht von ihrer Stirn verschwunden.

Weder Nathanaels Lächeln noch seine Worte konnten Tessa beruhigen. Er hätte sterben können. Ein unerträglicher Gedanke, der sie im Nachhinein in Angst versetzte. Wenigstens war sein Gesicht nicht mehr so blass wie vorhin. Jetzt lehnte er fast lässig am Sessel, als hätte er nur einen Kratzer abbekommen.

Sie ließ die vergangenen Minuten Revue passieren. Als der Dämon durchs Fenster gesprungen war, hatte sie sich wie damals beim Überfall gefühlt. In wilder Panik war sie unter den Schreibtisch gekrochen und hatte den Kampf beobachtet. Sie hatte um Nathanael gebangt, mehr als um ihr eigenes Leben. Als der Dämon Nathanael das Schwert aus der Hand getreten hatte, war sie vor Angst fast gestorben. Doch wie durch ein Wunder war sie über sich selbst hinausgewachsen.

Sie konnte es nicht fassen. Zum ersten Mal nach dem Überfall war es ihr gelungen, die Furcht zu überwinden. Sie fühlte sich wie befreit.

Draußen war es bereits stockdunkel. Der eiskalte Wind, der durch das Loch in der Scheibe hereinwehte, ließ sie frösteln. Vor dem zerschlagenen Fenster lagen die Splitter und ein Haufen schwarzer Asche, der durch die Zugluft hochgewirbelt wurde. Kaum zu glauben, dass es sich hierbei um die traurigen Überreste des Dämons handelte.

Nathanael rappelte sich auf.«Wir sollten schnellstens verschwinden, bevor der Gefallene noch einen weiteren Handlanger herschickt.»

«Doch nicht noch einen Dämon?» Oh, bitte nicht. Sie war zu Tode erschöpft.

«Der Gefallene hat sicher mehr geschaffen als nur einen. Lass uns ins Engelsghetto zurückkehren.»

Statt sich umzudrehen, blieb er dicht vor ihr stehen und legte seine Hand auf ihre Wange. Sein Blick war so sanft und liebevoll, dass ihr das Herz aufging.

«Das eben hat dich geschockt, nicht wahr? Aber jetzt weißt du, was auf dich zukäme. Niemand würde das wirklich wollen.»

Sie fürchtete sich vor dem, was sie gesehen hatte, vor den gefährlichen Mächten, die ihren Tod wollten. Aber heute hatte sie gelernt, dass sie es an seiner Seite schaffen konnte, diese Angst zu überwinden und über sich selbst hinauszuwachsen.

Ihr Verstand gebot ihr, die Suche aufzugeben und ins gewohnte Leben zurückzukehren. Aber dazu war es zu spät. Das Leben der erfolgreichen Bankerin Tessa McNaught existierte nur noch in ihrer Erinnerung. Es gab kein Zurück mehr. Nichts würde mehr so sein wie vorher. Doch das war ihr gleichgültig, wenn sie nur mit ihm zusammen sein durfte.

Sie schluckte bei dem Gedanken, ihn nach dem Auftrag womöglich nie mehr wiederzusehen. Wenn er es doch nur zuließe, dass sie bei ihm blieb.

«Du siehst erschöpft aus und brauchst Ruhe», sagte er leise.

Seine Augen leuchteten in einem Goldton, wie sie es noch nie bei einem Menschen gesehen hatte. Für einen Moment glaubte sie, er würde sie küssen, aber er tat es nicht. Sie fühlte eine Kälte und Leere in sich, die ihr Herz zu Eis erstarren ließ.

Er wischte mit dem Ärmel über die Schwertklinge und schob sie anschließend in die Scheide zurück. Auch das Sichelmesser fand wieder seinen Platz in der Weste. Er wandte sich um und wollte gehen.

«Warte, Hazels Laptop», protestierte sie. «Er könnte uns nützlich sein.»

«Bist du sicher, dass du nach allem, was du heute erlebt hast, wirklich weitersuchen willst?»

«Ja, das bin ich. Ich möchte die Wahrheit herausfinden, jetzt noch mehr als vorher. Und mit dir an meiner Seite wird mir nichts geschehen. Heute habe ich gelernt, meine Angst zu überwinden. Das war ein Schritt, der mir sehr viel bedeutet.»

Und das hast du bewirkt, ergänzte sie in Gedanken.

Er drückte sie an sich und küsste sie aufs Haar.

21.

Tessa war froh, als sie Manhattan erreichten. Sie saß auf dem Beifahrersitz und ging in Gedanken immer wieder das Erlebte durch. Was hätte Ernest wohl dazu gesagt, wie tapfer sie sich geschlagen hatte? Sie war stolz auf sich.

Schweigen breitete sich zwischen ihnen aus, aber sie war froh darüber, denn ein Gedanke bewegte sie. Würde sie wieder in seinem Zimmer schlafen? Allein? Ob er ahnte, wie sehr sie sich wünschte, in seinen Armen zu liegen, gleichgültig, ob morgen alles vorbei wäre?

Nathanael stoppte den Wagen direkt vorm *Hell's* und riss sie aus ihren Grübeleien. Er stieg aus, ging um den Wagen und öffnete ihr die Tür. Die Hand, die er ihr reichte, war eiskalt, sein Blick finster.

«Du kannst heute Nacht in meinem Zimmer schlafen», sagte er und schob sie durch die Tür.

«Und du?» Tessa bemühte sich, ihre Stimme nicht hoffnungsvoll klingen zu lassen.

«Wir kriegen oft tagelang keinen Schlaf. Also mach dir keine Gedanken um mich.»

Bevor sie etwas antworten konnte, eilte er ihr voraus in den Korridor, als befände er sich auf der Flucht.

Tessa hatte Mühe ihm zu folgen, so erschöpft, wie sie war.

Er schloss die Zimmertür auf und reichte ihr den Schlüssel. Dabei vermied er es, sie anzusehen. Wortlos wollte er gehen, aber sie hielt ihn am Arm zurück.

«Nathanael?»

«Bitte, es hat keinen Sinn. Ich werde dir nicht folgen. Selbst wenn wir uns wieder lieben würden, es ändert nichts. Verstehst du?»

Die Worte trafen sie noch mehr als beim letzten Mal.

«Ich wollte dich nicht bitten, bei mir zu bleiben», log sie, «sondern mich bedanken.»

«Dafür bezahlst du mich doch.»

In diesem Moment glaubte sie, in einen Abgrund zu stürzen. Er hielt an seinem Entschluss fest, obwohl sie gehofft hatte, ihn nach dem Kampf gegen den Dämon davon überzeugen zu können, dass sie sein Leben akzeptierte und bereit war, für ein Leben mit ihm. Gemeinsam würden sie gegen die Dunkelheit kämpfen.

Was hatte sie denn erwartet? Schließlich kannte sie seine Meinung. Dennoch hatte sie insgeheim gehofft, er würde sie ändern. Eines war gewiss, die kommende Nacht würde die einsamste ihres Lebens werden.

Als er Tessas sehnsüchtigen Blick aufgefangen hatte, war Nathanael für einen Moment versucht gewesen, ihr zu folgen, um sie bis zum Morgengrauen zu lieben. Alles in ihm verzehrte sich nach ihr. Doch es durfte nicht sein. Wenn er Abstand zu ihr gewann, würde er sie schneller vergessen können.

Nathanael verspürte keine Lust, die Nacht in der Bar zu verbringen. Je weiter er sich von Tessa entfernte, desto besser. Er musste sich ablenken, um nicht wieder in Versuchung zu geraten und begab sich deshalb auf die Suche nach dem Gefallenen.

Das Auftauchen des Dämons vorhin stimmte ihn nachdenklich. Sein Gefühl sagte ihm, dass der Dämon nicht nur an den bekannten Ort zurückgekehrt, sondern Tessa gefolgt war, um sie umzubringen. Aber weshalb gerade sie?

Dafür konnte es nur einen Grund geben. Ihr Tod war nicht nur für den Gefallenen von Interesse, sondern auch für einen Menschen. Aber wer konnte sich so etwas wünschen? Ihr Stiefbruder? Oder Greenberg? Oder jemand, den er noch nicht kennengelernt hatte?

Wer stand mit dem Gefallenen und seinem Gefolge in Kontakt?

Wenig später kletterte Nathanael an der Fassade zu Hazels Wohnung empor. Er war froh, dass ihn niemand bemerkte. Oben angekommen schlüpfte er durch das Loch, das früher eine Fensterscheibe gewesen war.

Die dunkle Präsenz des Dämons hing in der Luft wie schweres Parfüm, obwohl er längst nicht mehr in der irdischen Welt weilte. Nathanael hockte sich auf den Boden und suchte vergeblich nach Dämonenstaub.

Er fluchte leise vor sich hin. Eigentlich hatte er sich bereits vorhin auf die Suche begeben wollen, aber die Gelegenheit verpasst, um dafür Tessa in Sicherheit zu bringen.

Enttäuscht wollte Nathanael wieder gehen, als er einen winzigen schwarzen Fleck auf der Heizung entdeckte, der sich unterhalb des Fensters in einer Nische befand. Er lächelte zufrieden, als er vorsichtig darüberstrich.

Der Staub war nicht mehr so körnig wie vorhin, und als er ihn zwischen den Fingern zerrieb, löste er sich in feinstes Pulver auf, das beim nächsten Lufthauch davon wirbelte. Mit geschlossenen Augen konzentrierte Nathanael sich auf die Bilder, die der Staub ihm preisgab: Erinnerungen des Dämons.

Der Staub entmaterialisierte sich in der irdischen Welt nach der Vernichtung des Dämons, der aus den dunklen Gedanken seines Schöpfers geboren worden war. Dämonen sahen Menschen ähnlich, als bestünden sie aus Fleisch und Blut. Doch das war alles nur eine Täuschung, dem der Geist eines Menschen unterlag. Sie konnten nicht die wahre Gestalt dieser geschaffenen Kreatur sehen, was nur den Engeln und Mischwesen vorbehalten war.

Bilderfetzen flackerten vor seinen Augen, die er nur schwer identifizieren konnte.

Er erkannte das Hochhaus, von dem sich dieser Reardon gestürzt hatte. Und er sah jemanden, der den Selbstmord vom Dach des benachbarten Hauses beobachtete.

Aber es war nicht Seth, sondern der Gefallene. So sehr Nathanael sich auch bemühte, in den letzten Gedächtnisspuren des Dämons zu forschen, deutete nichts auf die Gegenwart des Nephilims hin.

Warum hatte Seth ihnen die Anwesenheit des Gefallenen verschwiegen? Welche Verbindung bestand zwischen ihnen? Wieder ein dubioses Geschäft des Nephilims?

Natürlich blieb immer das Risiko, dass er sich irrte und Seth den Gefallenen tatsächlich nicht gesehen hatte. Aber sein Bauchgefühl sagte ihm etwas anderes.

Sehts Lagerhalle befand sich in Spanish Harlem, eine Gegend, in der fast nur Latinos lebten. Als Sohn einer kubanischen Emigrantin war er hier aufgewachsen. Er hatte bereits wegen Hehlerei und kleineren Diebstählen im Gefängnis gesessen, und während seiner Haftstrafe entwickelte er sich zum Computerspezialisten, was ihm nach seiner Entlassung half, ein neues Leben aufzubauen.

Nathanael hatte Seth hier bisher nur ein einziges Mal besucht. Er parkte den Wagen auf dem Innenhof des Fabrikgeländes. Die Gebäude erinnerten nur noch von außen an ihre einstige Aufgabe – die Herstellung von Fischkonserven.

Als Nathanael anklopfen wollte, bemerkte er, dass die Tür nur angelehnt war. Er betrat die Halle, die Seth mithilfe von ausrangierten Schiffscontainern in mehrere Bereiche gegliedert hatte. In ihnen befand sich die Ware, die er übers Internet verhökerte. Alle Container waren alarmgesichert, wie die roten Lampen und Elektronikschlösser verrieten.

In einem Container saß Seth qualmend vor einem halben Dutzend Bildschirmen. Drinnen war die Luft heiß und stickig von Zigarettenrauch.

Seth hatte ihn noch nicht bemerkt. Er redete ins Mikro seines Headsets und starrte gebannt auf einen der Bildschirme.

«Hi, Seth!», rief Nathanael laut und klopfte auf die metallene Tischplatte.

Der Nephilim zuckte zusammen. Während er aufsah, klemmte er sich eine Zigarette in den Mundwinkel und nahm den Kopfhörer ab. Nathanael hätte schwören können, einen Anflug von Angst im Blick des Nephilims erkennen zu können.

«Was gibt's? Soll ich dir 'ne Homepage einrichten?», nuschelte sein Gegenüber mit der Zigarette im Mund. Nach einem tiefen Zug drückte er sie im Ascher vor sich aus, aus dem die Stummel bereits herausquollen.

Nathanael ließ sich bewusst Zeit mit einer Antwort und musterte den Nephilim. Er bemerkte das leichte Zittern von Seths Fingern, als sie über der Tastatur schwebten. Seth war gerissen, er würde versuchen sich herauszureden.

«Nein, so was brauche ich nicht. Aber ich hab noch ein paar Fragen zu dem Selbstmord. Wegen meines Auftrags, von dem du bestimmt schon weißt.» Ganz sicher hatte Cynthia ihm davon erzählt.

Seth schien erleichtert, denn seine Züge entspannten sich. «Klar. Gratuliere. Ein gutes Geschäft, das du dir da an Land gezogen hast. Schieß los.»

Nathanael verschränkte die Arme vor der Brust und fixierte sein Gegenüber. Dabei bemerkte er, wie dieser mit dem Bein wippte. Seine Anwesenheit machte Seth offensichtlich nervös.

«Bist du sicher, niemanden in der Nähe des Selbstmörders gesehen zu haben?»

Die Miene des Nephilims blieb gelassen, aber in seine Augen trat ein wachsamer Ausdruck.

«Habe ich doch schon gesagt. Es war niemand anderes da», antwortete er.

Seth log, das bewies die Erinnerung des Dämons. Nathanael beugte sich vor und stützte sich auf den Schreibtisch, der voll von CDs und staubig war. «Bist du dir ganz sicher?»

Seth lächelte schief. «Ja, klar. Glaubst du mir etwa nicht, Alter?»

Im gleichen Augenblick, als er nach einer Zigarettenschachtel griff, schnellte Nathanaels Arm nach vorn und packte ihn am Schal. Seth schrie auf und hob abwehrend die Arme. Die Zigarettenschachtel fiel ihm aus der Hand.

«Hey, was soll das? Bleib cool, Mann.»

Mit einem tiefen, zornigen Knurren zog Nathanael den Nephilim dicht an sich heran, sodass er jede Pore in seinem Gesicht erkennen konnte. Keine Regung wollte er sich entgehen lassen.

«Ich hasse es, verarscht zu werden.»

Seths Hände umklammerten Nathanaels Arm. Er versuchte sich aus dem Griff zu befreien, aber er war Nathanael körperlich unterlegen. Es zuckte um seine Mundwinkel, Angst lag in seinem Blick.

«Ich habe dich nicht verarscht. Ehrlich.»

«Ach, ja? Dann hast du wohl nur was verwechselt? Der Gefallene war in der Nähe. Du hast ihn gesehen.»

Seth schluckte hart. «Ich war durcheinander ...»

In Nathanael stieg eine unkontrollierte Wut auf, die sich in einer Explosion gegen Seth entladen wollte.

«Lügner. Du hast ihn und den Dämon gesehen, gib es zu. Jemand hat dich für dein Schweigen bezahlt. Also, wer war es?»

«Ich ... ich ...», stotterte der Nephilim.

«Lüg mich nicht noch einmal an.»

«Nein.» Seth klang ehrlich und die Angst in seinen Augen war offensichtlich.

«Ich höre.»

«Ich ... ich kenn ihn nicht.»

«Du lügst schon wieder, ich sehe es dir an.»

«Der Gefallene wollte ... mich auch hinunterstürzen ... wenn ich ... ihn verrate», stammelte der Nephilim und wischte sich mit dem Handrücken den Schweiß von der Stirn.

Nathanael schnaubte verächtlich und stieß Seth von sich. «Wieso bist du wirklich in der Lexington gewesen? Die Nummer mit dem Kunden kaufe ich dir nicht ab.»

«Im Internet. Ich las was von ... einem Deal. Eine ganz große Sache», fuhr Seth heiser fort. «Man bot mir zehntausend Dollar, wenn ich mitmache. Scheiße, ich brauch das Geld.»

«Was denn für ein Deal?»

«Seelenhandel. Jemand ist einen Deal mit Luzifer eingegangen. Deshalb konnte der Gefallene diese Welt betreten.»

Genau das hatte er vermutet. Nur wenn ein Mensch so wahnsinnig war, sich mit Luzifer einzulassen, konnte der Gefallene ungehindert diese Welt betreten. Eine dunkle Ahnung stieg in ihm auf, die seine Furcht um Tessa wachsen ließ.

«Wer?»

Aber Seth schüttelte den Kopf. «Ich weiß es nicht. Ein Sterblicher.»

«Du weißt es. Also, wer ist es?» Nathanael zog das Schwert aus der Scheide und hielt es Seth an die Kehle.

«Den Sterblichen kenne ich nicht, aber er muss sehr einflussreich sein. Der Gefallene ist Leviathan.»

Nathanael erstarrte und ließ das Schwert sinken.

«Leviathan ...», murmelte er vor sich hin. Diesen Namen hatte er seit Ginas Tod nicht mehr gehört. Verdammt, wie hatte er nur glauben können, der Gefallene würde nicht mehr zurückkehren?

Der Schmerz in seinem Innern flammte erneut auf, als die Bilder vor seinem geistigen Auge vorbeizogen. Er erinnerte sich an jedes Detail.

Gina war gerade erst achtzehn gewesen, als ihre Eltern von einem Nephilim getötet worden waren. Nathanael hatte das verstörte Mädchen gefunden und sich aus Mitleid ihrer angenommen. Er brachte sie zu Cynthia, die sie wie eine Schwester aufnahm, obwohl sie ein Mensch war.

Aus dem anfänglichen Mitleid entwickelte er im Lauf der Zeit Zuneigung. Er hatte es für Liebe gehalten. Doch seitdem er Tessa kennengelernt hatte, wusste er, dass das, was er für Gina empfunden hatte, eher einer Mischung aus Mitleid und schwesterlicher Zuneigung geglichen hatte.

Gina war von dem Wunsch beseelt gewesen, den Mörder ihrer Eltern zu finden.

Als er eines Tages nach einem Auftrag ins Engelsghetto zurückgekehrt war, berichtete ihm Cynthia aufgeregt, dass Gina einen Anruf erhalten hätte und nach Brooklyn gefahren war. Der Anrufer war nicht nur ein Nephilim gewesen, sondern wurde auch wegen schwerer Körperverletzung von der Polizei gesucht.

Nathanael war ihr sofort hinterhergefahren. Aber als er in *Sacred Hearts* angekommen war, fand er sie sterbend zu Füßen der Statue seines Vaters. Ihr Körper war zerschmettert. Ein heiseres Röcheln, das ihm durch Mark und Bein ging, drang aus ihrer Kehle, während ihre Hand nach ihm tastete. Noch nie hatte er sich so hilflos gefühlt.

Er ging neben ihr in die Knie und bettete ihren Kopf in seinen Schoß. Immer wieder flüsterte er ihren Namen, während er spürte, wie das Leben aus ihrem Körper wich. Ihr schmales Gesicht war so bleich, die Wangen hohl und der strahlende Glanz ihrer blauen Augen erloschen, als hätte jemand eine Kerze ausgeblasen.

Als er Schritte hörte, sah er auf und erkannte Michael, der sie mit ausdrucksloser Miene betrachtete. Nathanael wusste, dass sein Vater Ginas Leben retten konnte, und flehte ihn an, ihr zu helfen. Aber Michael verweigerte seine Hilfe und überließ sie ihrem Schicksal. Von diesem Moment an hasste Nathanael ihn.

Nie würde er ihren verzweifelten Blick vergessen, bevor er leer und starr wurde und ihr Kopf zur Seite kippte. Es war einer der schlimmsten Momente seines Lebens gewesen.

Er trug die Schuld an ihrem Tod, weil er nicht da war, um sie zu beschützen. Hätte er doch nur die Vorzeichen richtig gedeutet und die Gefahr rechtzeitig erkannt.

Leviathan war ein Seraphim gewesen und der Vater des Nephilims, den Gina aus Notwehr getötet hatte. Aus Schmerz über der den Tod seines Sohnes hatte er sich auf die Seite Luzifers geschlagen.

«Sie werden mich umbringen, wenn sie erfahren, dass ich dir seinen Namen genannt habe.»

Seths Worte holten Nathanael wieder in die Gegenwart zurück. Der Nephilim zitterte am ganzen Körper, Schweiß perlte von seiner Stirn, aber Nathanael verspürte kein Mitleid mit ihm. Wer sich mit den Geschöpfen der Hölle einließ, verdiente es nicht besser.

«Das hättest du dir früher überlegen sollen. Was will Leviathan von Tessa?»

Seth antwortete nicht, sondern packte stattdessen wahllos Stifte und Zigaretten hastig in seine Jackentaschen.

«Ich muss hier weg ... verschwinden ... sofort hier weg ...», murmelte er vor sich hin. Er wirbelte im Kreis herum, riss die Schränke hinter sich auf und zog einen Rucksack heraus. «Scheiße, ich muss weg ... die bringen mich um ...»

Nathanael hielt ihn über den Tisch am Arm fest. «Nicht bevor du mir gesagt hast, was Leviathan von Tessa will.»

Seth schrak zusammen und begann wild um sich zu schlagen.

«Lass mich los!», kreischte er. «Ich weiß nicht mehr!» Seine

Stimme überschlug sich, bis sie versagte und er japste. «Sie werden kommen und mich umbringen. Mich umbringen.»

Seths Augen füllten sich mit Tränen. Er schlug die Hände vors Gesicht und sackte auf den Boden. Er wurde von Schluchzern geschüttelt. So hatte Nathanael ihn noch nie erlebt. In diesem Zustand war nichts mehr aus ihm herauszubekommen.

Einen Moment blieb er unschlüssig stehen und betrachtete den Nephilim. Er wollte schon gehen, aber plötzlich rappelte sich Seth auf und wühlte in einem Stapel CDs. Schniefend schob er eine von ihnen Nathanael über den Tisch zu.

«Hier. Vielleicht hilft euch das weiter. Aber sie ist nicht von mir. Ist das klar? Wenn du das behauptest, werde ich alles abstreiten.» Er wischte sich mit dem Handrücken über die feuchte Stirn.

Nathanael zögerte, die CD an sich zu nehmen. Warum wollte der Nephilim ihm helfen? Oder war das eine Falle?

«Nimm's oder lass es, ist mir egal.»

Nathanael nahm die CD in die Hand. Von außen war sie nicht beschriftet und steckte in einer transparenten Hülle.

Seth hielt kurz inne, dann nahm er den Rucksack und stopfte ihn mit unzähligen CDs voll.

«Was ist da drauf?» Nathanael hielt die CD zwischen zwei Fingern in die Höhe.

«Hinweise, die euch zu denen führen können, die den Pakt mit Luzifer geschlossen haben.»

«Warum haben sie den Pakt geschlossen?»

Seth blickte sich ängstlich um, bevor er flüsterte: «Seelen im Tausch gegen Macht, Ruhm und Geld. Hör zu, mehr kann ich nicht für dich tun. Ich muss eine Zeit lang abtauchen.»

Nachdem Seth den Reißverschluss zugezogen hatte, schulterte er den Rucksack und rannte an Nathanael vorbei in Richtung Ausgang.

Nathanael lauschte den Schritten, die von den metallenen Wänden widerhallten, bis sie verklangen. Die CD sicher in der Brusttasche verstaut und das Schwert wieder in der Scheide verließ auch er die Lagerhalle.

22.

Tessa lag auf dem Bett und starrte an die Decke. Dabei sehnte sie sich nach Schlaf, der sie das Erlebte vergessen ließ. Am liebsten in Nathanaels Armen. Aber er war gegangen. Dabei hatte sie gespürt, wie schwer es ihm gefallen war.

Immer wieder ertappte sie sich dabei, wie sie bei jedem Geräusch aufhorchte, in der Hoffnung, dass er zu ihr kam. *Vielleicht trinkt er noch etwas in der Bar und überlegt es sich dann anders.* Nein, er würde nicht kommen, so sehr sie es sich auch wünschte.

Sie brauchte Trost und wählte Ernests Nummer. Das schlechte Gewissen plagte sie, weil sie es trotz ihres Versprechens vergessen hatte, sich bei ihm zu melden. Nach wenigen Rufzeichen schaltete sich der Anrufbeantworter ein.

Sie hasste es, mit einer Maschine zu reden. Hastig teilte sie ihm mit, dass es ihr gut ginge und er sich keine Sorgen zu machen bräuchte. Irgendwie klang das, was ihre heisere Stimme von sich gab, selbst in ihren eigenen Ohren nicht gerade überzeugend. Seufzend beendete sie den Anruf und legte das Handy neben sich, falls ihr Stiefbruder zurückrief.

Feste Schritte auf dem Hinterhof ließen sie ans Fenster eilen. Sie schob die Gardine zurück und sah im fahlen Licht Nathanael zum Wagen laufen. Zuerst wollte sie an die Scheibe klopfen, überlegte es sich aber anders. Traurig lehnte sie die Stirn gegen den Fensterrahmen und sah den Rücklichtern nach, bis sie in der Dunkelheit verschwanden. Noch vor wenigen Tagen hatte sie geglaubt, dass nichts und niemand ihr Leben aus dem Gleichgewicht bringen könnte, und jetzt herrschte das vollkommene Chaos.

Sie schlurfte zum Bett zurück und ließ sich fallen. Wohin mochte Nathanael nur gefahren sein? Tessa hatte Angst um ihn.

Einerseits hätte sie ihn gern begleitet, andererseits fühlte sie sich körperlich zu zerschlagen, um auch nur einen Fuß vor die Tür zu setzen.

Die innere Unruhe ließ Tessa von einer Seite auf die andere wälzen, bis ihr Blick auf Hazels Laptop fiel, den sie mitgebracht hatte. Sie stand auf und setzte sich an den Tisch, klappte den Deckel auf und startete den Computer. Die Recherchen würden sie von ihren trüben Gedanken ablenken. Nach dem das Engelmotiv über den Bildschirm geflimmert war, klickte sie sich durch das elektronische Archiv.

Aber sie fand nichts, was sie weiterbrachte. Enttäuscht wollte sie den Computer wieder herunterfahren, als sie doch noch einmal den Kalender öffnete. Tessa blätterte das letzte Jahr zurück. Fast jeden Mittwoch und manchmal auch am Samstag prangte das S als Eintrag. Als sie mit dem Cursor gedankenverloren herumspielte, klickte sie ungewollt den Buchstaben an, und es öffnete sich unvermutet ein kleines Fenster.

Tessa schnappte nach Luft, als sie vor sich die Adresse eines sehr exklusiven Hotels las. *18 Uhr, Four Seasons, East 57th Street, Floor 2* war daneben notiert worden.

Neugierig geworden klickte Tessa sich durch alle Einträge. Fast immer wurde dieselbe Adresse genannt. Leider wusste sie noch immer nicht, was sich hinter dem S verbarg, aber die Séance schloss sie aus. Hazel wäre nie so oft in so einem teuren Hotel verkehrt.

Hatte Nathanael vielleicht Recht und Hazel hatte sich mit einem Liebhaber getroffen? Dann konnte es nur Simon sein. Als Anwalt besaß er das nötige Geld, um sich derartig exklusive Treffpunkte leisten zu können. Ja, es musste Simon sein, alles passte zusammen. Hazel war nie von ihm losgekommen.

Tessa klickte alle Einträge durch, ob sich nicht noch ein Fenster öffnete, das ihr mehr über die Termine verriet. Tatsächlich wurde sie wieder fündig. Sie stieß auf mehrere Eintragungen, deren Adresse ein *Medical Center for Palliative Care* beinhaltete, das sich nicht weit entfernt von *Sacred Hearts* befand.

Was hatte Hazel dort gewollt? Tessa entschied, gleich morgen früh dorthin zu fahren und mehr herauszufinden.

Schließlich gelangte sie zu dem Datum, an dem die Séance stattgefunden hatte. Die hinterlegte Adresse notierte sie sich auf einem Zettel.

Es war bereits drei Uhr nachts, als Tessa gähnend den Laptop zuklappte und ins Bett kroch. Morgen würde sie die Adresse dieses Arthur Levis aufsuchen. Zusammen mit Nathanael.

Sie kuschelte sich in die Kissen, die nach ihm rochen, schloss die Augen und schlief wider Erwarten prompt ein.

Tessa wurde durch lautes Klopfen geweckt. Verschlafen rieb sie sich die Augen, während sie zur Tür schlurfte. Zu ihrer Enttäuschung stand nicht Nathanael, sondern Joel davor.

«Vielleicht brauchst du einen starken, heißen Morgenkaffee?», fragte er lächelnd. «Cyn hat bestimmt auch einen für dich übrig.»

Bei der Aussicht auf heißen Kaffee regten sich Tessas Lebensgeister. «Das Angebot ist zu verlockend, um abzulehnen. Ich bin gleich unten.»

Als Tessa die Bar betrat, stand Cynthia mit einem Becher dampfenden Kaffees hinter der Theke und musterte sie. Tessa fühlte sich unter dem prüfenden Blick unwohl.

«Wo ist Joel?», fragte sie.

«Er muss noch etwas für mich erledigen, kommt aber sicher gleich zurück. Setz dich.» Cynthia stellte eine zweite Tasse auf den Tresen und goss ihr ein.

«Danke.» Der Kaffee war so bitter, dass Tessa sich zusammenreißen musste, um ihn nicht gleich wieder auszuspucken.

«Nathanael mag ihn so besonders gern.» Cynthia schwenkte ihre Tasse, bevor sie den dampfenden Inhalt schlürfte. Tessa erwiderte nichts darauf.

«Wo steckt er eigentlich?», fuhr die Prophetin wie beiläufig fort. In ihren schwarzen Augen lag mehr als nur Neugier, irgendetwas Lauerndes. Tessa zuckte mit den Achseln.

«Weißt du, ich möchte ehrlich zu dir sein», sagte Cynthia schließlich.

Jetzt wird es interessant, dachte Tessa und wartete gespannt, was die andere Frau ihr sagen wollte.

«Du bist nicht die Einzige, die Nathanael mit hinaufgenommen hat.»

Jetzt war es also heraus. Sie hatte schon lange darauf gewartet, dass Cynthia versuchen würde, Nathanael in ein schlechtes Licht zu rücken, damit sie von ihm abließ. Natürlich hatte Tessa nicht geglaubt, die einzige Frau in seinem Leben zu sein, jeder besaß ein Vorleben, dennoch versetzte es ihr einen Stich. Doch sie gönnte Cynthia keinen Triumph.

«Ich weiß», log sie und schluckte gegen den harten Kloß, der gerade ihre Kehle hinaufwanderte.

Sie wollte mehr von der Schwarzhaarigen erfahren, auch, ob sie seine Geliebte gewesen war, aber Cynthia durfte nichts über ihre Gefühle wissen. «Uns verbindet lediglich der Auftrag.»

Viel zu hastig geantwortet, tadelte sich Tessa insgeheim selbst.

Cynthia atmete hörbar aus. «Da fällt mir ein Stein vom Herzen. Nathanael ist wie ein Schmetterling, der von Blüte zu Blüte fliegt, ohne lange dort zu verweilen. Seit Gina hielten seine Beziehungen nie länger als zwei Nächte.» Die Prophetin lehnte sich an den Schrank zurück. Ihr bohrender Blick ruhte auf Tessas Gesicht.

Tessa überlegte eine Weile, ob sie Cynthia überhaupt antworten sollte. Sie nippte am Kaffee und betrachtete ihr Gegenüber über den Tassenrand hinweg. Cynthia wirkte in diesem Augenblick auf sie wie eine Spinne, die auf ihre Beute lauerte.

Was will sie von mir hören? Dass ich zugebe, mehr für Nathanael zu empfinden, als ihr wahrscheinlich recht ist?

Da konnte sie lange darauf warten, sie würde nichts preisgeben. Am besten wäre es, von sich selbst abzulenken.

«Gina? Wer ist das?», fragte sie daher.

«Sie war meine beste Freundin und die einzige Frau, die Nathanael je geliebt hat.»

Was macht dich da so sicher? Sicherlich hatte die Prophetin ihre Frage gelesen, denn sie verzog verächtlich den Mund.

«Wie sah sie aus, wie war sie?» Tessa war sich sicher, dass es diese Frau war, die zwischen ihr und Nathanael stand.

«Tja, wie war sie?» Cynthias Augen leuchteten. Sie schien mit einem Mal weit entfernt zu sein, in der Vergangenheit, bei Gina. «Mit ihrem Lächeln gewann sie alle Herzen. Sie war immer gut drauf und nahm nie etwas krumm. Aber sie war eine furchtlose Kämpferin. Wenn sie sich etwas in den Kopf gesetzt hatte, führte sie es aus. Nathanael hat sie vergöttert. Hier, ein Foto von ihr.»

Cynthia zog unter dem Tresen ein Fotoalbum hervor, dessen Einband aus knallrotem Plastik war.

Wie würde Gina aussehen? Schön? Elegant? Tessa platzte vor Neugier und gleichzeitig hatte sie Angst davor, ihrer unsichtbaren Konkurrentin entgegenzutreten.

«Ich besitze nur wenige Fotos. Eigentlich mag ich keine, weil sie einen Menschen nie so zeigen, wie er wirklich ist. Jetzt bin ich froh, sie zu besitzen. Mittlerweile hüte ich sie wie einen kostbaren Schatz, weil sie das Einzige sind, was mir von Gina geblieben ist.»

Cynthia schlug die erste Seite auf und schob das Album zu Tessa herüber.

Ein sympathisches Frauengesicht mit topasfarbenen Augen lachte ihr entgegen. Ginas dunkle Kurzhaarfrisur schmiegte sich um ihren Kopf wie eine Kappe. Anscheinend hatte sie gern und oft gelacht, das verrieten die Fältchen um Mund und Augen. Über die Stupsnase und die Hälfte der Wangen zogen sich unzählige Sommersprossen.

Irgendwie hatte sie sich Gina anders vorgestellt. Rassiger, sinnlicher, vielleicht wie Lara Croft aus *Tomb Raider.* Aber Gina entsprach mehr dem Durchschnittstyp der netten Nachbarin, wie jemand, den sie auch sympathisch gefunden hätte. Die Aufnahme musste im Sommer gemacht worden sein, denn sie trug ein Top, an dessen Trägerrändern sich ein Sonnenbrand abzeichnete. Das Sonnenlicht fiel direkt auf ihre Halsbeuge.

«Er hatte sie zu seiner Seelenpartnerin erwählt.»

Das klang, als müsste Tessa das verstehen. Es hörte sich esoterisch an. Fragend sah sie Cynthia an, die ihr das deutliche Gefühl vermittelte, unwissend und naiv zu sein. Dafür verstand sie mit Sicherheit nichts von Aktienkursen.

Die Prophetin sog tief die Luft ein. Ihre Miene wirkte starr wie eine Maske. «Nur Blutengel besitzen die Gabe, ihre Seele an eine Auserwählte zu binden.»

«Aha, und wie geht das?» Tessa war gespannt, mehr drüber zu erfahren.

«Die Seelen vereinen sich, wenn der Schöpfer es erlaubt. Nicht jeder besitzt das göttliche Privileg, der Seelenpartner eines anderen sein zu dürfen. Die Seele des Blutengels verlässt seinen Körper und taucht in den der Auserwählten ein. Ein kurzer Moment für die Ewigkeit.

Wenn sich die Seelen wieder trennen, hört jeder der beiden nicht nur seinen Herzschlag, sondern auch den des anderen. Für immer. Jeder fühlt den Schmerz, die Angst und auch das Glück des anderen, gleichgültig, wie weit sie voneinander entfernt sind. Sie finden immer wieder zueinander. Das darf nur einmal geschehen. Stirbt einer von beiden, darf der andere sich nie mehr binden. Leider war es für Gina zu spät.»

«Was ist geschehen?»

«Bevor er sie zu seiner Seelenpartnerin machen konnte, wurde sie ermordet. Vor ungefähr drei Jahren, von einem Nephilim. Sie ist in Nathanaels Armen gestorben. Er hat von seinem Vater verlangt, dass er Gina rettet, aber Michael tat es nicht. Es war zu spät. Nathanael hat ihm nie verziehen. Er war halb wahnsinnig vor Schmerz. Nur die Rache hielt ihn aufrecht. Alle haben befürchtet, er könnte Luzifer herausfordern. Zum Glück hat er sich gefangen. Mit Gina begrub er auch seine Gefühle.»

Die letzten Worte flüsterte Cynthia. Tränen schimmerten in ihren Augen.

Fassungslos lauschte Tessa den Worten der Prophetin. Nicht nur Nathanael schien Gina vergöttert zu haben, sondern auch Cynthia.

Die Prophetin wandte sich um und betupfte ihre Augen mit einem Taschentuch.

«Es quält ihn, immer wieder daran erinnert zu werden ...»

Das ließ Nathanael verwundbarer erscheinen, menschlicher. Er hatte ein Mal geliebt. Warum ließ er es dann nicht ein weiteres Mal geschehen?

Nathanaels Gefühle für sie gingen tiefer, da hatte sie keinen Zweifel. Natürlich war es schwer, gegen eine Tote zu konkurrieren, noch dazu, wo er sie wegen seiner Schuldgefühle auf ein Podest gehoben hatte, aber sie würde um ihn kämpfen.

«Weshalb er seinen Schmerz in zahlreichen Liebschaften ertränken wollte», murmelte Tessa vor sich hin. Und sie gehörte auch zu ihnen.

Eifersucht stieg in ihr auf, wenn sie daran dachte, wie viele Frauen mit ihm das Bett geteilt haben mochten, in dem sie vorhin gelegen hatte. Auch Cynthia? Himmel, sie wollte es lieber nicht wissen.

«Ich gebe dir den guten Rat, lass ihn in Ruhe. Was er für Gina empfunden hat, wird er für keine andere Frau mehr fühlen», bestätigte sie.

«Ach, ja? Du scheinst dir ja wirklich sehr sicher zu sein.»

Cynthia wandte sich zur Seite.

Du willst ihn nur für dich selbst!

Cynthia erstarrte, was Tessa verriet, ins Schwarze getroffen zu haben. Die Prophetin wollte etwas erwidern, hielt aber inne.

Tessa konnte Nathanaels Anwesenheit am plötzlichen Hämmern ihres Herzens spüren.

«Redet ihr etwa über mich?»

Wie immer lief ihr beim Klang seiner tiefen, sinnlichen Stimme eine Gänsehaut über den Körper, als wäre er sanft mit den Fingernägeln über ihre Haut gefahren.

Cynthia strahlte ihn an. «Bilde dir bloß nichts ein.»

Tessa fing ihren Blick auf, der die Gefühle, die Cynthia für Nathanael hegte, offenbarte. Sie liebte ihn. Die Prophetin tat Tessa leid, denn Nathanael schien – oder wollte – es nicht bemerken.

Cynthias Lächeln erlosch, ihr Gesichtsausdruck wurde eisig.

Nathanael setzte sich mit harter Miene auf einen Barhocker neben Tessa und fuhr sich mit der Hand durchs Gesicht. Er sah müde und aus.

Tessa war versucht, die Hand nach ihm auszustrecken und seine Wange zu streicheln. Aber sie wollte Cynthia nicht provozieren. Nathanael legte ihr seine Hand auf den Oberschenkel und sah ihr tief in die Augen.

Tessa sah aus dem Augenwinkel, wie Cynthias Blick zwischen ihnen hin und her flog.

«Einen Kaffee gefällig?», fragte sie Nathanael, der, ohne seinen Blick von Tessa zu lösen, nickte.

«Danke, Cyn, den kann ich gebrauchen.»

Cynthia schenkte ein und stellte die Tasse mit zusammengekniffenen Lippen schwungvoll auf die Theke, dass der dampfende Inhalt über den Rand schwappte.

Tessa griff nach Servietten, die im Stapel neben ihr lagen, und wischte das Verschüttete auf. Dabei berührte sie zufällig Nathanaels Hand, der ebenfalls nach einer Serviette gegriffen hatte. Wie ein Blitz durchzuckte es sie bei der flüchtigen Berührung.

In Cynthias Augen blitzte es zornig auf.

«Hast du auch was zu essen?» Wie zur Bekräftigung knurrte Nathanaels Magen.

«Vielleicht noch ein paar Pancakes und Eier gefällig?» Tessa entging nicht der scharfe Ton in der Stimme der Prophetin.

«Entschuldige, du bist sicher müde, Cyn. Ruh dich aus. Rühreier mit Speck kriege ich noch selber hin.»

Cynthia nickte kurz und verschwand mit einem knappen Gruß durch die Schwingtür.

«Du siehst auch aus, als wärest du die ganze Nacht unterwegs gewesen. Lass mich die Eier zubereiten. Toast und Speck?», fragte Tessa.

«Da sage ich nicht Nein.»

«Richtig lecker mit dem Chili.» Nathanael schob sich eine Gabel mit Rührei in den Mund. «Ich hatte einen Mordshunger.»

Tessa schaufelte das restliche Rührei mit Speck aus der Pfanne auf seinen Teller.

«Du bist die ganze Nacht unterwegs gewesen.»

«Ich war bei Seth», erklärte er und nippte an seinem Kaffee.

«Und?»

«Vielleicht bin ich ein Stück weitergekommen. Lass uns später reden.»

Sie nickte. «Ich habe auch etwas Wichtiges in Hazels Aufzeichnungen entdeckt und wollte mit dir darüber sprechen.»

In wenigen Sätzen erzählte sie ihm von ihren Vermutungen. «Ich möchte heute diesen Arthur Soundso aufsuchen. Und dann zum Medical Center, das Reardon regelmäßig besucht hat.»

«Okay, aber vorher würde ich gerne noch duschen.»

Sein Lächeln hätte einen Atomkern zum Schmelzen bringen können. In diesem Augenblick spürte sie wieder diese Schwingungen zwischen ihnen, wie sie nur bei Nathanael vorhanden waren. Sie war in ihn so verliebt, dass selbst sein Lächeln ein Flattern im Bauch bewirkte.

Plötzlich schien die Luft elektrisch geladen zu sein, es kribbelte auf ihrer Haut. Ihre Blicke tauchten ineinander, alles um sie herum rückte in weite Ferne.

«Ich habe mir letzte Nacht Sorgen um dich gemacht», flüsterte sie. «Du hättest bei mir bleiben können.»

Er hob seine Hand und streichelte ihre Wange. «Dann hätten wir wieder miteinander geschlafen. Sobald dein Auftrag beendet ist, werde ich aus deinem Leben verschwinden. Es ist wirklich besser so.»

«Aber ich möchte mit dir zusammen sein, begreif doch. Du hast doch gesehen, wie es mir gelungen ist, meine Furcht zu besiegen, als der Dämon uns angegriffen hat. Das habe ich dir zu verdanken. Gemeinsam können wir alles schaffen. Ich bin nicht die verwöhnte, zerbrechliche Frau, die du vielleicht in mir sehen willst. Ich bin durchaus dazu in der Lage mit solchen Situationen umzugehen. Lass es uns wenigstens versuchen. Wir können nicht ständig gegen unsere Gefühle ankämpfen.»

«Tessa, bitte, ...»

Nathanael wurde unterbrochen, als Joel die Bar betrat. Wäre der andere Blutengel nicht gekommen, wäre Nathanaels Selbstbeherrschung zusammengebrochen, das spürte Tessa. Seine Gefühle würden über die Vernunft siegen.

«Hey, habt ihr mir auch noch was übriggelassen? Cyn hatte mal wieder eine Sonderaufgabe für mich. Ich musste für sie den Kurier spielen. Mann, ich habe vielleicht Hunger.» Seine Augen suchten vergebens in der Pfanne.

«Ich mach dir noch welche», schlug Tessa vor und ging zum Herd hinüber. Sie warf Nathanael einen bedeutungsvollen Blick zu. *Unser Gespräch ist noch nicht beendet, auch wenn Joel uns gestört hat.*

Seiner ernsten Miene entnahm sie, dass er ahnte, was sie dachte.

Nathanael unterdrückte das Unbehagen, das in ihm aufstieg, als sie diesen Teil Harlems betraten. Das Viertel bot den idealen Unterschlupf für zwielichtige Nephilim wie Seth und alle anderen, die sich von ihrer Art distanzierten. Die Vergangenheit war überall gegenwärtig. Jede Straßenecke, jeder Winkel erinnerte ihn an seine Kindheit.

Tessa zog einen Zettel aus der Tasche und las. «Arthur Levi, 98 West.»

Nathanael erstarrte bei dem Namen.

«Wie heißt der? Levi?»

«Ja, wieso?» Tessa sah zu ihm auf.

Levi – Leviathan. War das Zufall oder existierte eine Verbindung zwischen den beiden? Womöglich dieselbe Person? Es war in der Vergangenheit nicht selten vorgekommen, dass Dämonen und auch Gefallene sich menschliche Namen aussuchten.

«Weil wir hier vielleicht umsonst suchen.»

«Wie meinst du das?»

In knappen Sätzen erklärte er ihr seine Vermutung.

Tessa schluckte und kaute auf der Unterlippe, während sie den Zettel noch immer zwischen den Fingern hielt. Sie schien zu grübeln.

«Wenn es wirklich Leviathan ist, wird der längst über alle Berge sein. Schließlich weiß er, dass ich seinen Spuren folge.»

Der Gefallene durfte sich keine Nachlässigkeit erlauben, die etwas über seinen Aufenthalt verraten könnte.

«Du hast sicher recht, aber ich möchte trotzdem nach dem Haus suchen und einige Bewohner befragen. Vielleicht bekommen wir ein paar Hinweise, die uns weiterbringen.»

«Also gut, suchen wir.»

Obwohl er Tessas Vorschlag zustimmte, verspürte er ein ungutes Gefühl. Und wenn er sich irrte und Leviathan sich noch in der Nähe befand? Wenn es zu einem Kampf kam, würde er ihn immerhin endlich in die Hölle zurückschicken können, wo er hingehörte.

Das Geräusch von Presslufthammern schallte durch die Straße und marterte sein durch mangelnden Schlaf erschöpftes Hirn. Die Bauarbeiten an der neuen U-Bahn-Strecke zogen sich nun schon seit Monaten hin.

Tessa blieb unerwartet stehen und presste die Hand an die Schläfe.

«Was ist?»

«Dieses Hämmern macht mich ganz verrückt.» Sie stöhnte und presste ihre Hand weiter auf die Stirn. «Wir sind alle Häuser abgelaufen, aber Levis Name stand auf keinem Schild. Dabei hatte ich so gehofft ...»

Dunkle Ringe lagen unter ihren Augen. Scheinbar hatte sie genauso wenig in der vergangenen Nacht geschlafen wie er. Ob sie an ihn gedacht, sich vielleicht gewünscht hatte, er möge zu ihr kommen? Verdammt, nichts war ihm je so schwer gefallen, wie sie gestern Abend zu verlassen.

«Vielleicht hast du es dir falsch aufgeschrieben und es war die 98 East», sagte er rau und versuchte, eine widerspenstige Locke aus ihrem Gesicht zu streichen.

«Nein, ich bin mir sicher. Mein Kopf funktioniert noch ganz gut, auch wenn dieser Lärm mich gleich umbringt.»

Tessa verglich noch einmal ihre Notiz mit der Hausnummer. «Wir gehen jedes Haus noch mal durch. Vielleicht hatte Hazel einen Zahlendreher drin», entschied sie.

«Auf ein Neues.»

Die Straßenkarte studierend marschierte sie weiter.

Nathanael lief hinter ihr her. Doch ihr sanfter Hüftschwung lenkte ihn ab. Der Stoff ihrer Hose umspannte ihr wohlgerundetes Hinterteil wie eine zweite Haut.

Denk daran, was du dir vorgenommen hast, ermahnte ihn seine innere Stimme.

Aber einen Blick darf ich mir ja wohl gönnen. Das sehnsüchtige Ziehen in seinem Unterleib erinnerte ihn daran, dass selbst das vermutlich keine gute Idee war.

Er dachte daran, wie sie sich geliebt hatten, rief sich jede ihrer Gesten und geflüsterten Worte ins Gedächtnis zurück. Immer mehr geriet sein Entschluss ins Wanken, die Distanz zu ihr aufrecht zu erhalten.

«Da drüben ist es!», rief Tessa.

«Was ist da drüben?»

«Na, die 98, Levis Haus. Anstatt meinen Hintern zu begutachten, solltest du dich lieber auf unsere Aufgabe konzentrieren. Wir sind schon einmal daran vorbeigegangen und haben die verwitterte Hausnummer übersehen.»

Sie überquerten die Straße.

«Ich bin gespannt, ob sein Name auf dem Klingelschild steht.»

Nachdem Tessa ergebnislos die Namen studiert hatte, öffnete

sich neben ihnen die Haustür. Ein älterer Mann mit mürrischer Miene schob sich an ihnen vorbei. Im Vorbeigehen tippte er zum Gruß mit dem Finger an seine Hutkrempe.

Tessa setzte ihm nach. «Hallo. Entschuldigung, Sir.»

Der Alte im Trenchcoat mit dem zerknitterten Gesicht drehte sich fragend zu ihr um. «Ja, Miss?»

Er stützte sich auf einen Stock mit einem Silberknauf, in Form eines Drachenkopfes.

«Wir suchen einen Arthur Levi, der hier wohnen soll. Aber wir finden ihn auf keinem Schild. Können Sie uns weiterhelfen?»

Tessa lächelte den Alten an, dessen Miene nicht eine Spur freundlicher wurde. Ein wachsamer Ausdruck trat in seine grauen Augen.

Er schüttelte den Kopf. «Der wohnt nicht mehr hier.»

Die Worte des Alten rauschten an Nathanael vorbei, denn plötzlich verspürte er eine Kälte, die auf die Anwesenheit einer Höllenkreatur deutete, die er noch nicht einordnen konnte. Irgendetwas stimmte nicht. Sofort begann jeder Nerv in seinem Körper zu vibrieren. Instinktiv legte er seine Hand an die Weste, unter der sich das Flammenschwert verbarg.

Seine Sinne waren aufs Äußerste gespannt. Die Höllenbestie musste sich ganz in der Nähe befinden. Vielleicht im Haus?

Nathanael versuchte, sich auf seine mentalen Kräfte zu konzentrieren, was ihm durch den Lärm im Hintergrund schwerfiel. Seine Augen suchten nach einem Hinweis. Aber alle Bemühungen verpufften im Nichts.

Er wandte sich blitzschnell um, aber es gab keinen Hinweis auf einen Boten Luzifers und die Kälte verschwand so schnell, wie sie gekommen war.

Als er sich wieder Tessa und ihrem Gesprächspartner zuwandte, fiel sein Blick auf ein Messingschild neben der Haustür. Die Farbe über der Gravur war abgeblättert. Er kniff die Augen zusammen und las die verwitterte Schrift. *Medical Center for Palliative Care. B. Hollows*, gelang es ihm zu entziffern.

Jemand schob eine Gardine ein Stück beiseite und beobachtete ihn. Er konnte durch den Store nicht erkennen, ob es sich um eine Frau oder einen Mann handelte. Als Nathanael zurücksah, wurde der Vorhang zugezogen.

«Wissen Sie zufällig, wohin er gezogen ist? Wir müssen ihn dringend sprechen», fragte Tessa den Alten, dessen Miene sich schlagartig verfinsterte.

In seinen trüben Augen blitzte es wütend auf. «Nein, weiß ich nicht.»

Er wandte sich um und wollte weitergehen.

Tessa ließ nicht locker. «Kann uns jemand anderes weiterhelfen?»

«Was weiß ich», kam die Antwort zurück.

Nathanael versperrte dem Mann den Weg. «Sir, es wäre sehr freundlich von Ihnen, wenn Sie uns weiterhelfen könnten.»

Die Warnung, die sein Blick dem Gegenüber sandte, wurde verstanden.

«Ich kümmere mich nicht um andere Leute. Aber ich sah hier öfter einen schwarzen Priester. Vielleicht weiß der was.»

«Ein schwarzer Priester sagten Sie? Erinnern Sie sich an seinen Namen?»

«Nein, weiß ich nicht mehr. Und jetzt lassen Sie mich bitte gehen, ich habe noch eine wichtige Verabredung.» Er lüpfte seinen Hut und drängte sich an Nathanael vorbei.

Tessa bedeutete ihm, den Alten nicht ziehen zu lassen, weshalb er ihn am Arm zurückhielt.

«Lassen Sie mich los», empörte sich der andere Mann.

«Sagen Sie uns den Namen des Priesters oder geben Sie uns einen Hinweis zu ihm. Das ist wichtig für uns. Bitte.»

«Ich weiß nichts, und jetzt lassen Sie mich endlich los.»

Er gab ihn frei, aber noch nicht auf. Der Alte drängte sich an ihm vorbei.

«Bitte Sir, wenn Sie uns nicht weiterhelfen, gerät vielleicht das Leben des Priesters in Gefahr», beharrte Nathanael.

Der alte Mann stoppte. Langsam drehte er sich zu ihnen um.

Tessa kaute auf der Unterlippe, während ihr Blick zwischen ihm und dem Alten hin und her flog.

Mit knappen Worten beschrieb der Fremde den Geistlichen und seine Besuche. «Darf ich jetzt endlich gehen?»

Nathanael nickte und sah besorgt zu Tessa, die blass neben ihm stand.

«Die Beschreibung des Priesters passt auf meinen Bruder», sagte sie leise, als der Alte gegangen war.

Er zog sie an sich. «Bist du dir ganz sicher? Die Beschreibung könnte auf viele zutreffen.»

Sie schüttelte den Kopf und sah zu ihm auf. «Ganz sicher. Der Wagen, den er beschrieben hat, das war Ernests. Er wusste also doch von Hazel und der Séance. Warum hat er mir das verschwiegen?»

«Und wenn er irgendwie darin verwickelt ist?»

Bereits als Macombe ihm den Auftrag vorgeschlagen und Greenbergs Geld angeboten hatte, hatte er ein ungutes Gefühl gehabt. War es ihm zu verdanken, dass der Gefallene in diese Welt gelangt war? Er würde dem Priester den Hals umdrehen, wenn er das Bündnis mit Luzifer geschlossen und Tessa in Gefahr gebracht hatte.

Tessa blickte zu ihm auf. «Du verdächtigst doch nicht wirklich meinen Bruder? Vielleicht hat er von der Séance gewusst, aber deswegen würde er sich nie mit denen einlassen, vor allem nach der Sache mit Aaron. Nein, Ernest ist der liebste Mensch, den ich kenne. Er würde keiner Fliege etwas zuleide tun, geschweige denn, den Tod von zahlreichen Menschen auf dem Gewissen haben.»

«Aber er ist hier gewesen und hat es dir verschwiegen ...»

«Es muss dafür einen anderen Grund geben, einen triftigen. Aber ich glaube nicht, dass er von Hazels Besuchen hier gewusst hat. Er hätte mir davon erzählt.»

«Vielleicht hast du recht und er hat von alledem wirklich nichts gewusst. Aber ich habe da trotzdem ein komisches Gefühl.»

Tessa stand da und starrte vor sich hin.

«Ich glaube, der alte Mann weiß mehr, als er uns gesagt hat», meinte sie schließlich.

«Das Gefühl hatte ich auch.»

Gemeinsam befragten sie noch ein paar Hausbewohner, aber ohne Erfolg.

Tessa seufzte. «Ich hatte mir von diesem Besuch wirklich mehr versprochen. Stattdessen sind nur wieder neue Fragen hinzugekommen. Und dann noch der Verdacht gegen Ernest. Ich mag mir gar nicht vorstellen, dass du recht haben könntest.»

Nathanael spürte ihre Enttäuschung und wie sehr es sie belastete, dass ihr Bruder verdächtig sein könnte. Er beschloss, Macombe allein einen Besuch abzustatten. Am besten noch heute Nacht, wenn er Tessa in der Sicherheit des Engelsghettos wusste. Doch Tessa hatte andere Pläne.

«Diese Ungewissheit macht mich ganz krank. Ich muss mit Ernest sprechen. Sofort. Das muss er mir erklären. Kannst du mir mal bitte dein Handy leihen? Ich habe meines vergessen.»

Innerlich seufzend zog Nathanael es aus der Jackentasche und reichte es ihr.

Sie wippte voller Ungeduld auf den Zehenspitzen.

«Nun geh schon ran, Ernst», murmelte sie. Nach einer Weile klappte sie das Handy seufzend zu und reichte es ihm zurück. «Wieder nur der AB. Lass uns zurückgehen.»

Der nachdenkliche Ausdruck in ihren Augen bedrückte ihn.

Ihre kalte Hand tastete nach seiner. Schweigend liefen sie zum Wagen.

Kurz bevor sie ihn erreichten, sagte sie leise: «Es will nicht in meinen Kopf, dass mein Bruder mich belogen haben könnte, obwohl vieles dafür spricht. Das hat er noch nie getan.»

Er drückte tröstend ihre Hand.

Sie wandte sich ihm zu. «Bitte, halte mich.»

Er nahm sie in die Arme und zog sie fest an sich.

Eine Weile blieben sie so stehen, als könnten sie die übrige Welt ausschließen. Ihr Haar duftete nach Limonen. Es an seinem Hals zu spüren, führte ihn in große Versuchung. Und er wusste nicht, wie lange er noch würde widerstehen können.

23.

Nathanael zu spüren und seinem gleichmäßigen Herzschlag zu lauschen, tröstete Tessa. Dennoch spülte es nicht die marternde Frage fort, die sich ihr immer wieder aufdrängte, ob Ernest ihr doch etwas verschwiegen hatte.

Als Nathanael ihre Wange streichelte, sah sie zu ihm auf und tauchte ein in das goldglänzende Braun seiner Augen. Wie sie diesen Mann begehrte. Langsam senkte sich sein Kopf herab, bis seine Lippen die ihren unglaublich sanft berührten, als bestünde sie aus Glas.

Dieser Kuss verschlang die Dunkelheit und Zweifel, die sie umgaben, und hüllte sie in ein warmes Licht. Zu ihrer Enttäuschung beendete er ihn viel zu schnell.

«Alles wird sich aufklären», sagte er leise an ihren Lippen.

Widerwillig löste Tessa sich aus der Umarmung.

Als sie ein Stück gegangen waren, bemerkte sie, dass ihnen jemand folgte. Schlurfende Schritte, die außer Takt gerieten.

«Miss? Miss?»

Die schrille Stimme ließ Tessa und Nathanael gleichzeitig herumfahren.

Eine Frau humpelte auf sie zu, nicht größer als ein Kind, und winkte ihnen ungelenk zu. Tiefe Furchen zogen sich durch ihr Gesicht, so gerade, als hätte sie jemand mit dem Messer eingeritzt. Die durchdringend schwarzen Augen hielten Tessas Blick fest. Die Alte streckte ihre knochige Hand nach ihr aus und hielt sie am Ärmel fest.

«Sie haben Arthur Levi gesucht?»

Die Alte sprach mit einem fremdländischen Akzent, womöglich slawisch.

Sie senkte ihre Stimme, dass Tessa sich zu ihr hinabbeugen musste, um sie zu verstehen.

«Ich habe ihn und ein paar andere beobachtet. Auch Rogers. Der mit dem Hut, Sie wissen? Er war immer dabei.»

Also doch.

«Was wissen Sie genau?», flüsterte Tessa zurück.

Die Alte kicherte und hielt sich die Hand vor den Mund.

«Viele Leute zu Rogers gekommen, Tag für Tag. Auch Levi. Haben böse Geister gerufen an runde Tisch. Ich das wissen. Kenne Ritual aus Novosibirsk.» Die Alte unterstrich ihre Worte mit einer theatralischen Geste.

«Sie meinen eine Séance?», fragte Tessa. «War vielleicht auch eine brünette Frau dabei, etwa so groß wie ich, mein Alter?» Tessa schöpfte Hoffnung, endlich doch noch mehr Puzzlestücke von Hazels Schicksal zu erfahren.

Die Alte legte den dürren Finger auf die Lippen. «Pst. Ist Teufelswerk. Frauen waren auch da, habe nur ihre Stimmen gehört.»

Die Alte blickte sich ängstlich um, als befürchte sie, jemand könnte das Gespräch belauschen. Tessa war enttäuscht, dass ihre Gesprächspartnerin Hazels Besuche nicht bestätigen konnte.

«Viele in diesem Haus hatten Angst und haben Polizei angerufen. Dann Levi verschwunden. Aber ich weiß, die treffen sich noch immer», fuhr die Alte fort.

Nathanael sah sie eindringlich an. «Wo?»

Die Russin zuckte mit den Achseln. «Das weiß ich nicht. Aber es ist eine geheime Organisation. Von Rogers. Erkennen sich durch ein Wort ... Delo... Delo... ach, schweres Wort.» Sie winkte ab.

«Meinen Sie vielleicht *Delomelanicon?*», fragte Nathanael leise.

«Ja, ja, das ist es.» Die Alte nickte und legte den dürren Finger auf die Lippen, als hätte er etwas Verbotenes gesagt.

Diesen Begriff hatte Tessa noch nie gehört. Sie sah zu Nathanael.

«Was ist das?»

«Dahinter verbirgt sich ein Buch mit Beschwörungsformeln. Luzifer hat es selbst geschrieben. Für seine Anhänger ist es so was wie die Bibel.»

Hatte ihre Freundin etwa Kontakt zu dieser Satanistengruppe gehabt? Tessa erschauerte. In knappen Sätzen berichtete sie der alten Russin von Hazels tragischem Tod.

Die Alte bekreuzigte sich hastig und murmelte etwas Unverständliches. «Suchen Sie Rogers, wenn Sie die Wahrheit wissen wollen. Suchen Sie ihn. Muss jetzt gehen. Viel zu viel gesagt. Nicht gut. Teufel wird mich holen.»

Wieder bekreuzigte sie sich und sah zum Himmel hinauf. Mit einer Geschwindigkeit, die Tessa ihr nicht zugetraut hätte, drehte sie sich um und eilte hinkend zum Haus zurück.

«Danke!», rief Tessa ihr hinterher.

Sie gingen schweigend zum Wagen zurück. Die Worte der alten Russin ließen Tessa nicht mehr los. Als sie um die Straßenecke bogen, die zu ihrem Parkplatz führte, erkannte Tessa Rogers, der vor dem Tor zu einer stillgelegten U-Bahn-Station stand.

Sie hielt Nathanael am Arm fest und deutete zu dem Alten hinüber. Nach den Worten der Russin musste sie noch einmal mit ihm sprechen.

«Da ist dieser Rogers. Wir sollten ihm nachgehen. Ich muss ihm noch ein paar Fragen stellen.»

«Okay, obwohl ich bezweifele, dass das viel bringt.»

Nachdem sie die viel befahrene Straße überquert hatten, war Rogers jedoch spurlos verschwunden.

«Der hat uns sicher bemerkt», stellte Nathanael fest.

Tessa drehte sich im Kreis und suchte ihn unter den Vorbeigehenden.

«So ein Mist. Der kann sich doch nicht in Sekunden in Luft auslösen», sagte sie und schlug verärgert gegen das eiserne Tor der ehemaligen U-Bahn-Station, das plötzlich quietschend aufschwang.

Tessa steckte den Kopf durch den Spalt und rief hinein: «Hallo? Mr Rogers? Sind Sie hier?»

Sie lauschte. Ihr Ruf echote durch die leere Station, dann herrschte Stille.

Nathanael schob die Tür weiter auf und trat ein, dicht gefolgt von Tessa. «Der kann nur hier drin sein, da bin ich mir sicher», flüsterte sie.

«Wir werden nachsehen. Ich kenne diese Station, sie ist nicht sehr groß. Der Tunnel wurde gekappt wegen der neuen Trasse, die ihn kreuzt. Rogers kann also nicht weit sein.»

«Was macht der nur hier drin?»

«Das werden wir gleich herausfinden.»

Vor den mit Graffiti besprühten Wänden standen Leitern und Eimer mit schwarzer Farbe. An der Decke flackerte das Licht einer Neonlampe.

«Vielleicht haben die hier unten ihre Messen abgehalten», sagte Tessa.

Eine Gänsehaut kroch ihren Rücken hinauf, wenn sie an Schwarze Messen dachte, bei denen auch manchmal ein Mord geschah. *Bloß nicht an so was denken!*

Ihre Schritte hallten von den Wänden, als sie immer tiefer in die U-Bahn-Station eindrangen, bis sie zu einer Treppe gelangten, die nach unten zum Gleisbereich führte. Noch immer keine Spur von Rogers.

Wo steckte dieser Kerl denn nur? Vielleicht hatte sie sich geirrt und er war doch nicht hier hineingegangen.

Irgendwo tropfte Wasser auf Metall. Der gleichmäßige Rhythmus zerrte an Tessas überreizten Nerven. Es roch nach frischem

Zement und Urin. Feiner Staub hing in der Luft und setzte sich auf ihrer Kleidung ab. Sie konnte im Halbdunkel nur Umrisse erkennen.

«Vielleicht habe ich mich doch geirrt», flüsterte sie Nathanael zu, nachdem sie bereits den Bahnsteig erreicht hatten.

Er stoppte und legte ihr die Finger an die Lippen. Tessa wagte weder zu atmen, noch sich zu bewegen, bis er sie wieder fortnahm.

«Was ist?», flüsterte sie.

«Jemand ist in der Nähe. Bestimmt Rogers. Vielleicht können wir ihn überraschen und sehen, was er hier treibt. Hier unten könnte der Versammlungsort der Satanisten sein.»

Sie wollten weitergehen, als ein lauter Knall Tessa zusammenzucken ließ. Dann hallten eilige Schritte durch den Gleistunnel.

«Ganz ruhig.» Nathanaels Hand legte sich auf ihre Schulter. «Das war nur oben das Tor, das durch einen Luftzug zugefallen ist.»

Seine Erklärung beruhigte sie nicht, denn das Geräusch hatte Rogers verraten, dass er nicht allein war.

Wortlos zog Nathanael sie weiter in die stillgelegte Bahnstation. Über ihnen flackerten Neonröhren. Schwarze Pentagramme zierten die grauen Betonwände, aus deren Mitte Blut herabgeflossen und in einer Pfütze auf dem gemauerten Rand geronnen war. Abgebrannte Kerzen standen aufgereiht bis zum Gleistunnel.

Kurz davor, zwischen zwei Pentagrammen, bröckelte die Mauer entlang eines Risses, der sich von der Decke nach unten über die Gleise zog. Zu beiden Seiten war die graue Betonmauer Ruß gefärbt, als hätte hier ein Feuer gewütet.

Nathanael hockte sich hin und strich über den Boden. An seinen Fingern klebte schwarzer Staub, den er zwischen den Fingerspitzen verrieb, bevor er daran roch.

«Was ist das?», flüsterte sie und schluckte gegen den harten Kloß in ihrer Kehle.

«Die Pforte zur Hölle. Die Pentagramme dienen dazu, es zu öffnen.»

Ihr wurde schwindlig und ihr Herz klopfte eine Spur schneller.

Plötzlich erstarrte Nathanael, zog das Flammenschwert langsam und lautlos aus der Scheide und umfasste den Knauf mit beiden Händen. Mit einem Kopfnicken bedeutete er Tessa, hinter ihn zu treten.

Kaum war sie seiner Aufforderung gefolgt, bemerkte sie den riesigen Schatten eines Flügels an der halbrunden Betondecke. Aufgescheuchte Fledermäuse suchten das Weite. Nur mit Mühe unterdrückte sie einen Schrei. Sie spürte, wie sich jeder Muskel in Nathanaels Körper spannte.

Elegant und lautlos wie ein Nachtfalter landete der Gefallene mit ausgebreiteten Flügeln auf dem ausgedienten Bahnsteig. Tessa wich entsetzt zurück. Sie presste den Rücken an die Wand, als sie in ihm den erkannte, der sie zum Sprung verleitet hatte. Unter seinem bohrenden Blick breitete sich die Angst wie lähmendes Gift in ihrem Körper aus.

Nathanael stellte sich ihm mit erhobenem Schwert entgegen. Auch Leviathan zog sein Schwert, das nicht silbern, sondern wie geschliffener Obsidian schimmerte. Die beiden Gegner maßen sich mit Blicken. Tessa fröstelte, als sie das tödliche Glitzern in den Augen der beiden sah.

«Fahr zur Hölle, Leviathan. Oder soll ich besser Arthur Levi sagen?», hallte Nathanaels Stimme klar und laut durch den Tunnel.

Das eisige Grinsen des Gefallenen ließ Tessa erstarren. Sie wollte die Augen schließen, aber es gelang ihr nicht.

«Hat aber lange gedauert, bis ihr draufgekommen seid. Gib auf, Blutengel. Ihr Schicksal ist längst besiegelt.» Leviathan deutete auf Tessa und trat einen Schritt auf Nathanael zu.

Im selben Augenblick teilte Nathanaels Schwert die Luft und

hätte Leviathans Schulter getroffen, wenn der Gefallene nicht den Schlag abgefangen hätte.

Die Klingen schlugen klirrend gegeneinander, Funken stoben bei jeder Berührung. Tessa fieberte mit jedem Hieb für Nathanael. Sie hasste es untätig zusehen zu müssen, es machte sie verrückt. Wo versteckte sich eigentlich Rogers?

Sie sah zum Tunnel hin, konnte aber in der Dunkelheit keinen Umriss erkennen. Hatte er sie hierher gelockt? Sie tastete sich langsam an der Wand entlang in Richtung Tunnel, um dort nach ihm Ausschau zu halten, ohne jedoch das Kampfgeschehen aus den Augen zu verlieren.

Leviathans Flügel schmiegten sich an seinen Rücken, was ihn wendiger werden ließ. Tessa bewunderte Nathanaels Geschmeidigkeit, mit der er jeden Schlag des Gefallenen parierte. Als er sich mit einem mächtigen Satz über den Kopf des Rivalen hinwegkatapultierte und die Klinge auf dessen Flügel niedersauste, hielt sie den Atem an.

Doch wieder gelang es dem Gefallenen auszuweichen. Er fuhr einzeln die Schwingen aus, um mit ihnen nach Nathanael zu schlagen. Das tiefe Grollen aus der Kehle Leviathans vibrierte in ihren Knochen.

Nathanael reagierte sofort auf die Attacken seines Gegners, wich aus und streifte mit dem Schwert eine Flügelspitze. Schwarze Federn stoben durch die Luft.

Der Gefallene schrie auf, in seinen Augen loderte Hass. Nathanael drängte ihn durch schnellere Schläge immer weiter zurück. Aber Leviathan hielt dagegen. Seine Schwertführung war so präzise, dass Nathanael sich nicht einen Augenblick der Unkonzentriertheit leisten konnte.

Tessa war den Kerzen gefolgt und hatte den Eingang zum Gleistunnel erreicht. Sie beugte sich vor und spähte vergeblich ins

Dunkel. Ohne Licht würde sie ihn nie finden. Sie drehte sich um und stand unerwartet Rogers gegenüber, der nur eine Armlänge von ihr entfernt auf dem schmalen Stück Beton wartete, das einmal ein Bahnsteig war.

Sein eisiger Blick ließ ihr das Blut in den Adern gefrieren. Rogers hatte ihr den Rückweg abgeschnitten. Wenn sie zurückwollte, musste sie an ihm vorbei.

Mit dem Alten wirst du schon fertig. Du musst nur schneller sein als er und ihn austricksen.

Aber wie?

Rogers lachte gehässig. Sein hageres Gesicht mit den tief liegenden Augen glich im fahlen Licht einem Totenschädel. Langsam trat er auf sie zu.

«Dein Blutengel kämpft vergeblich um deine Seele. Sie gehört bereits uns.»

«Bleiben Sie, wo Sie sind!», rief Tessa, streckte dabei die Arme abwehrend nach vorn und warf einen Blick zu Nathanael, der den Gefallenen zurückdrängte. Er hatte ihr Vordringen und Rogers anscheinend noch nicht bemerkt. Und das war auch gut so, denn nichts durfte ihn ablenken.

«Du hast doch nach mir gesucht. Hier bin ich», sagte Rogers und grinste hämisch. Tessa antwortete nicht, sondern spielte stattdessen im Geist alle möglichen Fluchtvarianten durch. Sie kam nur zu dem einen Ergebnis: Sie musste Rogers irgendwie aus dem Weg räumen, um an ihm vorbeizukommen.

Leider war die Plattform, auf der sie stand, sehr schmal, sodass ein Ausweichen nur auf die Gleise möglich war. Ein gefährliches Unterfangen, denn der Boden drohte aufzureißen. Also blieb ihr nur die eine Möglichkeit.

Rogers näherte sich. In einer Hand schwang er drohend den Stock mit dem silbernen Knauf. Ihr Herz raste in der Brust, während sich jeder Muskel ihres Körpers anspannte, bereit für einen Sprint. Sie zögerte nur einen Moment, dann rannte sie los, den Ellbogen angewinkelt, um Rogers damit auf die Gleise zu stoßen.

Doch bevor sie zusammenstießen, holte er mit dem Stock aus. Um dem Schlag auszuweichen, duckte sie sich und tauchte unter ihm hinweg. Doch sie stolperte und knallte mit dem Ellbogen des angewinkelten Arms gegen die Wand mit den Pentagrammen.

Sie schrie vor Schmerz auf, aber es gelang ihr, den Sturz abzufangen. Sie richtete sich auf und wollte weiterlaufen, als sie aus dem Augenwinkel sah, wie Rogers erneut ausholte.

«Du kannst nicht entkommen!», schrie er.

Tessa sprang vor. Rogers verfehlte sie und der Stock zerbarst an der Mauer. Zornig starrte Rogers auf den Silberknauf, der über den Bahnsteigrand auf die Gleise kullerte und in der Spalte verschwand.

In diesem Moment erkannte Tessa, dass der Alte zu dicht am Rand stand. Jetzt musste sie die Chance wahrnehmen, um sich seiner endgültig zu entledigen. Sie biss die Zähne zusammen, streckte die Arme nach vorn und stieß zu.

Rogers schrie auf und versuchte das Gleichgewicht zu halten, aber er rutschte an der Kante ab und stürzte rückwärts auf das Gleisbett. Er schlug mit dem Kopf auf eine Schiene und blieb reglos liegen. Auch Tessa verlor durch den Schwung erneut das Gleichgewicht, konnte sich aber gerade noch rechtzeitig abfangen.

Im selben Moment bebte der Boden unter ihren Füßen. Sie lehnte sich mit dem Rücken gegen die Wand und beobachtete voller Entsetzen, wie sich die Spalte langsam öffnete und den Körper des Alten verschlang. Sie mussten hier weg, aber noch tobte der Kampf zwischen Nathanael und dem Gefallenen.

Nathanaels Muskeln spannten sich, um zu einem neuen Schlag auszuholen.

Er wollte den Gefallenen vernichten. Hier und jetzt. Seinetwegen hatte Gina sterben müssen. Jetzt war der Augenblick der Rache gekommen.

«Mehr hast du nicht drauf, Leviathan?», rief er und sprang über den Widersacher hinweg, um ihn von der anderen Seite anzugreifen.

Plötzlich begann der Boden zu beben. Aus dem Augenwinkel sah er, wie der Riss in der Wand aufbrach und sich weiter durch den Boden fraß, bis eine tiefe Spalte neben ihm gähnte, aus der Flammen emporschlugen.

Luzifer! Die Angst um Tessa durchfuhr seinen Körper wie ein Stromstoß.

Als der Beton unter seinen Füßen wie Sand bröckelte, sprang er beiseite. Er sah, wie Leviathan in die Spalte gleiten wollte, um Schutz bei Luzifer zu suchen. Doch noch war der Riss nicht breit genug.

Verdammt! Nathanael nahm die Verfolgung auf. Das gestaltete sich schwieriger als gedacht, denn im Boden öffneten sich immer mehr Feueradern, aus denen heiße, flüssige Erde emporschoss wie aus einem Geysir. Der Atem der Hölle.

Nathanael strauchelte, als der Boden unter seinen Füßen wie Gummi nachgab. Er rettete sich mit einem Hechtsprung auf eines der Gleise. Mit einem Schrei fuhr der Gefallene seine Flügel ein und stürzte sich in die Flammen. Nathanael fluchte und schrie vor Wut.

«Ich kriege dich, das schwöre ich!» Nathanael streckte das Flammenschwert empor, das im Halbdunkel leuchtete.

Die Hitze brannte nicht nur auf Nathanaels Haut, sondern schmolz den Boden unter seinen Füßen. Wenn er Leviathan vernichten wollte, musste er ihm durch das Höllentor folgen. Doch die Sorge um Tessa, um die es still geworden war, überwog.

Als er sich umdrehte, erkannte er erleichtert, dass sie sich vom Spalt entfernt hatte und nun auf einem schmalen Streifen Beton stand, der noch vor wenigen Sekunden der Bahnsteig gewesen war.

«Nathanael! Ich bin hier!», schrie sie.

Ungeachtet des Risikos übersprang er mit dem Schwert in der Hand die glühenden Spalten. Im gleichen Moment schoss eine mächtige Flamme empor, versengte seinen Ärmel und fraß sich in die Haut. Er verbiss den Schmerz und landete mit einem Satz neben Tessa.

Wortlos umschlang er ihre Taille und befand sich einen Wimpernschlag später am Fuß der Treppe. Der Boden erzitterte und Tessa verlor das Gleichgewicht. Nathanael drückte sie auf die Stufen und legte sich schützend über sie, als Steine auf sie herabregneten.

Nach wenigen Sekunden war der Spuk vorbei und die Feuerspalten hatten sich geschlossen. Nur die Wülste im Boden und die Rauchwolken darüber erinnerten noch an das Geschehen.

Nathanaels Brandwunde schmerzte bei jeder Bewegung. Er stöhnte, als er den Arm bewegte. Die Haut war gespannt, als wäre sie zu eng. Langsam erhob er sich und zog Tessa mit hoch.

Sie sank an seine Brust und schlang die Arme um ihn. Sanft strich er ihr über den Kopf. Er hätte sich nie verziehen, wenn ihr etwas geschehen wäre.

«Das war knapp. Ich hatte Rogers unterschätzt», flüsterte sie und berichtete, was ihr widerfahren war.

«Es ist vorbei, denk nicht mehr darüber nach. Rogers ist tot.»

«Ja, zum Glück.»

«Jetzt weißt du, wie ein Leben an meiner Seite ist. Alle Facetten der Gewalt und des Todes würdest du kennenlernen.»

Sie nickte. «Ich weiß, aber wieder haben wir es gemeinsam geschafft.»

Tessa sah zu ihm auf. Ihr liebevoller Blick drang tief in sein Herz und spülte die verdrängte Sehnsucht nach ihr wieder an die Oberfläche. Jetzt hatte sie der Gefahr entgehen können, doch die Zukunft hielt noch mehr davon bereit.

Heute lautete sein Auftrag, Leviathan und seine Dämonen zu vernichten. Was würde morgen folgen? Gegen eine ganze Horde abtrünniger Engel vorzugehen? Ein Auftrag würde dem nächsten folgen und ihn in puncto Gefährlichkeit toppen.

«Komm.»

Er nahm Tessas Ellbogen und führte sie die Treppe hinauf. Draußen empfing sie der gewohnte Großstadtlärm, den die eiserne Tür ausgeschlossen hatte, und ließ das eben Erlebte wie eine Illusion erscheinen.

Unvermutet blieb sie stehen.

«Mein Gott, du bist ja verletzt.» Tessa zeigte auf die Brandwunde an seinem linken Arm. «Du musst zu einem Arzt. Das sieht schlimm aus.»

Nathanael blickte auf seinen Arm. Rings um die Wunde hatten sich Blasen gebildet, aber er schüttelte nur den Kopf. «Nein, ich brauche keinen Arzt. Meine Wunden heilen viel schneller als bei einem Menschen.»

Sie ignorierte ihn. «Habt ihr im Ghetto was für solche Notfälle? Salben, Tabletten, Sprays?»

«Cynthia hat einen Notkoffer deponiert», gab er zu.

«Dann lass uns ins Ghetto fahren und deine Wunde versorgen, wenn du schon zu keinem Arzt willst.» Sie drehte sich um und stapfte weiter.

«Ich dachte, du wolltest erst mit deinem Bruder sprechen», wandte er ein.

Sie winkte ab. «Das kann ich auch noch später. Das da ist wichtiger.»

24.

Tessa war froh, als die Wagentür zufiel. Sie spürte ihren dumpfen, schweren Herzschlag noch immer im Hals. Als hätte sie die Review-Taste gedrückt, spulte sich das Geschehen noch einmal vor ihren Augen ab: der Gefallene, Rogers, das Feuer und der Abgrund zu ihren Füßen.

Wenn es nicht so bedrückend real gewesen wäre, hätte alles einem Horrorfilm entsprungen sein können. Sie hatte Nathanaels Kampf beobachtet und geglaubt, jede Attacke gegen ihn körperlich zu spüren. Seltsam, wie eng sie miteinander verbunden waren, trotz der kurzen Zeit, die sie sich erst kannten.

Sie startete den Wagen und unterdrückte ein Stöhnen, als sie den Ellbogen bewegte, der stark geschwollen war.

Sie war froh, dass sie jetzt erst einmal ins Engelsghetto fuhren, denn in Wahrheit fürchtete sie sich immer mehr vor einer Aussprache mit Ernest und war froh, ein wenig Aufschub zu erhalten. Dennoch quälte sie die Ungewissheit.

Als sie an einer Ampel hielten, sah sie gedankenverloren aus dem Fenster. Nathanael saß neben ihr auf dem Beifahrersitz und hatte die Augen geschlossen. Einige Touristen mit aufgeschlagenen Stadtplänen in der Hand drängten sich vor einem Kiosk und diskutierten. Ein gewohnter Anblick, dessen Normalität ihr guttat. Die Ampel schaltete auf Grün.

Der Pulk setzte sich in Bewegung und gab den Blick auf einen Mann frei, der eine Zeitung kaufte. Sie hätte den eleganten, beigefarbenen Mantel unter Tausenden wiedererkannt. Steven!

Tessa erstarrte. Halluzinierte sie? Sie schloss die Augen. Als sie sie wieder öffnete, war der Mann verschwunden. Spielten ihre Nerven wieder verrückt wie damals?

Nein, das war keine Einbildung gewesen, sie hatte Steven gesehen.

«Was ist los? Du siehst aus, als hättest du ein Gespenst gesehen», hörte sie Nathanaels dunkle Stimme und schrak aus ihren Gedanken.

Sie schüttelte den Kopf. «Steven ist zurückgekehrt. Ich habe ihn eben gesehen.»

«Ich dachte, die Concorde fliegt nicht mehr, oder wie ist der so schnell zurückgekommen?»

Nathanael hatte recht, es war kaum möglich, innerhalb von weniger als vierundzwanzig Stunden einen Flug zu buchen und den Atlantik zu überqueren. Einen Privatjet besaß er nicht. Außerdem befremdete es sie, wie gelassen er am Kiosk gestanden und sich eine Zeitung gekauft hatte, noch dazu in einer Gegend, die er immer gemieden hatte.

Sie kam zu dem Schluss, dass Steven schon viel eher zurückgekehrt oder erst gar nicht in Europa gewesen war. Obwohl sie sich getrennt hatten, erschütterte es sie dennoch, mit welcher Kaltblütigkeit er sich ungeniert durch New York bewegte. Er musste sich sehr sicher vor ihr fühlen. So ein Mistkerl.

Die Hintertür zur Bar war abgeschlossen.

«Cyn ist mal wieder unterwegs.»

Nathanael zückte seinen Schlüssel und steckte ihn ins Schloss. Tessas Puls beschleunigte sich plötzlich bei dem Gedanken, dass sie mit ihm allein sein würde.

Schweigend betraten sie die Bar, in der noch der Geruch des Alkohols und Tabaks der gestrigen Nacht schwebte. Nathanael verschwand wortlos durch die Doppelflügeltür in die Küche.

«Kann einen Moment dauern.»

Sie nickte und setzte sich auf einen der Stühle am Tresen. Ihr rechter Ellbogen schmerzte höllisch, aber er schien nicht gebrochen zu sein, denn sie konnte ihn bewegen. Sie griff über die Theke nach dem Behälter mit dem Eis, öffnete den Deckel und entnahm ein paar Stücke, um die schmerzende Stelle zu kühlen.

Ein kurzes Vibrieren in der Tasche signalisierte ihr den Eingang einer SMS auf dem Handy. Sie schüttete das Eis vom Arm in ein leeres Glas. Die Nummer im Display war ihr fremd und sie wählte die Rückruftaste. Nach wenigen Freizeichen meldete sich Mrs Dwain, eine engagierte Helferin aus Ernests Gemeinde. Tessa hielt sich am Rand der Bar fest. Hoffentlich war Ernest nichts geschehen. Noch eine Hiobsbotschaft konnte sie heute nervlich nicht ertragen.

«Ms McNaught, sind Sie das?»

«Ja. Ist was mit meinem Bruder?»

«Nein, nein, keine Sorge. Er bat mich, Ihnen eine Nachricht zukommen zu lassen. Er ist nämlich bei der Begrüßung im Medical Center ...»

«Im Medical Center?»

Was mochte Ernest dort wollen? Die Zweifel kehrten schlagartig zurück.

«Zur Einführungsfeier von Schwester Carole. Schwester Berthas Therapie-Nachfolgerin. Sie wissen doch vom Tod von Schwester Bertha?»

Mrs Dwain lispelte stark und sprach so schnell, dass Tessa Mühe hatte, ihr zu folgen.

«Ja, natürlich.» Tessa merkte auf. «Was denn für Therapien?»

«Schmerztherapien für Migränepatienten.»

«Meinen Sie etwa das *Medical Center für Palliative Care* drüben in Brooklyn?», unterbrach Tessa sie, während sich ihre Hand ums Handy krampfte. Ihre Kehle war trocken und eng.

«Ja, genau. Eine gute Sache.»

Mrs Dwain redete weiter, aber Tessa hörte ihr nicht zu. Ihre Gedanken drehten sich nur um das Medical Center.

Weshalb hatte Ernest nie erwähnt, dass Schwester Bertha dort tätig gewesen war? Andererseits hatte sie ihn ja auch nie danach gefragt.

«Ms McNaught? Sind Sie noch dran?» Die laute Stimme riss Tessa aus ihren Grübeleien.

«Ja, ja, ich bin noch dran.»

«Ich soll Ihnen noch ausrichten, dass Ihr Freund Mr Greenberg früher zurückkommt.»

Hatte Steven sie vielleicht vorhin gesehen und betrieb Schadensbegrenzung? So musste es sein. Was für ein verlogener Kerl.

«Hallo? Ms McNaught? Hallo?», drang Mrs Dwains Stimme aus der Ferne zu ihr.

Tessas Arm sank herab, während sie ausdruckslos vor sich hinstarrte. In ihrem Innern tobte ein Sturm aus Wut. Tausend Fragen schossen ihr durch den Kopf.

Weshalb war Steven nicht nach Europa geflogen? Was hatte er hier in der Zwischenzeit gemacht? War er in ihrer Wohnung gewesen und hatte das Chaos angerichtet?

Über ihre Grübeleien vergaß sie Mrs Dwain und erinnerte sich ihrer erst wieder, als sie ein Klicken in der Leitung hörte. Als Tessa den Kopf hob, stand Nathanael neben der Theke und musterte sie mit besorgter Miene. «Schlechte Nachrichten?»

«Nein. Nichts Weltbewegendes. Jetzt lass mich lieber nach deiner Wunde sehen.»

«Kann es sein, dass du mich leiden sehen willst?»

Lächelnd hielt er den Erste-Hilfe-Koffer hoch.

«Wie kommst du nur darauf? Natürlich nicht. Setz dich», antwortete sie.

«Lass uns lieber nach oben gehen.»

Tessa war froh, dass das Versorgen von Nathanaels Wunde sie eine Weile von ihren Gedanken ablenkte. Vorsichtig schnitt sie den Ärmel seines Pullovers ab. Der Heilungsprozess hatte . begonnen und die Wunde sah nicht mehr ganz so schlimm aus.

Die trockene, verbrannte Haut ließ sich bereits gut mit der Pinzette entfernen. Darunter schimmerte rosige Haut. Nathanael beobachtete jeden ihrer Handgriffe.

«Du bist eine gute Krankenschwester», sagte er.

«Tut es noch weh?»

«Oh ja, sehr.» Er stöhnte laut auf und verzog sein Gesicht.

«Lügner. Hättest du nicht so übertrieben, hätte ich dir das vielleicht abgekauft.» Sie boxte ihn sanft in die Seite.

Nathanael lächelte. «Schade, dir kann ich nichts vormachen. Dabei hätte ich mich über eine Spezialbehandlung gefreut.»

Sie fingerte am nächsten Hautstück. «Du bist leicht zu durchschauen. Ich werde jetzt noch Brandsalbe auftragen und einen Verband anlegen. Das hilft, den Heilungsprozess zu beschleunigen.»

Beim Verstreichen der Salbe kribbelte es in ihren Fingerspitzen. Als sie sich weiter über ihn beugte, atmete sie seinen herben männlichen Geruch ein, der ihre Fantasie in eine bestimmte Richtung lenkte.

Behutsam verteilte sie die Salbe auch über den Wundrand hinaus. Wie zufällig streichelte sie seinen muskulösen Oberarm. Nathanael hielt den Atem an und sah zu ihr auf. Tessa glaubte, in dem warmen Glanz seiner Augen zu ertrinken.

Was sie hier tat, entglitt ihrer Kontrolle. Ihr Verstand riet aufzuhören, aber ihr Körper gehorchte nicht. Heiße Schauer liefen ihr den Rücken hinab und bewirkten ein lustvolles Ziehen zwischen ihren Schenkeln, das sie leise aufseufzen ließ.

Ein Lächeln kräuselte seine Lippen.

Sie umwickelte langsam seinen Arm mit der Binde. Immer wieder ertappte sie sich dabei, wie ihre Finger über seinen Arm sich so kraftvoll an und weckte in ihr das Be- ll zu berühren.

en Verband fixiert hatte, legte sie ihre Hand auf So, das kann jetzt in Ruhe heilen. Morgen sollten nd wechseln.»

Nath hielt ihre Hand fest. Tessa sah in seine wilden, hungrigen Augen.

«Ich kann und will mich nicht mehr gegen meine Gefühle wehren», sagte er heiser.

Ehe sie sich versah, saß sie auf seinem Schoß. Er küsste sie mit einer Intensität, die sie schwindlig machte. Als ihre Zunge in die Hitze seines Mundes eintauchte, wusste sie, dass sie ihn liebte und begehrte wie keinen Mann zuvor. In diesem Augenblick war es ihr egal, was er war und was ihnen die Zukunft bringen würde. Alles, was zählte, war das Hier und Jetzt.

Nathanaels Hände schoben ungeduldig ihr Sweatshirt nach oben und öffneten den Verschluss ihres BHs. Als seine Hände ihre Brüste massierten, stöhnte er in ihren Mund. Tessa riss an seinem Pullover. Von der Gier getrieben, den anderen zu spüren, entkleideten sie sich in aller Eile.

Dann lagen sie nackt nebeneinander auf dem Bett. Unter seinen unendlich sanften Berührungen schwoll ihre Erregung an. Jeder seiner Küsse durchzuckte sie wie eine lodernde Flamme und entzündete ein wahres Feuerwerk in ihr. Sie konnte es kaum erwarten, ihn in sich zu spüren.

Sie setzte sich rittlings auf ihn, beugte sich herab und zog mit ihrer Zunge eine feuchte Spur über seine Kehle und umkreiste seine Lippen. Als seine Hände sanft ihren Po umfassten, lehnte sie sich zurück und genoss das prickelnde Gefühl seiner Massage. Während sie ihre Scham an seiner Erektion rieb, verlor sie sich in der schwindelerregenden Lust, die sie erfasste.

Sie legte den Kopf in den Nacken und stöhnte ungehemmt. Nathanael widmete sich ihrer wippenden Brüste, knetete sie und strich mit den Daumen über ihre harten Knospen.

«Du machst mich verrückt», flüsterte er und zog sie zu sich herunter, um ihre Brustwarzen in seinen Mund zu saugen.

Das Blut rann wie flüssiges Feuer durch ihre Adern. Sie hob ihr Becken, um ihn endlich in sich aufzunehmen. Er füllte sie aus, heiß und hart. Mit jeder Abwärtsbewegung ihres Beckens saugte er sich tiefer in sie. Sie vergaß alles um sich herum und konzentrierte sich nur auf den Rhythmus, bis die Wellen der Lust über ihr zusammenschlugen.

Als er sich in ihr ergoss, rief er ihren Namen. Tessa glaubte in diesem Moment, sie müsse vor Glück zerspringen. Selig ermattet sank sie auf ihn hinab und küsste ihn auf den Mund.

Als er die Arme um sie schlang, legte sie den Kopf auf seine Brust und lauschte dem schnellen Pochen seines Herzens. *So muss es immer sein*, dachte sie.

Sie hob den Kopf und strich eine goldbraune Strähne aus seinem feuchten Gesicht. Alles, was sie sich je gewünscht hatte, hielt sie in den Armen. Dann rollte sie sich von ihm herunter, schmiegte sich an ihn und schloss wohlig seufzend die Augen.

Nathanael starrte an die Decke. Tessa lag zusammengerollt neben ihm und schlief. Behutsam zog er die Decke über ihren nackten Körper. Ihr liebevoller Blick und ihre Fürsorge hatten die Mauer, die er mühsam aufgebaut hatte, endgültig zum Einstürzen gebracht. Er hatte die Beherrschung verloren, weil er sie aus tiefstem Herzen liebte.

Es war sinnlos gegen diese starken Gefühle zu kämpfen. Sie gehörte zu ihm und er würde sie nie wieder gehen lassen. Selbst wenn ihnen nur eine kurze gemeinsame Zeit vergönnt wäre, er würde es nie bereuen. Ein Leben ohne sie war für ihn nicht mehr vorstellbar. Er stützte den Kopf in die Hand und sah sie an.

Sie lächelte im Schlaf, als spürte sie, dass er sie betrachtete. Sanft fuhren seine Finger durch die federnden Kupferlocken und er wickelte sich eine um den Finger. Er beugte sich hinab, um den Duft einzuatmen.

Ihr Haar roch nach dem Pfirsichshampoo, das er in ihrer Wohnung gesehen hatte. Er hatte nicht mehr an die Liebe geglaubt, bis er ihr begegnet war. Jetzt konnte er es kaum fassen, dass ihm das Schicksal dieses wundervolle Geschenk bereitet hatte.

Doch über das gefundene Glück hinaus musste er sich auf seine Mission besinnen. Er hauchte einen Kuss auf ihre Stirn, glitt aus dem Bett und kleidete sich an. Tessa schlief noch immer tief und fest.

Als er die Weste überstreifte, spürte er in der Innentasche einen harten Gegenstand und zog ihn heraus. Es war Seths CD, die er fast vergessen hatte. Würde er tatsächlich alle Namen der Verräter darauf finden, die sich mit Luzifer eingelassen hatten?

Nathanael dachte wieder daran, wie aufgewühlt Tessa war, als sie über ihre Vermutungen gesprochen hatten. Vielleicht trieben wirklich alle ein falsches Spiel mit ihr?

Er setzte sich vor Hazels Laptop und tippte das Passwort ein, das Tessa auf einem Zettel notiert und an den Bildschirm geklebt hatte. Als der Computer startete, schob er die CD in das dafür vorgesehene Fach. Tessa musste das sehen. Er stand auf und ging zum Bett hinüber, um sie zu wecken.

Tessa wachte von einem Kuss auf und öffnete die Augen. Nathanael hatte sich über sie gebeugt und sah sie mit ernster Miene an. Sie spürte, dass er ihr etwas Wichtiges sagen wollte. Sofort war sie hellwach und setzte sich auf. Ihr Blick fiel auf den Computerbildschirm.

«Was ist das?», fragte sie und deutete mit dem Kinn zum Computer.

«Seth hatte mir eine CD gegeben. Er meinte, wir würden die Namen aller Verräter darauf finden. Ich habe ihm nicht ganz geglaubt und dann die CD vergessen. Wir sollten uns ansehen, ob das, was da drauf ist, uns weiterbringen kann.»

«Na, worauf warten wir noch?»

Ohne zu zögern sprang sie aus dem Bett und streifte sich in Windeseile ihre Kleidung über. Vielleicht fanden sie etwas darin, das ihre offenen Fragen beantwortete.

Zahlen flimmerten über den Bildschirm, die sich zu Gruppen formierten und an einen Geheimcode erinnerten.

«Primzahlen! Das hätte auch von Hazel stammen können!», rief Tessa aus und wippte mit dem Fuß, weil sie die Spannung kaum ertragen konnte. «Hazel hat mir mal erklärt, dass einige Programme auf diese Weise verschlüsselt werden.»

Es dauerte eine Weile, bis sich eine Datei öffnete.

«Das sind ja alles nur Listen. Nichts Besonderes», sagte er und wollte sie gleich wieder schließen.

«Halt!» Tessa legte ihre Hand auf Nathanaels, die auf der Maus ruhte, und brachte sie zum Stillstand.

Er klickte die erste Datei an. «Alles Namen von Patienten des *Medical Centers of Palliative Care*», sagte er laut.

Tatsächlich beinhaltete die Liste alle Patienten, die in den vergangenen Monaten an einer Schmerztherapie teilgenommen hatten.

«Kommt dir ein Name davon bekannt vor?», fragte er.

Tessa schüttelte den Kopf. «Scroll mal bitte weiter runter.»

Reihe für Reihe glitt der Cursor nach unten.

«Halt!», rief Tessa. «Jetzt noch mal nach oben.»

Nathanael reagierte sofort und der Cursor sprang ein paar Zeilen weiter höher, wo er auf dem Namen *Oliver Reardon* stoppte. Geräuschvoll atmete sie ein.

«Und da unten ist Hazels Name.»

Tessa konnte ihre Entdeckung kaum fassen. Hinter diesen beiden Namen und weiteren war ein Häkchen gesetzt.

Tessa trommelte mit den Fingern auf der Tischplatte. «Was bedeutet das?»

Er zuckte mit den Achseln.«Keine Ahnung.»

«Klick mal einen an», bat Tessa.

Nathanael wählte einen der gekennzeichneten Namen aus und gelangte zu einem Zeitungsbericht, der ausführlich über den Selbstmord eines Callgirls berichtete, das sich vor ein paar Tagen vom Dach eines Parkhauses in Soho gestürzt hatte.

Tessa spürte, wie Nathanael die Luft anhielt. Die Zusammenhänge konnten kein Zufall sein.

«Davon habe ich gelesen. Klick alle Patienten an, ob sich dahinter etwas Ähnliches verbirgt», meinte sie.

Alle Patienten mit dem Häkchen hatten sich das Leben genommen.

Nathanael pfiff durch die Zähne. «Ein lukratives Seelengeschäft.»

Tessa wurde übel bei dem Gedanken, dass die von Schmerz geplagten Menschen hoffnungsvoll an der Therapie teilgenommen hatten und dafür ihre Seelen in der Hölle schmorten.

«Oh mein Gott, das ist entsetzlich. Wie kann jemand so etwas ausnutzen?»

Nathanael stieß einen verächtlichen Ton aus.

«Öffne die nächste Datei.»

Nathanael fuhr fort.

Das, was Tessa dort las, ließ sie erstarren. Allgemeine Daten zu Therapien und Seminaren folgten, schließlich eine Auflistung der Therapieleiter und deren Assistenten, unter denen sich auch Schwester Bertha befand.

Alle wurden von Ernests Kirche unterstützt.

«Mein Gott!» Tessa schlug die Hand vor den Mund. «Das hätte ich nicht gedacht. Nicht von Ernest.»

«Vielleicht ist dein Bruder zu gutgläubig.»

«Er ist zwar gutgläubig, aber nicht kriminell.»

Vielleicht war ihr Bruder genauso ein Opfer der Täuschung wie sie? Oder war er wirklich tiefer darin verstrickt? Nathanael schien zu ahnen, was in ihr vorging. Seine skeptische Miene sprach Bände.

«Reicht dir das jetzt? Oder möchtest du weiterblättern?», fragte er.

«Natürlich machen wir weiter. Ich muss die ganze Wahrheit wissen.»

Die nächste Datei beinhaltete Krankenblätter. Jemand musste sie im Medical Center mit einer Digitalkamera heimlich fotografiert und als Bilddatei anschließend abgespeichert haben. Die Patienten standen in einer bestimmten Reihenfolge, die mit den schweren Depressionen voran.

Tessa las und konnte nicht mehr aufhören. Was sie erfuhr, stürzte sie in Entsetzen und Fassungslosigkeit. Aus den Krankenblättern ging hervor, dass bei allen Patienten erst vor wenigen Monaten Depressionen diagnostiziert worden waren. Auch Hazel befand sich darunter.

«Das muss ein Irrtum sein! Ich hätte gemerkt, wenn Hazel depressiv gewesen wäre.»

«Hm.» Nathanael rieb sich nachdenklich übers Kinn. «Hatte nicht auch Oliver Reardons Ex-Frau behauptet, er wäre ein lebensbejahender Mensch gewesen? Was mag die Depressionen so plötzlich bei ihm ausgelöst haben?»

In Tessas Kopf herrschte Chaos. Sie war nicht mehr fähig, einen klaren Gedanken zu fassen, denn die Informationen wühlten sie mehr auf als gedacht.

«Ich weiß es nicht. Vielleicht Drogen oder ein Trauma ...»

«Hat Hazel Drogen genommen?»

«Natürlich nicht. Sie war strikt dagegen. Vielleicht ein Trauma ...», überlegte Tessa.

«Oder Medikamente?», unterbrach Nathanael.

«Das wäre möglich. Die vielen Tablettenschachteln ... Jetzt wird mir langsam alles klar. Oh mein Gott, wie konnte ich nur so blind sein?» Fassungslos schlug sie die Hände vors Gesicht.

«Du bist eine viel beschäftigte Frau. Wie oft habt ihr euch gesehen?»

«So oft es ging oder vielmehr wie es unsere Terminkalender zuließen. Manchmal einen ganzen Monat lang nicht. Aber wir haben immer telefoniert oder E-Mails versandt.»

«Aber am Telefon oder am PC ohne Webcam kannst du nicht sehen, was mit ihr wirklich los ist», versuchte Nathanael sie zu beruhigen.

Tessa schüttelte den Kopf. «Nein, ich hätte es spüren müssen. Aber ich habe es nicht. Vielleicht hätte ich ihren Tod verhindern können? Und jetzt ist alles zu spät.»

«Du darfst dich nicht so quälen, Tessa.» Er strich ihr sanft über den Rücken.

«Diese Medikamente ...» Tessa stockte.

«Sind Produkte von Greenberg Pharma», ergänzte Nathanael den Satz.

«Es passt alles zusammen. Stevens plötzlicher finanzieller Aufstieg, die Selbstmorde, alles im selben Zeitraum.»

Wenn einer Steven wirklich kannte, dann sie. Er war ehrgeizig und tat alles, um seine Ziele zu verwirklichen. Aber dass er so kaltblütig und skrupellos sein konnte, erschütterte sie.

Tessa kämpfte gegen die aufsteigenden Tränen an. Sie hatte sich in ihm getäuscht, in Hazel und, was sie am fassungslosesten machte, auch in Ernest.

Tessa saß kreidebleich mit starrem Blick neben Nathanael auf dem Stuhl. Nur zu gut konnte er nachvollziehen, wie sie die Erkenntnisse erschütterten. Er legte ihr den Arm um die Schultern und zog sie an sich. Sie zitterte leicht.

«Ich verstehe dich, Tessa. Es tut mir unendlich leid, dass du das alles durchmachen musst.»

«Ich komme mir so dumm vor, weil ich die ganze Zeit über nicht gemerkt habe, dass mir alle etwas vorgemacht haben. Und ich fühle mich mitschuldig an Hazels Tod und auch an denen der anderen.»

Sie stöhnte auf und verbarg ihr Gesicht an seiner Schulter. Für einen Augenblick schien es, als wäre alle Kraft aus ihr gewichen. Für wen bräche nicht eine Welt zusammen, wenn alles, woran er bislang geglaubt hatte, sich als Lüge entpuppte? Doch Gewissheit zu haben war besser, als ein Leben lang mit einer Lüge zu leben. Auch wenn die Wahrheit schmerzte.

Nach einer Weile merkte er, wie sich ihr Körper anspannte. Sie richtete sich auf.

Als sie ihn ansah, erkannte er die Entschlossenheit in ihrem Blick.

«Lass uns die Sache beenden. Alle Schuldigen sollen für ihre Taten büßen.»

Sie sprang vom Stuhl auf. «Niemand soll mehr zu Tode kommen. Und wenn ich alle Welt warnen müsste. Doch zuerst werde ich mit Ernest reden. Ich will aus seinem Mund hören, weshalb er das alles getan hat. Am besten ist es, wenn wir sofort aufbrechen.»

Sie lief zur Tür, an der ihre Jacke hing.

Nathanael setzte ihr nach und hielt sie am Arm zurück. «Tessa, halt! Jetzt nur nichts überstürzen. Du kannst auf gar keinen Fall das Ghetto verlassen. Luzifer wird nach dem Misslingen im U-Bahn-Tunnel alles daran setzen, dich zu töten.»

«Verstehst du denn nicht, dass ich mit Ernest reden muss? Ich kann doch nicht einfach hier rumsitzen und abwarten. Nein, mein Bruder muss mir Rede und Antwort stehen.»

Sie kniff die Lippen zusammen und blinzelte gegen die aufsteigenden Tränen an.

«Nimm mein Handy und ruf ihn an», schlug er vor.

«Nein, ich will ihm ins Gesicht sehen, wenn er mir seine Taten gesteht.»

«Tessa, ich kann nicht zulassen, dass du das Ghetto verlässt. Es ist zu gefährlich.» Er stützte sich mit der Hand gegen die Tür.

«Du willst mich daran hindern? Das kannst du nicht. Nathanael, geh bitte von der Tür weg und lass mich raus.»

Als er sich nicht bewegte, versuchte sie energisch seinen Arm fortzuschieben. Aber sie hatte keine Chance gegen seine Stärke.

Sie würde es in ihrer Wut und Enttäuschung mit jedem aufnehmen wollen und dadurch ihr Leben verlieren. Er würde sich nie verzeihen, wenn er nachgab. So wie er es auch damals hätte verhindern müssen, dass Gina das Ghetto verließ. Tessa, so aufgebracht, wie sie war, wäre leicht von Luzifers Schergen aufzuspüren. Sie strahlte die Emotionen wie Schallwellen aus, die jeden Dämon, den der Höllenfürst schickte, kilometerweit anlocken würden.

«Nein», sagte er entschieden.

Sie trat einen Schritt zurück, verschränkte die Arme vor der Brust und sah ihn zornig an.

«Ach, ja? Willst du mich vielleicht hier einsperren?» Sie reckte das Kinn in die Höhe.

«Wenn es sein muss ... Aber noch hoffe ich, dass du wieder zu Verstand kommst und dich nicht nur von deinem Zorn und Schmerz leiten lässt.»

«Das würdest du nicht wirklich tun, oder?», fragte sie.

«Ich werde an deiner Stelle zu deinem Bruder gehen.»

Tessa lief vor Wut rot an. «Das könnte dir so passen. Niemals! Du kannst mich gern begleiten, aber *ich* werde mit Ernest reden.»

Sie war fest entschlossen und Nathanael spürte, dass sie nichts davon abbringen könnte. Er seufzte innerlich auf. Er bediente sich seiner Engelsgaben nur ungern und wenn, dann nur in einem Notfall. Und bei Tessa verspürte er ein schlechtes Gewissen, aber in diesem Fall musste er sie einsetzen, zu ihrem eigenen Wohl. Sie würde versuchen, ihm zu folgen und dabei in Lebensgefahr geraten. Das könnte er sich nie verzeihen. Luzifers Gefolge wartete nur auf eine solche Gelegenheit. Das konnte er nicht riskieren.

«Tessa, bitte», sagte er und verlieh seiner Stimme ein Timbre, das auf Menschen einschläfernd wirkte. Und er fühlte sich schlecht dabei. Sie war dieser Gabe hilflos ausgeliefert.

«Ja?», sagte sie leise und sah zu ihm auf.

«Du bist erschöpft, Tessa. Es ist besser, wenn du dich ein wenig ausruhst.» Seine Worte verfehlten ihre Wirkung nicht. Sie rollte mit den Augen und blinzelte schläfrig.

Er konnte ihr ansehen, wie schwer es ihr fiel, die Lider zu heben.

«Ich muss ... zu ... Ernest», stammelte sie. «Ich ... muss die ganze ... Wahrheit ... erfahren.»

«Morgen ist auch noch ein Tag, Liebes.» Er legte den Arm um sie, als er spürte, wie ihre Muskeln erschlafften.

«Morgen ... ist zu ... spät», murmelte sie und sank an seine Brust. Nathanael hob sie auf die Arme. Er trug sie zum Bett hinüber und beugte sich über sie.

«Verzeih mir, Tessa», sagte er und hauchte einen Kuss auf ihre Stirn.

Da sie sich gegen seine Kräfte zur Wehr gesetzt hatte, verblieb ihm nur eine begrenzte Zeit, bis die Wirkung nachließ und sie erwachte. Noch vor dem Morgengrauen musste er wieder zurück sein. Trotz allem kam er sich schäbig vor, weil er seine Gabe missbraucht hatte, um sie gegen ihren Willen von ihrem Vorhaben abzuhalten. Wenn sie erwachte, würde sie ganz bestimmt sehr wütend auf ihn sein. Aber es war Zeit, Leviathan und seine Verbündeten in die Hölle zu schicken. Ein Kampf wäre genau das Richtige, um seinen Emotionen freien Lauf zu lassen. Einen Wimpernschlag später schloss er hinter sich die Tür.

Mit einem Dutzend Waffen bestückt, darunter auch das Flammenschwert, verließ Nathanael die Bar durch den Hintereingang. Draußen begegnete er Cynthia, die ein paar streunende Katzen von den überfüllten Mülltonnen wegscheuchte.

Sie sah auf, als er sich ihr näherte.

«Du gehst auf die Jagd?» Mit einem Kopfnicken deutete sie auf den Schwertknauf, der zwischen seinen Schulterblättern hervorragte.

Nathanael nickte.

Sie warf einen Blick über seine Schulter und runzelte die Stirn. «Wo sind Aaron und Joel?»

«Ich gehe allein.»

«Bist du verrückt?»

Er überhörte ihren Einwand. «Es ist *mein* Auftrag, nicht ihrer. Hör zu Cyn, könnt ihr euch in der Zwischenzeit um Tessa kümmern? Ich bin so schnell wie möglich zurück. Sie darf auf keinen Fall das Ghetto verlassen. Hast du verstanden?»

Ihre Augen verengten sich zu Schlitzen. «Bezahlt sie uns etwa auch?»

Nathanael ignorierte die bissige Bemerkung, als er erkannte, wie besorgt sie um ihn war. Vor allem verspürte er keine Lust, noch einen Streit vom Zaun zu brechen.

Als er sich an ihr vorbeischob, lief sie ihm hinterher und hielt ihn am Arm fest. Langsam drehte er sich zu ihr herum. Zum ersten Mal erkannte er Tränen in ihren Augen.

«Ich spüre deutlich Luzifers Zorn, der vor allem dir gilt. Dein Leben ist in großer Gefahr. Ich könnte es nicht ertragen, wenn dir etwas geschieht.»

Nathanael war versucht, mit seiner Hand über ihre entstellte Gesichtshälfte zu streichen, aber er tat es nicht. Er würde ihr auch heute keinen Anlass zur Hoffnung geben. Nach Ginas Tod war sie ihm eine gute Freundin geworden, mehr nicht. Sein Herz gehörte für immer Tessa.

«Du gehst ihretwegen, stimmt's?»

Wie konnte er auch nur einen Moment annehmen, seine Gedanken und Gefühle vor ihr verstecken zu können. Prophetinnen konnten nicht nur die Gedanken der Menschen lesen, sondern auch die der Engel.

«Cyn, das geht dich nichts an.»

Cynthias verlorener Blick weckte Mitleid in ihm.

«Aber sie gehört nicht hierher, nicht zu uns!», rief sie heiser. Sie stemmte die Hände in die Hüften und sah ihn mit ernster Miene an. «Ich weiß, sie wird dir dein Engelsherz brechen.»

Bevor er etwas erwidern konnte, machte sie auf dem Absatz kehrt und eilte in die Bar.

Nathanael blickte ihr nachdenklich hinterher. Wie viel einfacher wäre es gewesen, sich in Cynthia zu verlieben. Doch das Schicksal hatte es anders bestimmt. Schweren Herzens lief er die Straße entlang, die ihn zum Hafen führte. Er musste sich beeilen, wenn er bis zum Morgengrauen zurück sein wollte.

25.

Es war recht unwahrscheinlich, dass Leviathan ein weiteres Mal nach Harlem zurückkehrte. Aber Nathanael erinnerte sich an den Hinterhof in der Lower Eastside, wo ein weiteres Höllentor existierte und beschloss, einen Abstecher dorthin zu unternehmen.

Die Straßen der Lower Eastside erschienen ihm dunkler als das restliche Manhattan. Die grauen, heruntergekommenen Häuserfassaden wirkten genauso wenig einladend wie die Vielzahl von Obdachlosen, die in den Hinterhöfen vor Regen und Kälte Schutz suchten. Jeden Tag berichteten die Zeitungen von Raub und Vergewaltigungen aus dieser Gegend. Wer sich hier nach Anbruch der Dunkelheit herumtrieb, gehörte einer kriminellen Gang an oder musste sich verlaufen haben.

Hinter ihm grölten Betrunkene. Es folgte eine Tirade spanischer Schimpfwörter von einer Frau, die sich wohl in ihrer Ruhe gestört fühlte.

Er bog in den Hinterhof ein, in den er neulich den Dämon verfolgt hatte. Der Asphalt war mit zahllosen Dellen übersät, als hätte ein Tier aus dem Untergrund versucht, sich durchzubohren. Dazwischen schlängelte sich ein Wulst – der Beweis, dass der Boden schon einmal aufgebrochen war.

Nathanael hockte sich hin und strich mit den Fingern darüber. Die Erde war noch warm und vibrierte. Das Öffnen des Höllentors lag nicht lange zurück. An seinen Händen klebte Dämonenstaub. Langsam zerrieb er ihn zwischen den Fingerspitzen, um in die Erinnerung der Höllenkreatur einzutauchen. Als Bilder in ihm aufstiegen, schloss Nathanael die Augen.

In der Dämmerung waren Leviathan und der Dämon durch das Höllentor getreten. Nathanael versuchte vergeblich, aus den bruchstückhaften Erinnerungen mehr über das Vorhaben des Gefallenen zu erfahren. Sicher ahnte Leviathan, dass er ihm auf den Fersen war und nicht aufgeben würde.

Es war nur eine verwaschene Momentaufnahme, die vor Nathanaels Augen flackerte, eine Szene durch die Augen des Dämons.

Leviathan verbarg sich in einem Hauseingang, gegenüber einer Kirche, vor dessen Tor ein Priester stand, der gerade abschloss. Als der Geistliche einen ängstlichen Blick über die Schulter zurückwarf, wusste Nathanael, wen er vor sich hatte: Macombe.

Wie sehr wünschte er sich für Tessa, dass er Unrecht hatte und ihr Bruder unschuldig war. Er musste Macombe zur Rede stellen. Am besten sofort.

Nathanael drehte sich um und verließ den Hof.

Als er durch den Rundbogen trat, stand Michael unvermutet vor ihm. Die weißen Schwingen leuchteten, als wären sie mit winzigen Glühbirnen bestückt. Das Auftauchen seines Vaters konnte nichts Gutes bedeuten. Das bestätigte Michaels Miene, die noch eine Spur eisiger war als bei ihrer letzten Begegnung.

Er hielt das Flammenschwert in einer Hand. «Du kommst schon wieder zu spät, mein *Sohn*», sagte er mit trügerisch sanfter Stimme. «Der Dämon ist längst ausgeflogen.»

Nathanael hasste es, wenn Michael das Wort *Sohn* betonte. Die Augen des Erzengels glühten vor Zorn, aber Nathanael hatte sich noch nie davon einschüchtern lassen und würde es auch heute nicht tun. Er reckte das Kinn in die Höhe und hielt dem stechenden Blick seines Gegenübers stand.

«Das weiß ich selbst.»

«Es wäre deine Pflicht gewesen, Leviathan durchs Höllentor zu folgen, anstatt dich von den Augen einer Frau ablenken zu lassen. Mit jedem neuen Tag erschafft der Gefallene einen weiteren Dämon. Wie viel Zeit muss noch vergehen, damit du begreifst?»

Zur Hölle, woher wusste sein Vater schon wieder von der Sache im U-Bahn-Schacht?

«Sollte ich sie allein zurücklassen? Du selbst hast mich gelehrt, dass es meine Pflicht ist, die Menschen und ihre Welt vor Luzifer und seinem Gefolge zu schützen.»

«Leg dir meine Worte nicht so aus, wie du sie brauchst. Mein Auftrag hat höchste Priorität. Oder willst du das infrage stellen? Manchmal ist es weiser, einen zu opfern, um andere zu retten.»

Die steile Falte auf der Stirn seines Vaters verriet, wie sehr er Nathanaels Verhalten missbilligte. So hatte er ihn immer angesehen, wenn er sich seinem Willen nicht beugen wollte. Aber Tessa opfern? Niemals, gleichgültig wofür.

«Sie ist doch keine Figur in einem Schachspiel! Das kannst du nicht verlangen ...», stieß Nathanael hervor.

Michaels Brauen schossen nach oben und sein Mund spitzte sich ablehnend. «Was bedeutet schon diese irdische Liebe gegen die allmächtige unseres Schöpfers? Außerdem ist diese Frau nur ein Mensch.»

Er verachtete Michael für seine Kaltherzigkeit, die auch er immer zu spüren bekommen hatte. «Hast du vergessen, dass auch ich zur Hälfte einer bin?»

«Das habe ich nicht vergessen. Aber du trägst heiliges Blut in dir. Mein Blut!»

«Auf dass ich lieber verzichtet hätte, hätte ich die Wahl gehabt.»

Täuschte er sich oder zuckte Michaels Lid? Verbargen sich hinter der Fassade von Erhabenheit und Kälte Gefühle? Nein, das konnte er nicht glauben.

«Ich habe sie gerettet, weil ich sie liebe. Aber was weißt du schon von Liebe. Nicht einmal meine Mutter hast du geliebt. Als sie im Sterben lag, hast du sie nicht ein einziges Mal besucht. War sie auch ein Opfer?»

«Sie war kein Opfer, sondern die Auserwählte.»

«Eine Auserwählte, die gut genug gewesen ist, dich dir hinzugeben und einen Sohn zu gebären, aber nicht gut genug, um geliebt zu werden.»

«Genug!», donnerte Michael und erhob das Schwert. «Es lag nicht in meiner Macht, Gina und deiner Mutter zu helfen.»

«Du hast sie nicht gerettet, weil sie für dich unwichtig waren.» Alles, was Nathanael Jahre lang auf der Seele gelastet hatte, sprudelte jetzt heraus. «Du kannst nicht lieben, weder sie noch mich oder jemand anderen außer deinem Gott!»

Michaels Nasenflügel blähten sich vor unterdrückter Wut. Zum ersten Mal erlebte Nathanael, wie sein Vater um Fassung rang. «Er ist auch der deine!»

«Eines weiß ich, ich will nie so sein wie du und deinesgleichen. Kalt. Rücksichtslos!»

Michaels Miene verzerrte sich und besaß nichts Engelhaftes mehr. Sein Blick zwang Nathanael, in die Tiefen seines Innern zu blicken.

Nathanael sah mit Schwertern bewaffnete Engel, die sich in zwei Heeren gegenüberstanden. Das größere Heer führte Michael an, das kleinere Luzifer. Luzifers Lichtaura überstrahlte die aller Engel, auch die seines Vaters.

Nathanael blickte in Michaels entschlossenes Gesicht, der Krieger Gottes, der sich mit unerschütterlichem Mut und Stärke den Abtrünnigen entgegenstellte, bereit, sie in den Abgrund zu treiben.

Mit jedem Schritt, den Luzifer zurückwich, wurde sein Leuchten schwächer. Hass und Rachedurst loderten in seinen Augen. Michael kämpfte mit unerbittlicher Entschlossenheit weiter und zwang Luzifer in die Knie.

Die Klinge von Michaels Flammenschwert glühte blutrot. *Als würde Blut daran haften*, schoss es Nathanael in den Sinn. Ihm war klar, dass sein Vater nicht zögern würde, auch ihn zu opfern, wenn er versagte und sich dem göttlichen Willen widersetzte.

«Zeige Demut, mein Sohn. Wer sich gegen mich und den göttlichen Willen stellt, ist auf Luzifers Seite. Erfülle deine Mission oder du wirst zu den Verdammten gehören. Besiege Leviathan und erweise dich deines Blutes würdig.»

Michaels Stimme brachte Nathanaels Brustkorb wie Schallwellen zum Vibrieren.

Nathanael wusste nicht viel über die Verdammten. Sie waren ständig auf der Flucht vor Azazel, dem Seelensammler, der alle Geächteten jagte und tötete. In ihrer Angst schlossen sich viele Luzifer an.

Nathanael verfluchte sein Erbe, das ihn stets in einen Zwiespalt trieb zwischen Himmel und Hölle.

«Ich werde meine Mission beenden. Doch nicht, weil du mir den Auftrag erteilt hast, sondern um die Frau, die ich liebe, zu schützen.»

Einen Fluch unterdrückend wandte er sich ab und ging davon. Die Bitterkeit kratzte in seinem Hals wie Glassplitter.

26.

Nathanael rannte zu Macombes Haus. Keuchend hielt er vor dem Zaun inne, der ihn an aufgereihte Speere erinnerte.

Er hatte Glück, in einem der Zimmer im Obergeschoss brannte Licht. Doch das Tor im Zaun war abgesperrt. Kein Problem für jemanden wie ihn. Mit einem Satz stand er im Garten und lief zur Haustür.

Macombe öffnete erst beim dritten Klingeln.

«Guten Abend, Reverend. Haben Sie einen Moment Zeit?»

«Sie sind allein? Ist was mit Tessa?», fragte Macombe und blickte an Nathanael vorbei zum Gartentor.

«Nein, es geht ihr gut.»

Macombe stieß einen Seufzer der Erleichterung aus.

«Ich bin allein hier, um mit Ihnen zu reden, Reverend.»

Der Priester trat zur Seite. «Kommen Sie rein.»

Er winkte Nathanael in den Flur und zeigte auf eine Tür am Ende des Korridors. «Da lang.»

Nathanael ging voran und betrat nach wenigen Schritten einen quadratischen Raum mit einem winzigen Fenster, neben dem ein umso größeres Kreuz hing.

Deckenhohe Regale ringsum beherbergten unzählige Bücher. Zumeist christliche und historische Bücher, wie er auf den ersten Blick erkennen konnte. Die Anzahl und Dichte der Bücher wirkte erdrückend auf ihn.

«Ich bereite mich gerade auf die Sonntagspredigt vor», erklärte Macombe und steuerte den Schreibtisch an, der mitten im Raum stand.

Darauf lag die aufgeschlagene Bibel, daneben eine Brille. Auf einem der beiden Shakerstühle vor dem Schreibtisch nahm Nathanael unaufgefordert Platz. Macombe setzte sich in den cognacfarbenen Ledersessel ihm gegenüber.

«Wollte Tessa nicht mitkommen?»

«Ehrlich gesagt, sie weiß gar nicht, dass ich hier bin. Ich wollte mit Ihnen unter vier Augen reden.»

Der Priester schien überrascht und hob die Brauen.

«Was haben Sie auf dem Herzen?»

Ein Routinefrage, die der Geistliche sicher jeden Tag stellte. Macombe lehnte sich zurück und faltete die Hände auf seinem Schoß. Er schien nicht zu ahnen, was er von ihm wollte, sonst wäre er nicht so ruhig geblieben. Die Informationen aus Seths Datei und die Aussage der Alten vor Levis Haus sprachen für seine Schuld. Konnte Macombe tatsächlich so abgebrüht sein und sich derart gelassen zeigen?

«Ich bin hier, um Ihnen ein paar Fragen zu stellen.»

Erstaunen zeichnete sich in Macombes Miene ab. «Schießen Sie los.»

Nathanael beugte sich vor. «Woher kennen Sie Arthur Levi?»

Macombes Stirn legte sich in Falten. «Tut mir leid, den kenne ich nicht. Sollte ich?» Obwohl der Blick des Priesters aufrichtig wirkte, zweifelte Nathanael.

«Weshalb sind Sie dann bei ihm gewesen?», fragte er ruhig und ließ seinen Gegenüber nicht aus den Augen.

Macombe zögerte mit der Antwort. Unter seinem Auge zuckte ein Muskel.

«Soll ich Ihrem Gedächtnis vielleicht auf die Sprünge helfen, Reverend? Und was sagt Ihnen der Name Rogers?»

«Ehrlich, auch der Name sagt mir nichts.»

Als Nathanael Macombe Levis Adresse nannte, seufzte der Priester. Er stützte den Kopf in die Hände und sah auf die Bibel herab, als stünde dort eine Antwort geschrieben.

«Sie haben recht, die Adresse kenne ich. Aber ich wusste nicht, wem die Wohnung gehört.»

Macombes Hände zitterten. Nathanael merkte, dass seine Fragen den Priester verunsicherten.

«Was wollten Sie dort?»

Wieder dauerte es eine Weile, bis der Priester antwortete. «Ich bin Hazel nachgegangen. Habe sie vor dieser Wohnung abgepasst. Weil ich mit ihr reden wollte.»

Nathanael sog scharf die Luft ein. Das Geständnis, dass er mehr über Hazel wusste und Tessa gegenüber nichts erwähnt hatte, erstaunte ihn. «Warum?»

Würde er jetzt gestehen, an der Séance teilgenommen zu haben? Gespannt erwartete er die Antwort.

Macombe räusperte sich, bevor er fortfuhr. «Ich wollte, dass sie Steven in Ruhe lässt. Er und Hazel hatten ein Verhältnis. Schon über ein halbes Jahr. Das habe ich aber erst später erfahren.»

«Warum haben Sie nicht Greenberg gebeten, das Verhältnis zu beenden? Oder Tessa einfach alles erzählt?»

Macombe seufzte.

«Natürlich habe ich Steven gefragt, aber er hat alles abgestritten. Tja, und bei Tessa habe ich immer irgendwie den richtigen Moment verpasst. Ich wollte nicht, dass sie unglücklich wird. Ich liebe meine Schwester.»

Nathanael pfiff durch die Zähne. Irgendwie überraschte ihn diese Neuigkeit nicht. «Sieh mal einer an, der feine, saubere Greenberg ist nicht nur in höllische Geschäfte verwickelt, sondern betrügt auch noch seine Freundin.»

Hätte Macombe ihr doch nur von dem Verhältnis erzählt, dann wäre Hazels Leben vielleicht wirklich zu retten gewesen.

Nathanael bohrte weiter. «Wussten Sie, was Hazel bei Arthur Levi gemacht hat?»

«Ich weiß nicht, was Hazel dort wollte, und es hat mich auch nicht interessiert. Können wir das jetzt abbrechen? Ich habe neben der Predigt noch eine Menge zu erledigen.» Der Priester griff zu einem Stift und begann, in der Bibel zu blättern.

So einfach ließ Nathanael sich nicht abspeisen. «Ich glaube Ihnen nicht, Reverend.»

Macombe sah auf. «Was wollen Sie noch von mir? Ich habe Ihnen alles gesagt, was ich weiß.»

Es war Zeit, Macombe in die Enge zu treiben.

«Das glaube ich Ihnen aber nicht. Wissen Sie, was ich denke? Dass Sie an Dämonenbeschwörungen und Schwarzen Messen teilgenommen haben, die Levi abgehalten hat. Um das zu vertuschen, haben Sie Ihre Schwester angelogen. Sie wussten auch, dass Hazel bei den Sitzungen anwesend war.»

«Ich ... ich ... Sie irren sich ... Das ist doch alles gar nicht wahr!», verteidigte sich Macombe.

«Natürlich hatten Sie auch keine Ahnung davon, dass Arthur Levi ein gefallener Engel ist! Für wie blöd halten Sie mich?» Nathanael wurde immer lauter, während Macombe um Fassung rang und nach Luft schnappte. Er sank im Sessel immer tiefer.

«Ich ... ich ...», stammelte der Priester.

«Die Teilnehmer bekam er von Schwester Bertha aus der Therapie vermittelt, depressive Menschen und damit leichte Beute für den Seelenfänger. Eine Therapie, die von Ihnen unterstützt wurde. Alle Patienten, die sich von Schwester Bertha therapieren ließen, haben sich das Leben genommen.»

Macombe saß wie ein Häufchen Elend im Sessel und schüttelte den Kopf.

«Leugnen Sie nicht, es gibt dafür Beweise. Sie haben gesagt, dass Sie Ihre Schwester lieben. Warum haben Sie sie Luzifers Mächten ausgeliefert, indem Sie sie zu Schwester Bertha gebracht haben?

Sie wäre fast durch Ihre Schuld gestorben. Begreifen Sie nun?» Nathanael schlug mit der flachen Hand auf den Schreibtisch.

Macombes Mienenspiel wechselte von Fassungslosigkeit zu Entsetzen. «Oh mein Gott, das habe ich nicht gewusst, das müssen Sie mir glauben», stammelte er. «Die Gerüchte sind also wahr ...»

«Was für Gerüchte?», hakte Nathanael nach.

«Jemand hat behauptet, bei Bertha eine Satansbibel gesehen zu haben. Aber ich habe an einen bösen Scherz geglaubt ...» Macombe starrte verloren auf den Boden, bevor er plötzlich aufsprang. «Ich muss zu Tessa. Ihr alles erklären.»

Aufgelöst rannte er zur Tür.

«Sie weiß es bereits.» Nathanaels Antwort stoppte ihn.

«Aber nach allem, was Sie gesagt haben, schwebt sie in Gefahr. Ich muss zu ihr, um es wieder gutzumachen. Ich ... Oh, mein Gott. Was habe ich getan?»

Nathanael beugte sich vor und hielt den Geistlichen fest. «Im Engelsghetto ist sie sicher vor den dunklen Mächten.»

«Ja, wenn sie dort noch ist.»

Was sagte dieser verfluchte Priester da? Nathanaels Atem stockte.

«Was heißt das?» Seine Stimme erfüllte den Raum.

«Steven wollte sie dort abholen, sobald er gelandet ist», erklärte Macombe.

Nathanael glaubte, sich verhört zu haben, und unterdrückte einen Fluch.

«Greenberg ist zurück? Und Sie haben ihm die Adresse gegeben? Er ist der Drahtzieher des Ganzen!», rief er verärgert aus. «Haben Sie keinen blassen Schimmer davon, in welche Gefahr Tessa gerät, wenn er sie aus dem Ghetto entführt? Wie konnten Sie nur, Reverend? Joel hat Ihnen doch sicher erklärt, dass diese Adresse geheim bleiben muss.»

Nathanael war so zornig auf Macombe, dass er sich mit Gewalt zurücknehmen musste, ihm nicht an die Gurgel zu gehen. Hoffentlich war es noch nicht zu spät.

Er musste so schnell wie möglich zurück, um Tessa zu beschützen. Die Angst um sie brannte wie Säure in seinen Adern.

«Ich konnte doch nicht ahnen, dass das auch für ihren Freund gilt. Außerdem dachte ich, *Sie* wären bei ihr.»

Nathanael packte Macombe an den Schultern und schüttelte ihn. «Sie haben schon genug Schaden angerichtet.»

«Ich habe es nur gut gemeint. Wenn ich nur geahnt hätte, dass sie dort allein ist ...» Tränen schimmerten in den Augen des Priesters.

Seine Sorge um Tessa wirkte echt, so aufgebracht, wie er war. Nathanael ließ ihn los. Macombe war gutgläubig und sehr naiv, aber er liebte Tessa anscheinend wirklich.

Traf Greenberg sich vielleicht mit Leviathan? Es durchfuhr ihn heiß vor Angst bei dieser Vorstellung, Tessa wäre beiden ausgeliefert.

«Wieso kommt Greenberg schon zurück?» Er wünschte diesen Kerl in die Hölle.

«Ich ... ich hab ihn angerufen, weil ich dringend Geld brauchte», gestand Macombe leise. Reumütig blickte er zu Nathanael auf. «Tessa weiß davon nichts. Sie hätte mir sicher ausgeholfen, aber das wollte ich nicht mehr. Sie hatte mir erst vor Kurzem eine beträchtliche Summe gegeben, da konnte ich sie doch nicht schon wieder um Geld bitten.»

«Welches Geld, zum Teufel?»

«Das Geld für meine Kirche. Ich war verzweifelt, denn ich hätte sie schließen müssen. Nur Stevens finanzieller Unterstützung habe ich es zu verdanken, dass die Renovierungsarbeiten aufgeführt werden können.»

Macombes Erklärung klang plausibel und ehrlich. Greenberg, der Retter. Nathanael sträubte sich gegen diese Vorstellung.

«Glauben Sie, das hat Greenberg aus Nächstenliebe oder wegen Tessa getan?»

Macombe hob an, um etwas zu erwidern, aber Nathanael schnitt ihm das Wort ab.

«Ich wette, Greenberg hat nie ohne Berechnung investiert.»

Langsam wurden ihm die Zusammenhänge immer klarer. Greenbergs plötzlicher Erfolg und Reichtum. *Er* hatte den Pakt mit Luzifer geschlossen und die Gutgläubigkeit des Priesters ausgenutzt, um an Informationen zu kommen. Für jede Seele, die Luzifer gewann, manipulierte er Greenbergs Geschäfte zu dessen Gunsten. Vielleicht war Hazel dahinter gekommen und er hatte sie deshalb beseitigt. Und Tessa?

«Wann und wo landet Greenberg?»

Macombes Lippen zitterten. «Mit der Acht-Uhr-Maschine aus München am JFK.»

Nathanael warf einen Blick auf seine Uhr, die halb neun anzeigte, und eine eiskalte Hand umspannte sein Herz. «Hoffentlich ist nicht alles zu spät.»

«Großer Gott, ich könnte es mir nie verzeihen, wenn Tessa etwas zustieße ...»

Macombe fuhr sich mit der Hand durchs Gesicht. Tiefe Falten hatten sich in seine Stirn gegraben. Er wirkte, als hätte ihm jemand das Leben aus dem Körper gesogen.

Nathanael ballte die Hand zur Faust. «Wenn Tessa auch nur ein Haar gekrümmt wird, dann schicke ich Sie mitsamt Greenberg in die Hölle!»

«Sie lieben sie, nicht wahr?»

Nathanael blieb ihm eine Antwort schuldig, wandte sich um und stürzte aus dem Haus.

«Warten Sie doch! Nathanael, ich ...!»

Die letzten Worte Macombes verschluckte der übliche Großstadtlärm. Aber es war ihm egal, was der Priester von ihm wollte. Tessa schwebte in Gefahr.

26.

Mühsam öffnete Tessa die bleiernen Lider. Sie brauchte einen Moment, um zu sich zu kommen. Wo war Nathanael? In der Bar? Ihr Kopf fühlte sich an, als wäre er mit Watte vollgestopft.

Die Erinnerungen kehrten allmählich zurück. Sie wollte zu Ernest fahren, um ihn zur Rede zu stellen. Aber Nathanael war dagegen gewesen, weil er es für zu gefährlich gehalten hatte, das Engelsghetto zu verlassen. Sie hatten sich gestritten, bis ihr Geist in einem Nebel versunken war.

«Oh, nein.»

Wütend schlug Tessa mit der Hand auf die Bettdecke. Sie war zwar erschöpft gewesen nach dem Erlebnis im U-Bahn-Schacht, aber nicht so müde, dass sie auf der Stelle eingeschlafen wäre. Nathanael musste sie irgendwie betäubt haben.

Sie konnte sich nicht daran erinnern, etwas eingenommen zu haben. Aber waren da nicht tiefe Untertöne in seiner Stimme gewesen, die ein taubes Gefühl in ihrem Innern hinterlassen hatten. Besaß er die Macht, durch den Klang seiner Stimme jemanden schläfrig zu machen?

Und das alles, weil er nicht wollte, dass sie zu Ernest fuhr. Hatte er denn nicht verstanden, wie wichtig ihr das war? Er konnte nicht einfach über sie entscheiden, auch nicht aus Sorge.

Natürlich war ihr bewusst gewesen, welches Risiko sie einging, wenn sie das Ghetto verließ. Das Leben an Nathanaels Seite würde zukünftig immer voller Gefahren sein. Wollte er sie immer wieder betäuben, sobald es gefährlich wurde? Sie musste ihm klarmachen, wie wütend sie über seine eigenmächtige Entscheidung war.

Doch erst musste sie sich vergewissern, ob er tatsächlich zu ihrem Bruder gefahren war. Sie griff nach ihrem Handy und wählte

Ernests Nummer. Während das Rufzeichen im Telefon ertönte, stand sie vor dem Fenster und spähte in die Dunkelheit hinaus.

«Komm schon, Ernest, geh ran.»

Aber ihr Stiefbruder nahm nicht ab. Mit einem Fluch beendete sie den Anruf. Ernest war nicht zu Hause, also konnte Nathanael nicht bei ihm sein. Aber wo war er dann?

Sie war nahe dran, in die Dunkelheit zu laufen, um nach ihm zu suchen. Aber wo sollte sie beginnen? Nein, sie konnte nicht einfach kopflos drauflos rennen. Ihr blieb nichts anderes übrig, als hier auf ihn zu warten und zwischendurch weiter zu versuchen, Ernest zu erreichen.

Nichts stimmte mehr in ihrem Leben, seitdem sie und Nathanael sich begegnet waren. Durch ihn erlebte sie Himmel und Hölle.

Sie sank aufs Bett, als ihr Blick auf Hazels Laptop fiel. Sie musste noch einmal die Dateien durchgehen. Vielleicht hatten sie etwas übersehen? Wenn sie gegen die Schuldigen vorgehen wollte, brauchte sie Beweise.

Tessa seufzte frustriert, als die Dateien von Seths CD nicht mehr preisgaben als vorhin. So kam sie nicht weiter. Vielleicht fand sich ein Hinweis im Internet.

Sie hob das Lan-Kabel vom Boden auf und stöpselte es in den Laptop. In der Suchmaschine gab sie den Namen des Medical Centers ein. Aber auch hier wurde sie nicht weiter fündig.

Nacheinander tippte sie Ernests Namen ein, dann den von Schwester Bertha und stieß nur auf Fotos und Berichte irgendwelcher kirchlicher Feiern, die sie nicht weiterbrachten.

Schließlich nahm sie sich Steven vor. Kaum hatte sie seinen Namen eingegeben, wurde sie von den aktuellen Schlagzeilen erschlagen.

«Schwere Vorwürfe gegen Greenberg Pharma. Wurden die Mitglieder der Kommission für die Freigabe von Schmerzmitteln manipuliert?»

Sicher wusste Steven bereits von den Vorwürfen und hatte eine Pressekonferenz geplant. Sollte er etwa die Mitglieder der Kommission bestochen haben, um das Medikament für den Markt freigeben zu lassen? Sicher hatten die Unsummen dafür verlangt, Geld, das Steven, als er die Firma von seinem Vater übernommen hatte, noch nicht besessen hatte. Denn erst durch den Verkauf des Medikaments hatte sich der finanzielle Erfolg eingestellt.

Also musste Steven den Pakt mit Luzifer eingegangen sein. Es erschütterte sie, dass er nur um des Erfolgs willen zu solch einer skrupellosen Tat fähig war. Das würde bedeuten, dass sie Jahre an der Seite eines Mannes gelebt hatte, den sie nie wirklich gekannt hatte.

Als plötzlich ihr Handy klingelte, schrak sie zusammen. Nein, sie konnte jetzt mit niemandem sprechen. Nicht, nach dieser Entdeckung. Und wenn es Ernest war? Sie warf einen Blick aufs Display. Unbekannter Teilnehmer. Sie entschied, nicht abzunehmen.

Doch das verdammte Handy hörte nicht auf zu klingeln. Nach einer endlosen Weile verstummte es. Das Display zeigte an, dass sich ein Dutzend Nachrichten in ihrer Mailbox befanden, die sich in den letzten Tagen angesammelt hatten. Tessa entschied sie abzuhören.

Neben unbedeutenden Werbeanrufen, die sie per Knopfdruck löschte, war auch als Letztes eine Nachricht von Steven darunter. Sie war versucht, auch diese zu löschen, doch ihre Neugier überwog.

«Tessa, ich bin's, Steven. Ich komme früher zurück. Wir müssen miteinander reden. Melde mich, wenn ich gelandet bin.»

Oh, nein, das nicht auch noch! Sie hatte alles gesagt, er konnte sie nicht überzeugen, bei ihm zu bleiben.

Doch dann beruhigte sie der Gedanke, dass er nicht wusste, wo sie sich befand. Es sei denn, Ernest würde es verraten. Was wäre, wenn er hierher käme? Das Datum der Nachricht lag bereits zwei Tage zurück. Gut möglich, dass er ihren Aufenthaltsort schon kannte.

Tessa fluchte, weil sie nicht eher ihre Mailbox abgerufen hatte. Sie pfefferte das Handy aufs Kissen, das noch die Mulde enthielt, die Nathanaels Kopf hinterlassen hatte. Wo steckte er nur? Sie musste ihm dringend sagen, dass Steven womöglich hier auftauchen konnte.

Sein Handy. Verdammt, sie wusste seine Nummer nicht, sondern hatte nur ein Mal sein Handy benutzt. Vielleicht würde Cynthia ihr seine Nummer geben.

Tessa lief zur Tür. Als sie die Klinke in die Hand nahm, klopfte es.

«Besuch für dich», erklang Cynthias rauchige Stimme, bevor sich die Tür öffnete. Tessa wollte protestieren, denn ihr stand nicht der Sinn nach Besuch, auch nicht von Ernest, doch da schwang die Tür bereits auf.

Tessa beschlich ein ungutes Gefühl, als Cynthia mit einem hintergründigen Lächeln auf den Lippen vor ihr stand. Die Prophetin trat einen Schritt beiseite, um für die Männergestalt Platz zu machen, die sich aus dem Halbdunkel des Flurs schälte.

«Steven!»

Tessa wich zurück. Zwar hatte sie nach seiner Mailboxansage mit ihm gerechnet, aber nicht so schnell. Sie fröstelte unter seinem starren, kalten Blick. Festen Schrittes und mit finsterer Miene trat er auf sie zu. Etwas Bedrohliches ging von ihm aus, wie von einem Raubtier auf Beutezug. Aber Tessa dachte nicht daran, sich davon einschüchtern zu lassen, und hielt seinem Blick stand.

«Hast du etwa deinen neuen Lover erwartet? Wie heißt er noch gleich ... Nathanael? Da muss ich dich leider enttäuschen.»

«Ich lass euch mal allein», sagte Cynthia und schloss hinter Steven die Tür, bevor Tessa protestieren konnte.

«Warum bist du hierher gekommen, Steven? Es gibt nichts mehr zu sagen, es ist aus zwischen uns. Ich möchte bitte, dass du gehst. Sofort!»

Tessa stemmte die Hände in die Hüften, straffte die Schultern und wich keinen Deut zurück, als er noch einen Schritt näher kam und jetzt so dicht vor ihr stand, dass sie seinen Atem auf ihrem Gesicht spüren konnte.

«Warum so feindselig? Du wolltest doch, dass wir Freunde bleiben. Ich bin nur gekommen, um noch einmal in Ruhe mit dir zu reden.»

Sein Lächeln wirkte aufgesetzt und erreichte seine Augen nicht.

«Worüber denn? Das ist vergebene Liebesmüh. Ich werde nicht mehr zu dir zurückkehren.»

Er seufzte und schüttelte den Kopf. Eine Weile schwieg er und sah zur Seite. Sie sah, wie sich seine Kiefermuskeln anspannten.

«Tessa, du hast doch nicht wirklich geglaubt, dass ich das einfach so hinnehme? Ich lasse mich nicht abservieren! Von niemandem!», fuhr er sie an. Seine Hände umfassten ihre Schultern und sie befürchtete schon, er würde sie schütteln. Aber er tat es nicht.

Der vertraute Duft seines exklusiven Aftershaves drang in ihre Nase. Sie hatte ihn eigentlich immer gemocht. Doch heute stieß sie die süßliche Nuance darin ab. Steven stieß sie ab. Unverhohlener Zorn loderte in seinen Augen, der ihr galt.

Sie sah zu ihm auf. Seine grauen Augen waren kalt wie Stahl.

«Lass mich los», forderte sie und wand sich aus seinem Griff. «Worüber willst du wirklich mit mir reden? Doch nicht über unsere Beziehung? Sie war dir nie wirklich wichtig, sondern nur dein Erfolg.»

«Ich habe dich anscheinend unterschätzt, Tessa. Gut, so muss ich dir nichts mehr vormachen. Ich bin nicht hier, um mit dir zu reden, sondern um dich zu entführen.»

Tessa wich erschrocken zurück. «Das wagst du nicht. Nathanael ...»

«Um den kümmern sich schon andere, der wird dir nicht wieder beistehen», fiel er ihr ins Wort. «Komm jetzt. Du wirst erwartet.»

Er packte ihren Arm und wollte sie mit sich ziehen, aber Tessa riss sich mit aller Kraft los. Sie durfte das Engelsghetto nicht verlassen. Nur hier war sie sicher. Was Nathanael anbetraf, hoffte sie, dass Steven bluffte. Sie verbot sich, an etwas anderes zu denken. Nathanael war erfahren und stark genug, jeden Kampf gegen die Höllenkreaturen zu gewinnen.

«Fass mich nicht noch einmal an oder ich ...» Tessas Blick erfasste den Schrank, in dem sich Nathanaels Waffen befanden. Wenn sie schnell genug war, könnte es ihr gelingen, an Steven vorbeizulaufen und ihn erreichen.

«Oder was? Willst du mir etwa drohen?»

Sie zog es vor, nichts darauf zu erwidern. Stattdessen wog sie ihre Chancen ab. Es sah gut für sie aus und sie stürzte los. Stevens Arm schoss hoch und im selben Moment stoppte sie ein harter Schlag gegen die Stirn. Ihre Beine knickten ein und sie stürzte zu Boden.

Reglos blieb sie am Boden liegen. Sie fühlte sich wie ein Insekt, das Steven gedachte, im Staub zu zertreten. Ihre Gedanken flossen träge.

Steh auf, Tessa!, versuchte sie sich anzuspornen.

Leichter gedacht als getan. Sie rollte sich gerade auf die Seite, als sich die Tür öffnete und Cynthia erschien. Die Prophetin bedachte sie mit einem triumphierenden Lächeln und wandte sich an Steven.

Tessa sah, wie er ihr ein Bündel Geldscheine zusteckte. Cynthia zählte das Bündel durch und nickte. Mit den Worten «Mit besten Grüßen an die Hölle» verließ sie den Raum, ohne Tessa eines weiteren Blickes zu würdigen.

Tessa rappelte sich auf. Sie fühlte sich benommen und schwankte.

Steven packte ihren Arm und zerrte sie durch die leere Bar zu seinem Ferrari, der vor der Tür parkte. Grob verfrachtete er sie auf den Beifahrersitz und stieg selbst ein.

Tessa betrachtete sein Profil, als er den Schlüssel ins Zündschloss steckte. Jeder Muskel in seinem Gesicht war angespannt und sein Atem ging schneller. Wo würde er sie hinbringen? Und vor allem, was hatte er mit ihr vor? Der Gedanke, er könnte sie dem Gefallenen oder Luzifer selbst ausliefern, ließ sie erschauern.

«Wo bringst du mich hin?», krächzte sie.

«Das wirst du schon sehen.»

Er ließ seinen Blick kurz umherschweifen, als befürchtete er, jemand könnte ihnen doch gefolgt sein.

Die Straße vor dem *Hell's* war wie ausgestorben. Steven wirkte unberechenbar und aggressiv, als stünde er unter enormem Druck. Befürchtete er, Nathanael könnte zurückkehren und die Entführung vereiteln? Tessas Herz pochte immer schneller.

Steven startete den Motor. Mit quietschenden Reifen schoss der Ferrari nach vorn und presste sie tief ins Polster.

«Es hat doch keinen Zweck, Steven. Nathanael und die anderen werden mich finden», sagte sie leise, während sie gleichzeitig gegen den Druck in ihrem Kopf und die aufsteigende Übelkeit kämpfte.

«Zu spät. Bis dahin gehörst du schon ihm.» Er lachte auf.

Tessa ahnte, wen er meinte - Luzifer.

«Du hast nicht nur Hazel in den Tod getrieben, sondern auch

die anderen. Und das alles nur für deinen Erfolg! Ich verachte dich, Steven.»

«Ist mir egal.»

Tessas Magen krampfte sich bei seiner Gleichgültigkeit zusammen. Es erschütterte sie, seine Machenschaften nicht eher durchschaut zu haben. Sie empfand für ihn nur Abscheu.

«Was bist du nur für ein Mensch?»

Er fuhr hektisch mit der Hand über sein Gesicht und starrte nach vorn. Unsicherheit spiegelte sich in seiner Miene. Bereute er vielleicht seine Taten?

«Du hast dich auf einen höllischen Deal eingelassen, ohne das konsequent zu Ende zu denken», fuhr Tessa fort. «Selbst wenn Luzifer meine Seele besitzt, wird er nicht aufhören, noch mehr von dir zu fordern. Steig aus und lass mich frei.»

Er schlug mit der geballten Faust gegen das Lenkrad. Sie spürte, wie er mit sich rang. «Zu spät. Ich stecke schon zu tief drin. Ich muss die Vereinbarung einhalten.»

Tessas Hoffnung freizukommen sank. Sie glaubte, in einen Abgrund zu stürzen.

«Erfolg stellt sich nicht über Nacht ein. Du hättest nur Geduld aufbringen müssen, um alles aus eigener Kraft und auf ehrliche Weise zu schaffen.»

«Wie denn? Die vom Komitee waren alle gegen mich. Sie wollten das Medikament nicht zulassen. Nur zwei von ihnen konnte ich bestechen. Ohne ein einstimmiges Ergebnis wäre das Präparat nie auf den Markt gekommen. Luzifer versprach, das Problem zu lösen, wenn ich ihm Patientennamen lieferte. Dann traf ich diese Bertha Hollows und alles verlief nach Plan. Die Mitglieder des Ausschusses stimmten tatsächlich zu. Doch dann wurden Ärzte zu meinen Gegnern, die auf die Nebenwirkungen hinwiesen. Ich *musste* sie alle zum Schweigen bringen. Als Gegenleistung für seine Dienste verlangte Luzifer von mir Seelen. Erst die Patienten, dann Hazel ... und jetzt ...»

Seine Worte lösten in ihr schieres Entsetzen aus.

«Willst du mich auch für deinen Erfolg opfern», vollendete sie seinen Satz.

«Ja, ich muss!»

Steven stieß einen unterdrückten Schrei aus und trat das Gaspedal durch. Der Ferrari geriet in einer Kurve ins Schleudern.

Tessa schrie entsetzt auf und schloss die Augen. Nathanael! Sie sah sein Gesicht vor sich. Nein, sie wollte nicht sterben. Der Druck in ihrem Kopf nahm zu und sie hörte Stevens Worte nur noch gedämpft.

«Ich muss das Versprechen erfüllen», drangen seine Worte in ihr Bewusstsein.

Tessa, halt durch!, wiederholte sie immer wieder im Geist.

Sie kämpfte verzweifelt gegen den Nebel, der ihr Hirn umgab. Sie musste klar denken, wenn sie eine Chance haben wollte, zu entkommen. Einzig der Gedanke an Nathanael verlieh ihr in diesem Moment die Kraft durchzuhalten.

Steven schwieg. Er steuerte den Ferrari den Lower East River Drive entlang, eine Gegend, in der Tessa sich nicht sonderlich gut auskannte. Für eine Flucht war das nicht gerade vielversprechend.

Ihre Hände verkrampften sich im Schoß, während sie versuchte, einen Plan zu entwickeln. Die Häuser und Menschen rasten an ihr vorbei.

Wenige Blocks weiter bog Steven in eine Straße ein und hielt am Ende vor einem Mietshaus am East River, dessen graue Fassade genauso düster war wie ihre Stimmung. Eine Gruppe Halbstarker randalierte in einer Bushaltestelle. Ein Mann im Parka, die Hände tief in den Taschen vergraben, huschte im Schatten der Häuser entlang, als wollte er nicht entdeckt werden. Die untere Reihe

Fensterscheiben des Hauses waren zerschlagen, was sie wieder an ihre Begegnung mit dem Dämon in Hazels Wohnung erinnerte.

Immer tiefer presste Tessa sich ins Lederpolster des Ferraris.

«Steig aus!», befahl ihr Steven. «Mach schon.»

Seine zornige Miene ließ sie die Aufforderung befolgen, obwohl ihr schwindlig war. Die Luft draußen war feucht und kalt und kroch ihr in die Knochen, aber sie vertrieb den Nebel in ihrem Kopf und linderte den Schmerz. Tessa verschränkte die Arme vor der Brust und wartete auf Steven.

Statt auszusteigen, zog er die Tür hinter ihr zu und fuhr mit quietschenden Reifen an. Dieser feige Kerl wollte sich aus dem Staub machen und sie allein lassen.

«Steven!», schrie sie hinter ihm her.

Schwarze Flügel warfen Schatten auf den glänzenden Asphalt. Tessa sah auf und erkannte den Gefallenen, der herabschwebte. Ihm folgte ein Dämon, der aus dem Schatten des Hauses spurtete, um Stevens Ferrari zu stoppen.

Sie blieb wie angewurzelt stehen. Das Kreischen der Bremsen hallte durch die Straße. Der Lärm schreckte die Jugendlichen auf, die beim Anblick der schwarzen Flügel die Flucht ergriffen. Der Ferrari schlitterte noch einige Meter weiter, bis er vor den Dämon zum Stehen kam. Sie erschauerte, als sie an ihre letzte Begegnung mit dem Gefallenen dachte.

Leviathan bewegte sich mit katzenhafter Geschmeidigkeit auf sie zu. Tessa wollte um Hilfe schreien, aber aus ihrer Kehle drang nur ein gurgelnder Laut. Ihr Herz blieb fast stehen und das Blut stockte in ihren Adern.

Tessa, lauf!, hörte sie Nathanael in ihrem Kopf flüstern.

Obwohl sie ihn nicht sehen konnte, fühlte sie seine Nähe. Das gab ihr Kraft und sie rannte in die andere Richtung. Als sie jemand von hinten an der Schulter packte, schrie sie entsetzt auf.

«Dieses Mal ist kein Blutengel da, der dich beschützen kann.»

Die sanfte Stimme Leviathans würde sie unter tausenden wiedererkennen.

Aus dem Augenwinkel beobachtete sie Steven, der vergeblich versuchte, sich aus der Umklammerung des Dämons zu winden. Im selben Moment legte Leviathan den Arm um ihre Taille und schwang sich mit ihr in die Luft.

Tessa kniff die Augen zusammen, um nicht nach unten sehen zu müssen und aufzuschreien. Es würde Leviathan Genugtuung bereiten, wenn sie ihm ihre Furcht zeigte. Diesen Triumph gönnte sie ihm nicht.

Bereits nach kurzer Zeit fühlte sie erneut festen Boden unter den Füßen. Als sie die Augen wieder öffnete, befand sie sich in einem Innenhof mit unzähligen Graffitis an den Ziegelmauern. Es stank so erbärmlich nach Kloake, dass sie würgen musste.

Sie wollte weder sterben, noch ihre Seele verlieren. Der Dämon zerrte Steven in den Innenhof und stieß ihn von sich, dass er vornüber stürzte. Er fuhr seine Krallen aus, die von einem Dinosaurier hätten stammen können, um sie in Stevens Körper zu rammen. Eine Geste des Gefallenen gebot ihm Einhalt. Der Dämon brüllte auf.

«Was soll das? Ich habe meinen Auftrag erfüllt! Sie ist hier!», rief Steven, während er sich aufrappelte.

Jetzt wirkte er nicht mehr so sicher wie vorhin, als er sie entführt hatte, sondern nackte Angst lag in seinem Blick. Der Dämon schien sich nur mühsam beherrschen zu können. Mordlust funkelte in seinem Blick.

«Du wolltest uns betrügen.» Leviathans Stimme klang an ihrem Ohr wie das Zischen einer Schlange.

Tessas Herz hämmerte ihr bis in den Hals.

Steven fiel auf die Knie. «Nein, das wollte ich nicht. Ehrlich. Aber alles dauert länger als geplant. Ich brauche noch etwas Zeit.»

«Nein. Luzifer hasst es, wenn jemand seine Versprechen nicht einhält. Und dann hetzt du uns diesen Blutengel auf den Hals!»

«Aber das bin ich doch nicht gewesen, sondern sie!» Steven zeigte mit dem Finger auf Tessa.

Die Stimme des Gefallenen klang Oktaven tiefer und verzerrt. Jeder Nerv in ihrem Körper vibrierte bei diesem Klang. Leviathans Hände legten sich auf Tessas Schultern. Seine Kälte drang in ihren Körper und ließ sie erstarren.

«Schluss jetzt. Es ist an der Zeit für euch, den Preis zu bezahlen.»

«Nein! Ich habe doch gar nichts getan! Nehmt ihre Seele. So wie es abgemacht war. Ich verspreche euch noch mehr Seelen, wenn ihr mir nur Zeit gebt ...»

«Wie klein und feige du bist, Steven!», rief Tessa.

«Zu spät! Luzifer wartet nicht länger. Er verlangt eure Seelen jetzt.»

Leviathan hob seine Hand, und der Boden unter ihren Füßen bebte. Tessa verlor das Gleichgewicht und fiel auf die Knie. Nur zu gut wusste sie das Beben zu deuten.

Schon riss der Asphalt auf und Flammen schlugen aus den Spalten empor. Tessa wollte auf allen vieren davonkriechen, aber Leviathan hielt sie im Nacken fest. Sie schlug und trat wild nach ihm, aber alles prallte an ihm ab, als würde eine Ameise gegen einen Elefanten boxen. Der Gefallene hielt sie eisern fest.

«Sieh genau hin, wie dein Freund in Luzifers Schoß aufgenommen wird. Dann folgst du!» Sein dröhnendes Lachen ging ihr durch Mark und Bein.

Hilflos musste sie mit ansehen, wie der Dämon den zappelnden Steven hochhob und in die Flammen warf. Seine gellenden Schreie hallten in ihren Ohren. Gleich würde sie das gleiche Schicksal ereilen. Kaum dass Stevens Schreie verklungen waren, zog Leviathan sie vom Boden hoch und zerrte sie am Arm zur Feuerspalte.

27.

Nathanael stürmte ins *Hell's* und prallte mit Cynthia zusammen, die ein Tablett mit Gläsern hinter die Theke trug. Sie schrie auf, und die Gläser schlugen klirrend auf den Boden.

«Idiot! Hast du keine Augen im Kopf?», fuhr sie ihn an.

Aber Nathanael besaß keine Zeit, um sich zu entschuldigen. Jede Sekunde zählte.

«Wo ist Tessa?»

Cynthia seufzte und rollte mit den Augen. «Sie ist mit ihrem Freund Greenberg weggefahren. Haben sich wohl wieder versöhnt.»

Ihr zufriedenes Lächeln machte ihn wütend. Cynthia log, Tessa würde sich nicht mehr mit Greenberg einlassen.

«Du hast sie gehen lassen? Wie konntest du nur?» Er packte sie an den Schultern und schüttelte die Prophetin.

«Wie hätte ich das denn verhindern können? Sie wollte unbedingt mit ihm gehen.» Cynthia spitzte die Lippen und funkelte ihn strafend an.

«Wo sind sie hingefahren?»

«Was weiß ich! Ich habe sie nicht gefragt.» Cynthia machte keinen Hehl daraus, wie froh sie über Tessas Fortgehen war.

«Streng deinen Kopf an. Du bist eine Prophetin und weißt sicher, wohin sie gefahren sind. Und wage es nicht, mich anzulügen, denn wenn Tessa etwas geschieht, bringe ich dich eigenhändig um. Hast du mich verstanden?»

«Schon gut. Lass mich los.»

Nathanael ließ von ihr ab.

«Sie sind zu einem Höllentor aufgebrochen, wo Tessa an einen Gefallenen übergeben werden soll. Mehr weiß ich nicht.» Cynthia wollte sich umdrehen und gehen, aber Nathanael hielt sie am Arm zurück.

«*Welches* Höllentor?» Die Angst um Tessa trieb ihn fast in den Wahnsinn.

Cynthia zögerte mit der Antwort, weshalb er den Griff um ihren Arm verstärkte.

«In der Vision sah ich den East River ...»

Nathanael drehte sich um und stürmte aus der Bar.

Als Nathanael den East River erreichte, nahm er Tessas Stimme wahr, wie einen Luftzug. Er spürte, in welcher Gefahr sie schwebte und alles zog sich in ihm zusammen. Sie war seine Seele, sein Herz. Er brauchte sie wie die Luft zum Atmen. Sein Puls wurde mit jedem Schritt hektischer. Wenn er zu spät käme ... Nein, daran durfte er nicht denken, sich nicht ausmalen, was ihr geschah.

«Halte durch, Tessa. Ich komme zu dir!»

Er schickte seine Worte auf eine mentale Reise zu ihr. Dabei durchzuckte ihn die Erinnerung wie ein Blitz. So war es ihm damals auch mit Gina ergangen. Es durfte sich nicht wiederholen, er könnte es nicht noch einmal ertragen.

Entschlossen rannte er in eine ruhigere Seitenstraße und kletterte unbeobachtet an der Hausfassade zum Dach hoch. Oben angekommen zog er seine Weste aus, in der sich die Messer und Shuriken befanden. Nur das Flammenschwert und ein Sichelmesser, das er in seinem Stiefel verstaute, begleiteten ihn.

Er versteckte die Weste hinter einem Abluftrohr und konzentrierte sich anschließend auf das Ausfahren seiner Flügel. Er hasste die schmerzhafte Prozedur, doch Tessa zuliebe würde er alles erdulden. Die Zeit erschien ihm endlos, bis ihn die Schwingen mit eleganten Schlägen in die Luft erhoben.

Je näher er seinem Ziel kam, desto intensiver spürte er Tessas

Todesangst, die seinen Herzschlag zu einem Trommelwirbel steigerte. Eben noch hatte er ihren Hilferuf vernommen, doch jetzt herrschte Stille. Der Geruch von Schwefel und Feuer zog durch die Luft und offenbarte ihm, dass das Höllentor bereits geöffnet worden war.

«Verdammt, Gott, nimm sie mir nicht auch noch», murmelte er.

Als Nathanael über die Straße zum Eingang des Hinterhofs flog, schrillten die Todesschreie eines Mannes durch die Nacht. Luzifer streckte bereits seine gierigen Finger nach dessen Seele aus. Wie auf Knopfdruck verstummten die Schreie und zurück blieb eine bedrückende Stille.

Nathanael fühlte deutlich Tessas Herzschlag. Sie lebte, aber irgendetwas stimmte nicht. War er doch zu spät eingetroffen? Eine eisige Hand griff nach seinem Herzen.

Er stürmte in den Innenhof. Bei dem Anblick, der sich ihm bot, blieb ihm das Herz stehen.

Leviathan zerrte Tessa auf eine Feuerspalte zu, um sie Luzifer zu übergeben. Sie schlug und trat nach ihm, aber der Gefallene lachte nur über ihre vergeblichen Befreiungsversuche und zog sie unerbittlich an den Rand.

Angst und Zorn ballten sich in Nathanael zusammen und verwandelten ihn in ein tödliches Raubtier. Mit einem Aufschrei zückte er das Flammenschwert, um sich auf Leviathan zu stürzen.

Im selben Augenblick verstellte ihm ein Dämon mit Kurzschwert den Weg. In seinen Augen spiegelte sich das Höllenfeuer.

Nathanael reagierte blitzschnell und sprang zur Seite. Die Klinge verfehlte ihn nur um Haaresbreite und traf stattdessen die Mauer. Als die Spitze mit einem splitternden Geräusch abbrach, jaulte der Dämon vor Zorn auf und verfolgte den Flug der Metallsplitter.

Nathanael nutzte dieses Überraschungsmoment, wirbelte herum und streckte seinen Widersacher mit der Wucht seines Flügelschlags nieder. Getroffen torkelte der Dämon rückwärts, stolperte und fiel in eine der Feuerspalten.

Doch Nathanael blieb keine Zeit, diesen Triumph auszukosten. Schon rannte er zu Leviathan. Er sah, wie Tessa verzweifelt mit den Fäusten auf den Gefallenen eintrommelte. Er stellte sie auf die Füße und riss sie derb am Haar. Tessa schrie vor Schmerz auf, was Nathanael nur noch rasender machte.

«Leviathan! Lass sie los», brüllte er.

Der Gefallene erwiderte seinen Befehl mit einem spöttischen Lächeln. «Nathanael!»

Er hatte es nicht zu hoffen gewagt, aber der Blick in ihren Augen verriet ihm, welch tiefe Gefühle sie auch für ihn empfand. Wärme durchströmte sein Herz und verlieh ihm Kraft.

Fieberhaft spielte er alle Varianten durch, wie er sie aus der Gewalt Leviathans befreien konnte und kam zu einem niederschmetternden Ergebnis. Gleichgültig, welchen Weg er wählte, der Gefallene war im Vorteil. Er würde nicht lange zögern und sie ins Höllenfeuer stoßen.

Leviathans Lippen kräuselten sich zu einem siegessicheren Lächeln. Er zerrte Tessa näher an den lodernden Abgrund heran. Tessa schrie in Panik auf, als die Flammen emporschlugen und eine Strähne ihres Haares versengten.

Nathanael stockte der Atem.

«Du zögerst. Genau wie damals. Deine Gefühle schwächen dich, Blutengel!», spottete Leviathan.

«In diesem Punkt irrst du gewaltig. Meine Gefühle für Tessa machen mich zu einem noch stärkeren Gegner. Du kannst nur verlieren, Gefallener!»

Erinnerungsfetzen stürmten auf Nathanael ein. Er sah Gina, die mit seinem Schwert gegen Leviathan kämpfte, das sie aus dem Koffer gestohlen hatte. Fasziniert von dieser Waffe hatte Gina es eines Tages heimlich aus dem Koffer genommen. Sie hatte beobachtet, welche Macht das Schwert besaß, und geglaubt, auch sie würde sie gewinnen. Aber das Flammenschwert entfaltete seine Kraft nur in den Händen eines Blutengels. Sie war chancenlos.

Bevor er einschreiten konnte, hatte Leviathans Schwert sie niedergestreckt. Immer wieder hatte er sich mit Vorwürfen gequält, bis heute fühlte er sich mitschuldig an ihrem Tod. Wäre er damals umsichtiger gewesen, wäre es nicht geschehen. Und jetzt schwebte Tessa in Gefahr. Durch ihn. Weil er sie allein gelassen hatte.

«Nathanael. Du solltest wissen, wann du verloren hast. Sie ist mein.»

Leviathans Worte rissen ihn aus der Vergangenheit. Der Gefallene zog Tessa mit einem Ruck an sich, um ihr sein Schwert an die Kehle zu pressen.

«Nein!», schrie Nathanael und hörte, wie die glühende Klinge sich zischend in ihre bloße Haut fraß.

Leviathans Lachen echote im Innenhof. «Ihre Seele kehrt ein in die immerwährende Finsternis.»

«Niemals!» Nathanaels Schrei brach sich an den Hausmauern.

Die Berührung mit der Klinge bedeutete Tessas Tod. Langsam würde sie verbrennen, bis sich ihre Seele vom Körper löste und Luzifer entgegenstrebte.

Nathanael umfasste sein Schwert und stürzte sich auf seinen Gegner. Leviathan stieß Tessa in die Spalte. Sie schrie auf und ruderte wild mit den Armen. Ihre Augen weiteten sich vor Entsetzen, als sie vornüberkippte.

Nathanael ließ ein animalisches Brüllen hören. Jetzt war er nur noch von Rache beseelt. In blinder Wut stürzte er sich auf den verhassten Gegner. Endlich würde er Leviathan vernichten und seine Seele der ewigen Verdammnis preisgeben.

Die Klingen der Schwerter schlugen gegeneinander, Funken stoben durch die Luft. Nathanael hieb verbissen auf den Gefallenen ein und trieb ihn immer dichter an eine Feuerspalte heran. Dieses Mal würde er ihm sogar durchs Höllentor folgen, um ihn zu vernichten.

Obwohl Nathanael die Härte seiner Schläge steigerte, gelang es Leviathan, sie abzufangen und zur Seite auszuweichen. Aber die Verzweiflung und die Liebe zu Tessa verliehen ihm ungeahnte Kräfte.

Er traf Leviathan an der Schulter und fluchte, als sein Schlag dem Gefallenen keine bedeutende Verletzung zufügte.

Sein Gegner stieß einen zornigen Laut aus. In seinen Augen glomm Hass, als er wieder in die Offensive ging. Leviathans Schwert streifte Nathanaels Oberarm und schlitzte Ärmel und Haut auf. Doch Nathanael spürte in seiner Mordlust keinen Schmerz und steigerte das Tempo und die Wucht seiner Schläge.

«Für Tessa!»

Mit diesem Ausruf holte er erneut aus und stach das Schwert in den Schenkel des Gefallenen. Als das Blut Leviathans herausspritzte, fühlte er Genugtuung. Der Gefallene schwankte, als sein Schwert erneut durch die Luft surrte. Der Schwung riss ihn fast von den Füßen. Er versuchte sich abzufangen und verfehlte Nathanael.

«Du kannst mir nicht entkommen. Ich bin Michaels Sohn!»

Nathanael sprang hoch, schwang das Schwert und trennte seinem Widersacher mit einem präzisen Hieb eine Schwinge ab.

Leviathan brüllte vor Wut und Schmerz. Nathanael katapultierte sich mit seinen Flügeln empor, um seinem Gegner den Todesstoß zu versetzen.

Nach einem Stich in die Brust brach Leviathan blutüberströmt und röchelnd zusammen. Sein Körper bäumte sich ein letztes Mal auf, dann erschlafften seine Glieder. Kaum war sein Atem erloschen, zerrten ihn die Arme von Dämonen durch das Höllentor.

Alles war so schnell gegangen und erschien Tessa wie ein böser Traum, wenn nicht der überwältigende Schmerz an ihrem Hals gewesen wäre. Er beherrschte ihren Körper. Als das glühende Metall der Schwertspitze sich in ihren Hals gebrannt hatte, hatten ihre Sinne gedroht zu schwinden. Sie wollte den Schmerz hinausbrüllen, aber der Schrei erstickte in ihrer Kehle.

Deutlich las sie das Entsetzen in Nathanaels Miene und fühlte seinen unbändigen Zorn. Wie ein Racheengel stürzte er sich auf ihren Peiniger, der sie schließlich in die Flammen stieß. Tessa blickte in die lodernde Glut, die sich ihr gierig entgegenstreckte. Nein, sie war noch nicht bereit für die Hölle und auch nicht zu sterben.

Sie versuchte sich im Fall zu drehen, indem sie wild mit den Armen in der Luft ruderte, und schickte ein Stoßgebet zum Himmel. Das Wunder war vollbracht, als sie nicht in die Feuerspalte stürzte, sondern auf den Rand schlug.

Die Flammen versengten ihre Haut und die Hitze brannte ihr in den Atemwegen. Keuchend rang sie nach Luft. Hinter ihr klirrten die Klingen der Schwerter in immer schnellerem Rhythmus.

Plötzlich griffen Hände aus dem Feuer nach ihr, um sie in den feurigen Schlund zu ziehen. In Panik schlug und trat Tessa nach ihnen. *Ihr kriegt mich nicht! Nein! Niemals!*

Schweiß rann von ihrer Stirn. Sie versuchte sich vom Rand wegzurollen, als der Boden unter ihr nachgab. Ihre Beine fanden keinen Halt und sie rutschte. Jetzt hing sie am Rand der Spalte.

Da waren sie wieder, die Hände der Hölle, die nach ihr schnappten. Tessa stöhnte und keuchte, während sie ihre Angreifer durch Tritte abzuwehren versuchte. In ihrer Verzweiflung krallten sich ihre Finger in die weiche, heiße Erde. Ihr lädierter Ellbogen drohte nachzugeben.

Ihre Bemühungen, neuen Halt zu finden, kosteten sie all ihre Kraft. Lange würde sie das nicht durchstehen. Der Schmerz am Hals und im Ellbogen brachte sie fast um. Aber noch lebte sie und gab nicht auf.

Als sie sah, wie Nathanael dem Gefallenen den Todesstoß versetzte, mobilisierte das noch einmal all ihre Kräfte und sie zog sich über den Rand in Sicherheit. Erschöpft rollte sie zur Seite und blieb schwer atmend liegen. Sie wollte sich aufrichten, aber der überwältigende Schmerz in ihrer Brust ließ sie stöhnend zurücksinken.

Plötzlich verebbte der Schmerz und eine ungewohnte Leichtigkeit erfasste sie, als würde sie in Nathanaels Armen hinauf zum Himmel fliegen. Doch dann sah sie sich in ein Feuer stürzen, das ihr das Fleisch von den Knochen fraß. Tessa wollte sich wehren, aber ihre Muskeln gehorchten ihr nicht.

Ihr Körper war wie gelähmt, ihr Geist dagegen wacher als zuvor und wollte seine Hülle verlassen. Ihre Seele war im Begriff, in die Hölle zu fahren.

«Nein!», schrie Tessa, aber aus ihrer Kehle drang nur ein Stöhnen.

Nathanael rannte zu Tessa, die mit starrem Blick auf dem Boden lag. Ihr Puls war schwach, aber sie lebte noch. Verzweifelt bettete er ihren Kopf in seinen Schoß. Ihr Körper zuckte durch das Engelsfeuer in ihrem Innern wie unter Stromstößen.

«Nathanael», flüsterte sie und ein gequältes Lächeln huschte über ihre Lippen. Sanft streichelte er ihr Gesicht. Die Gewissheit, dass sie im Sterben lag und ihre Seele sich bereits auf die Reise zu Luzifer begeben hatte, schnitt sich wie ein Messer durch seine Eingeweide bis zum Herzen.

Sie streckte den Arm aus, um sein Gesicht zu berühren.

«Nathanael», flüsterte sie erstickt und strich über seinen Mund. «Steven ... hat den Pakt ... geschlossen.»

Er legte ihr seinen Finger auf die Lippen. «Das ist jetzt unwichtig. Sprich nicht, es strengt dich zu sehr an», flüsterte er.

«Aber ... ich muss dir ... noch etwas sagen ...» Mit einer Geste bedeutete sie ihm, sich tiefer über sie zu beugen, als ihre Stimme versagte. Nathanael folgte ihrer Aufforderung und hielt sein Ohr dicht über ihrem Mund.

«Ich liebe dich, Nathanael.»

Er zog sie noch enger in seine Arme.

«Und ich liebe dich. Ich war so dumm und wollte es nicht wahrhaben. Die ganze Zeit habe ich mich dagegen gewehrt. Bitte verzeih mir, dass ich dich habe einschlafen lassen. Aber es geschah nur aus Angst um dich ... Doch es war ein Fehler. Ich hätte dich niemals allein lassen dürfen.»

«Scht.» Sie legte ihm den Finger auf den Mund.

Er sah sie kämpfen und verlieren. Ihr Blick wurde starr und ihr Atem kam nur noch stockend. Er presste ihren reglosen Körper an sich.

«Warum hast du das zugelassen, Gott?», schrie er.

Ihr Herz schlug immer langsamer. Gleich würde es ganz aufhören zu pochen. Ohne sie verlor alles seinen Sinn. In seiner Verzweiflung wehrte er die Hand ab, die sich plötzlich auf seine Schulter legte. Er wollte keinen Trost.

«Es tut mir leid.»

Die vertraute Stimme ließ ihn aufhorchen. Als er aufsah, begegnete er Michaels Blick, in dem zum ersten Mal Mitgefühl lag. Doch das versöhnte ihn nicht mit dem Schicksal. Im Gegenteil, sein ganzer Zorn entlud sich über seinem Vater.

«Bist du nun zufrieden?», schrie er.

Michael hockte sich neben ihn und seufzte. «Ja, du hast den Auftrag erfüllt ...»

«Genau das war dir doch immer nur wichtig, dass ich alles ausführe, was du von mir verlangst. Aber welchen Preis ich dafür zahle, hat dich nie interessiert!»

Er strich Tessa zärtlich eine Strähne ihres roten Haares aus der Stirn. «Ich liebe sie», sagte er leise.

Michael atmete tief ein und fuhr sich über das Gesicht.

«Du kannst ihr Leben bewahren, wenn ihre Liebe zu dir stark genug ist. Als Blutengel darf deine Seele mit der deiner Partnerin verschmelzen. Deine Kraft wird zu ihrer. Eure Leben werden eins. Bist du dazu bereit?»

Nathanael nickte. Alles würde er dafür geben, sie zu retten, selbst sein Leben. Er legte seine Hände auf Tessas Kopf und Brust und konzentrierte sich auf die Energie, die aus seinem Körper floss und in sie eindrang. Seine Fingerspitzen glühten, als er ihre Haut berührte. Als seine Lebenskraft in sanften Wellen auf sie überging, bebte ihr Brustkorb leicht.

Er schloss die Augen und konnte fühlen, wie das Blut allmählich wieder durch ihre Adern strömte, ihr Herz zum Schlagen brachte und sie für den Seelenkuss vorbereitete. Das dumpfe Pochen ihres Herzens hallte in seinem Kopf und ließ seinen Körper wie eine Stimmgabel vibrieren. Doch noch waren die Schläge ihrer Herzen nicht im Einklang, ihre Kraft nicht vereint.

Eine Lichthülle umgab ihren Körper, hell und milchig. Sie pulsierte im Rhythmus seines Pulses. Langsam löste sich ihr Geist aus dem Körper und schwebte darüber. Nathanael tat es ihr gleich. In diesem Moment war er ihr näher, als es ihm körperlich jemals möglich sein würde. Er fühlte, was sie fühlte, dachte, was sie dachte. Ihre Geistkörper tauchten ineinander und wurden eins. Nichts würde sie jemals trennen können.

Ein Gefühl des vollkommenen Glücks erfüllte ihn, als in diesem Augenblick ihre Herzen im selben Takt schlugen. Doch der Seelenkuss durfte nur einen Wimpernschlag lang währen. Sie lösten sich voneinander und ihre Geister glitten in ihre sterblichen Hüllen zurück.

Nathanael spürte, wie Tessa die Finger bewegte und ihr Atem wieder gleichmäßiger floss.

«Sie wird leben», hörte er Michael sagen.

Als Tessa die Augen aufschlug, drückte Nathanael sie an sich und küsste sie aufs Haar. Er spürte ihr Herz in seiner Brust, das mit jedem Schlag stärker wurde. Eine Weile gab er sich diesem Gefühl hin und vergaß alles um sich herum.

Als er sich seines Vaters besann, drehte er sich um. Michael stand inmitten des Hofes und breitete seine weißen Schwingen aus. Er strahlte so viel Güte aus, wie Nathanael es noch nie erlebt hatte.

«Danke ... Vater», sagte Nathanael und lächelte ihn an. Es war das erste Mal, dass er diese Anrede benutzte.

«Danke nicht mir, sondern ihm.» Michael deutete mit dem Finger zum Himmel.

Nathanael nickte und sah verwundert zu seinem Vater, der noch immer auf der Stelle stand und ihn unverwandt ansah.

«Schon seit langer Zeit möchte ich dir etwas sagen», sagte Michael leise. «Ich bin immer stolz auf dich gewesen. Und ich habe deine Mutter geliebt. Doch sie konnte das Leben an meiner Seite nicht ertragen und hat sich damals gegen mich entschieden. Ich konnte sie genauso wenig retten wie Gina, weil es ihnen nicht bestimmt gewesen ist. Aber Tessa ist dein Schicksal. Halte ihre Liebe fest, denn sie ist etwas Einzigartiges.»

Nach diesen Worten schwang Michael sich empor.

Nathanael sah seinem Vater nachdenklich hinterher, bis die Nacht seine weißen Schwingen verschluckte. Seine Worte erschütterten ihn tief. Er fragte sich, ob er tief in seinem Innern die Wahrheit schon immer gekannt hatte. Aber in seiner Verzweiflung über den Tod seiner Mutter und auch Ginas hatte er all seine Schuldgefühle auf seinen Vater übertragen, weil er es sonst nicht hätte ertragen können.

«Nathanael?» Tessa schlug die Augen auf und sah ihn mit großen Augen an. Sie zitterte am ganzen Leib. «Der Gefallene ... Bin ich tot?»

«Nein, Liebste, du lebst. Hab keine Angst. Es ist alles vorbei.»

Er beugte sich hinab und legte all seine Liebe in seinen Kuss.

Epilog

Sanft strich Nathanael über ihr Rückgrat hinab bis zu ihrem Gesäß. Tessa kicherte, als sich unter der leichten Berührung eine Gänsehaut bildete.

«Gefällt dir das?», flüsterte er. «Und das?»

«Frag nicht, mach weiter.»

Sie rekelte sich lasziv und schnurrte dabei wie eine Katze. Seine Hand wurde kühner und glitt über ihren Po, zwischen ihre Schenkel bis zu ihrer Scham. Mit einem wohligen Seufzer schloss sie die Augen und genoss das Spiel seiner Finger an ihrer intimsten Stelle. Von einer Welle der Erregung erfasst drängte sie sich seiner fordernden Hand entgegen.

In der vergangenen Nacht hatten sie sich geliebt, immer wieder, hemmungslos und unersättlich, bis sie erschöpft in die Kissen gesunken waren. Nur das Wort himmlisch konnte das Glücksgefühl beschreiben, das sie jedes Mal in seinen Armen empfand.

Sie öffnete die Augen und fing seinen verheißungsvollen Blick auf.

«Du bekommst wohl nie genug», sagte sie.

«Nicht von dir. Ich liebe dich, Tessa», sagte er mit rauer Stimme, zog sie in die Arme und küsste sie.

Sein leidenschaftlicher Kuss entfachte das Feuer der Lust erneut. Sie zog ihn auf sich, um mit ihm im Taumel der Leidenschaft zu versinken, der sie zum nächsten Höhepunkt trug.

Nachdem sie sich ausführlich geliebt hatten, küsste er sie auf die Nasenspitze, bevor er seine Stirn an ihre legte. Jetzt war die Gelegenheit, ihm die Frage zu stellen, die ihr seit gestern auf der Seele brannte.

«Wo werden wir leben?»

«Ich denke, in den nächsten Wochen bei dir.»

«Bist du dir sicher, dass du hier bei mir und nicht im Engelsghetto leben willst?», flüsterte sie.

Ihr Herz pochte einen Takt schneller, während sie auf seine Antwort wartete. Die letzten Jahre hatte er fast nur im Engelsghetto verbracht, die Blutengel und die anderen waren zu seiner Familie geworden. Würde er das für sie aufgeben?

«Ich lebe dort, wo du bist. Wann immer mir danach ist, besuche ich das Ghetto. Außerdem liebe ich diese Wohnung mit den Fotos und den Muscheln, die Erinnerungsstücke aus deiner Kindheit. In allem spiegelt sich deine Persönlichkeit wieder: geradlinig, elegant und von liebevollem Charme.»

Seine Worte zauberten ihr ein Lächeln auf die Lippen. «Und danach?»

«Das weiß ich noch nicht. Vielleicht schickt Michael mich nach Rom oder ans andere Ende der Welt. Als Bodyguard finde ich überall einen Job. Aber wie ist es mit dir?»

Darüber hatte sie in den vergangenen Tagen viel nachgedacht und einen Entschluss gefasst. Sie würde nicht mehr in die Bank zurückkehren.

«Ich mache mich als Finanzberaterin für Kunden mit großem Vermögen selbstständig. Durch meinen Job habe ich genug kennengelernt.» Sie lächelte. «Reiche Menschen brauchen übrigens auch häufig einen Bodyguard. Wir sollten uns zusammentun. Schließlich waren wir ein gutes Team.»

«Nein», antwortete er und senkte den Blick.

Tessa richtete sich empört auf. «Hey, was soll denn das heißen?»

«Wir *sind* ein gutes Team.»

Er küsste sie innig und legte sein Gesicht an ihre Schulter. Nach wenigen Sekunden war er eingeschlafen.

Obwohl auch Tessa müde war, fand sie keine Ruhe. Sie betrachtete Nathanael, der im Schlaf lächelte.

Gestern Abend waren sie nach *Sacred Hearts* gefahren. Nathanael wollte mit seiner Vergangenheit abschließen. Am Fuße von Michaels Statue entzündete er zum Gedenken an Gina eine Kerze. Während er auf die flackernde Flamme sah, streckte er seine Hand nach ihr aus. Tröstend schlang Tessa ihre Finger um die seinen.

«Es ist Zeit, dass ich loslasse und in die Zukunft sehe», sagte er. «Leb wohl, Gina. Ich werde dich nie vergessen.»

Auch Tessa hatte versucht, einen Schlussstrich unter die Vergangenheit zu ziehen. Aber im Gegensatz zu Nathanael hatte sie ihren inneren Frieden noch nicht gefunden. Vielleicht könnte sie Ernest eines Tages verzeihen, was er getan hatte, seine Lügen und Heimlichkeiten. Die Morde und die Gefahr, in der sie geschwebt hatte, würde sie nie vergessen können.

Doch sie beklagte sich nicht. Ihr war ein zweites Leben geschenkt worden. Sie fühlte eine beschämte Dankbarkeit in sich. Irgendwann würden die Bilder in ihrer Erinnerung sicherlich verblassen.

Die ersten Sonnenstrahlen mogelten sich durch die Gardine und lockten sie ans Fenster. Sie liebte das erwachende New York trotz allem, was sie in den letzten Tagen über seine dunklen Seiten und Abgründe erfahren hatte.

Als sie aufstehen wollte, legte Nathanael jedoch den Arm um ihre Taille und zog sie an sich.

«Hiergeblieben», sagte er leise.

«Wir können doch nicht den ganzen Tag im Bett verbringen», protestierte sie schwach.

«Wieso nicht?»

Seine Lippen wanderten ihren Rücken entlang und sie spürte, wie ihr Körper sofort darauf reagierte.

Sie verschloss seinen Mund mit einem Kuss.

«Es gibt nichts Schöneres, als deinen Herzschlag in mir zu spüren», sagte sie gegen seine Lippen.

Es war das größte Geschenk, das er ihr bereitet hatte, ein Beweis seiner grenzenlose Liebe. Eine Liebe, die sie ihm hundertfach zurückschenken wollte.

Er sah sie voll zärtlicher Hingabe an und streichelte ihr Gesicht. Ihr Herz floss über vor Liebe zu ihm. Wieder suchten seine Lippen ihre, hungriger, leidenschaftlicher als zuvor. In seinen starken Armen fühlte sie eine Geborgenheit, die nur er ihr zu geben vermochte.

Eine Liebe für die Ewigkeit.

«*Ein wahrhaft zauberhaftes Debüt. Man muss die freche Heldin Elionore Brevent und ihre beiden testosterongeplagten Begleiter einfach gern haben und ihre Geschichte mit einem steten Lächeln auf den Lippen verfolgen. Ein fantastischer Liebesroman, eingebettet in eine charmante Portion Witz!*»

Elfenschrift

«**Eine Hexe zum Verlieben** *hat alles, was ein unterhaltsamer paranormaler Liebesroman braucht: eine außergewöhnliche und kesse Heldin, hin und her gerissen zwischen einem undurchsichtigen Vampir und einem geheimnisvollen Wer-Jaguar, und die Rückkehr eines Volkes, das die geheime Existenz der übernatürlichen Geschöpfe droht auffliegen zu lassen.*

Fans von Mary Janice Davidson, Richelle Mead und Charlaine Harris werden die Erdhexe Elionore Brevent lieben!»

Sandra Henke

EINE HEXE ZUM VERLIEBEN
KRISTINA GÜNAK

Elionore Brevent, Immobilienmaklerin und Hexe, hat ihr Leben perfekt im Griff. Selbst dass ihr neuer Klient, der charmante Nicolas Deauville, sich ausgerechnet als Vampir entpuppt, kann sie nicht erschüttern. Die Elfen im Garten seiner verfallenen Villa entwickeln sich hingegen schnell zu einem echten Problem. Die eigentlich schon lange aus Deutschland verschwundenen Wesen erklären nämlich, dass Eli ihre prophezeite Heilsbringerin sei und ein magisches Artefakt für sie wiederbeschaffen müsse. Als sich dann auch noch auf leisen Pfoten der mysteriöse Werjaguar Vincent in ihr Haus schleicht, gerät Elis wohlgeordnete Welt endgültig aus den Fugen ...

EINE HEXE ZUM VERLIEBEN
KRISTINA GÜNAK

Taschenbuch
12 x 18 cm, 320 Seiten
ISBN: 978-3-939239-02-4
12,95 Euro [D]
13,40 Euro [A]

9 783939 23902